Léon Gozlan.

LE DRAGON ROUGE

INTRODUCTION

Né dans le Midi, comme son nom de tournure languedocienne l'indique assez, le marquis Besson de Bès était le dernier de sa race, race illustre si l'éclat du sang résultait de la quantité des richesses, et, à l'en croire, ses aïeux auraient sauvé plusieurs fois la monarchie. Mais, comme chaque famille noble se targue de la même prétention, nous nous permettrons quelques doutes à l'égard des services rendus par les Besson de Bès aux rois de France. Nous dirons qu'il fermait complétement sa généalogie; il était l'extrême racine d'un grand arbre, la goutte dernière et à demi-desséchée d'un grand fleuve dont la source avait coulé longtemps. Les biens amassés par ses aïeux ayant roulé de majorat en majorat jusqu'à lui, presque sans altération, il comptait des propriétés immenses, et, à vrai dire, il ignorait lui-même ce qu'il possédait. Une fois il avait essayé de connaître le chiffre réel de ses biens; mais la tête lui avait tourné, ainsi qu'il arrive à ceux qui, simples calculateurs, s'abîment, une fois dans leur vie, dans les profondeurs inhabituées d'un problème astronomique.

— Voyons, — s'était-il dit, — je possède dix-neuf maisons en Touraine, du chef de mon grand-père : je dis dix-neuf maisons; vingt-trois pêcheries dans l'Anjou, de l'héritage de mon grand-oncle le commandeur; douze fermes dans l'Orléanais et trois forêts dans le Quercy, du chef de ma tante; huit châteaux en Auvergne, douaire de ma mère; cinquante clos de beaux vignobles dans le Roussillon, par mon cousin, mort l'an dernier; trois millions de pieds d'oliviers en Provence, laissés par feu mon père; neuf vaisseaux à Cherbourg; cinq cent cinquante mille livres de rentes sur la ville de Paris; deux salines dans le Midi... Puis encore...

Puis, poussant un bâillement d'ennui, le marquis Besson de Bès s'était endormi sur le reste de ses propriétés. Jamais il n'osa plus se mesurer avec les dangers de la même supputation. Il ne fut pas mieux payé de sa peine quand il chercha à s'orienter au milieu de cet océan illimité de richesses, en ayant tout simplement recours à l'énumération des noms de ses principaux régisseurs, fermiers, facteurs, intendants, employés.— Jean Vezoul me fait passer par an, — eut-il beau dire, — trois cent sept mille livres tournois dix-sept sous neuf deniers; Claude Cabot, quatre-vingt mille livres trois sous; Jérôme Terre-Basse, six cent mille livres tout net, ce qui fait... ce qui fait...

L'impatience le prit dès le début, et il ne revint plus sur le nom de ses hommes d'affaires. Puisqu'il ne calculait pas, on le volait, dira-t-on; sans doute; mais s'il eût calculé, ne l'eût-on pas pareillement volé?

Toute la différence à établir entre l'homme riche qui tient un compte exact de ses revenus, et l'homme riche au-dessus de ce souci, est en ceci : le premier sait qu'on le vole, l'autre ignore qu'il est volé.

En 1760, le marquis Besson de Bès avait près de trente ans. Vous avez dû voir son portrait dans une vente, par suite de quelque opulent décès, ou sur les tablettes de verre de ces bijoutiers, hommes de goût, qui ne se bornent pas à vendre des timbales d'argent aux nouveaux mariés. Recueillez vos souvenirs; vous l'avez aperçu au fond d'un cadre ovale et d'or, entre un Neptune rose en porcelaine de Saxe, marqué au socle de la double épée bleue en croix, et une de ces assiettes pleines de fruits, pétries par les mains de feu de l'admirable Bernard de Palissy. Le marquis prodiguait son portrait; travers délicieux des gentilshommes du dix-huitième siècle, galanterie raffinée à la faveur de laquelle l'art du peintre, du ciseleur, vivait, et qui, quoique sans conséquence, donnait à la moindre familiarité sa pointe de mystère.

C'était une figure heureuse, celle du marquis Besson de Bès. longue, fière, un peu maigre; elle resta toujours maigre comme une preuve d'amour pour la grâce spirituelle de sa mère et comme un témoignage de respect envers les façons un peu superbes de ses aïeux paternels; nez d'aigle, mais de jeune aigle, privé encore de toute rapacité; la courbure ne craignait pas l'épreuve du profil. D'ailleurs, la vapeur lumineuse de ses yeux bleus adoucissait l'expression de son visage et en attendrissait le contour un peu trop ciselé peut-être pour notre goût moderne. Sa bouche était faite pour lui, au contraire de tant de gens dont les traits semblent avoir été achetés de hasard et placés sans discernement; elle était bien dessinée parce qu'elle cachait de jolies dents, une chose étant toujours la conséquence de l'autre. Les dames auraient désiré que ce fut tous les jours le premier de l'an en voyant cette bouche, les dames anglaises; les dames françaises n'ont pas de ces idées-là. Ce qui lui allait, comme les ailes vont à un ange, c'était la poudre, cette superfluité, cette bizarrerie, cette monstruosité si l'on veut, mais cette monstruosité ravissante, et le linge, les dentelles à gros et petits bouillons, la dentelle, ce duvet de l'oiseau civilisé qu'on appelle l'homme de cour. Il y avait une originalité à tout jamais perdue, je le crains, dans le baiser de la jeune épouse se faisant un chemin entre ces touffes brodées, nuage de mousseline, et ces touffes parfumées, nuage de cheveux, quelque chose d'aérien, comme la rencontre du pigeon et de la colombe dans les airs. Dieu n'a pas créé la poudre; du moins, pour parler plus exactement, semble-t-il n'avoir pas créé les têtes pour être poudrées, on en convient; mais a-t-il créé davantage les jambes de l'homme pour les caleçons et les pantalons, les pieds de l'homme pour les chaussettes et les souliers, les épaules de l'homme pour ces tristes linceuls appelés habits, gilets, redingotes? Ne sont-ce pas autant de murs élevés devant la sensibilité que Dieu a bien et réellement départie à chacun de nous? Car nous éprouvons par chaque point du corps, comme nous éprouvons avec les nerfs du nez et les papilles des lèvres. L'homme est tout lèvre, et nous l'avons fait tout pantalon.

Le teint du marquis Besson de Bès tirait sur le brun, quoique tout enfant ses cheveux jouassent le blond au point de tromper les conjectures de sa mère. Nous aurions souhaité que, d'après cette esquisse, malheureusement trop imparfaite, on eût deviné le corps du marquis, délié, mais ferme, sa poitrine aisée, ses bras tombant avec grâce sur ses hanches, sa jambe à la chevalière, charmante, de l'aveu même des vieilles femmes, si difficiles en fait de jambes, surtout au temps où des bas de soie d'un jaune doré ou d'un bleu tendre ne dissimulaient aucune imperfection. Le marquis était un joli homme dans toute la perfection du mot.

— C'est tout son grand-père à vingt ans, — disait la grand-mère du marquis Besson de Bès, en suivant des yeux son petit-fils lorsqu'il allait au bal de la cour. Comment vérifier la justesse d'un tel éloge? Bornons-nous à croire que le grand-père du marquis avait la main blanche, souple, un peu sèche, comme il convient d'ailleurs à un gentilhomme né pour porter des bagues et manier hardiment une épée. Lui-même, lorsqu'il jouait au billard ou lorsqu'il mangeait une cuisse de poulet, il aimait à montrer sa main dans toute sa finesse et toute sa beauté.

Quoique son nom ne figure ni dans les *Mémoires secrets*, ni dans *l'Espion turc*, il ne passa pas moins sa première jeunesse, il faut bien le dire, dans les coulisses de la Comédie italienne et sur le sopha des actrices. Si quelques aventures galantes le firent connaître pour un homme à la mode, il ne tomba jamais dans les cyniques excès d'un financier ou d'un traitant enrichi. Sa mauvaise réputation ne franchit pas la limite des paravents. Il aurait pu contracter un beau mariage; mais, trop riche pour chercher à s'unir à une femme qui n'aurait été que riche, et pas assez amoureux pour épouser une demoiselle pauvre, il resta garçon. Une sincère appréciation de ce qu'il valait lui apprit aussi combien il devait peu compter sur les vanités de la gloire. Les lettres exigent beaucoup d'activité, de courage, de résignation, autant d'efforts dont il se sentait incapable. La carrière des armes ne le séduisait pas davantage; avec raison il aimait beaucoup la vie, et d'ailleurs, sous Louis XV, les occasions de verser son sang à la guerre n'étaient pas communes. On ne sait pas tout ce qu'offre de difficultés et de peines le choix d'une profession, lorsque, tout ce que peuvent procurer d'avantages les professions, on le possède déjà par une naissance ou une fortune qui n'ont rien coûté: c'est là le tourment des riches et des puissants; peu le connaissent, peu sont disposés à s'en attendrir.

Enfin, n'aimant aucune chose au point d'y sacrifier son existence ou sa liberté, le marquis se laissa aller naturellement à s'aimer lui-même: il devint un parfait égoïste. Le soleil ne se leva plus que pour lui, la terre lui sembla créé pour réjouir ses yeux, caresser ses goûts, pour lui mûrir chaque jour, chaque instant, une satisfaction nouvelle. Presque entièrement dégagé à trente ans des liens de toute parenté, il s'habitua, dans ce bon édredon d'égoïsme, à regarder les joies et les malheurs d'autrui comme un spectacle auquel il assistait en témoin indifférent, et, afin de n'avoir pas à obéir à une seconde volonté lorsqu'il est déjà si difficile de suivre sa propre volonté, il eut l'habileté de ne contracter aucune amitié sérieuse. Cependant il fréquentait très-assidûment le monde, ce paradis des égoïstes, et il trouva un grand charme aux propos des sociétés, des cercles, des salons, où c'était une faveur de le recevoir; car au talent, qui chaque jour s'en va, de bien raconter, il joignait le talent plus rare encore de savoir écouter. Le goût naturel, l'habitude, une connaissance infinie du monde, perfectionnèrent en lui ces deux facultés à un point dont rien ne surpassa jamais la hauteur. C'est avec un sourire de pitié tempéré toutefois par beaucoup de restrictions qu'il admettait qu'on fît l'éloge des écrivains de son temps, et ces écrivains étaient Rousseau, Voltaire, Montesquieu et Buffon.

— Ils écrivent bien sans doute, mais ils écrivent sans cesse, — pensait-il et se permettait-il aussi de dire:

— Je ne les aperçois jamais qu'à travers un nuage d'encre; semblables aux poulets d'auberge, les sujets qu'ils traitent, tout bien assaisonnés qu'ils soient, laissent toujours poindre la plume. Dieu a fait la parole, et l'homme a fait l'écriture. Tous les événements sont morts dès qu'ils sont écrits. S'il arrive un grand événement dans le monde, chacun s'en empare pour le fouiller, l'expliquer, le commenter; la raison de l'un le condamne ou l'approuve, l'esprit de l'autre le tourne à sa manière, l'imagination l'exagère, la peur le nie; il n'est pas un point de cette peau si élastique qu'on nomme un événement sur lequel la conversation, cette abeille infatigable, ne bâtisse merveilleusement une ruche. Dès qu'on se tait, dès que la voix a fini son chant, alors viennent les fossoyeurs, les écrivains tumulaires, ceux qui enterrent l'événement dans le tombeau du livre.

. . . .

Notre marquis avait encore d'autres idées sur la tâche si spirituelle, si amusante de la parole; nous les dirons peu à peu; car ceci, nous l'espérons, n'est point un traité didactique de l'art de conter; c'est la préface sans prétention d'une histoire qui l'exigeait. Pour avoir des sorbets il faut enfermer des fruits dans du plomb et entourer le plomb d'une grande quantité de glace.

Un beau jour, le marquis Besson de Bès perdit son dernier oncle; il se frotta les mains et il s'écria:

— Maintenant je ne suis plus neveu! Dieu soit loué!

C'était le dernier nœud qui l'attachât à quelque chose; qu'on juge si le nœud était fort.

Le lendemain il s'occupa de son grand voyage.

Ce n'était ni en Italie, ni en Angleterre, que le marquis se proposait d'aller; c'était partout, mais partout. On nous permettra de ne pas dire tout de suite dans quel but extraordinaire il conçu et chercha a réaliser ce projet gigantesque. Longtemps à l'avance il se munit de toutes les monnaies d'or et d'argent ayant cours sur le globe, et enferma dans son portefeuille une foule de lettres de crédit tirées de Vienne, de Paris, de Londres et des plus riches capitales. Aucun obstacle ne pouvait entraver son voyage. Chaque ambassadeur lui assura la protection de son souverain, et chaque souverain le recommanda aux autorités répandues sur la surface de ses Etats. Il fit mettre à sa disposition tous les moyens possibles de transport, chevaux, chaises de poste, voitures, mulets, palanquins, enfin tous les procédés de locomotion passés dans les habitudes des pays qu'il se proposait de visiter, là où ses équipages deviendraient inutiles.

La voiture destinée à le conduire partout où l'état des routes le permettrait était un modèle de construction, un chef-d'œuvre de la mécanique, tant sous le rapport de la commodité que sous celui de la vitesse et de la légèreté. Au moyen d'un ressort, une table ou un lit, à son choix, se déployait devant lui; les encoignures renfermaient, l'une, un petit arsenal complet : fusils, pistolets, poignards, couteaux de chasse; l'autre, la collection en vermeil de tous les objets nécessaires à la toilette; la troisième, des bijoux en grand nombre, petit trésor de gracieusetés à faire à ses hôtes futurs et à leurs filles; dans la quatrième encoignure, il plaça ses trois ou quatre mille lettres de recommandation. Dans le fond de sa voiture, qui, à son gré, s'ouvrait à jour comme une calèche ou se fermait hermétiquement, étaient rangés dans du foin les meilleurs vins de France.

Dans les deux voitures de sa suite voyageaient son médecin, son intendant, son coiffeur, un cuisinier et ses aides, une lingère, un valet de chambre et deux ou trois personnes attachées au service de sa personne.

Son voyage occupa extraordinairement par ses préparatifs inusités l'attention du monde. On se demanda si le marquis projetait de découvrir une cinquième partie du monde ou le passage au nord entre l'Amérique et l'Asie.

Lorsqu'il eut reconnu par lui-même que rien n'avait été omis de ce qu'il jugeait propre à son expédition, il fit ses visites d'adieu. Et ce fut alors seulement qu'on sut que le marquis Besson de Bès avait la ferme intention de ne pas rester moins de dix ans absent, délai jugé par lui à peine suffisant pour accomplir son vaste itinéraire. Les uns lui disaient :

— Monsieur le marquis, puisque vous allez au loin, rapportez-nous, s'il vous plaît, des gentilshommes moins impérieux, moins inutiles que ceux dont nous avons le bonheur d'être en possession?

Les autres, des gentilshommes apparemment, lui disaient de leur côté :

— Ne pourriez-vous, monsieur le marquis, vous qui allez au pays des raretés, nous rapporter à votre retour des philosophes moins ennuyeux et moins pédants?

Une jeune et charmante veuve, dont il n'avait pas voulu comprendre les intentions trop conjugales, lui dit à l'oreille et en lui pressant la main sur l'escalier :

— Monsieur le marquis, puisque vous devez rester dix ans en voyage, n'oubliez pas, je vous prie, de me rapporter, au retour, une mèche de vos cheveux gris.

Entendant cela, une femme de chambre ajouta :

— Tâchez, monsieur le marquis, de vous rapporter vous-même.

C'est bien le plus beau souhait qu'on puisse former en faveur de ceux qui nous quittent.

Le marquis donna une pièce d'or à la femme de chambre.

Prévenus du jour où le marquis Besson de Bès devait monter en voiture, beaucoup d'oisifs s'attroupèrent devant la porte de son hôtel du faubourg Saint-Marceau, et, quoiqu'il ne fût que six heures du matin, tous les voisins se mirent aux fenêtres. Il ne se montra pas fâché de cet empressement; au contraire, et, imitant les rois et les marchands de vulnéraire, les plus grands faiseurs de salut qui soient au monde, il s'inclina à plusieurs reprises du haut du marche-pied de sa voiture. Les chevaux partirent, les trois voitures s'ébranlèrent, celle du marquis en tête, et elles se dirigèrent du côté de la barrière. Une demi-heure après elles couraient plus facilement sur la route de Fontainebleau.

Il ne faut envier les riches, s'il est permis d'envier, ni pour leurs tables, le plus funeste avantage que Dieu leur ait départi, ni pour la considération dont ils sont entourés, car l'ambition les ronge. Ont-ils une belle maison : ils soupirent après un hôtel; ont-ils un hôtel : ils commettraient un crime pour avoir un palais; sont-ils millionnaires : ils sont dévorés du désir d'être anoblis! sont-ils nobles : ils voudraient être vieux nobles; sont-ils de race antique, car enfin cela arrive comme la queue arrive à nos chats, en se donnant tout simplement la peine d'attendre, ils ragent d'en savoir d'autres aussi vermoulus qu'eux. Mais ils faut envier les riches à cause de la facilité qui leur est donnée de voyager, de changer à leur gré le séjour où l'on languit, pour le séjour où l'on espère être heureux; de passer en quelques jours de la ville à la campagne, du bois résineux à la mer immense, du ciel mélancolique au ciel ardent, du sol où la fraise campe à terre entre les violettes, au sol où la vigne s'élance comme une flamme verte autour des arbres; de voir de nouveaux visages et presque de nouvelles créatures, de vivre enfin comme d'autres rêvent; car si les voyages sont de beaux rêves, les rêves sont des voyages qu'on ne fait jamais.

A la descente de la Cour-de-France, terrible montagne que Louis XV entreprenait alors d'aplanir, les chevaux de la voiture où était le marquis s'emportèrent, et en un instant la voiture, les chevaux et le marquis roulèrent dans un des fossés des bas-côtés de la route. Ce fossé est encore aujourd'hui un abîme : qu'on juge ce qu'il était alors. Tout fut brisé, écrasé, pilé. Les chevaux étaient morts quand on les retira; le marquis avait perdu connaissance. Porté sur un brancard au château de Juvisy, il ne revint à lui que trois jours après, et ce fut pour entendre de la bouche des médecins qu'il lui serait prudent de faire son testament et de préparer son âme. On ignore s'il songea à l'un et à l'autre de ces deux sages avis; mais trois semaines après, il était debout et se promenait dans le salon de son hôtel du faubourg Saint-Marceau. Le marquis n'était pas guéri, mais il était hors de tout danger; il n'était pas guéri et peut-être ne le sera-t-il jamais! De l'épouvantable secousse qu'il avait ressentie, il lui était resté une infirmité dont la science ne put se rendre compte. L'ébranlement du cerveau avait produit un phénomène étrange. La lumière du jour devint en horreur au marquis, qui perdit, au même instant où cette bizarrerie se fit en lui, la faculté du sommeil. Il ne put plus supporter que la lumière des bougies pendant sa perpétuelle insomnie. Comme on s'aperçut, après des essais prudents, que le moindre rayon de la clarté naturelle du jour le blessait douloureusement, l'exaspérait au point de troubler ses facultés intellectuelles, on maçonna à l'intérieur de l'hôtel toutes les embrasures des fenêtres, et la porte de la rue fut doublée, afin que l'air lumineux n'arrivât pas dans les appartements par l'escalier. Jour et nuit des bougies et des lampes brûlèrent dans chaque pièce de l'hôtel, et le marquis n'en sortit plus.

Voilà comment se termina ce grand et merveilleux voyage du marquis Besson de Bès : il devait parcourir la terre, il n'alla qu'à trois lieues de Paris; il aurait voyagé pendant dix ans, il voyagea une heure et demie environ; il aurait rapporté le trésor mystérieux qu'il allait chercher, et, pour revenir sur les paroles de la femme de chambre, il fut singulièrement heureux de se rapporter lui-même.

Voyez-le assis maintenant dans son fauteuil en velours bleu, regardant passer sur le cadran de sa pendule ces heures dont aucune ne lui laissait en passant une minute de sommeil. A la troisième nuit, ou, si l'on aime mieux, après soixante-douze heures de réflexions, il sonna son valet de chambre et lui dit :

— Donnez-moi quarante-huit feuilles de papier à lettre.

Le marquis se mit à écrire.

. . . .

Le lendemain, quarante-huit personnes attendaient le moment d'être introduites auprès du marquis Besson de Bès. A dix heures, il fut visible. Le premier qui se présenta fut l'abbé Dumartel. Se proposant de causer quelques minutes avec chacune des personnes appelées chez lui, le marquis, on le comprendra, dut réduire chaque entretien à la plus grande concision.

— Monsieur l'abbé, que faites-vous en ce moment-ci?

— Monsieur le marquis, j'ai entrepris un ouvrage colossal dans le but de prouver la supériorité de la théologie sur les autres sciences. Mon travail n'aura pas moins de vingt volumes grand in-folio, sur deux colonnes, avec commentaires.

— Vous ne le ferez jamais,—reprit le marquis,— c'est pourquoi vous me convenez à merveille. Je vous sais beaucoup de feu, beaucoup de pénétration et fort peu de patrimoine. Entrez, je vous prie, dans ce salon, et veuillez m'y attendre.

Ne sachant trop si le marquis le raillait ou lui adressait un compliment, l'abbé Dumartel entra dans le grand salon désigné.

. . . .

Le valet de pied ouvrit ensuite la porte à madame d'Aubry. Aussitôt le marquis courut lui offrir un siége; mais sans lui laisser le temps de se reconnaître, il lui dit :

— Vous êtes lectrice chez une princesse hongroise où vous gagnez à peine de quoi vous acheter les rubans roses dont elle exige que vous soyez parée pour avoir l'honneur de vous dire sa lectrice.

Madame d'Aubry s'écria :

— Ah! ce n'est pas là son seul caprice, monsieur le marquis; elle en a bien d'autres que je vais vous confier à l'oreille.

— Non, ne me les confiez pas,— interrompit brusquement le marquis;— gardez votre verve moqueuse et votre indiscrétion pour une occasion plus utile à vos intérêts. Cette occasion est prochaine. Le motif pour lequel je vous ai priée de passer à mon hôtel, et pour lequel je vous prie encore de m'attendre sans trop d'impatience dans ce salon, va vous être dit.

Madame d'Aubry ne comprit pas plus que l'abbé Dumartel ce que signifiaient ces paroles; elle entra pourtant au salon.

. . . .

Monsieur de Gaillardbois et monsieur de Grâce furent annoncés en même temps.

— Vous, — dit-il sans préambule à monsieur de Gaillardbois, — vous vous attendez depuis trente ans à être nommé grand-maître des eaux et forêts, parce que vous connaissez mieux que personne la coupe des forêts, les lois et règlements de chasse; et vous, monsieur de Grâce, malgré vos soixante ans, vous vivez dans la douce illusion de vous voir élire prieur de l'ordre de Malte, parce que vous avez été un des plus braves chevaliers de l'ordre. Vous vous êtes perdus de dettes l'un et l'autre en comptant sur la réalisation de ces deux espérances ambitieuses, impossibles, funestes, et vous avez aujourd'hui à peine de quoi vivre. Quel tort! vous deux, les plus charmants paresseux que je connaisse; ah! c'est vraiment un tort. Je tâcherai de le réparer, si vous le permettez. Mais entrez dans ce salon, et m'y attendez un peu, je vous prie.

. . . .

Messieurs de Gaillardbois et de Grâce, se regardant avec surprise, allèrent grossir la société de ceux que le marquis avait déjà réunis dans la pièce voisine.

Derrière eux entra madame de Saint-Chamans.

— Vous seriez encore trois fois aimable, quand même vous ne seriez pas veuve pour la troisième fois,— lui dit le marquis en lui serrant les mains, familiarité hypocrite, moyen adroit à la faveur duquel les grands savent vous empêcher de vous asseoir, quand le temps les presse.

— Et trois fois veuve après trois mariages d'amour! — répondit madame de Saint-Chamans dans une espèce d'exclamation mélancolique.

— C'est ce qui ajoute à votre éloge, — reprit le marquis.

— Mais quelle expérience, monsieur le marquis!

— Précisément j'en ai besoin.

— De mon expérience de veuve, monsieur le marquis! Plaisantez-vous?

— Vous trouverez bonne compagnie dans ce salon : aurez-vous l'indulgence de m'y attendre quelques instants?

— Volontiers, — reprit madame de Saint-Chamans, qui se retira avec la curiosité peinte sur tous les traits.

. . . .

— Monsieur de Marcoussis! — cria le valet de chambre.

— Soyez le bienvenu, monsieur de Marcoussis, — lui dit le marquis en le pressant dans ses bras.—Vous savez combien je vous estime, — ajouta-t-il, — pour avoir mangé votre fortune et perdu votre temps à faire des cours d'histoire naturelle qui ne vous rapportaient rien et qui ont enrichi ceux qui les écrivaient en rentrant chez eux. Vous avez préféré vous ruiner, mais parler, que de gagner de l'argent, immensément d'argent, à la condition d'écrire. C'est beau; à mes yeux, c'est sublime. J'ai en réserve une grande preuve de mon admiration pour vous. Je vous la fournirai, monsieur de Marcoussis, si vous voulez m'accorder un simple délai de quelques minutes. J'aurai l'honneur d'aller vous retrouver dans ce salon.

— L'honneur est grand, — dit tout haut monsieur de Marcoussis, — mais je désirerais en connaître la cause, — ajouta-t-il tout bas.

. . . .

— Ah! c'est monsieur d'Herbeaumont! — dit le marquis en faisant quelques pas au-devant de la nouvelle personne introduite. — Perdre une bataille navale, — dit-il à monsieur d'Herbeaumont, — est un malheur; mais les perdre toutes, quand on a de la bravoure, de l'intelligence et du métier comme vous en avez, c'est du génie.

— Vous savez, monsieur le marquis, que j'ai renoncé à en perdre davantage?

— Je le sais, et, pour cela, j'ai pris une première liberté, celle de vous inviter à passer chez moi, et j'en prends à l'instant une seconde, celle de vous supplier de vous joindre aux personnes qui attendent à côté.

. . . .

Ce fut le tour de monsieur de Courville.

— Que fais-tu maintenant pour vivre? — lui demanda le marquis.

— Je tâche de ne pas mourir. Cela me réussit quelquefois.

— Et que sont devenus, dis-moi, ces grands airs, ces fins soupers, ces dames si épicées que tu menais en Espagne rien que pour qu'elles goûtassent au chocolat de Madrid, et en Italie dans l'unique but de les régaler de glaces et de liqueurs froides?

— J'ai remplacé les glaces par le vin et rapproché l'Italie jusqu'aux barrières! — répondit de Courville. — Je voudrais être aimé pour moi-même maintenant.

— C'est le travers ordinaire de tous les hommes en devenant laids et vieux.

— Voudrais-tu me blesser?

— Si peu, mon cher Courville, que par moi tu vas ressaisir une partie de ton bonheur perdu.

— Que faut-il faire? grand Dieu!

— Je vais te le dire. Va m'attendre dans ce salon... Introduisez quatre de ces dames! — dit ensuite le marquis à son valet.

Elles se présentèrent. C'étaient madame de Lamberco, madame de Fondrecourt, madame d'Ormes et madame de Vieux-Bourg.

— Ah! monsieur le marquis,— s'écrièrent-elles toutes quatre à la fois,— nous devinons aisément pourquoi vous nous avez appelées chez vous. Moi, je dois trente mille livres à votre honorable oncle; moi, vingt mille livres; moi, autant; moi, le double, mais...

— Mais je vous tiens quittes du tout, — interrompit le marquis en rendant à chacune d'elles les titres de créance,— et ne redoutez pas les conditions du reçu.— Elles se mirent à rire comme des folles. — Je ne veux pas savoir par quels moyens vous aviez gagné la confiance de mon oncle, mais si vous voulez que son neveu devienne, non pas votre créancier, mais votre débiteur, cela dépend de vous. — Un silence universel exprima un consentement unanime.— Il y a aimable société dans ce salon,— ajouta le marquis; — votre place est donc marquée. Allez-y, je m'y rendrai, mesdames, dès que j'aurai reçu d'autres personnes qui attendent leur tour.

Les quatre dames se prêtèrent avec complaisance à cette invitation.

On voit par ce qui vient de se passer que le marquis, répandu, comme il a été dit, dans le monde fort beau et fort mêlé appelé le grand monde, possédait autant qu'un confesseur, qu'un employé de police et qu'un généalogiste, le passé et le présent des personnes qu'il avait rassemblées dans son hôtel le même jour et à la même heure. C'est à dessein qu'il avait convoqué celles qui, par leurs intrigues, leurs passions, leur conduite irrégulière, leurs folies, leurs malheurs, classe toujours nombreuse en France, entraient parfaitement dans les conditions du projet qu'il avait conçu. Il ne craignit de leur part aucune répugnance, pas d'hésitation, point de refus. Tous gens de qualité ou à peu près, les complices de son plan étaient, par leur position ou leur âge, entièrement libres de leurs actions.

De peur d'être fastidieux, nous supprimons les fragments de dialogue qui s'échangèrent entre lui et les autres invités. La cérémonie fut la même pour tous. Nous nous contenterons de donner les noms de ces personnes, lesquelles passèrent successivement d'un salon à l'autre, ainsi qu'avaient fait les précédentes. Ce furent tour à tour, les marquis, comtes et barons Drugon, Almeida, de Poncalier, de Tournabon, de Pignatel, de Bardoux, Sénéchal, Adhémar, d'Emer, d'Asfelz, Dalmain, de la Vrousse, de la Palue, de Lioncelle, de Ro-selmini, de Mirabel, d'Ortiz et de Montmirail; grands noms, hommes ruinés, auxquels il faut ajouter, pour compléter la liste et avoir sous la main toutes les pierres numérotées du vaste bâtiment à élever, les noms de mesdames de Rosay, d'Eurigny, de Sourdiau, de Pontaigu, de La Sorbière, de Boichevreuse, de Taligny, de Sainte-Claire, de Verville, de Germoise, d'Orbeville, de Buzancy, d'Achevillier, de Vintry, de Méricourt, de Cointel, d'Ivreux et de Cerneuil. En tout quarante-huit noms: vingt-quatre noms de femmes, vingt-quatre noms d'hommes.

. . . .

Quoiqu'ils ne fussent pas inconnus les uns aux autres, les quarante-huit invités ne trouvèrent pas dans le fait de leur assemblage, évidemment prémédité, la cause de leur rencontre. Leur impatience était vive; mais, une fois tous réunis, ils n'eurent pas longtemps à soupirer après le mot de cette énigme.

Le marquis Besson de Bès parut au milieu d'eux; il les pria de s'asseoir et leur dit :

— Vous n'ignorez pas le fatal accident qui m'a empêché peut-être pour toujours d'entreprendre mon grand voyage à travers le monde?

» Ces flambeaux, ces lampes, ces bougies attestent mon malheur et son étrangeté. Je suis condamné à ne plus voir d'autre soleil que ces lumières et d'autre pays que cet hôtel. Dans ma triste réclusion, j'ai déjà beaucoup songé aux moyens d'adoucir mon infortune; un m'a particulièrement arrêté. Abhorrant d'instinct et de raisonnement les livres, ces catafalques de la pensée, ces étouffoirs de toute imagination, j'ai pensé que d'autres yeux pourraient, à beaucoup d'égards, suppléer mes yeux, et d'autres intelligences étudier pour le charme de la mienne. J'ai dû chercher enfin autour de moi ceux qui pourraient voyager à ma place, afin de me dire, au retour, avec la primeur de la nouveauté et comme si j'avais voyagé moi-même, tout ce qu'ils auront recueilli de curieux, d'étrange, d'émouvant, d'intéressant surtout.

» Vous êtes ceux qu'après des comparaisons nombreuses j'ai distingués et choisis; j'ai l'orgueil de croire à la supériorité de mes préférences. L'argent que j'aurais dépensé à moi seul en visitant le monde entier, vous le dépenserez partiellement chacun de votre côté. Les uns iront au Nord, les autres à des points opposés; l'Espagne aura ses voyageurs, l'Italie les siens. Au lieu d'ambassadeurs j'aurai mes coureurs dans chaque contrée, et dans chaque contrée chacun de vous pourra séjourner pendant un espace de temps qui variera depuis deux mois jusqu'à deux ans, en sorte que, pendant quinze jours, j'aurai régulièrement un de vous près de moi, un de vous qui me racontera ce qu'il aura recueilli dans l'intention plus ou moins heureuse d'égayer ma solitude. Je ne vous demande que quinze jours de confidence sur deux ans d'une existence que je vais sans peine vous rendre mille fois plus agréable que celle que vous menez à Paris, où vous êtes loin d'être aussi favorisés que vous le méritez. Je vous connais tous. Avec de l'esprit, vous n'arrivez pas au milieu de tant de sots en pleine prospérité; vous avez du talent, et vous ne savez à quoi l'employer. Vous êtes fiers avec raison, et pour cela vous faites des efforts surhumains, chaque matin, pour savoir comment, sans bassesse, vous dînerez le soir. Tous les plaisirs sont à votre portée; ils effleurent vos doigts, et vous ne touchez à aucun. Sous un visage riant vous cachez le désir, l'envie et la tristesse, souvent le désespoir.

» Mon projet vous sauve tous : vous voyagerez comme de grands seigneurs, vous vivrez dans le meilleur monde, vous serez reçus partout avec distinction, à la faveur de mes recommandations et à l'aide des sommes considérables que je mets à votre disposition.

» Il faut cela. Le conteur est Dieu; comme l'apologue, qui n'est après tout qu'un conte, le conte est un don venu des immortels. Au conteur on doit la vie facile, la récompense abondante. Quel art est le sien! Comment en parler assez dignement et trop l'élever au-dessus des autres? Qu'il faut avoir vécu! deviné! senti! aimé! haï! cherché! souffert! comparé! Qu'il faut avoir pénétré dans les âmes les plus simples, les plus viles, les plus pures! Qu'il faut avoir d'adresse dans la main, de patience et de force dans le regard, pour saisir, embrasser entre ses deux bras les rires, les joies, les faussetés du monde, ses méchancetés et ses généreux penchants, pour les enfermer, les presser, les réduire ensuite sous la meule de la pensée, ainsi qu'on le ferait d'une botte de fleurs afin d'en extraire ce tout expressif, bref, enivrant, qu'on appelle tout simplement un conte, le conte, essence de rose de la littérature! Si le proverbe est la condensation exquise de l'histoire, la raison de tout un peuple quintessenciée dans la valeur de quelques mots, le conte est la condensation de tout ce qu'une société a eu de charmant et de terrible, de tragique et de gracieux dans la vie privée. L'histoire n'est le plus souvent qu'un mensonge sérieux; le conte ne peut se passer d'être vrai, sous peine de n'être rien du tout.

» Jugez de l'estime où je vous tiens, « ajouta le marquis, » en définissant ainsi, en mettant à un prix aussi haut le conteur et le conte. Vous dire qu'à travers les histoires du cœur humain dont vous allez remplir à pleines gerbes ma solitude je poursuis une vérité, je cherche quelque chose de rare, que j'aurais voulu découvrir moi-même, une espèce de trèfle à quatre feuilles, ce n'est pas compliquer votre mission, tout au plus est-ce vous engager à la remplir avec plus de sollicitude pour moi.

» Ainsi vous m'avez tous compris et vous acceptez tous. Dans deux mois, à dater d'aujourd'hui, j'attendrai ici, à cette place, le premier de mes quarante-huit conteurs; le second n'arrivera que dans deux mois et demi; le troisième ne reparaîtra dans ce salon que dans trois mois; enfin le dernier de vous ne reviendra que dans deux ans.

» L'itinéraire progressif est dressé; on y voit la destination de chacun de vous et le temps assigné à son voyage. Prenez-en connaissance, » continua le marquis en déroulant un grand tableau, » afin de me dire si rien n'est à changer dans ce travail tout entier de ma main, et si j'ai bien saisi vos prédilections de climats et de mœurs.»

Le marquis Besson de Bès se tut.

Aucun refus n'eut lieu, aucune observation ne se produisit; mais en revanche il faillit disparaître sous les caresses.

Le lendemain Paris comptait quarante-huit oisifs de moins dans ses murs, et un homme désastreusement riche, près de mourir d'ennui, s'était créé une espérance qui l'aiderait à supporter les langueurs de son mal.

Cet homme d'esprit avait tout simplement fait ce que font dans un autre but les épiciers en gros de la rue de la Verrerie. Ceux-ci envoient par toute la terre des commis voyageurs pour qu'en revenant ils leur rapportent de la cire, du café, du miel, du poivre, de la cochenille; le marquis Besson de Bès avait chargé des commis voyageurs d'un autre ordre de lui rapporter des tableaux de mœurs, des épisodes intéressants de la vie des peuples, et il avait, outre le mérite de cette innovation, celui de s'honorer d'une noble action, en consacrant les revenus de ses incalculables millions à placer à leur rang naturel des esprits rares et observateurs.

L'abbé Dumartel fut celui des quarante-huit voyageurs destiné à revenir le premier à Paris, avec son tribut de conteur.

Telle est l'origine des quarante-huit coureurs du marquis Besson de Bès.

. . . .

L'abbé Dumartel fut exact comme s'il se fût agi d'émarger sur la feuille des bénéfices. Il reparut au bout de deux mois d'absence, et s'assit dans le bon fauteuil que le marquis de Besson de Bès avait attiré près de lui.

— Où êtes-vous allé, — demanda-t-il à l'abbé Dumartel, pendant ces deux mois?

— Je ne suis pas sorti de Paris, monsieur le marquis.

— Fort bien!

— Y avez-vous rencontré ce que vous cherchiez?

— Je le présume, — répondit l'abbé avec modestie.

— Je vous écoute donc.

L'abbé Dumartel commença en ces termes.

LE DRAGON ROUGE

I

Quand le comte de Canilly fut envoyé en Pologne, non pas avec le titre officiel d'ambassadeur, mais avec un titre analogue, et la mission plus militaire que politique de faire enseigner la tactique française à quelques régiments de l'armée polonaise, il emmena avec lui sa jeune fille Casimire et les deux fils de son meilleur ami, le marquis de Courtenay. L'un et l'autre remplissaient auprès de lui les fonctions d'aide-de-camp. A vrai dire, c'était une seule et même famille dont la sympathie et le mutuel attachement allaient encore s'accroître dans une contrée étrangère, au milieu des habitudes d'une société incontestablement hospitalière et cultivée, mais différente de la société française, malgré ses efforts pour l'imiter. La nourrice de Casimire, qu'on nommait Marine, était du voyage en Pologne.

Casimire de Canilly entrait alors dans sa quinzième année, et elle était déjà belle comme les filles de bonne race le sont à dix-huit ans. Si elle eût connu sa mère, elle eût sans doute beaucoup souffert de quitter la France pour aller si loin, car la Pologne était considérablement plus loin, il y a cent ans, qu'elle ne l'est aujourd'hui, à cause des obstacles plus nombreux que les routes du Nord opposaient autrefois aux voyageurs. Mais Casimire n'avait pas connu sa mère. C'est une forte raison chez les femmes de moins regretter leur patrie, lorsqu'elles n'y laissent pas leur mère. La comtesse de Canilly s'était pour ainsi dire enfuie du monde sous son voile de mariée; elle était morte à la suite de la fièvre de lait, presque immédiatement après la naissance de sa fille. Cet événement plaça Casimire, dès le berceau, sous la tutelle absolue de son père, qui ne confia à personne le soin de son éducation ; il voulut commencer, poursuivre et achever lui-même cette œuvre difficile. L'esprit de système, autant que l'amour paternel, lui conseilla cette détermination. A beaucoup d'égards la prétention se présentait tout à l'avantage de la jeune Casimire. D'abord il l'aimait de l'immense amour dont il n'avait pu se désaltérer avec sa femme, et toute éducation qui part de l'affection et s'en inspire à chaque pas peut s'égarer en route, mais la route est toujours douce à l'élève. Monsieur de Canilly, caractère original et sérieux à la fois, d'une sève remuante et hardie sous une écorce sombre, aurait mérité, à une autre époque, d'être un sujet d'esquisse pour le pinceau du cardinal de Retz ; ce qu'il lui fallait, c'était l'intrigue partout et toujours ; rien pour lui ne venait à bien sans l'intrigue, même les choses les plus naturelles. Il eût intrigué pour que le soleil se levât.

Le cardinal de Richelieu avait fait école, en Europe, d'hommes politiques. Beaucoup d'opulents seigneurs, heureux et considérés, libres de vivre en souverains au fond de leurs terres ou de faire figure à la cour, s'exposaient, pour être des hommes politiques, à la confiscation de leurs biens et à la perte même de leur vie. De ce nombre était monsieur de Canilly, qui, riche à millions, général par son titre, n'avait qu'à marcher lentement sur un si beau chemin de fortune et à ne s'occuper avec quelque souci que de l'avenir fort peu inquiétant de sa fille. Point... Ses jours, ses nuits se passaient à faire et à défaire dans sa tête, ou dans la société de politiques comme lui, le destin des couronnes, et à remonter et à démonter les royaumes, comme si la Providence ne les désorganisait pas assez vite et tout aussi habilement. Il faut croire qu'il existe des prédispositions phrénologiques pour la politique comme il est, dit-on, pour la poésie et la musique, et alors on s'explique comment autrefois les esprits, conduits par ces prédispositions fatales, n'ayant pas le journalisme pour se manifester et se répandre, se repliaient sur eux-mêmes, se nourrissaient de leurs penchants et finissaient par éclater, comme sous Louis XIII les grands conspirateurs Cinq Mars et Montmorency.

Le comte de Canilly voulut créer sa fille à son image, la tailler à sa fantaisie, c'est-à-dire en faire une femme politique. L'éducation qu'il lui donna ne s'écarta pas un seul jour de la ligne despotique de cette intention. Il l'enferma à doubles tours dans l'histoire, lui fit lire et commenter les moralistes de tous les âges et de toutes les nations, de préférence les plus subtils et dans un esprit tout à fait particulier à ses vues. Ramenant tout à son système, il allait au succès avant tout. Il inculquait cette doctrine à sa fille, en lui faisant lire et expliquer les traités de paix, l'initiant à la connaissance exacte des forces numériques de chaque nation, ainsi qu'on apprend aux autres enfants la danse et le dessin. Dire qu'il réussit du premier coup serait une erreur; l'enfant s'obstina à rester enfant le plus possible. Elle quitta plus d'une fois Tite-Live, les commentaires de César, Machiavel, Oxenstiern, pour courir après un papillon. Mais il n'est pas moins vrai de dire que ce qu'elle sut le mieux fut, au bout du compte, ce que son père lui avait enseigné, si ce n'est absolument ce qu'elle aima d'abord le mieux.

Marine, sa nourrice, fut, comme nous venons de le dire, du voyage en Pologne. C'était la fille d'un pêcheur de Saint-Cloud et d'une meunière de Nanterre. Elle avait trente-deux ans environ. Comme toutes les filles de la campagne, elle paraissait son âge. Belle, elle l'était à souhait, et on va juger si l'opinion devait être unanime sur ce point. Marine, la nourrice de Casimire, avait été choisie parmi les plus saines, les plus belles femmes de France pour être la nourrice de Louis XV. Un roi de France avait bu de son lait, ce qui nous semble un titre de noblesse aussi bien fondé qu'un autre. On verra l'orgueil qu'elle avait retenu de cette position à la cour. Elle était brune, souple comme une sirène, et sa tête d'amazone se posait au milieu d'un buste sur lequel le médecin de Molière, celui qui goûtait au lait des nourrices, n'aurait pas voulu perdre ses droits. Un bonnet impertinent, dont la coiffe était petite et la dentelle longue de deux mains, flottait à tous vents sur ses cheveux, à la manière de Ninon en déshabillé. Elle avait causé l'amour et le désespoir de plus d'un courtisan affriandé, mais elle était trop prudente pour gâter sa position. Son mari, dont elle était séparée de corps et de biens, de biens surtout, car il avait mangé plus de trois fois ce qu'il avait apporté en une seule, avait consenti à la quitter, à condition qu'elle se conduirait honnêtement. Au premier bruit sur son compte, il reviendrait vivre avec elle. Le cher homme ne pouvait inventer un meilleur moyen de préserver la vertu de sa femme. Cette menace aurait suffi pour la rendre sourde à toutes les faiblesses si Marine eût aimé autre chose au monde que les deux enfants dont elle avait été la nourrice : Louis XV et Casimire de Canilly. Voilà les deux uniques objets de son attachement, et pour lesquels elle eût donné tous les maris de ce monde. On suppose que la cour ne l'avait pas remerciée sans la récompenser largement par des indemnités, des pensions, des cadeaux : Marine était assez riche pour acheter toutes les cabanes de Saint-Cloud. Elle ne restait donc au service de monsieur de Canilly que pour voir tous les jours sa chère Casimire. Casimire n'avait pas de mère, Marine n'avait pas d'enfants; n'était-il pas naturel qu'elle passât sa vie auprès d'elle? Elle l'appelait souvent sa fille, malgré les grimaces et les remontrances de monsieur de Canilly, dont elle ne tenait aucun compte.

— Parbleu, comte, — lui disait-elle, — tu lui procures déjà tant de plaisir avec tes leçons, dont elle revient toujours le dos voûté, les doigts pleins d'encre et la figure je ne sais comment!

On voit par cette réponse assez familière que Marine tutoyait le comte. Marine tutoyait tout le monde à pleine bouche depuis qu'elle n'avait consenti à devenir la nourrice du petit-fils du grand Dauphin, du futur roi Louis XV, qu'à la condition de tutoyer son nourrisson. Sa prétention, jugée d'abord intolérable par les grandes dames gouvernantes, discutée sérieusement en conseil des ministres et des princes, avait fini par passer. On aima mieux fermer les yeux sur une tache d'huile faite à l'étiquette que perdre la plus belle nourrice de France. La femme qui tutoyait un futur souverain ne pouvait descendre de cette familiarité pour parler avec plus de respect aux autres. Elle disait *tu* aux parents du roi, aux maréchaux, aux confesseurs, aux membres du parlement, aux archevêques, aux ambassadeurs, qui s'amusaient beaucoup de cette licence grammaticale fort unique dans son genre.

. . . .

Or pendant la route elle se prit un jour à dire :

— Ah çà! comte, où nous mènes-tu, depuis un mois que tu nous fais cirer ce parquet de glace?

— Tu le sais bien, on te l'a dit cent fois, à Varsovie, la capitale de la Pologne, — répondit le comte de Canilly.

— Eh bien! j'aime mieux Saint-Cloud, la capitale du bois de Boulogne. On n'a pas besoin d'aller le chercher si loin. Qu'est-ce que tu as donc fait au régent pour qu'il t'ait envoyé ici?

— Mais, sotte, tu ne comprends donc pas que c'est un honneur insigne qu'il me fait en m'envoyant en Pologne?

— Tu appelles cela de l'honneur! Tu as déjà manqué perdre le nez pour l'avoir mis une fois à la portière par ce froid qui avalerait le mont Valérien; ces deux jeunes gens n'ont pas cessé d'être bleus depuis huit jours; moi, je tousse comme celui qui tient l'encensoir, et cette chère enfant sera comme moi enrhumée pour toute sa vie. Tu appelles cela un honneur! — répéta Marine, dont la sortie burlesque n'était pas aussi dépourvue de sens qu'elle en avait l'air. Il est vrai et le comte lui-même ne se faisait pas illusion, que le duc d'Orléans l'envoyait en Pologne comme il l'aurait envoyé au diable, s'il était d'usage qu'on eût des représentants auprès de cette puissance du premier ordre. Il avait seulement coloré d'un titre honorable le demi-exil du comte de Canilly, dont il n'aimait ni l'esprit, ni le caractère, ni le visage. Le comte évita le plus possible, depuis ce jour-là, d'entrer en explication avec Marine sur les motifs et les prérogatives de sa mission. Mais elle, chaque fois qu'elle entendait crier la nuit un loup dans les bois qu'on traversait, elle éveillait le comte pour lui dire : — Comte, je crois que nous sommes arrivés; j'entends le cri des marchandes de *plaisir* de Varsovie. Ah! mon Dieu! mon Dieu! — se reprenait-elle en appuyant sur son épaule la tête de Casimire, — ne serions-nous pas mieux dans notre bonne ville de Paris, à entendre sonner les heures au clocher de notre paroisse? Y a-t-il du bon sens à venir se perdre au milieu des loups, qui sont par milliers ici comme des goujons en Seine?

Les deux fils du marquis de Courtenay, qui étaient de quelques années plus âgés que Casimire, s'attachèrent, pendant ce voyage, à rivaliser auprès d'elle de soins et de tendresse. L'aîné, qui ne prit que plus tard, à la mort de leur père, le titre de marquis, emporta avec lui, en Pologne, tout le faux esprit et la fade galanterie des premières années de la régence, et, au lieu de le rendre ridicule, ce travers le fit bien venir dans ce pays de dissipations, de fêtes et d'orgies aristocratiques, pays en tout temps copiste fidèle, par on ne sait quel mystère de l'organisation nationale, des travers et des méchants usages de la France. On l'accepta comme un modèle à suivre, on le mit sur un socle en biscuit, et le modèle fit de son mieux pour mériter cette apothéose. Il fut l'âme de toutes les fêtes qui se donnaient à Varsovie, qu'il inonda d'une autre Vistule de parfums à la reine, de madrigaux et de sonnets.

Son frère, moins âgé que lui de trois ans, appelé le commandeur dans sa famille, n'envia pas ce genre de gloire; il resta ce qu'il était, c'est-à-dire un militaire studieux, s'occupant de sa profession avec l'austérité du devoir. Ses efforts secondèrent extraordinairement, dans sa mission, monsieur de Canilly, qui, de son côté, la négligea beaucoup pour sonder, ce qui n'était pas sa mission, les prétentions de l'Autriche et de la Russie sur la Pologne, regardée déjà d'un œil de convoitise par les aigles aux becs crochus de ces deux puissances. La Pologne dut, en quelques mois, au jeune commandeur, la fortification de plusieurs places importantes et la création de deux régiments d'infanterie d'après le système français.

II

Il est triste de dire que, des deux frères, le plus aimé, le plus recherché de la société polonaise ne fut pas le jeune homme aux utiles travaux, aux dures veilles, à la vie simple et retirée; ce fut l'autre, le rimailleur musqué, le coureur d'aventures, le Boufflers des ruelles. On oublia même plus d'une fois d'inviter celui-ci aux fêtes dont l'autre était le héros : on le trouvait trop sévère; il ne dansait pas, ne jouait jamais. Qu'était-il venu faire en Pologne?

Ces différents accueils ne refroidirent pas l'amitié du commandeur pour son frère aîné, le marquis de Courtenay. C'est que cette amitié, d'abord innée au cœur noble, au cœur excellent du commandeur, s'augmentait en lui d'un respect pour ainsi dire fanatique envers son frère, et cela tout simplement parce que son frère était l'aîné, le gardien du nom, l'héritier du titre; l'aîné! mot magique dont on ne sait plus aujourd'hui l'immense valeur. L'aîné voulait dire le père, qui voulait dire Dieu; l'aîné voulait dire, par conséquent, l'anneau le plus solide entre le passé de la race et son avenir; l'aîné voulait enfin dire l'honneur de la maison : chaque famille était une monarchie dont l'aîné était le roi.

Et comme autrefois on respectait le roi malgré ses écarts et ses fautes, voyant à travers lui le principe monarchique qui ne variait pas, le commandeur aimait et vénérait son frère, malgré sa frivolité, ses dissipations et ses folies. Jamais il ne lui adressa le moindre reproche, et plus d'une fois, au contraire, il couvrit un défaut très-grand chez son frère, impardonnable surtout chez un gentilhomme, avec un tact et une délicatesse qu'on pourrait appeler sublime.

Ils étaient installés depuis plusieurs mois à Varsovie.

Un soir d'hiver, entre autres, que la terre était alourdie d'un demi-pied de neige, le commandeur, après avoir, selon son habitude, veillé une partie de la nuit à tracer des plans de géométrie, jeta indifféremment les yeux sur les lettres qu'il avait reçues dans la journée. Parmi ces lettres il trouva une invitation de la belle princesse Zymirska à une soirée qu'elle donnait. Il n'était guère que minuit. Le commandeur essuya ses pinceaux et ses plumes, jeta un manteau sur son habit d'uniforme, et, avec l'indulgence d'un homme d'esprit qui accepte un sacrifice de complaisance, il sortit pour se rendre à la soirée de la princesse.

Quand il entra dans les salons de la princesse, il trouva la folle société dans une animation extraordinaire, et pourtant la musique et la danse avaient cessé. Avant qu'il se fût informé des motifs de cette trêve bruyante, plusieurs jeunes seigneurs, encore chauds de l'ivresse du bal, vinrent lui dire en l'entourant :

— Vous ne devinez donc pas ce qui nous rend si préoccupés en ce moment?

— Moi, je ne devine pas, messieurs,—leur répondit le commandeur;—je vous avoue que je ne me suis occupé depuis que je suis ici que de l'absence de mon frère.

— C'est précisément de votre frère que nous nous occupons aussi, — lui fut-il répondu, toujours avec la même gaieté énigmatique. — Sachez donc que depuis huit jours une louve vient chaque soir hurler jusqu'aux portes de Varsovie et épouvanter nos vassaux. Aucun d'eux n'a osé se mesurer avec elle. Elle est énorme, elle a faim; on ne l'approche pas très-facilement.

— Qu'ont de commun mon frère et cette louve? — demanda le commandeur.

— Il y a de commun, — dit Casimire en se levant de sa place et en venant, charmante enfant toute parée du bal, se mêler à la conversation, — que ces messieurs, bien contre mon avis, oh! croyez-le bien, ont tiré au sort pour savoir celui d'entre eux qui, seulement armé d'une paire de pistolets et d'une épée, irait appeler en combat singulier cette louve furieuse, afin de la tuer et d'en apporter les quatre pattes et la tête à une demoiselle de l'assemblée.

— Je devine, — interrompit le commandeur, dont le visage ne trahit pas la pénible contrariété qu'il éprouva : — le sort a désigné mon frère pour aller tuer la louve ou s'en faire dévorer.

— C'est parfaitement cela, — s'écrièrent les jeunes seigneurs polonais, race en tout temps de papillons héroïques, gens qui courent à la mort en dansant. — A lui l'honneur de la victoire, — reprirent-ils. — Il sera embrassé par la dame aux pieds de laquelle il déposera son sanglant trophée.

— J'ai voulu m'opposer à cette imprudence, — dit Casimire, — mais ces dames et ces messieurs m'ont blâmée de ma faiblesse, et d'ailleurs monsieur votre frère ne m'a pas écoutée; enfin il est sorti il y a déjà deux heures pour aller tuer la louve.

— Vous auriez eu tort de le retenir, — dit le commandeur. — Mon frère est brave, et c'est un devoir de sortir avec honneur d'une telle partie une fois qu'on y est engagé. Seulement, messieurs, — ajouta le commandeur, opposant le calme à la légèreté de ses auditeurs. — Vous avez oublié une circonstance dont je dois vous faire part.

— Quelle est cette circonstance? Serait-ce que vous craindriez, monsieur le commandeur, que la louve ne parût pas ce soir, par ce beau froid qu'il fait et ce tapis de neige qui va de Varsovie au pôle? N'ayez pas cette crainte, monsieur le commandeur. Dans la journée nous avons fait jeter un cheval mort à l'endroit de la plaine où la louve a l'habitude de se rendre, et son souper l'attend, elle n'y manquera pas.

— Ce n'est pas cela, — répliqua le commandeur. — Mes travaux de stratégie m'obligent depuis un mois à me promener souvent autour de Varsovie. Hier, attardé par mes observations, je me suis trouvé encore assez loin de la ville au moment où la nuit venait; elle était déjà assez sombre lorsque j'ai entendu pousser à quelques vingt pas devant moi des hurlements affreux.

— C'était la louve! c'était la louve! — s'écrièrent les jeunes Polonais.

— C'était mieux que cela, — reprit le commandeur, toujours avec la même tranquillité : — c'étaient un loup et une louve, tous deux d'une taille monstrueuse. Je les ai vus comme je vous vois, et je puis vous assurer que six de vos plus forts vassaux n'en viendraient pas à bout avec leurs couteaux et leurs fourches.

— Un loup et une louve! — dirent avec effroi les jeunes gens; — mais nous avons donc envoyé votre frère à la mort? Ah! ceci ne sera pas. Un homme pour une louve, c'est déjà beaucoup, c'est déjà assez téméraire; mais un homme contre une louve et un loup, c'est un assassinat. Messieurs, — dit celui qui avait parlé, — je cours prêter assistance à monsieur le marquis de Courtenay.

— Arrêtez! — dit le commandeur; — c'est moi qui vais au secours de mon frère; vous ne voudriez pas me priver de ce danger, et, comme étranger, de cet honneur, si je sors avec lui de ce danger.

— Monsieur le commandeur, prenez du moins mon cheval.

— Je l'accepte.

Le cheval que montait le commandeur piétinait déjà dans la neige.

Casimire était placée à cet heureux commencement de la vie, entre les frontières de l'enfance et celles de la puberté. Son front, son nez, ses lèvres, tout l'arc de son visage, d'une blancheur solide, offrait le renflement de la fleur près de passer de l'état de bouton à l'épanouissement. On sentait sous cette enveloppe fraîche grandir, travailler, fermenter le germe de la jeunesse et de la beauté. Les feuilles semblaient impatientes de sortir, d'éclater. Un sourire pouvait faire entr'ouvrir cette bouche encore prise par les coins, un sentiment inconnu déchirer les tendres charnières de ces deux yeux noirs, dont la langueur n'était encore que de la curiosité, de la réflexion, de l'étonnement, faire palpiter les ailes de ce nez qui n'avaient frémi jusqu'ici qu'au contact d'un fruit aimé, et faire battre ce sein né d'hier comme les petits du ramier. La robe de soie blanche aux quadrilles bleus, dans laquelle Casimir était étroitement serrée par le haut, se ballonnait à la jupe, et ses grandes manches flottaient. Ce costume, sérieux et pomponné à la fois, moitié Médicis, moitié Watteau, lui allait à ravir. Elle ressemblait, ainsi vêtue, à ces graves et jolies compositions de l'école espagnole, fiers portraits appelés par les peintres du titre symbolique de dame Tubéreuse, de demoiselle Anémone.

. . . .

Arrivé, en quelques minutes d'un galop serré, à la plaine où se rendait chaque soir la louve, le commandeur entendit les cris lugubres, les déchirements gutturaux, les aboiements affamés de la bête.

Il poussa plus avant.

Sous un arbre et à deux ou trois cents pas du terrain sur lequel la louve était en train de dépecer le cheval mort, le commandeur aperçut comme un homme qui tremblait, et l'ombre de cet homme tremblait sur la neige. Le commandeur alla vers cette ombre; l'homme était son frère.

— Donnez-moi au plus vite vos pistolets,— lui dit-il,— et prenez mon manteau le vôtre ne vous suffit pas; vous avez froid : c'est le froid qui vous fait trembler. Montez sur ce cheval, je vous l'ordonne, je vous en prie, mon frère...

— Mais...

Son épée nue sous le bras gauche, un pistolet armé dans la main droite, l'autre à sa ceinture, le commandeur alla droit à la louve. La bête n'entendit pas tout de suite venir à elle, tant les os du cheval craquaient à ce bruit sous ses dents. Cependant elle finit par entendre ou par sentir. Sa surprise ne fut pas de l'effroi; elle posa une patte sur le ventre à demi-décharné du cheval, tourna la tête sans tourner le corps, et darda deux rayons rouges sur le visage du commandeur.

Le commandeur s'était arrêté à dix pas environ de la louve. L'animal ne mangeait plus, il regardait toujours. On l'entendait respirer, et sa respiration, visible comme celle d'un cheval, au sortir de ses naseaux, l'hiver, courut chaude et brune sur la couche mate de la neige. A travers ce brouillard qu'elle fit, elle passa la tête. Ce fut comme une auréole tout ensanglantée par le rouge de ses yeux, ronds comme deux cerises. On voyait luire ses dents, auxquelles pendillaient des lambeaux du souper.

Le commandeur fit feu.

La balle du pistolet brisa toutes les dents de face de la louve, qui hurla et se dressa horriblement sur ses pattes de derrière.

Son ventre était velu comme celui d'un ours, et ses nerfs, qu'on voyait, étaient tendus comme des cordes. Retombée sur elle-même, la louve enfonça trois fois dans la neige; au quatrième bond elle faillit étouffer de son haleine formidable le commandeur qui, à bout portant, lâcha la détente de son second pistolet.

Le coup ne fut pas mortel. L'animal enfonça alors ses ongles dans l'épaule gauche du commandeur. Il y eut dans l'air un hurlement et un cri.

La louve avait poussé ce hurlement parce que le commandeur, après avoir rejeté la jambe droite en arrière et pris du champ avec son bras droit, avait plongé son épée tout entière dans le gosier de la louve. Elle était morte.

Le commandeur courut aussitôt vers son frère et lui dit :

— Voilà votre affaire : vous avez tué la louve, entendez-vous? Marchons! la société de madame la princesse Zymirska nous attend. Une petite place, je vous prie, sur la croupe du cheval.

. . . .

Après avoir attaché la louve à la queue du cheval, le commandeur et son frère rentrèrent dans Varsovie.

Ils arrivèrent en quelques minutes à l'hôtel de la princesse Zymirska, où ils étaient attendus avec anxiété.

— Messieurs, — dit le commandeur en présentant son frère à l'assemblée, — je vous ramène le vainqueur. Voilà la louve! — Il la montra étendue, le poil plein de neige et de sang, dans l'antichambre.— Je suis arrivé trop tard sur le champ de bataille. Mon brave frère avait tué la louve, et le loup était déjà parti.

Le marquis de Courtenay alla recevoir un baiser de Casimire, ainsi que l'avait exigé madame la princesse Zymirska.

Pour cacher le sang dont son épaule était rougie, le commandeur s'enveloppa dans son manteau. Une demi-heure après il demanda la permission de se retirer.

Le marquis de Courtenay fut le héros de la soirée, qui se prolongea jusqu'au jour.

Par cet exemple, et mille autres qu'on citerait, on voit que la vie du commandeur était une perpétuelle et silencieuse surveillance exercée sur la débilité morale et physique de son frère aîné, le marquis, beaucoup trop évaporé pour remarquer la beauté de ce dévouement.

III

Cependant, si le commandeur n'avait pas d'autre moyen de voiler la triste individualité du marquis que d'accourir sans bruit pour réparer ses fautes ou l'empêcher d'en commettre, il n'usait pas de la même discrétion envers mademoiselle de Canilly, aux prises avec la brillante corruption de la société où son père, trop absorbé par ses spéculations politiques, ne sentait pas le danger de la laisser. Quand monsieur de Canilly l'avait gardée pendant une journée entière, auprès de lui, dans son cabinet, lui ayant fait lire sa correspondance avec toutes les fortes têtes politiques de l'Europe, tas de brouillons, de mécontents, de dupes ou d'espions, il croyait sa tâche de père noblement finie, et il ne s'inquiétait guère de savoir dans quel sens se détendrait l'arc qu'il avait si longtemps tendu. Malheureusement pour Casimire, elle comprenait, comme en se jouant, toutes les difficultés auxquelles son père l'initiait. La jeunesse, feu dont l'essence est de dévorer, fait passion de tout.

Casimire apporta d'abord de l'obéissance à ces travaux méditatifs, puis de l'habitude; enfin elle y prit goût, de même qu'on prend goût aux échecs après les avoir cent fois maudits et s'y être brisé la tête. Son père se servait de son style rapide et clair pour rédiger des Mémoires sur toutes les questions qui lui passaient par la tête : *Réduction de l'impôt, Balance du crédit public, Alliance avec les puissances du Midi, Moyen d'augmenter la force des armées*, et une foule d'autres écrits dont il inondait les cabinets des ministres qui ne les lisaient pas toujours, et qui n'ont jamais aimé, du reste, les fonctionnaires qui écrivent.

Le comte de Canilly pouvait avoir alors quarante-neuf ans. Sa figure rappelait celle du Dante. Calcinés par les feux de l'ambition, ses traits portaient l'empreinte des macérations morales auxquelles cette passion terrible soumet les âmes. Ses joues, son front, son cou, ses mains nerveuses, semblaient avoir jauni à la fumée des guerres civiles. C'était un de ces hommes qui brûlent noir. Le parchemin de son front tombait dans un dernier pli sur la double arcade de ses sourcils, moitié noirs, moitié blancs, et ses yeux, toujours jeunes, illuminaient la voûte de ces deux corridors sombres. Ils étaient spirituels et violents sous un brouillard mélancolique. Que de déceptions! que de mépris! que de colère étouffée on apercevait sous le globe de ces yeux d'origine italienne! Il y avait l'enfer du poëte florentin, mais rien qui rappelât les ombres de son purgatoire et surtout les placidités de son paradis. Comme le nez aquilin du poëte, celui du comte s'abattait sur des lèvres fines et fermées, ainsi que le sont les petites lèvres de la couleuvre. Elles étaient d'un dessin sinueux et semblaient ne pas finir. Sous ce masque vieux de fatigue, énergique de passion, s'allongeait un cou d'une maigreur cannelée et qui portait comme au bout d'une pique la tête dont il était surmonté. Le reste du corps rentrait dans l'harmonie du visage. C'était le plus beau type de ces hommes historiques qui apparaissent au peuple le jour où le balcon du palais d'un duc ou d'un roi s'ouvre au coup de vent d'une révolution, et qu'il en tombe une voix qui dit : Justice est faite!

On voyait en lui, dans des membres inquiets et pourtant délicats comme ceux des gentilshommes, toute la banale activité du peuple et toute la supériorité de l'aristocratie. C'était l'aristocratie révolutionnaire. Son moral s'était moulé sur son corps, qui, ainsi que son moral, tenait debout par l'effet d'un perpétuel artifice. C'était une ambition percée de deux yeux et montée sur deux jambes. Un grand costume noir, sillonné de vieilles broderies d'or, couvrait le comte sans l'habiller. Il n'avait pas plus d'habit que de corps. On apercevait des façons de vêtements autour d'une chose qui ne s'en doutait pas. Tel était le père de Casimire de Canilly.

Il enfonçait sans pitié les jolis doigts roses de Casimire dans l'encre, et il lui faisait noircir le plus possible du papier. Il parvint donc, au gré de ses vœux, à voiler d'une teinte sérieuse les traits les plus gracieux du monde, et à rétrécir un esprit facile, un cœur où il y avait place pour les plus belles qualités. Mais il avait voulu l'élever lui-même, l'aigle voulait un aiglon, et remplacer, par les leçons de sa science profonde, les enseignements d'une mère ou d'une institutrice. Monsieur de Canilly restait presque toujours d'un degré au-dessus ou au-dessous de la ligne réelle de l'éducation. Cette différence, dont il ne s'apercevait pas, n'est pas moins que la confusion de toute harmonie, de tout ordre, de toute vérité.

Ainsi, avec l'intention de rendre sa fille prudente, il la rendait fine, et il aboutissait à lui donner de la dissimulation, au lieu de la prévoyance; de l'égoïsme au lieu de la réserve; de la dureté au lieu de la justice, du calcul au lieu de la raison, et à lui faire préférer le succès, que ne doivent jamais connaître les femmes, au bonheur même.

Pénétré de l'opinion que chaque créature est constamment entourée d'ennemis ardents à l'empêcher de vivre, surtout dans l'ordre social, il avait réduit en maximes toute l'expérience dont il prétendait doter sa fille avant de la lancer, à Paris, sur la grande mer de la cour et du monde.

Voici quelques-unes des maximes enseignées, par le comte de Canilly, à sa fille Casimire :

« Le monde est une caverne d'hommes de proie, qui » s'entre-dévorent sans pitié.

» La pitié est une infirmité de l'esprit, qui finit par » gagner le cœur, si l'on n'y prend garde.

» S'il y avait deux existences, il faudrait à tout prix en » consacrer une au bien, afin de savoir si l'autre s'en » trouverait mieux. Mais il n'y en a qu'une.

» Il faut donc s'arranger pour être heureux pendant » qu'on vit.

» Qu'est-ce que le bonheur? La satisfaction physique » et morale de soi-même. Tout ce qu'on peut dire en» suite se compose de sophismes, de paradoxes et de » mensonges.

» Ne pas faire le mal pour le mal, c'est trop empereur » romain. D'ailleurs, notre éducation y répugne et nos » habitudes en souffrent; donc le mal est mal pour cela » et à cause de cela.

» Il y a beaucoup de malheureux, mais beaucoup » plus de maladroits. Le bonheur est donc un art; il » faut le connaître.

» Où trouve-t-on le bonheur? Partout où le désir ne » rencontre pas d'obstacles qu'il ne puisse vaincre. Mais » s'il n'y avait pas d'obstacle, hypothèse absurde, il n'y » aurait pas de désir.

» Le bonheur se compose donc en partie de difficultés » vaincues.

» Les difficultés sont infinies parce que l'homme est » l'ennemi de l'homme : le laboureur envie le laboureur, » l'ouvrier déteste l'ouvrier, l'homme de cour hait » l'homme de cour.

» Cependant le lion ne mange pas le lion, la mouche » ne tue pas la mouche. C'est que l'homme est plus » cruel que le lion et moins sensé que la mouche. Qu'y » faire?

» Vous êtes gentilhomme, mourez tel.

» Dans tout vrai gentilhomme, il y a l'étoffe d'un roi.

» Un roi n'est qu'un gentilhomme en place.

» Tout gentilhomme doit servir son roi, parce que » c'est comme s'il se servait lui-même.

» Tout gentilhomme qui se révolte contre son roi a » tort... s'il ne réussit pas.

» S'il réussit, il a vaincu au même titre que Hugues » Capet. Il a raison.

» Qu'est-ce que la cour? Un paradis quand on la voit » de loin; un enfer lorsqu'on y est.

» A qui faut-il plaire quand on veut s'y maintenir : » Mais au diable. Le diable ce n'est pas le roi. Qu'est-ce » donc?

» C'est ce qui est en faveur.

» Savoir ce qui est en faveur.

» Rarement le roi; parfois la reine, les dames d'hon» neur; souvent le ministre; souvent un singe ou un » petit chien.

» A la cour, il est quelquefois nécessaire d'avoir un » sexe, jamais un cœur.

» On peut avoir de bonnes mœurs à la cour, mais il » faut qu'on le dise bien haut, parce qu'alors les autres » n'y croient pas, et l'on est estimé par eux comme si » l'on n'en avait point.

» Ne pas oublier les petites gens : elles ne peuvent » que vous remercier.

» Toujours ou ne jamais sourire. Il n'y a pas de pont » entre ces deux abîmes.

» Mazarin riait toujours, Richelieu ne riait jamais.

» La cour n'est pas un palais, c'est un pays. C'est une » langue à part, des mœurs à part. Cela est si vrai que » la naissance d'un enfant y est presque toujours un » scandale.

» Est-ce mal? Non. Parler chinois n'est pas un mal.

» Adorer les gens qui vous tournent le dos se voit dans » certains pays; il faut se conformer aux mœurs et aux » usages des nations.

» Ce pays est celui des gentilshommes; c'est à eux à » y vivre le plus commodément possible.

» Quels sont vos ennemis à la cour? Tous ceux qui le » sont et tous ceux qui ne le sont pas, parce que ceux-ci » laissent faire ceux-là. La différence est imperceptible.

» A la cour, celui qui cache le mieux son esprit est » celui qui en a le plus. Les hyènes cachent leurs dents.

» Le cœur est un muscle comme tout autre muscle; » il ne faut pas plus le fatiguer que ceux du bras.

» Une jolie femme, qui, en trois ans, n'a pas fait son » chemin à la cour, ne le fera jamais.

» Que peut faire une jolie femme à la cour? — De » l'intrigue.

» Si elle aime sérieusement, elle est perdue; si elle » n'aime pas du tout, elle l'est également.

» Son influence se mesure à la quantité de protégés » qu'elle a et d'ennemis qu'elle s'attire.

» Ses décorations, ses titres, ses pensions sont les pen» sions, les titres, les décorations accordés à ses fa» voris.

» Par peur de voir sa réputation compromise, elle ne » doit pas céder aux menaces; du jour où elle fléchit, » elle est morte : c'est une plante.

» Autant vaudrait pour elle se noyer que d'épouser un » homme qui ne fût pas de qualité. S'il était possible, il » faudrait que l'épagneul d'une femme de cour fût gen» tilhomme.

» Son mari doit être son admirateur dans le monde, » un inconnu pour elle à la cour, tout ce qu'il pourra » ailleurs et le reste du temps.

» Elle ne doit pas être jalouse de son mari; s'ils sont » jaloux l'un de l'autre, ils seront l'un à l'autre leur plus » mortel ennemi. On les trouvera étranglés avec leur » chemise.

» C'est cruel, mais c'est ainsi. Il est indispensable que » l'un soit le jouet, la victime de l'autre, du moins aux » yeux du monde. De préférence, c'est le mari qui doit » être la victime. C'est à lui à s'arranger pour n'être que » ridicule.

» Le plus beau côté d'une femme bien en cour est de » savoir rendre un service tout simplement, et de paraî» tre éprouver une contrariété très-vive lorsqu'elle feint » de ne pouvoir obliger. Par ce moyen on la croira très» généreuse quand elle n'agira qu'avec réflexion.

» La femme qui oblige avec enthousiasme fait trop de » cas de la personne et pas assez de la chose. Elle fait » douter par là de la valeur du service.

» Elle gardera son crédit pour faire parvenir ses en» fants. C'est la seule faveur qu'on ne lui reprochera » pas, parce qu'ils seront toujours jugés trop médiocres » pour arriver par eux-mêmes.

» Si jamais une femme arrive à conseiller un minis» tre, la loi salique sera détruite; il y a plus, pendant » un règne, le roi sera exclu du trône.

» Elle sera d'autant plus forte qu'on ne la verra pas. » Déjà, du temps de Numa, la nymphe Égérie se cachait » dans le feuillage pour enseigner à ce prince l'art de » gouverner. Cette anecdocte est une allégorie, et cette » allégorie renferme un grand sens.

» Elle connaîtra bien les hommes, et elle n'oubliera » pas ces vérités éternelles qui n'ont plus besoin de con» firmation.

» Tous les hommes sont ambitieux, aucun n'est incor» ruptible.

» Aucun n'est aussi fort que sa haine : il s'agit d'at» tendre la fin de la tempête.

» Il ne faut compter sur la discrétion d'aucun d'eux. » On ne doit leur confier que ce qu'on veut répandre.

» Un homme peut déshonorer un autre homme; une » femme n'a que la ressource de faire tuer ou d'oublier » l'homme qui l'a outragée.

» Une femme qui se met dans la nécessité de pardon» ner un outrage a mérité de le recevoir.

» Une femme qui n'a pas le caractère plus élevé qu'un » homme l'a infiniment au-dessous.

» Les femmes qui deviennent les maîtresses d'un roi » sont comme ces enfants qui, lorsqu'on leur demande » s'ils veulent des sucreries, répondent : — J'en veux » trop.

» La maîtresse d'un roi est arrivée au sommet des » Cordillières : il faut qu'elle étouffe, il n'y a plus d'air; » ou qu'elle se précipite, il n'y a plus d'espace.

» Elle n'est plus à personne, pas même au roi.

» Toutes les maîtresses des rois ont vécu misérable» ment et sont mortes dans le mépris. C'est la plus inu» tile des prostitutions.

» Si l'on n'a pas encore érigé de statue aux femmes, » c'est qu'on ne peut pas les représenter nues. Qu'elles » jugent par là à quoi tient la célébrité!

» Les hommes ont ou croient avoir des amis; les fem» mes n'ont que des amants, ou elles n'ont rien.

» Une femme de cour qui n'est plus jolie est un tableau » dont la peinture n'existe plus. C'est une toile d'embal» lage.

» Le cœur d'une jeune femme doit être un diamant, » c'est-à-dire un bouclier et une parure, une séduction » et une impénétrabilité.

» Un projet devant toujours en masquer un autre, plus » le projet qu'on affiche paraît vrai, plus l'autre est à » couvert.

IV

Un jour Marine entra dans le cabinet de monsieur de Canilly, et sans plus de façon elle se carra dans un fauteuil, en face de celui du comte.

— Tu ne verrais pas, — commença-t-elle par lui dire, — non, tu ne verrais pas, monsieur le comte, avec toute ta science, la statue de saint Christophe entre les deux tours de Notre-Dame, la Samaritaine sur le Pont-Neuf, et un bœuf nageant dans ton bouillon.

— Ma chère Marine, — répondit le comte, — le temps est trop précieux pour le perdre en paraboles.

— Paraboles ou fariboles, tu t'occupes plus, — reprit Marine, — de ce qui se passe dans le ménage du grand-turc que chez toi.

— Et que se passe-t-il donc chez moi?

— Il se passe, monsieur le comte, que notre fille maigrit, comme lorsque je la sevrai.

— Casimire n'est pourtant pas malade!

— Tu crois donc que les jeunes filles ne sont malades que quand elles ont la goutte. Elles ne sont pas malades de cette manière-là. Elles mangent et elles sont malades, elles dorment et elles sont très-malades.

— Mais elle a encore été au bal cette semaine, — s'écria le comte; — elle doit y aller demain!

— C'est que les jeunes filles dansent et qu'elles sont malades. La preuve, c'est que notre Casimire danse comme une Bohémienne, et qu'elle maigrit, je te le répète, comme un oiseau après la mue, et qu'elle jaunit comme une feuille de vigne un mois après les vendanges.

— Et quel est son mal, savant médecin? — demanda monsieur de Canilly.

— Son mal, c'est d'abord quinze ans; son mal, c'est qu'elle est jolie à miracles; son mal, c'est qu'elle ne sait pas son mal.

— Quel diable de propos me tiens-tu là?

— J'ai eu quinze ans, monsieur le comte, — reprit Marine, — et quand je revenais du bal de Viroflay, où j'avais vu des vignerons d'une belle venue, des meuniers qui m'avaient dit des choses agréables en dansant, je me trouvais tout chose.

— Qu'est-ce que tu entends par tout chose?

— Mais oui, tout chose; je rêvassais encore du bal et des violons dans mon lit; j'avais des épingles sous les talons, et il me semblait que j'allais cueillir de la blanche épine, le long du bois de Meudon, avec je ne sais plus qui; mais j'étais tout heureuse et toute pantoise en me réveillant. Je faisais mal l'ouvrage; j'arrosais à côté de la plante; je mettais le foin dans le seau et je salais jusqu'à douze fois la soupe de mon père.

— Et qu'avais-tu, grosse folle?

— J'avais le mal de notre Casimire.

— Mais, encore une fois, me diras-tu quel est ce mal?

— Ne le sachant pas moi-même, je m'adressai à une de mes amies, à Rose, la batelière.

— Et qu'est-ce qu'elle te dit?

— Elle me dit comme cela que cela prenait de la même manière à toutes les jeunes filles. J'étais sur le point d'avoir de l'amour pour quelqu'un. Le feu n'avait pas encore pris au bois sec, mais cela commençait à pétiller. C'est qu'elle ne se trompait pas d'un brin. Oui! et, vrai comme j'ai donné le plus pur de mon lait à celui qui sera un jour notre bon roi Louis XV, je n'étais pas à quatre enjambées de l'amour. Les bals de l'arrière-saison revinrent, et crac! je fus prise au traquenard, sans pouvoir remuer ni pieds ni pattes : j'étais courbaturée d'amour. J'aimais. Rose, la batelière, avait raison, et moi j'ai raison aussi quand je te dis que notre Casimire a quelque chose d'approchant.

— Casimire oserait aimer! elle si sérieuse et si froide, quand elle a tant d'occupations graves dans la tête!...Tu déraisonnes, Marine.

— Oh! notre bonne Dame de Nanterre! Tu te figures donc, monsieur le comte, qu'elle viendrait te demander la permission d'aimer un de ces gentils messieurs qui ont des yeux bleus comme des poissons.

— Voyons, voyons, — reprit le comte; — je n'admets pas qu'une Canilly éprouve une faiblesse coupable pour un étranger.

— Bon! tu crois donc qu'elle demandera à un jeune homme de son goût, avant de l'aimer, si son terroir produit du blé ou du sarrazin?

— Je me serais bien aperçu pourtant...

— Toi, t'apercevoir! Mais tu la laisses libre d'aller où il lui plaît, de bal en bal, de fête en fête! Ce n'est pas moi, qu'on relègue dans l'antichambre avec les pelisses et les manchons, qui peut voir, dans le bal, celui qui lui serre la main, ou celui qui, en dansant, lui parle de tout autre chose que de la danse.

— Oui, — reprit soucieusement le comte de Canilly, forcé, par le gros bon sens de la nourrice, à s'avouer qu'il avait pu fort bien apprendre à sa fille comment on se conduisait à la cour, mais non comment on évitait une passion; — oui, je ne la surveille pas assez. Je crois que mes occupations m'ont trop empêché jusqu'ici de l'accompagner dans le monde. Mais, — s'interrompit-il aussitôt, — il me semble que j'ai chargé messieurs de Courtenay d'être ses cavaliers, de me remplacer enfin.

— Tiens! c'est vrai, — reprit la nourrice avec un air de bonhomie, — ces messieurs te remplacent, je n'y pensais pas. Mais tu sais que le commandeur, n'ayant pas un penchant très-décidé pour les bals, ne sert pas souvent de cavalier à ta fille; je crois même qu'il ne l'a jamais accompagnée.

— Mais l'autre, — interrompit vivement monsieur de Canilly, — est un fou, un diable, qui a déjà bien du mal à se conduire lui-même.

— C'est mon avis, — répondit Marine; — mais je ne vois que lui qui, jusqu'ici, l'ait accompagnée.

— Je n'en savais rien, — murmura le comte, amené tout doucement par la nourrice à ouvrir enfin les yeux et l'entendement aux choses sérieuses de sa maison; — il faudra que je parle à Casimire...

— Et que lui diras-tu?

— Que je veux qu'elle n'aille nulle part avec le marquis de Courtenay, dont il m'est revenu des histoires fort peu édifiantes depuis notre séjour ici.

— Mais alors, s'ils cessent de se montrer ensemble, on dira dans le monde qu'il s'est passé, entre elle et lui, des choses qui ne sont pas.

— Que s'est-il passé?

— Mais rien! rien! — reprit Marine; — c'est une supposition; je la fais uniquement pour te dire, monsieur le comte, qu'il n'est pas toujours prudent d'empêcher ce qu'on aurait dû défendre d'abord.

— Cela est profondément vrai en politique, — reprit le comte surpris au plus beau moment d'une question de famille par sa manie de mêler la politique à tout.

— Politique ou non, il n'importe, — dit Marine. — Toujours est-il vrai que monsieur le marquis est un fin pèlerin, dont les coquilles ne m'inspirent pas beaucoup de confiance.

— Est-ce qu'il y aurait quelque chose entre elle et lui?... Te serais-tu aperçue?...

— Mon Dieu! non. Tantôt, monsieur le comte, tu n'allais pas du tout, maintenant tu vas trop vite; tu es comme le bateau de mon oncle le passeur.

— Mais enfin, si Casimire aime...

— Je crois cela, par exemple, — reprit Marine.

— Ah! tu le crois! Alors tu sais qui elle aime?

— Non!

— Tu le sais...

— Non! mais je le saurai.

— Moi, je le sais, — s'écria le comte, par un de ces revirements qui lui étaient familiers, — je sais qui elle aime.

— Et qui est-ce donc?

— Ah! tête romanesque, — se reprit-il, — imagination que je croyais avoir domptée!

— Mais qui aime-t-elle, enfin?

— C'est mon secret, — répondit le comte en se frottant les mains; — c'est mon secret!

— Puisque cela est ainsi, — dit Marine, — je n'ai plus rien à te dire. C'est bien. Mais que vas-tu faire? l'empêcher d'aller dans le monde avec le marquis de Courtenay?

— Dieu m'en garde! laissons-là aller avec lui. Ne dérangeons rien. Va, repose-toi sur moi.

— A la bonne heure, — dit Marine en s'en allant, — à la bonne heure!

— Qui m'eût dit, — s'écria le comte, le bras en l'air, — que Casimire aimât monsieur de Marescreux sur la simple peinture que je lui ai faite de sa personne!

V

Un heureux contre-poids à tant de faux principes professés par le comte de Canilly, c'était la confiance affectueuse de Casimire dans les conseils du jeune commandeur de Courtenay. Elle oubliait les enseignements de son père; elle se raréfiait dès qu'elle écoutait les paroles franches de cette âme saine comme l'air de la mer. Le commandeur n'approuvait pas qu'on fît de la vie un antre où chacun cherche à égorger son ennemi. Ce mot d'ennemi lui était à peine connu; il ne consentait à voir que des adversaires dans les hommes dont les intérêts différaient des siens; aussi n'aimait-il pas monsieur de Canilly, quoiqu'il reconnût en lui une grande science de pénétration, malheureusement poussée trop loin. Il souffrait beaucoup de lui voir prendre tant d'ascendant sur l'esprit de Casimire; il craignait que sa vie entière ne se ressentît des effets de cette tutelle. « Non, » disait-il à Casimire dans leurs charmants entretiens qui prenaient de jour en jour une couleur plus tendre; « non, le monde n'est pas, comme on voudrait vous le persuader, une société de trompeurs et de trompés. Il existe peut-être des âmes malheureuses, tourmentées du désir de mal faire, mais elles forment le petit nombre, et le meilleur moyen de déjouer leurs embûches, c'est encore d'être bon; il faut l'être constamment, à tout prix, ne s'éclairer que de la bonté dans tous les actes de la vie. Cette bonté que vous saurez avoir, Casimire, car vous en portez en vous les précieux germes, vous fera plus heureuse que toutes les victoires remportées par les calculs de l'adresse et de la défiance. »

Comme il n'aimait pas plus à débiter des maximes morales qu'à écouter des maximes politiques, le jeune commandeur bornait à ces brèves observations les conseils qu'il croyait devoir à l'inexpérience de Casimire. Il préférait l'arracher brusquement, à certaines heures du jour, à l'atmosphère pernicieuse dans laquelle son père l'étouffait, et l'entraîner, pour opérer une vive diversion, au fond des vertes solitudes des campagnes de Varsovie. Ils allaient se promener à cheval dans les bois, et, dans ces courses salutaires, Casimire renouvelait son sang et ses pensées; elles étaient son plaisir favori. D'ailleurs quelle jeune personne polonaise n'excellait pas dans l'exercice du cheval? Le commandeur était son maître d'équitation : les leçons se prenaient en secret, parce qu'à l'exemple des grands hommes Casimire, toujours de l'avis de son père, ne voulait pas qu'on aperçût la moindre trace d'étude dans les talents dont on la louait, mystère qui grandit le personnage aux yeux du monde, ami du merveilleux.

A certain jour convenu entre eux, Casimire par un chemin, le commandeur par un autre, se rencontraient dans la campagne à quelque distance de la ville. Une fois, entre autres, le commandeur avait fait tenir à sa disposition un jeune cheval de l'Ukraine dont il voulait connaître les défauts et les qualités avant de le laisser monter à Casimire.

— Je le monterai la première, — s'écria Casimire en le voyant; — c'est un honneur que je dois à sa rare beauté.

— Après moi, s'il vous plaît, mon élève. Le premier péril m'appartient.

— Que craignez-vous, mon cher maître? — dit Casimire; et elle coulait sa jolie main dans la noire et luisante crinière du cheval. — S'il se cabre, je le relèverai; s'il m'emporte, je le laisserai courir; il faudra bien qu'il s'arrête; s'il rue, je m'élancerai à son cou et nous bondirons ensemble. D'ailleurs, ne serez-vous pas à mes côtés?

Le commandeur hocha la tête.

Comme Casimire insistait :

— Eh! bien nous le monterons tous les deux, — dit-il; — nous le dresserons ensemble. — Le traité fut accepté. A côté de la selle un coussin fut placé sur la croupe du cheval, qui partit aussitôt qu'il sentit le poids des deux cavaliers. Il flairait sans doute au loin les gras pâturages de l'Ukraine, car il galopait avec une frénésie telle que les arbres passaient comme des visions. Quoique rapide à l'excès, le mouvement était si doux que le commandeur s'occupait à peine des rênes. Casimire, assise derrière lui, avait appuyé la main sur son épaule droite; de l'autre elle agitait une petite cravache. Ils couraient dans le fond d'un ravin dont ils n'apercevaient pas le bout. Le vent de la course et le vent dans les branches des bouleaux leur faisaient une harmonie délicieuse à entendre. En s'évasant tout à coup vers leur droite, le ravin leur laissa voir, au bas d'un terrain incliné, un torrent qui coulait à deux cents pas devant eux. Deux cents pas pour ce démon de cheval, qui avait des ailes, qu'était-ce? Le commandeur tend les rênes pour arrêter; le cheval continue à courir comme s'il était seul, nu, en liberté. Le torrent était effroyablement large, ce que les deux cavaliers voyaient en s'approchant. Nouvelle contraction des rênes, même insensibilité du cheval. — Nous sommes perdus! — dit le commandeur à Casimire. — Franchir le torrent à cheval, c'est un danger affreux; nous laisser glisser à terre, c'est nous briser.

— En ce cas, — dit Casimire, — je saute à terre.

— Mais c'est la mort, vous dis-je.

— Je préfère celle-ci.

Casimire allait sauter. Le commandeur la retient contre lui en l'entourant de son bras gauche, tandis que sa main droite saisissait désespérément la crinière du cheval arrivé au bord du torrent.

Le cheval s'élance. Un instant on put voir en l'air Casimire coulant le long du flanc du cheval, la pointe de ses pieds rayant l'eau, retenue seulement par le bras du commandeur : deux figures pâles, de l'écume au-dessous. Le cheval tomba dans l'eau, car aucune force possible ne l'eût fait s'élancer jusqu'à l'autre bord. Il enfonça dans un sable doux. Il resta étourdi, mais debout; il n'était pas blessé.

Casimire et le commandeur gagnèrent facilement le rivage en tirant le cheval derrière eux.

— Pourquoi vouliez-vous sauter à bas du cheval? — demanda le commandeur à Casimire : — vous vous seriez brisée en tombant.

— Parce que, si l'on eût trouvé nos deux cadavres dans le torrent, — répondit-elle, — on eût dit que c'était un suicide par amour, que nous nous aimions.

— Et mieux vaut se briser le crâne, n'est-ce pas? — dit le commandeur.

Casimire ne répondit pas. Assise sur le sable près du commandeur, qui se tenait debout, elle s'occupait à réparer le désordre de sa toilette.

. . . .

Le commandeur entrait dans sa dix-huitième année. Un beau front couronnait son visage d'une gravité naturelle. Ses traits étaient un peu pointus, fins, sans maigreur. Très-rapprochés, ses yeux, d'un bleu décidé, avaient un mouvement tranquille et long : ils exprimaient le penchant à la réflexion plutôt qu'à la mélancolie. Son nez hardi était celui des Condé. Une ligne franche dessinait ses lèvres légèrement rebondies, comme chez toutes les personnes dont la bonté résulte de l'intelligence. Sa tête tournait avec aisance sur ses épaules bien attachées. Le commandeur était de la taille déliée des chevaliers, mot qui dessine et qui peint.

Ce fut dans l'intervalle intime qui succéda à l'animation du danger qu'ils avaient couru que le commandeur parla à Casimire de ses projets prochains. La paix de la France avec les autres nations laissait peu pressentir qu'il pourrait un jour appliquer à sa défense ses études stratégiques. Dans cette persuasion, il avait arrêté d'offrir ses services à l'empereur d'Allemagne dont les armées attendaient la fonte des neiges pour marcher contre la Turquie, et assiéger Belgrade, réputé imprenable.

Simple volontaire, le commandeur bornait son ambition à voir se réaliser sur le champ de bataille les calculs médités par lui dans l'ombre du cabinet.

— Que les autres entrent l'épée à la main, dans la forteresse conquise! que les populations les implorent sur leur passage! moi, — dit-il, — je dois me contenter de l'unique satisfaction d'avoir indiqué avec mon compas l'endroit où la bombe s'est abattue. Peut-être deviendrai-je sous-officier dans cette campagne, — ajouta-t-il, — si les généraux de Sa Majesté Impériale daignent faire attention à moi. J'irai ensuite demander du service à la Suède qui n'en a pas fini, dit-on, avec le Danemark. Je pourrai bien avoir alors vingt-huit ans. Après cela...

— Après cela? — répéta Casimire, ne trouvant pas apparemment que le commandeur étendait assez loin les prévisions.

— Eh bien! — répondit le commandeur, — je me retirerai dans la terre de Courtenay, dans le vieux château de notre famille, et j'obtiendrai, je l'espère, de mon frère aîné, la jouissance d'une aile tranquille. Là je travaillerai, tout le reste de ma vie, à mon grand système de fortifications.

— Vous ne vous marierez donc jamais?

— Me marier! — répondit d'un air doux et résigné le commandeur, et comme l'eût fait un prisonnier à qui l'on eût dit en passant sous sa croisée grillée : Pourquoi ne vous promenez-vous pas lorsque le temps est si beau? — Mon frère, le marquis, est l'aîné; il a tous les biens. Je suis aussi puissamment pauvre qu'il est puissamment riche. A quelle femme voulez-vous que je propose d'associer sa vie à la mienne, dans ces temps où la richesse est si recherchée, où briller est tout?

— Mais je suis riche, moi! je suis très-riche! —s'écria Casimire en se levant, et qui, dans ce cri qui lui échappa, découvrit tout l'amour qu'elle ressentait pour le jeune commandeur.

— Ah! loué soit Dieu! — l'interrompit celui-ci,— monsieur de Canilly, votre père, n'a pas encore flétri votre âme avec sa politique. Vous êtes généreuse, vous êtes bonne. — Il n'osa pas ajouter : Et vous ne craignez pas d'avouer que vous m'aimez.

— Il ne s'agit ni de moi ni de mon père, — reprit sèchement Casimire;— je ne sais pourquoi vous l'accusez ainsi.

Son visage et sa voix avaient complétement changé en un instant; c'étaient le son de voix et l'expression de visage de monsieur de Canilly.

D'un mouvement rapide, elle s'élança sur le cheval; elle attendit que le commandeur y reprît sa place. Ils partirent de nouveau, mais cette fois il n'y avait rien à craindre. Les chevaux sont comme les hommes : rien ne les dompte comme une chute.

Bouleversé par les dernières paroles qu'il venait d'entendre, le commandeur ne croyait pas ramener la même personne. Il ne remarquait pas qu'en allant Casimire avait seulement posé la main sur son épaule, et qu'au retour il était entouré par les bras de Casimire.

VI

Sans l'influence de monsieur de Canilly, cette belle fleur qui s'appelait Casimire, serait parvenue, grâce à l'appui du sage commandeur, à la plus riche éclosion. L'amour la rendait déjà rêveuse et réfléchie; un jeune homme avait surpris son aveu, et, de son côté, elle ne doutait pas de l'amour de ce jeune homme pour elle. Malheureusement, plus sa raison se développait, plus son père cherchait à s'en emparer. Il la retenait de plus longues heures auprès de lui. Persuasif, sophiste habile sans croire l'être, causeur entraînant, comme le sont presque toutes les personnes de cour, il s'insinuait dans son âme par toutes les voies. Aux endroits résistants, il faisait entrer les coins de fer de l'ambition. Puis il se mettait lui-même en scène. Pouvait-il vieillir dans le poste lointain où on l'avait relégué comme pour masquer une disgrâce? Se croyant indispensable, il s'imaginait avoir beaucoup d'ennemis à la cour, auprès du régent; orgueil de tous les ambitieux, qui ne voient pas que leur plus acharné ennemi c'est eux-mêmes. Il attaquait de nouveau sa fille par la vanité, et cette vanité, lui seul la lui avait donnée, imitant ces soldats d'artillerie qui, dans les loisirs des garnisons, élèvent la nuit des redoutes qu'ils prennent eux-mêmes le lendemain. Il lui montrait autour d'elle de jeunes filles polonaises presque toutes qualifiées de princesses. Qu'était-elle en comparaison avec son titre de vicomtesse qui la rendait tout au plus digne d'épouser un jour quelque comte ruiné? Et encore, lui disait-il, nous sommes ici dans un désert; que serions-nous, jugez-en vous-même, si nous figurions dans une cour d'Allemagne, ou en Espagne, au sein de la grandesse castillane? Je ne sais pas, en vérité, ce que nous deviendrions. Je veux donner une poussée à ma race qui n'a pas marché depuis un siècle. Je veux être grand pour éblouir un gendre, et mettre ensuite, par une substitution dont on ne peut me refuser le droit, toutes les dignités que j'aurai acquises sur la tête de votre futur fils aîné. Je sais que j'ai beaucoup d'ennemis, toujours ses ennemis! mais nous les vaincrons, si vous m'aidez. Pourquoi ne m'aideriez-vous pas? N'est-ce pas à votre bonheur que je travaille?

— Le moment est à la fin venu, — dit-il un jour à Casimire, en l'entraînant mystérieusement dans l'endroit le plus retiré de son cabinet, — de vous révéler l'œuvre immense à laquelle ma sollicitude pour vous me fait travailler sans relâche depuis un an.—Le comte s'était assuré que personne ne viendrait les déranger pendant le grave entretien qu'il allait avoir avec sa fille. Il ferma la porte à double tour, et, après avoir fait asseoir Casimire près d'une table sur laquelle étaient des monceaux de vieux parchemins, plusieurs liasses de papier, quelques médailles d'argent et de cuivre, un cachet et un antique nobiliaire, il lui dit : — J'ai besoin de vous recommander avant toutes choses la plus inviolable discrétion.

— Mon père, — répondit Casimire, — comme vous êtes ému!

— C'est que la confiance que je place en vous, Casimire, est au-dessus de tout. S'il transpirait un mot de la confidence que je vais vous faire, je serais exposé aux plus grands dangers.

— Au nom du ciel, mon père, ne me dites rien de plus; ne me confiez pas de secret. J'ai peur de vous entendre.

— Rassurez-vous, — lui dit le comte de Canilly, — comme il s'agit aussi et avant tout de votre intérêt, j'ai foi entière en votre discrétion. — Le bon père laissait paraître le bout d'oreille de Machiavel. — Écoutez, Casimire! Vous savez que je suis depuis deux ans en correspondance suivie avec monsieur de Marescreux?

— Oui, mon père; ce riche négociant du Béarn, un marchand de laines... — Monsieur de Canilly alla tirer sur la porte, quoique déjà fermée, la portière de gros lampas. — Oui, mon père, vous vous écrivez au sujet de certaines marchandises de contrebande, qu'il fait passer, pour votre compte, du Béarn en Espagne, et de certaines autres marchandises pareillement prohibées, dont il facilite le passage d'Espagne en France. Vous êtes associés enfin.

— Oui, nous sommes associés, ainsi que vous le dites; mais ce que vous avez ignoré jusqu'ici, — continua le comte de Canilly, — c'est que ces ignobles termes de marchandises dont nous affectons de nous servir dans nos lettres, offrent un sens tout différent dans nos pensées. Ils nous permettent de nous entretenir, à l'abri de tout soupçon, d'un vaste projet politique dont lui et moi sommes les principaux instruments.

— C'est peut-être une conspiration? — demanda Casimire, dont l'œil darda.

— Nous allons faire de l'histoire, ma fille! — Casimire frémissait de curiosité. — Mais de l'histoire à la manière des anciens. Il s'agit de rois, de royaumes, de changements de dynastie.

— De rois, de royaumes, de changements de dynastie, — murmurait Casimire, traversée par le courant électrique qui sortait de tous les pores de son père quand elle l'écoutait. — Quel roi voulez-vous changer? — demanda-t-elle.

— Vous savez, — répondit monsieur de Canilly, — que le duc d'Orléans a usurpé la régence sur le duc du Maine, à qui elle revenait de droit par le testament du feu roi Louis XIV. Des partis se sont formés à l'occasion de cette usurpation. Je suis, je n'ai pas besoin de vous l'apprendre, pour le duc du Maine, appui constant de notre famille, mon protecteur, prêt à faire pour nous...

— Mais, mon père, — interrompit naïvement Casimire, — c'est le régent qui vous a envoyé en Pologne; vous avez prêté serment...

— Aussi, — reprit monsieur de Canilly avec un embarras mal déguisé, — lui serai-je fidèle en Pologne. Mais vous ne connaissez encore que la moitié de mon secret. — Il prit la main émue de sa fille. — Casimire, quoi que je vous dise, n'oubliez pas que c'est mon amour pour vous, mon désir de vous assurer un avenir grand comme vous êtes belle et intelligente, ma fille, qui m'a fait prendre part à cet immense affaire. — Casimire montait sur cette mer ambitieuse, gonflée par le souffle de son père, comme s'élève un petit bateau quand vient la marée. — Le régent, — continua monsieur de Canilly, — est peu aimé...

— De vous particulièrement.

— Est-ce que l'on conspire pour les autres? Nous allons le renverser, entendez-vous? — Une décoloration foudroyante indiqua l'émotion dont fut saisi monsieur de Canilly en prononçant ces paroles. Ce bronze frissonna; deux gouttes de sueur froide se formèrent à ses tempes. Il répéta : — Nous allons le renverser.

— Mais, mon père, je ne vois pas encore ce qui vous en reviendra, — dit Casimire, dont l'attention, on le voit, était plus que gagnée à la cause de son père, puisque l'imprudente se laissait aller à demander des explications sur un projet qu'elle aurait repoussé si elle n'eût pas été élevée à se jouer avec ces couleuvres appelées questions politiques.

— Ce qui me reviendra? — répliqua le comte; — tout ce que je voudrai. Ecoutez-moi bien! Au sortir du spectacle, à minuit, dix hommes enlèveront le régent; ils sont décidés, ils sont prêts.

— Ils sont prêts! L'affaire est donc...

— Tout est prêt, vous dis-je, — continua le comte. — Ils le mettent dans une voiture et le roulent vers l'Espagne.

— Ils traverseront toute la France, et vous croyez?...

— Chère enfant, — lui dit monsieur de Canilly, — il sera plus difficile de lui faire traverser le boulevard et le faubourg Saint-Jacques que la France entière. C'est le moins qui est difficile en politique, le plus n'est rien. Retenez cela.

— Et qui sera régent en France, quand vous aurez conduit en Espagne le duc d'Orléans?

— Vous y voilà! Mais le roi d'Espagne, qui sera forcé de reconnaître nos services de deux manières, et comme régent de France et comme roi d'Espagne. C'est immense, c'est incalculable de récompense. C'est la mer.

— Mais il me semble, — répliqua Casimire, — que vous oubliez Louis XV, qui sera roi dans quelques années. Tenez, ce monsieur de Marescreux vous a peut-être compromis.

— Vous vous trompez, c'est moi qui, connaissant monsieur de Marescreux, l'ai désigné comme l'homme le plus capable, par sa position entre la France et l'Espagne, de compléter l'enlèvement du régent au moment décisif de l'affaire. Eveillés trop tard pour le défendre à Paris, les amis du régent courront aux frontières pour le délivrer; ils se rendront tous à l'entrée de l'Espagne, aux limites des deux pays. Là un homme de résolution nous était indispensable, un homme assez délibéré pour ne pas donner aux défenseurs du régent le temps de déjouer l'entreprise. Je l'ai trouvé; c'est monsieur de Marescreux, un ambitieux subalterne.

— Mais, mon père, si cet homme vous trahit?

— Lui! Si nous réussissons, il devient duc de Béarn et de la Navarre. Et savez-vous qui fera le duc de Navarre?

Monsieur de Canilly regarda sa fille dans les yeux.

— Apparemment le roi d'Espagne, devenu régent de France.

— Ce sera le roi de Navarre lui-même.

— Mais depuis Henri IV, il n'y a d'autres rois de Navarre, mon père, que les rois de France, il me semble?

— On fera un nouveau roi pour un nouveau royaume de Navarre, et ce nouveau roi fera sa fille reine, car elle pourra alors monter sur tous les trônes, puisque Henri IV est bien monté sur celui de France.

— Mon père! mon père! — s'écria Casimire, moitié ivre d'orgueil et moitié courbée sous la peur du danger auquel s'exposait son père; — songez, encore une fois, qu'il y a un roi de France à Paris.

— Eh! mon Dieu! qui veut l'empêcher d'arriver?

— Mais si jamais le roi d'Espagne devient régent, croyez-vous, mon père, qu'à la majorité du jeune roi il consente à descendre du trône où on l'aura provisoirement appelé?

— Eh bien! si cela arrivait, nous conspirerions contre lui, — répondit monsieur de Canilly, qu'une conspiration de plus n'arrêtait pas, — et nous aurions la gloire de replacer Louis XV sur le trône de ses aïeux. Autres conspirations, autres honneurs. Les choses se passent de roi à roi. Le monde politique, — continua-t-il avec emphase, — est porté sur cette grande mer toujours pleine de triomphes et de naufrages. Mais rassurez-vous, ma fille, sur mon compte; jamais conspiration ne se sera mieux passée : ce n'est qu'un simple coup de main. Dans trois mois! dans trois mois! vous pouvez être la fille du roi de Navarre, ce qui n'est, après tout, qu'un grand honneur, et non absolument un coup de foudre à étonner l'univers, car les Canilly ont été comtes souverains en Italie, avant Othon. — Monsieur de Canilly dénoua aussitôt les papiers et déroula les parchemins posés sur la table. — Voilà qui prouve, clair comme la lumière du jour, nos droits souverains depuis le huitième siècle. Les Canilly ont régné en Italie, à titre de roi ou même d'empereur, jusqu'à l'usurpation d'Othon-le-Grand, arrivé en 951. Lisez ce passage de l'historien Luitprand, lisez encore celui-ci de la Chronique de Frodoard. Que dites-vous de ce témoignage de Muratori? — Les papiers et les parchemins passaient sous les yeux fascinés de Casimire, toute bouleversée de cet excès de grandeur dont elle ne soupçonnait pas sa race. Les leçons du commandeur étaient déjà bien loin! — Je ne vous ai pas tout montré; des années, — continua le comte, — n'y suffiraient pas. Mais jetez un coup d'œil sur ces titres tous divers, tous irrécusables, prouvant notre glorieuse ascendance à travers les siècles. Auprès de nous, comme antiquité, que sont les Rohan, les Montmorency? Des Bourbons, je ne vous en parle pas. Mais lisez toujours! Voilà un traité d'alliance passé entre les ducs de Ferrare et les Canilly au treizième siècle. Hein? Examinez encore cette médaille, qui fut une monnaie au onzième siècle; n'y voyez-vous pas un *C*? Ce *C*, c'est Canilly. Nous battions monnaie. La souveraineté des Canilly est empreinte partout. — Le cœur de Casimire grossissait à chacune des paroles ambitieuses de son père, dont la pantomime vraiment admirable se réglait sur la vivacité de ses propres paroles. Elle se voyait reine, revêtue du manteau de velours, parlant à ses sujets, la couronne en tête. — Comprenez-vous, comprenez-vous, maintenant! — s'écria-t-il en croisant ses bras, — si je dois entrer, si je puis me dispenser d'entrer dans cette conspiration, y prendre une part de lion, et attendre d'immenses profits? C'est un roi qui va conspirer avec un roi contre un régent. Quelle partie! Le moins qu'il puisse m'en revenir, c'est une couronne. Celle de Navarre est petite, modeste, je le sais, mais je la veux pour votre tête qu'elle fera jolie et précieuse, mignonne et royale comme celle de Marguerite de Navarre. Êtes-vous contente, ma souveraine? — dit ensuite le comte de Canilly en prenant dans ses deux mains la tête de sa fille, et en l'embrassant avec la royale familiarité de Priam ou d'Henri IV.

— Si je suis contente, mon père; mais vous me rendrez folle!

— Gardez au contraire toute votre raison, — reprit monsieur de Canilly, — gardez tout votre sangfroid pour m'aider à frapper le grand coup, le coup de Charles Martel. Je vais m'expliquer. Vous sentez, d'après tout ce que je viens de vous apprendre, combien mon éloignement des frontières de l'Espagne et de la France nuirait à l'exécution de nos projets.

— Vous partiriez?

— Secrètement.

— Je tremble, mon père; ce départ...

— Pourquoi cela? Avez-vous pensé qu'on cueillait une couronne comme on soulève de terre un panier de fraises? Point de faiblesse. Je partirai demain pour la France. Je vais à Paris. Mes amis sont prévenus. Je les vois; nous nous entendons; je fais route aussitôt pour la frontière. Tout calculé avec eux, j'arriverai dans le Béarn le jour où le régent sera enlevé à Paris. Pendant les dix jours qu'il mettra à faire son voyage, je préparerai nos amis des frontières à le bien recevoir. Dès qu'il aura franchi les dernières limites de la France, dès qu'il sera en Espagne, je regarde la besogne comme finie pour nous. Le reste est l'affaire du roi Philippe V. On proclame bientôt sa régence, et je n'ai plus qu'à attendre le prix de ma coopération à ce grand acte politique, le plus hardi de l'histoire moderne. J'estime que dans quelques mois je serai roi de Navarre et installé avec vous dans ma nouvelle cour.

— Oh! alors, — s'écria Casimire, — vous songerez à messieurs de Courtenay, qui nous sont attachés, mon père, avec tant de zèle, tant d'affection.

— On fera quelque chose pour eux, — répondit monsieur de Canilly avec la dignité discrète d'un nouveau souverain, jaloux de ne pas trop se compromettre par des promesses inopportunes. Il se croyait arrivé; il avait déjà comme un besoin d'ingratitude. — Venons, — reprit-il, — à ce que j'attends de vous. Vous écrivez également bien le français et l'espagnol. Prenez toute la nuit pour rédiger dans ces deux langues un manifeste que je répandrai aux frontières dès que le régent les aura passées. Distinguez-vous; c'est une œuvre historique, une pièce qui restera. Je compte sur l'élévation de votre style. Peignez avec chaleur, avec force, brièvement, à la Tacite, l'état d'avilissement où était la France sous le sceptre du régent et la propérité dont elle jouira sous celui si beau, si légitime, du roi d'Espagne. Votre plume vous vaut cette fois une couronne. Avouez enfin que l'éducation que vous avez reçue, que les leçons que votre père vous a données ont porté d'admirables fruits. Que seriez-vous sans moi? répondez! La fille d'un comte? Par moi vous êtes la fille d'un roi de Navarre.

Mais une difficulté reste encore à vaincre, et celle-là vous regarde.

— Moi?

— Vous-même. Vous me demandiez, il n'y a qu'un instant, si monsieur de Marescreux ne pouvait pas me trahir en conspirant avec moi pour renverser le régent; moi je ne crains rien, vous ai-je répondu; mais lui, je dois vous le dire à présent, exige de ma part de bonnes garanties de complicité. Il se méfie de moi, c'est trop juste. Connaissant le gros de l'humanité, il veut me lier à lui, il veut se lier à moi d'une manière indissoluble. Soupçonnez-vous par quel moyen?

— Mais pas encore, mon père.

— Vous ne devinez donc pas à qui je destine ce charmant portrait, d'une si parfaite ressemblance? — demanda le comte en montrant à Casimire le portrait qu'avait fait d'elle, il y avait à peine quelques mois, le commandeur de Courtenay.

— Mon portrait! vous le destineriez à quelqu'un?

— Je l'emporte dans le Béarn pour le donner au fils aîné de monsieur de Marescreux, ce beau jeune homme dont je vous ai déjà tant parlé et que vous épouserez afin d'unir à jamais nos deux familles. Son père veut ce mariage, et moi...

— Vous ne le voudrez pas, mon père. Je n'ai jamais vu, je ne connais pas le fils de monsieur de Marescreux...

— Qu'importe? — dit monsieur de Canilly.

— Je ne l'aime pas.

— Est-ce qu'on exige que vous l'aimiez? C'est une alliance politique.

— Mais si je l'épouse sans l'aimer je serai malheureuse...

— Est-ce que les princesses se marient par amour? Où en seraient-elles? S'agit-il d'un roman ou d'une affaire? Au reste, puisque vous ne voulez pas qu'elle se fasse, — continua-t-il, — n'en parlons plus. Renonçons aux grandeurs assurées; enterrons-nous dans ce pays de neige. Je vais écrire à monsieur de Marescreux que, ne pouvant vous décider à donner la main à son fils aîné, je retire ma parole. Ce n'est pas tout encore; il est de mon honneur d'avertir mes amis de Paris de ne plus compter sur moi, d'agir sans mon concours, rendu impossible par votre refus d'épouser le fils de monsieur de Marescreux. Et lui aussi est compromis avec nous dans la même affaire! C'est dur, c'est douloureux; mais qu'y faire? Oui, ma carrière est finie; elle est fermée, murée. J'avais pourtant quelque chose dans la tête! Je mourrai obscur! J'espère du moins mourir bientôt! Qui m'eût dit cela? — s'écria le comte, baisant à genoux, les yeux pleins de larmes, les mains tremblantes de respect, les vieux parchemins, les médailles, les cachets jetés sur la table. — Ne rien laisser après moi! Oh! c'est une ignominie à laquelle je ne survivrai pas. Que ne puis-je mourir en ce moment, entouré de ces nobles reliques de nos aïeux! Que d'honneurs ils m'ont laissés, à moi qui ne leur rend que des larmes!

— Mon père!...

— Laissez-moi pleurer!

— Mon père!...

— Ne me disputez pas le bonheur de me plaindre, ne troublez pas la majesté du désespoir.

— Mon père, j'épouserai monsieur de Marescreux, je l'épouserai! — Le comte se leva en éclatant de rire. Casimire crut que la douleur avait rendu son père fou; elle répéta: — J'épouserai monsieur de Marescreux, vous dis-je, j'épouserai qui vous voudrez.

Le comte riait toujours. Il n'y avait plus trace de douleur ni de larmes sur son visage.

— Folle! cent fois folle! mais non, vous ne l'épouserez pas. Il faut donc tout vous dire. Comment! comment! vous avez pu supposez que la fille d'un prince souverain, comme je vais l'être, deviendrait, de mon consentement, la femme d'un simple duc, que j'aurai fait moi-même,

Vous n'avez donc pas vu le piége où je vous entraînais! Ah! votre peu de progrès me fait peur. Quelle ignorance absolue du cœur humain elle dévoile! Mais il faut seulement laisser croire à monsieur de Marescreux que vous consentez à devenir l'épouse de son fils aîné; nous trouverons ensuite mille moyens d'éluder notre promesse avant le jour de l'exécution.

— Mais ces pleurs que vous avez répandus, mon père!...

— C'est une leçon que je vous donnais. Cherchez-les, ces pleurs.

— J'ai cru...

— Ne croyez jamais, doutez, doutez. Ah! vous croyez encore aux larmes! Alors je désespère de vous. — Casimire regardait son père avec une joie hébétée. — Allons! allons! prenez une plume, et écrivez au bas de ce portrait, comme le désire monsieur de Marescreux, *offert par moi, Casimire de Canilly, à monsieur de Marescreux*. Puis, laissez, je vous le répète, s'accomplir les événements, et vous verrez à quoi engagent les événements une fois accomplis. Je croyais n'avoir pas besoin de vous apprendre ces choses-là.

— Ah! mon père, que je vous remercie! — s'écria Casimire sans s'arrêter à la grave inconséquence d'un tel procédé, ne voyant que la joie de ne pas se marier avec le fils de monsieur de Marescreux.

— A l'avenir ne tombez plus dans de semblables fautes, — reprit monsieur de Canilly. — Songez toujours que ce qu'on dit doit cacher ce qu'on ne dit pas, et que ce qu'on ne dit pas apprend, bien souvent, à celui qui sait écouter, l'objet dont on veut lui faire un mystère. Et méfiez-vous surtout des hommes qui pleurent.

— Mon père...

— Vous aimez! — reprit monsieur de Canilly, sans paraître attacher la moindre importance à cette accusation, tant il voyait, lui, homme sérieux, peu de gravité aux caprices du cœur. — Voilà ce que vous ne m'avez pas dit. Me suis-je trompé?

— Est-on jamais bien sûr, mon père, de ne pas se tromper dans les sentiments qu'on croit éprouver?

— Vous êtes enfin dans le vrai maintenant, — répondit le père de Casimire, qui recevait en bonne monnaie d'hypocrisie ce qu'il avait donné en lingots d'hypocrisie. — Quoi qu'il en soit, — acheva-t-il, — écrivez en bas ce portrait les mots dont nous sommes convenus. — Casimire obéit. — Adieu, ma fille; travaillez à votre manifeste. Je vous laisse à vos grandes inspirations.

Monsieur de Canilly sortit du cabinet, où il laissa Casimire, le feu dans la tête, l'ambition dans le cœur, la plume à la main.

Abandonnée à elle-même, la jeune fille posa la plume sur la table et pensa à celui sans lequel elle ne voulait pas être heureuse, au jeune commandeur de Courtenay. Quelle fête pour elle le jour de la réussite des projets de son père! Quelle est impatiente déjà de voir arriver ce jour, quoique son père l'annonce comme si prochain! Car elle ira dire au commandeur : Oui, je fus ambitieuse, mais je ne l'ai été que pour vous. Cela m'a valu des titres, des provinces, une souveraineté. Prenez! prenez! partageons! ou plutôt ne me laissez rien, ne me conservez que votre amour et quelque reconnaissance. Elle aurait souhaité que le commandeur fût encore plus effacé, plus modeste, pour aller le chercher dans son humilité et le conduire, elle, les mains sur ses yeux, jusqu'à l'endroit le plus haut, le plus lumineux de la prospérité, et l'éblouir alors, l'inonder de la grande clarté de la fortune, tandis qu'elle serait aux pieds de son roi, de son cher obligé.

Elle était au fond de ces beaux pays de rêves que parcourt tout éveillée la jeunesse, lorsque la portière fut doucement soulevée. Casimire n'avait rien entendu. Le commandeur s'avança jusqu'à deux pas de la table, où, les coudes appuyés, ayant sous ses yeux le manifeste commencé, Casimire pensait à celui qui était derrière elle. A sa voix elle sortit brusquement de ses réflexions et cacha avec son mouchoir la feuille de papier à moitié écrite.

— La porte était donc ouverte?

— Vous vouliez donc qu'elle fût fermée pour tout le monde?

— Mais non, restez! — dit Casimire. — C'est que je pensais que mon père m'avait enfermée; il m'avait dit... il voulait...

— Enfermée! — redit le jeune commandeur, — comme une prisonnière!

— Oh! non, mais comme un secrétaire, dont le maître ne veut pas que les pensées soient troublées.

— Je me retire donc.

— Vous savez bien que la défense ne peut s'étendre jusqu'à vous.

— C'est donc un secret?

— Pas le moins du monde, — dit Casimire en rougissant. — Mais d'où vient, — demanda-t-elle à son tour, — que vous avez pris ce costume sous lequel je ne vous ai jamais vu?

— Ce costume est celui que portent les soldats attachés au corps royal des mineurs de l'armée allemande. Dès aujourd'hui j'appartiens à l'Autriche.

— Dès aujourd'hui? — reprit Casimire, qui sentit faiblir son cœur; — mais vous n'aviez, il me semble, que le simple projet d'offrir vos services à cette puissance? Je n'avais vu dans cette intention qu'un... qu'un projet, enfin.

— C'était une résolution sérieuse, — dit le commandeur. — Depuis que je me suis ouvert à vous, j'ai sollicité à la cour de Vienne, et ma demande a été favorablement accueillie. J'ai reçu l'ordre de partir sur-le-champ pour le corps d'armée rassemblé en Hongrie et destiné à faire le siége de Belgrade, sous les ordres du fameux prince Eugène.

— Si tôt! — s'écria Casimire en froissant le mouchoir jeté sur le manifeste; — si tôt!

— Oui, j'ai été heureux, mademoiselle.

— Quel bonheur! — dit Casimire; — celui d'aller se faire tuer par les Turcs!

— Par les Turcs ou par les Russes, peu importe, au fond, pourvu que ce soit bravement et pour la défense du prince.

— Monsieur le commandeur, — reprit Casimire après un assez long repos, — j'ai de tristes pressentiments.

— Pourquoi cela? — dit le commandeur en s'asseyant près de Casimire.

— Ils me viennent en vous voyant si découragé. Si vous voyiez comme vous êtes pâle!

— J'aurais tort de vous le cacher, — dit monsieur de Courtenay, — j'éprouve en ce moment deux douleurs bien vives : l'une... — il s'arrêta.

— L'une? — demanda Casimire à voix basse.

— Vous la connaissez, puisque je viens vous faire mes adieux.

— Oh! monsieur de Courtenay, ne partez pas! ne partez pas!

Casimire avait tendu la main au commandeur.

Celui-ci s'agenouilla et approcha de ses lèvres, avec autant de respect que d'amour, la main de Casimire.

— Et après cette preuve d'affection me direz-vous encore de ne pas partir? De quel titre, songez-y, aurais-je jamais le droit de me prévaloir, si je ne m'efforçais d'acquérir la réputation d'un brave militaire? Je ne puis être que militaire. Et qu'est-ce qu'un soldat qui n'a pas couru les dangers de sa profession? Quelle opinion auriez-vous, vous-même, Casimire, de ma personne, si je n'allais chercher dans le feu mon grade d'officier?

— Mais sans courir à la guerre, sans vous exposer à mille dangers, tous affreux, presque tous mortels, mon Dieu! vous pouvez vous élever bien plus haut.

— Et comment cela? — demanda le commandeur, qui fut étrangement surpris de ce cri spontané de sincérité parti du cœur de Casimire.

— Comment cela? — reprit-elle en touchant au manifeste... Mais elle se souvint du serment qu'elle avait fait à son père, et elle retira aussitôt sa main, comme si elle eût touché à du feu.—Oui, vous avez raison de partir,— se reprit-elle; — je ne sais ce que je dis; et vous, pardonnez à mon trouble. Femme, je ne comprends pas comme vous les graves nécessités de risquer sa vie pour se faire un nom; amie de votre caractère simple, de votre austérité, je...

— Mon amie, enfin..., — interrompit le commandeur.

— A ce titre, — reprit Casimire toute voilée de timidité, — vous concevez que je n'ai pas tout mon calme, tout mon sangfroid. En vous perdant, moi, je perds...

— Ah! ces larmes! ces larmes! — s'écria le commandeur, — me crient qu'il faut que je me rendre digne de vous. Je chercherai la mort partout; je m'exposerai le plus possible, afin d'attirer l'attention de mes chefs, afin qu'il leur soit impossible de ne pas me rendre justice, une justice éclatante. Je veux revenir... Ah! si vous pleurez ainsi, je ne partirai pas, — s'écria le commandeur en voulant prendre le mouchoir que Casimire, lorsqu'il était entré, avait jeté sur le manifeste.

Casimire se hâta de poser vivement et fermement sa main sur celle du commandeur, pour l'empêcher de prendre le mouchoir, et, dans ce mouvement, la politique et l'amour se rencontrèrent comme ils devaient toujours se trouver mêlés à toutes ses actions.

— Si c'est pour moi, — reprit-elle, — que vous allez risquer ainsi votre vie dans ces contrées où la peste vient en aide à la guerre pour dépeupler les armées; restez! restez! C'est affreux ce qu'on dit des difficultés du siége de Belgrade. Je vous aimerai obscur comme vous êtes. Mais vous ne serez pas obscur; non, oh! non, vous ne le serez pas. Peu d'hommes, au contraire, seront aussi élevés que vous sur la terre... Mais que dis-je?

Et Casimire retint une seconde fois sa pensée, près de la jeter dans un abîme. La vie de son père compromise par une indiscrétion, par un parjure! Si elle avait pu dire tout ce qu'elle savait, elle aurait à coup sûr empêché le commandeur de la quitter, et de la quitter peut-être pour toujours. Son cœur se déchirait dans ce double tiraillement. Avoir sous la main le bonheur, la grandeur, la fortune d'un homme, de l'homme qu'on aime, et le laisser aller s'exposer aux funestes chances de la peste, de la famine et de la guerre! Et pourquoi? pour qu'il rapporte, s'il revient jamais, un misérable galon d'or. Avoir tout cela sous la main, et ne pas oser la lever.

— Encore une fois vous vous faites illusion, — répliqua le commandeur, — je n'ai rien à espérer en vieillissant ici. Je n'ai que mon compas d'ingénieur et mon épée de volontaire pour m'avancer dans le monde. A chacun sa destinée. Après tout, — dit-il, plutôt pour calmer l'exaltation généreuse de Casimire que pour se faire valoir, — que je revienne de l'armée avec beaucoup ou peu de gloire, j'ai toujours dans mon passé quelque raison de ne pas me croire tout à fait obscur. Les Courtenay ont fait pour moi ce qu'il ne m'aura pas été permis de faire pour mes descendants, si je dois en avoir: leur nom est partout dans toutes les guerres contre les ennemis de la religion et de la France, et la destinée a voulu qu'ils fussent célèbres dans toutes les contrées où des branches de leur race se sont transplantées. Les Courtenay anglais ne le cèdent en rien aux Courtenay de la France, et les Courtenay flamands sont illustres comme les autres. Voilà, sinon de quoi m'enorgueillir, du moins de quoi me consoler, si je suis né pour m'éteindre au contraste de tant d'éclat.

— Ainsi, — s'écria Casimire, — vous êtes déjà plus illustre en allant chercher de la gloire que vous ne le serez jamais au retour. Oui, les Courtenay sont de la plus belle noblesse, je le sais; ils sont alliés avec les rois; ils ont régné; ils peuvent régner encore.

— Non; oh! non, — reprit modestement le commandeur, — Ce sont de braves et fidèles gentilshommes, rien de plus. Ils tiennent leur rang, mais ils ne veulent pas en sortir, parce qu'ils savent comment on sort de son rang. En sortir en passant par-dessous, c'est indigne; en sortir en passant par-dessus, c'est infâme.

— Mon ami, — dit Casimire, qui sentait qu'elle venait d'appuyer sur des épines en se retirant après avoir fait un faux pas, — vous m'avez confié que vous éprouviez deux amères douleurs au moment de nous quitter; vous m'avez dit l'une; quelle est l'autre?

— C'est d'aller mettre mon épée au service d'une nation étrangère. Je sais que ces sortes d'engagements à l'étranger ont lieu tous les jours; n'importe! il me répugne de verser mon sang pour une autre cause que la nôtre, et de contribuer, dans la faible proportion de mon zèle, à la gloire d'un autre pays que le mien. Je sers l'étranger faute de mieux. Je n'aime pas l'étranger. Voilà la seconde cause de ma tristesse et de mon découragement.

— Pourquoi cette répugnance, puisque vous n'allez pas prendre les armes contre la France?

— Contre la France! oh! non, jamais! Le régent m'abreuvât-il d'outrages, la cour fît-elle briser mes armes à coups de hache par le bourreau, tous les biens de notre maison fussent-ils injustement expropriés, ma tête et celle de mon frère fussent-elles mises à prix, je n'irai jamais pour me venger, offrir à l'étranger mon épée et mon bras contre la France! —Casimire pâlissait.— Ceux qui ne pensent pas ainsi, ceux qui tournent leur colère contre la patrie innocente de leurs malheurs, ceux-là ont oublié, dans un moment de délire, leur ciel, leur nom, leur Dieu, leur mère. — Casimire pâlissait. — Le grand Condé a couvert de sa gloire la honte d'avoir pris les armes une fois contre sa patrie; mais il faut s'appeler Condé pour ne pas mourir sous un aussi lourd déshonneur. Les peuples ont pu le pardonner, mais l'histoire le sait, l'histoire l'a écrit: Tel jour, le grand Condé fut un grand coupable. Voilà ce que l'histoire n'a pas oublié; si elle lui a laissé le nom de Grand, c'est qu'il s'est trouvé un Bourbon dont la trahison avait acquitté d'avance celle du grand Condé. — Casimire pâlit. — Quant aux autres, ils n'ont pas même le droit de faire valoir leur trahison de second ordre auprès de l'étranger qui les emploie; quand ils ont fini leur besogne d'encre ou de sang, on les paye avec de l'or s'ils ont réussi, ou on les pend entre les deux frontières s'ils n'ont pas mené à bonne fin leurs trahisons. Voilà ce que je pense de ceux qui servent l'étranger contre leur pays. — Casimir tomba au pied du fauteuil sur lequel elle était assise. — Oh! mon Dieu! qu'ai-je dit, — s'écria le commandeur, — qui ait pu vous émouvoir ainsi? Casimire! peut-être ai-je froissé en vous quelque sympathie honorable, quelque triste souvenir de famille. Je vous en demande pardon à genoux.

— Il n'y a jamais eu de traître dans ma famille, —dit d'une voix tout à la fois fière et mourante Casimire en rouvrant les yeux.— Le mal que j'ai ressenti n'a pas de cause sérieuse; rassurez-vous, mon ami, je suis mieux. Depuis quelques jours, à la même heure de l'après-midi, j'éprouve de semblables faiblesses.— Casimire s'était remise dans son fauteuil. Pendant quelques minutes elle laissa sa main dans celle du commandeur, et leurs yeux se confièrent les dernières douleurs de la séparation, celles dont la bouche ne peut pas rendre les nuances profondes. — Mais adieu, — dit Casimire, — adieu donc, puisque vous êtes décidé à nous quitter; adieu, monsieur le commandeur; je vous attendrai.

— Ce mouchoir que vous avez baigné de vos larmes...

— Prenez-le, — dit Casimire en le donnant au commandeur et en faisant tomber, comme par mégarde, sous la table, le papier qu'il cachait.

— Vous m'attendrez! — dit le commandeur en imprimant un baiser sur le mouchoir, — et si je ne reviens plus?

— Alors, — répondit Casimire,— ce sera à moi à aller

vous trouver; et Casimire de Canilly tient toutes ses promesses.

— Tant d'amour! — s'écria le commandeur.

— Tant d'amitié, — répliqua Casimire, éteignant ainsi le cri du commandeur sous une distinction glacée. — De l'amour! Vous aurais-je abusé par mes paroles, mal comprises, mal interprétées? Avec un ami d'enfance, avec un protégé de mon père, avec un enfant de la famille, je n'ai pas craint d'ouvrir, d'épancher mon cœur, au moment d'une séparation pénible. Ah! monsieur le commandeur, l'amitié n'a donc pas de regrets, d'espérances, que mes regrets, que mes espérances aient été pris pour de l'amour?

— Mais vos larmes, ces larmes que j'ai vu couler?...

— Vous vous êtes trompé, monsieur le commandeur, je ne pleurais pas.

On voit que la leçon de monsieur de Canilly n'avait pas tardé à porter ses fruits.

Le commandeur était muet, foudroyé. Il balbutia enfin:

— Je rougis de mon erreur; veuillez me la pardonner, mademoiselle. La première fois que je vous ai parlé d'amour aura été la dernière. C'est cette amitié d'enfance qui m'a trompé, cette douce liaison de tant de jours, de tant d'années, entre votre famille et moi; ce sont aussi ces regrets si bons, si sincères, donnés par vous à mon départ, et ces larmes que maintenant je n'aurais pas voulu avoir vues, que j'ai cru avoir vues, qui ont causé ma douloureuse surprise. Encore une fois, pardonnez-moi, au nom de cette pure amitié dont vous ne vous défendez point... Oui, cette amitié me suffira... Elle me consolera... elle me soutiendra du moins...

— Oh! cette amitié vous appartient tout entière, — interrompit Casimire au moins aussi émue que le commandeur.

. . . .

Pauvres jeunes gens qui ne voyaient pas combien ils se trompaient l'un et l'autre, celle-ci en mettant un mot faible sur une passion forte, absolue, celui-ci en croyant que véritablement il s'était mépris.

Ils se trompaient tous deux sans doute, mais Casimire avait moins de sincérité; au fond, elle voulait se tromper; elle revenait à froid, elle se ressouvenait d'une leçon de son père, qu'elle récitait encore mal; elle s'essayait aux dangereuses expériences du sophisme en face d'un homme trop jeune, trop neuf pour n'être pas pris, tandis que lui, ce jeune homme, le loyal commandeur, était vrai, convaincu, et réellement désolé de la rétractation pourtant si tardive, si gauche, si empruntée de mademoiselle de Canilly. N'en avait-elle pas dit et laissé croire vingt fois trop, pour autoriser le doute sur le nom qui convenait à sa tendresse, pour qu'il lui fût permis ensuite de venir donner le change sur cette tendresse, d'abord si franche, si peu retenue?

Enfin, étourdi d'un coup si inattendu, le jeune commandeur demanda en tremblant à Casimire si elle l'autorisait à lui écrire pendant son séjour à l'armée.

— Je vous le permets de grand cœur, — répondit Casimire; — mais je n'ai pas besoin de vous dire que vos lettres, puisqu'elles ne passeront pas par les mains de mon père, devront se borner à me donner des nouvelles de votre santé et à me parler des événements du siége auquel vous allez prendre part. Mes vœux vous accompagneront.

— Vous serez obéie, mademoiselle, — murmura le commandeur, qui se retira à pas lents, les yeux dirigés sur les yeux de Casimire.

Casimire, sous l'impression du rôle naïvement faux qu'elle avait joué, resta les yeux tristement fixés sur la portière agitée par la sortie du commandeur.

Comme la nuit venait, Casimire, après quelques larmes données au souvenir de cette scène ou plutôt de ce combat, se souvint du travail que son père lui avait commandé. Ce fut avec un dégoût profond qu'elle se baissa pour prendre la feuille tombée sous la table, où, dans ce moment, elle aurait voulu la laisser, et qu'elle reprit la plume. Les malédictions proférées par le commandeur contre les traîtres retentissaient encore à ses oreilles; peu à peu, cependant, l'esprit, cet esclave de l'habitude, se laissa dompter, caresser, adoucir, et la plume courut sans hésitation jusqu'au bout de sa tâche.

La chaleur de la tête opéra, comme chez tous les écrivains, une réaction au cœur, et Casimire partagea avec moins de force les convictions du commandeur; comme c'était pour lui qu'elle les faisait plier en ce moment, elle le trouva d'abord exalté, enfin dur, enfin injuste. Toute la nuit son cerveau bouillonna. Au jour, quand monsieur de Canilly se présenta de nouveau au cabinet, le manifeste était écrit dans les deux langues, ainsi qu'il l'avait désiré. L'un et l'autre, le manifeste français et le manifeste espagnol, furent trouvés parfaits.

VII

— C'est bien cela! — s'écria avec enthousiasme monsieur de Canilly; — je vois à la netteté de vos idées que vous n'avez pas été dérangée. Vous avez même agrandi mon inspiration. Maintenant il ne vous reste plus qu'à attendre la récompense de votre dévouement si plein de génie.

— Mon père, — lui dit Casimire en se levant pour aller se reposer, — il n'y a jamais eu de traître dans notre famille, n'est-ce pas?

— Quelle idée avez-vous là? Nous comptons des empereurs et des rois dans notre race, je crois vous l'avoir dit, mais des traîtres, pas encore. D'ailleurs les traîtres sont ceux qui n'ont pas réussi; ils auraient mérité un autre nom si leurs mesures, mieux prises, les eussent fait triompher. Vous n'êtes plus à douter de cette vérité-là, une des moins contestables parmi celles que je vous ai enseignées. N'en oubliez aucune, — poursuivit le comte en appuyant la main gauche sur l'épaule de sa fille et en posant un doigt de la main droite sur le front rose et soumis de cette élève de sa politique. — Je ne vais plus être là pour vous conseiller; que le souvenir de mes leçons me remplace auprès de vous. Conduisez-vous comme si vous ne deviez plus me revoir. Soyez en garde contre votre esprit, contre votre cœur, épiez leurs mouvements, pour les réprimer. Ne laissez jamais surprendre votre raison, ne vous abandonnez même à ses conseils qu'après l'avoir longtemps retenue entre la crainte et la réflexion. Voyez-vous, vous êtes entourée de piéges, et j'ai trop peu de temps à demeurer avec vous pour ne pas vous rappeler brutalement mes conseils de huit années. Défiez-vous de l'amour, ce poison étendu sur tout ce que touchent les femmes; méfiez-vous de la pitié, de la reconnaissance, de la bonté, de l'amitié; ce sont autant de flatteurs qui nous détrônent en nous soulevant doucement dans leurs bras. Le terrain où ils livrent combat aux femmes va de dix-huit à trente ans. Elles y perdent presque toutes la vie, faute de prévoyance et d'armes. Je vous ai armée: défendez-vous. Ces mauvaises années passées, que ne reste-t-il pas à l'ambition, et comme elles sont bien remplies quand on les entame sans les infirmités, les blessures, les regrets que laissent les passions! Voyez-vous! — répéta-t-il encore en se concentrant de plus en plus à mesure qu'approchait le moment de quitter sa fille, son élève; —, voyez-vous, Casimire, il n'y a que Dieu au ciel, nous au monde. Ce qui est autour de nous doit nous servir comme nous servent diversement les choses physiques mises par la nature à notre portée et à notre usage. Que fait-on des arbres? On les abat et on fait des ponts. Il y a des êtres qu'il faut abattre, les coucher, puis passer dessus: ils sont nés arbres. Que fait-on des rochers? On les taille et on s'en fait pierre à pierre, des forteresses, des palais; ainsi d'une foule d'hommes qui n'ont chacun que la valeur isolée d'une pierre; réunissez-les, joignez-les et employez-les à votre sûreté, à votre bien-être; d'autres sont les sables de la mer : on les jette devant soi pour marcher plus mollement et couvrir ses ennemis de poussière; d'autres sont les gouttes d'eau d'un fleuve : on les laisse passer en masse sans même leur demander leur nom, pourvu qu'ils nous portent sur l'autre rive; d'autres sont des oiseaux : ils en ont le plumage et la voix, ou des fleurs, comme elles vivant peu, mais parfumant l'air : on jouit de leurs chants, on admire leur éclat; mais quand ceux-là meurent, on les renouvelle; quand celles-ci sont passées, on en envoie chercher d'autres au marché. Quelle incroyable erreur, quelle bizarre fantaisie de se faire l'esclave de l'oiseau, de la fleur, de la pierre et de l'arbre! Tout est pour nous. Que chacun en dise autant, et que le plus fort l'emporte! Le plus fort, c'est le plus adroit. Nous serons nous-mêmes, dans peu, un exemple de cette vérité que nous n'avons pas inventée, que nous avons trouvée en venant au monde. Tous nos ennemis serons dispersés et vous vous assiérez sur le velours d'un trône. A quoi devrons-nous cela? A l'emploi des facultés supérieures dont nous sommes doués et à la direction prudente, attentive, que nous leur avons donnée. Je vous laisse pour adieu, Casimire, — termina solennellement le comte, — une espérance grande comme notre race. — Cette pompeuse phrase tomba avec un baiser plus mystérieux que tendre, plus politique que paternel, sur le front fasciné de Casimire. Monsieur de Canilly, ayant aperçu quelques larmes autour des paupières de sa fille, s'écria : — Ah! mon Dieu! vous oubliez déjà mes leçons? Les reines ne pleurent pas.

Le soir de ce jour, le commandeur quitta Varsovie pour aller combattre les Turcs, et monsieur de Canilly sortait par une autre porte de la ville pour aller renverser le régent qui occupait le trône de France, en vertu de l'autorité des parlements, c'est-à-dire en vertu de l'autorité la plus légitime.

Le commandeur de Courtenay n'était qu'un obscur militaire, mais monsieur de Canilly avait la prétention d'être un profond politique.

Dès que l'un et l'autre, le comte et le commandeur, furent partis de Varsovie, le marquis de Courtenay, resté seul, poussa un profond soupir de contentement, releva la tête, et s'écria dans une joyeuse expansion :

— Enfin! je puis maintenant en toute liberté tenter mes projets de séduction sur la charmante Casimire. A l'œuvre! à l'œuvre donc!

VIII

Le départ du comte de Canilly coïncidait avec un événement notable dans la vie du marquis de Courtenay. Ayant atteint sa majorité, il rentra dans la jouissance de ses biens, dont les revenus étaient au moins aussi grands que son désir d'en disposer. Maître de sa fortune, débarrassé de la demi-tutelle du comte de Canilly, de la présence de son frère le commandeur, dont la gravité le retenait malgré lui dans certaines limites, il ne vit plus d'obstacle à son goût pour la dépense. Il acheta le plus bel hôtel de Varsovie, l'agrandit de plusieurs bâtiments et de plusieurs jardins, et le monta sur un pied tout à fait royal. On lui envoya de Paris les tapisseries, les meubles et la vaisselle à la mode.

Par le faste, la variété, le nombre de ses équipages, le marquis jeta dans l'admiration les plus élégants seigneurs. Certes, Henri III lui-même, pendant son séjour de roi à Varsovie, n'avait jamais déployé un luxe si effronté. C'est que Henri III n'avait jamais été aussi riche que le marquis de Courtenay, dont l'ambition, ambition qui ressemblait déjà un peu à de la folie, consistait à rappeler, sans désavantage, la magnificence de Louis XIV. Pas moins. Ce modèle désespérant fut le sien. Le marquis se composa une cour; sauf le titre de roi, il prit toutes les manières et toutes les allures d'un roi. Il eut des pages, des lecteurs, des musiciens, des poëtes. Les campagnes du marquis de Courtenay ne pouvant être encore reproduites comme celles de Louis XIV, des peintres retracèrent sur les murs les sujets mythologiques les plus gracieux. S'il ne conquit pas de royaumes, il songea du moins à s'immortaliser par des fêtes dignes de rivaliser avec celles du monarque fastueux de Versailles.

Une femme étant le meilleur guide à prendre pour décorer une maison, le marquis de Courtenay ne voulut rien faire sans consulter Casimire. Son goût fut sa loi. Elle choisit les étoffes, adopta les couleurs, commanda en souveraine sur toutes choses. Des poignées d'or passaient par ses mains et se convertissaient en pendules, en tapis, en ameublements exquis.

Au fond du cœur, Casimire n'était pas fâchée de donner un aliment à la langueur de ses pensées, toutes tournées vers celui qui n'était plus là. Nouvelle Pénélope, cette occupation frivole, imposée à son esprit par le marquis de Courtenay, était la broderie de ses veilles. Seulement son œuvre n'était pas détruite le jour. Elle devait lui faire, au contraire, le plus grand honneur dans l'opinion des dames polonaises, impatientes de voir arriver le moment où elles applaudiraient au goût et à l'adresse d'une Parisienne. C'est dans la plus profonde impénétrabilité qu'elle conduisit les travaux dont l'avait chargée le marquis, adroit à profiter de l'isolement où il l'avait mise pour l'entretenir des journées entières de ses propos adorables, superfins et musqués. Il débitait en une matinée plus de galanteries que n'en disait en un an son frère le commandeur. C'est seulement lorsqu'il n'était pas auprès d'elle, hanneton sans cesse bourdonnant, que Casimire pensait, le front dans ses deux mains, à son père, en route vers la France, à son grave ami, à son affectueux conseiller, qu'elle voyait toujours debout, devant elle, comme au moment de leur adieu, les yeux humides de larmes, le visage pâle et la main appuyée sur le pommeau de son épée. Elle collait alors son visage mélancolique aux carreaux de la croisée, et son regard se prolongeait sur le sol de neige qu'il foulait si loin d'elle. Où était-il? Que faisait-il en ce moment? Pensait-il à elle comme elle pensait à lui? Quand reviendrait-il? Pourquoi le corps ne peut-il s'attacher au corps, pourquoi l'ombre ne peut-elle suivre l'ombre, comme l'âme, pensait-elle, s'attache à l'âme, malgré les distances? Sa rêverie était tout à coup brisée par un bruit du dedans. Le marteau du tapissier tombait par terre; on accordait un clavecin; le marquis revenait en fredonnant quelque air de sa façon. Casimire rentrait bien vite ses soupirs et ses tristes réflexions, et reprenait sa tâche interrompue.

Le marquis de Courtenay avait alors vingt ans, et il ne paraissait avoir aucun âge, tant il était frêle de corps, délicat de figure : il tenait de l'enfant et du vieillard. Son front étroit, ses joues amincies, son menton pointu lui donnaient l'aspect un peu oiseau, signe notable de frivolité, de bizarrerie, de faible intelligence. La distinction, une certaine vivacité, un cliquetis brillant dans le regard, le vernis même de la jeunesse ne sauvaient pas la pauvreté de ce visage, spirituel comme un bon mot, mais maigre aussi comme la plupart des bons mots. Toute l'exquise élégance de ses habits de soie, toute la finesse et la blancheur du linge étaient impuissantes à dissimuler la maigreur du marquis. Son corps était une ligne droite, une règle parfaitement habillée. Il n'avait ni épaules, ni hanches, et quoi qu'il fît, ses jambes rappelaient celles du cerf.

Son pied pourtant était joli, bien dessiné, et, chose rare chez un homme de son organisation, sa main n'était pas sans grâce. Il n'est pas de soins, il est vrai, qu'il n'apportât à faire valoir ces deux extrémités de sa chétive personne. Du reste, il luttait souvent avec succès contre l'ingratitude de sa nature; il se coiffait avec goût, s'habillait avec un art infini; il travaillait ses ongles et sa peau comme une coquette sur le retour. Comme chez tous les hommes sans barbe, il y avait aussi de la vieille femme en lui. Il était causeur, médisant, indiscret, plus fin qu'habile, magnifique sans générosité. Il avait des envies plutôt que des goûts, et des besoins qu'il prenait pour des passions. Si l'on insiste sur quelques avantages et les nombreuses imperfections de son physique et de son caractère, c'est qu'il était la millième preuve d'un fait qui n'a jamais été dit, malgré sa triste évidence.

Ce fait est celui-ci : c'est que, dans chaque famille noble un peu ancienne, et cette règle n'a pas d'exception, il se trouve par suite d'épuisement des races un fou, ou un imbécile, ou un idiot, presque toujours un bossu. Tout sang qui ne se croise pas se vicie : voilà pourquoi les mulâtresses sont si belles, et les femmes issues de de vieilles races, souvent si imparfaites par quelque côté. Victime de cet affaiblissement physique et moral, le marquis de Courtenay était placé aux limites de la difformité et de la folie, sans qu'on pût dire, à ce moment de sa vie, qu'il fût fou ou difforme.

— Ma toute reine, — disait-il un jour à Casimire, — nous ferons à nous deux un chef-d'œuvre. Nous rajeunirons Versailles; nous réformerons, nous corrigerons Versailles. Ah! si j'étais né Louis XIV!

— Mais tu serais mort maintenant, — répondit Marine présente à cet entretien.

— Tu as raison; en effet, Marine, il vaut mieux que je sois tel que je suis. Admirez-vous beaucoup Louis XIV? — demanda-t-il ensuite à Casimire, avec un accent qui pouvait bien donner cette signification à ses paroles : C'est que je me pique beaucoup de ressembler à Louis XIV. Et il se reprit aussitôt pour ajouter : — A quelle époque de sa vie le trouvez-vous digne de vous?

En posant sur la table les deux lais de velours dont elle assortissait les nuances, Casimire répondit :

— Je le trouve digne de lui lorsqu'il aimait mademoiselle de La Vallière.

— Ah! vraiment, — dit le marquis de Courtenay embarrassé de savoir s'il n'y avait aucune allusion directe à sa personne dans cette réponse. — Pourriez-vous me dire pour quel motif vous donnez la préférence à cette époque de sa vie? Serait-ce parce que ce fut pour mademoiselle de La Vallière qu'il entreprit de construire le château de Versailles?

Le marquis leva ensuite les yeux, et les promena autour de lui comme pour établir une comparaison silencieuse entre son hôtel et la création de Louis XIV. Il allait au-devant de l'allusion, puisque l'allusion ne venait pas assez vite à son gré.

— Non, — répliqua Casimire, — mais parce qu'il fut grand, généreux, délicat, tant qu'il resta fidèle à mademoiselle de La Vallière, la plus douce et la plus intéressante passion de sa vie.

— Est fidèle qui peut et non qui veut, — dit le marquis de Courtenay.

— Vous l'approuvez donc d'avoir oublié cette charmante femme, de l'avoir fait languir et mourir au fond d'un cloître après l'avoir tant aimée?

— C'est moi, — reprit Marine, — qui me serais ainsi enfermée dans une cave pour pleurer du matin au soir ce garnement-là! J'aurais commencé par arracher les yeux à la Montespan afin de me soulager un peu, puis j'aurais dit son fait au monarque.

— Eh! la tigresse!

— Pas moins, — murmura Marine.

— Vous n'entendez rien aux passions, vous autres femmes; vous croyez...

— Et qui donc y entendra quelque chose? — interrompit Marine.

— Le cœur s'agite longtemps avant de se fixer, — dit le marquis avec l'intention de demander une excuse pour les légèretés de la jeunesse, les siennes comprises. — Ce ne sont pas les premières amours qui sont les meilleures, — ajouta-t-il; — elles sont comme les premières dents, il faut qu'elles tombent.

— Voilà une histoire! — s'écria Marine; — à ce compte on changerait trois fois, quatre fois, tant que les dents tomberaient. Ne l'écoute pas, Casimire; c'est un chat de gouttière, notre marquis, qui voudrait faire venir l'habitude d'aller rôder sur les toits, parce qu'il ne peut pas rester les pattes croisées, assis auprès du feu.

— Du tout! du tout! Si c'est de moi qu'il s'agit, je dis que je cherche et que je trouverai une passion constante.

Là-dessus il roucoula un couplet de romance dont il avait oublié l'air et les paroles.

— Ah! mon Dieu! — fit Marine en poussant un gros soupir.

— Quant à Louis XIV, — reprit le marquis, — je l'excuse, et j'ai des raisons pour cela; j'excuserais de même mademoiselle de La Vallière si elle avait aimé un autre homme après avoir donné ou cru donner son cœur à Louis XIV.

— Je présume, — dit Casimire, — que sa mémoire n'a pas besoin de notre indulgence.

— Qui n'a pas besoin d'indulgence? — s'écria le marquis. — Écoutez plutôt : mon grand-père, Hector de Courtenay, page de Louis XIV, me racontait un jour, auprès du feu, un trait peu connu de la vie du grand roi. Mademoiselle de La Vallière, puisqu'il s'agit d'elle, était depuis dix ans au couvent, aux Carmélites de la rue Saint-Jacques.

— Dix ans! — interrompit Marine. — Au bout de dix jours seulement j'aurais mangé la sœur tourière, la mère abbesse, le parloir et les grilles.

— Tais-toi, Marine; monsieur le marquis parle...

— Pourquoi n'ai-je pas été cette La Vallière? moi! Quand je pense qu'il y a des femmes dont on fait tout ce qu'on veut.

— Tu es bien trop grosse pour cela, ma nourrice, — dit le marquis à Marine.

— Déjà que madame de Montespan n'était pas grosse, n'est-ce pas? J'en connais plus d'un qui se croit Louis XIV, et à qui il manque autre chose qu'une couronne pour lui ressembler.

— Continuez, monsieur le marquis, je vous en prie.

— Puisque vous le permettez. Mon grand-père était donc de service, un soir d'été, dans les appartements de Louis XIV. Minuit avait sonné depuis longtemps; le roi, suivant son habitude, avait caressé ses chiens; il n'avait plus qu'à se mettre au lit, lorsqu'il fit appeler mon grand-père. « Monsieur de Courtenay, — lui dit-il, — allez ordonner qu'on fasse avancer sans bruit, jusqu'au perron du château, la voiture d'un de mes gens, la plus simple, revenez ensuite, et disposez-vous à me suivre. » Mon grand-père obéit. Tout se passa en silence. Le roi et mon grand père, son page, montèrent en voiture, et le cocher, à qui le roi avait parlé tout bas, se mit en devoir de les conduire. C'était par une belle nuit du mois d'août. On traversa la Seine, on remonta les quais jusqu'au delà du Pont-Neuf; la voiture s'enfonça ensuite dans une infinité de petites rues noires et silencieuses. Au bout d'une demi-heure environ, la voiture s'arrêta à la porte d'un vaste bâtiment sombre dont les ailes prenaient à elles seules une centaine de pas sur la longueur de la rue. Cette rue, mon grand-père ne le sut pas tout de suite, était la rue Saint-Jacques, et cette grande et triste maison, le couvent des Carmélites où, depuis dix ans, mademoiselle de La Vallière s'était volontairement cloîtrée. Depuis dix ans Louis XIV ne l'avait pas vue. Un retour sur le passé, une fantaisie royale, née au milieu d'une nuit d'insomnie, lui avait inspiré le désir (et les désirs du roi ne souffraient pas de retardement) de voir mademoiselle de La Vallière, qu'autrefois il ne pouvait se passer de voir un seul jour.

Casimire poussa un soupir, et, quoique cette histoire ne fût pas racontée avec la délicatesse de ton d'une Lafayette, elle l'attachait beaucoup. Il s'agissait d'amour et d'absence; comment n'aurait-elle pas écouté avec intérêt?

— Ma fille, tu ne travailles pas,—lui dit Marine. — Ces rideaux ne seront pas posés aujourd'hui si tu apportes tant d'attention à ce conte de fée.

D'une main Casimire fit signe à Marine de se taire; de l'autre elle engagea le marquis de Courtenay à poursuivre.

— Je disais donc que le roi et mademoiselle de La Vallière ne s'étaient pas vus depuis dix ans. Louis XIV, devant les ordres duquel tout pliait, pénétra dans le couvent des Carmélites comme il serait entré chez lui, et fit aussitôt dire à mademoiselle de La Vallière qu'on l'attendait au jardin. Mon grand-père avait suivi le roi. Devant la façade intérieure du couvent s'étendait une double allée de marronniers, dont l'épais feuillage formait une large bordure d'ombre. C'est là que le roi, enveloppé d'un mantelet de satin couleur de muraille et adossé contre un arbre, se plaça pour attendre, après avoir fait signe à son page de s'éloigner. Le page s'élança dans les allées du jardin, illuminé à cette heure de la nuit, d'un magnifique clair de lune.

— Casimire! Casimire! les rideaux ne seront pas posés aujourd'hui, ma mignonne.

— Silence! Marine, silence!

— Curieux comme un page, mon grand-père eût bien désiré être témoin de cette singulière entrevue du roi et de son ancienne favorite...

— Ne vit-il rien, n'entendit-il rien? — demanda brusquement Casimire.

— Mais il n'osait cependant s'approcher des marronniers sous lesquels il présumait qu'étaient le roi et mademoiselle de La Vallière, — poursuivit le marquis de Courtenay. — Que fit-il?

— Oui, que fit-il? — dit Casimire.

— Il alla se cacher au fond du jardin derrière un bosquet de lauriers roses, et là il tira sa flûte, instrument dont il jouait à merveille, et il exécuta un air langoureux, tendre, et qui sans doute paraissait plus tendre encore dans l'éloignement où se trouvaient le roi et sa charmante compagne.

— Tiens! voilà que j'écoute, moi aussi,—dit Marine.— Ils ne seront pas posés d'aujourd'hui ces rideaux.

— Dès que le roi et mademoiselle de La Vallière eurent été frappés de la mélodie nocturne de ces sons, ils sortirent de l'allée de marronniers et entrèrent dans le jardin, comme pour chercher de quel endroit ils partaient à cette heure de la nuit, quand tout dormait. Ils se dirigèrent d'abord vers le point du bosquet où était le page; mais celui-ci, affaiblissant adroitement les sons, changeant de place avec précaution, trompa leur attention, et, après les avoir jetés dans mille doutes, il les vit venir vers un endroit solitaire du jardin, entièrement éclairé par la lune. Là les attendait le page, qui ne jouait plus de la flûte depuis quelques instants.

— Et il les vit bien? — demanda Casimire.

— Oh! parfaitement, et comme eux-mêmes ne s'étaient pas encore vus pendant cette nuit, qui les réunissait après dix ans d'absence et pour la dernière fois de leur vie. Ils s'assirent près d'une fontaine dont le trophée de marbre se perdait dans du lierre et dont le bassin était presque couvert sous des touffes de gazon. On n'a soin de rien dans les couvents, excepté des légumes et des fruits, de ce qui se mange. Mais l'architecture...

— Qu'est-ce que ça nous fait que ton architecture, marquis, — dit Marine. — Tu en parleras une autre fois; c'est de la bagatelle. Voyons vite ce que se dirent le tourtereau et la colombe; je grille. Dame! ils en avaient à se dire depuis dix ans!

— Il faut bien que je parle de cette fontaine, — dit le marquis de Courtenay, — puisque mon grand-père se cacha derrière. A travers le feuillage, il vit que le roi tenait dans sa main la main de mademoiselle de La Vallière, dont le visage exposé aux rayons de la lune était de la blancheur de celui d'un fantôme.

— Pauvre femme! — murmura Casimire; — elle souffrait tant, elle avait tant souffert!

— Le roi,—reprit le marquis,—regardait avec une pitié touchante mademoiselle de La Vallière; celle-ci examinait le roi avec une candeur angélique. Le page respirait à peine, de peur de faire le moindre bruit; aussi entendait-il toutes leurs paroles, quoiqu'elles fussent prononcées à voix basse et comme on en laisse échapper pendant le sommeil.

« Le roi disait :

» — Oui, je vous trouve un peu changée, puisque vous tenez si fort à ce que je vous le dise. Vous aviez les cheveux plus longs, sinon plus beaux, il me semble; c'est qu'on vous les aura coupés en entrant dans cette maison.

» — On ne me les a pas coupés, — disait d'une voix triste mademoiselle de La Vallière; — je ne les ai jamais eu plus longs.

» — En vérité! — ajouta le roi, la main posée sur la tête de la Carmélite; — j'aurais juré que vous les aviez plus longs que madame de... — Le roi s'arrêta.

» Il y eut un silence de quelques minutes pendant lesquelles le page n'entendit que l'eau de la fontaine tombant goutte à goutte dans la conque du bassin.

» — N'est-il pas vrai aussi,—reprit enfin mademoiselle de La Vallière,—que je parle avec moins de facilité qu'autrefois?

» — Pourquoi cela? Je ne m'aperçois pas...

» — Vous ne voulez pas voir que j'ai perdu les dents de face.

» — Vous les aviez trop belles pour cela, — dit le roi; — oh! non...

» — Je ne les eus jamais belles,—reprit la Carmélite. — Aux soins que je prenais de les cacher, au supplice que je m'imposais pour ne pas les montrer en riant, la cour ne se doutait pas que je les eusse... gâtées...

» — Je ne m'en étais jamais aperçu, — dit le roi avec l'accent d'une parfaite sincérité.

» —Vous n'en douterez pas, maintenant,—dit la Carmélite qui se mit à rire. — Cet éclat de rire fit mal; on sentait, au froid glacial de la confidence, que le roi n'avait presque plus besoin d'indications pour être de l'avis de mademoiselle de La Vallière sur la différence apportée par le temps aux charmes qu'il avait tant aimés et fait vanter par ses poëtes, ou plutôt qu'il n'avait vus qu'avec les yeux de son imagination.—A ma pâleur près,—continua la nonne, — je vous apparais aujourd'hui comme j'étais il y a dix ans. Il n'y a que nos cœurs de changés, peut-être,—ajouta-t-elle d'une voix étouffée.

» — Nos cœurs changés! — s'écria le roi avec une chaleur trop exagérée pour être vraie, mais qui n'empêcha pas la repentie de dire à son tour :

» — Je me souviens que vous aimiez en moi jusqu'aux nombreuses taches de petite vérole semées sur mon visage.

» — Vous, creusée de la petite vérole!

» — Je n'aurais pas plus pu vous le cacher que d'autres défauts sur lesquels vous aviez l'indulgence de fermer les yeux. Ces taches y sont encore; du reste, voyez-les!

» — J'ai aimé tout cela, —semblait dire le roi par son silence. — Cependant, — reprenait-il avec la contrainte d'un amant descendu des hauteurs brûlantes de l'amour dans les plaines glacées de la politesse, — cependant vous étiez la plus belle de ma cour, la plus gracieuse, oui, la plus gracieuse.

» Pour toute réponse à cette dernière flatterie, la Carmélite se leva, prit le roi par le bras et lui fit faire quelques pas avec elle devant le bassin.

» — N'est-ce pas que je ne boite pas davantage? — dit-elle, en s'asseyant, au roi qui resta debout devant elle, et muet de voir à quoi se réduisait l'idole de ses anciens jours.

» — Non, vous ne boitez pas davantage, — répéta machinalement le roi, à qui le cœur manqua pour dire : Vous n'avez jamais boité. Après ces révélations, il ne restait plus qu'un désir au roi : c'était probablement celui de quitter au plus vite le couvent des Carmélites. Son fatal orgueil lui souffla une question dont un homme plus adroit se fût gardé d'être l'écho.—Et moi, me trouvez-vous changé? — demanda-t-il à mademoiselle de La Vallière, avec l'assurance d'un homme qu'on comparait tous les jours au soleil. Mademoiselle de La Vallière gardait le silence, et ce silence ne plut pas au roi. — Mais enfin !... — répéta le roi.

» — Vous avez pris de l'embonpoint, — bégaya-t-elle, —beaucoup d'embonpoint.—Un outrage public n'eût pas plus profondément blessé le roi. De l'embonpoint ! Il était devenu gras, lui qui voulait passer pour la plus jolie taille de sa cour. Avec le calme de ceux qui n'ont plus rien à attendre de l'opinion du monde sur la terre, mademoiselle de La Vallière ajouta : —Et je vous trouve le teint fort échauffé; vous avez rougi.

» Rouge et gras! Le roi dut se maudire au fond de l'âme de la fantaisie d'être venu chercher de si mortifiantes vérités au fond du couvent des Carmélites.

» Après quelques autres propos décousus, le roi, troublé par la contrariété de ces révélations, le roi, qui ne comprenait pas comment il avait pu aimer jusqu'à l'adoration mademoiselle de La Vallière, prit congé d'elle avec plus de respect que d'affection; et s'il y avait du regret dans sa voix, c'était plutôt le regret d'être venu que celui de s'en aller. »

— Telle est l'histoire racontée par mon grand-père, — acheva de dire le marquis de Courtenay, — de mon grand-père qui ne manquait pas d'ajouter en terminant son récit : « Ceci prouve, mon enfant, qu'on ne se voit jamais tel qu'on s'était vu, et que ce qu'on a de mieux à faire, quand on a été amants, c'est de ne plus se revoir. »

— Ton histoire ne me déplaît pas trop,—dit Marine en reprenant son travail, — mais tu aurais mieux fait de la garder dans ta poche, puisqu'elle a bouleversé le visage de ma Casimire. Viens ici, grande enfant. Qu'est-ce que que cela te fait, à toi, cette histoire-là, pour t'émouvoir ainsi? Tu n'aimeras jamais un Louis XIV, s'il plaît à Dieu.

— On ne sait pas, — dit le marquis, — on ne sait pas.

— On le sait fort bien, — répliqua Marine. — En tout cas, notre Casimire ne serait pas pour son nez. Quoi qu'il en soit, mes rideaux ne seront pas prêts aujourd'hui.

. . . .

Enfin, tapissé, meublé, orné, doré du haut en bas, l'hôtel du marquis de Courtenay, après deux mois de réparations et d'embellissements, n'attendit plus que des yeux pour l'admirer.

Et quand le temple fut prêt pour recevoir le dieu, quand le nouveau Versailles parut digne de loger l'autre Louis XIV, le marquis de Courtenay voulut célébrer son installation par une fête digne de perpétuer le souvenir d'un si bel événement.

Cette fête devait exercer une grande séduction sur l'esprit de mademoiselle de Canilly, pensait le marquis de Courtenay, qui, pour y briller d'un éclat fabuleux, s'était procuré l'habit porté par Louis XIV le jour où il reçut les ambassadeurs de la sérénissime république de Venise.

IX

La noblesse polonaise fut prévenue que le marquis de Courtenay donnerait un bal historique où l'on ne serait reçu que sous le costume d'un personnage célèbre à quelque titre dans l'histoire. C'était là une immense préoccupation jetée en appât à l'oisiveté polonaise, la plus parfaite de l'univers quand elle n'est pas interrompue par la guerre. Pour la première fois, peut-être, les jeunes seigneurs de Varsovie ouvrirent les annales des peuples, et cela pour y découvrir, non des exemples à suivre, de fortes leçons à méditer, mais des formes d'habits et des cottes de maille à imiter artistement. Un mois entier on n'entendit que le cri du velour ou du brocard fendu par les ciseaux. Pendant ce temps la Russie, ouvrière matineuse, s'agrandissait dans tous les sens, grâce à l'activité, à la sagesse, au génie du czar Pierre Ier.

Ce fut une soirée dont le souvenir restera longtemps, celle où les portes de l'hôtel du marquis de Courtenay s'ouvrirent à cette élégante société polonaise, fière et bizarre dans ses fourrures, sous ses colbacs, orientale, scythe et quelque peu française, et qu'on vit monter par des escaliers de marbre, sous des arceaux de feuilles et de fleurs, à travers des nuages de parfums, ces délicieuses jeunes filles polonaises, pétries avec de la neige, des rayons de la lune et des feuilles de rose. Si Casimire ne les surpassait pas en beauté, elle se distinguait d'elles par un caractère de physionomie plus accentué, plus expressif; elle devenait Espagnole au milieu de ces aurores boréales qu'on admire, mais qu'on oublie aussitôt.

Pleine de mépris et de raillerie pour les lourdes habitudes germaniques, la brillante réunion ressuscite la France sous le ciel de la Pologne. Les portes du palais vont se fermer, et l'empereur d'Allemagne lui-même n'en franchirait pas le seuil sans la permission du maître, et cette permission lui serait peut-être refusée; tout au plus l'accorderait-on au souverain, mais non à l'Allemand. Exclusion générale de tout ce qui est allemand, homme blond, cœur de neige; loin, bien loin de la table et de l'intimité, ces ours fauves qui eussent salis les tapis et fait tourner les vins de Bourgogne, qui eussent terni l'éclat des lumières par leur souffle épais.

Nous sommes en France, et même dans le midi de cette contrée. Une température molle emplit le palais; égale partout, elle pénètre, mêlée de parfums, dans les appartements ouverts pour la recevoir. Elle circule entre des myrtes à l'odeur amère et des tiges de jasmin d'Arabie.

La langue des enchantements serait impuissante à rendre la magnificence du coup d'œil qu'offrirent, quand ils furent pleins, tous les salons de l'hôtel Courtenay, éclairés par mille rameaux d'argent chargés de bougies. A la variété des costumes et des coiffures, on ne savait dire au juste si l'on était à Versailles dans la grande galerie, à Vienne dans le palais des césars ou à Constantinople dans les salons du harem.

Le marquis de Courtenay, qui ne s'était jamais tant cru Louis XIV, se promenait de pièce en pièce avec la satisfaction majestueuse du grand roi.

Les nobles invités cherchèrent d'abord pourquoi le marquis avait croisé la première lettre de son nom avec une lettre semblable, deux C, brodés avec de l'or et de la soie, sur le fond des médaillons placés le long des tentures. Ils apprirent que le marquis de Courtenay avait voulu rendre hommage à Casimire de Canilly en associant le chiffre de cette noble demoiselle au sien. Ainsi, Courtenay et Canilly se lisaient, brillaient partout, témoignage d'exquise galanterie dont la réserve française de nos jours se formaliserait à coup sûr.

A deux heures les domestiques vinrent annoncer le sou

per. Tous les convives passèrent alors dans une vaste salle garnie, le long des murs, des principaux arbustes des pays méridionaux. Les citrons doux, les oranges, les pêches pouvaient se cueillir sur la branche.

Tout rappelle la France : cette longue table, qui revient plusieurs fois sur elle-même ; cette nappe brodée à jour, luxe inouï chez les peuples du Nord ; ces plats, d'une argile transparente, pétrie à Sèvres ; ces siéges légers, épigrammes contre les siéges de chêne fournis par l'Allemagne ; ces flacons, à travers lesquels on voit rougir le vin comme on voit passer un sang pur derrière une belle peau ; ces masses d'argenterie découpée par Martin, le fameux Martin ; ces mets légers d'où s'exhalent tous les parfums des mordantes épices de l'Orient, le safran, la poivre, le piment, la cannelle, stimulants précieux qui volatilisent le sang, le poussent au front et le changent en saillies de feu, en étincelles qui partent du regard, en flammes qui coulent des lèvres. Les vins surtout proclament la domination de la France ; ils nuancent de leurs couleurs chatoyantes les verres de Bohême dans la main des convives, qui ne resteront pas au-dessous de la réputation proverbiale conquise déjà à leur peu de sobriété.

Le marquis avait fait venir de Paris des légumes dont les pays du Nord sont privés, raffinement ruineux imité depuis par plus d'un seigneur polonais qui, semblable au gourmand de la Bible, a vendu son droit d'aînesse et tous ses droits possibles pour décorer sa table de petits pois et de haricots verts.

Le souper se prolonge, c'est-à-dire qu'il doit durer jusqu'au jour.

De la droite à la gauche du marquis de Courtenay, chaque cavalier est le voisin officieux d'une dame. Ces dames sont belles ; leurs joues s'allument ; leurs dents brillent en touchant le cristal plein d'un vin chaud, plein des mille lueurs répandues ; vin et lueurs, elles semblent tout boire, et leur imagination se colore de ces feux et de ces clartés, comme font leurs diamants. Les diamants serpentent entre leurs cheveux ; ils entourent leurs bras pour les rendre plus pâles et plus doux ; ils brûlent à leurs oreilles comme des lampes aux deux côtés d'une madone.

Penchées sur leurs beaux cavaliers aux cheveux dorés, au visage long, à la barbe de gazelle, elles les raillent, les désespèrent, les ramènent ; elles les tiennent sous leur domination par leur magnétique regard.

Le marquis de Courtenay est là comme le roi David, auquel il fallait cinq mille femmes pour réchauffer les extrémités. Il ne lui faut pas cinq mille femmes ; mais cette vie et cette société lui sont devenues indispensables, à lui, jeune vieillard, gâté par les fêtes ; il ne vit bien que dans la nuit et à table ; heureux des excès des autres ; de moitié, par la pensée, dans ce qui se dit de spirituel autour de lui. Comme il représente bien la France ! Du reste, le mépris pour les autres nations est si profond que celui des convives qui, dans l'ivresse, s'oublierait au point de ne pas s'exprimer en français, serait sur-le-champ exilé de la table.

Un mets plus précieux encore fut offert par le marquis de Courtenay, supérieur, en cette circonstance, au roi Louis XIV lui-même. Au dessert, des domestiques apportèrent une aiguière pleine de la nouvelle monnaie d'or frappée, pour la première fois, à l'effigie de Louis XV. Montrant aussitôt l'usage qu'il désirait qu'on fît de ce mets, peu habituellement servi sur la table même des riches, le marquis plongea sa main dans l'aiguière et la retira remplie de pièces de vingt-quatre livres et de quarante-huit livres. Il pria avec instance qu'on l'imitât ; on céda à ses prières. Peu de mains restèrent oisives. Les poches se gorgeaient d'or avec une agilité prodigieuse. En un instant l'aiguière fut vide. Alors le marquis, poussant un ressort placé sous le fond de l'aiguière, souleva une corbeille en filigrane d'argent chargée de pierreries, superbe dédommagement offert aux dames qui n'avaient pas pris part à la curée des pièces d'or. Détachée de son piédestal, la corbeille passa de main en main, et chaque belle convive put contenter son désir et son goût. On manqua naturellement d'expressions pour louer la rare magnificence du marquis de Courtenay, arrivé au comble de l'orgueil. Son regard passait alternativement de la contemplation admirative de sa propre personne à Casimire de Canilly ; il prétendait reporter sur elle toute la gloire de cette royale soirée.

On peut se faire une idée du degré d'ivresse auquel s'élevaient les têtes à cette suprême période du souper par l'excès d'enthousiasme qu'inspira Casimire aux jeunes gens. Se souvenant des habitudes de leurs aïeux de deux siècles, beaucoup plus Scytes qu'eux, ils tirèrent leurs poignards et se sillonnèrent les uns la joue, les autres le front. Le sang courut sur plus d'une main et sur plus d'une poitrine. Casimire ne put empêcher ce sanglant hommage qu'on lui adressait. Ce n'était pas trop que de répandre son sang pour elle sur le tapis d'un bal ; qu'elle jugeât par là ce qu'on ferait pour sa beauté dans le champ clos d'un tournois, s'il y avait encore eu des tournois. Le marquis de Courtenay ne déchira rien. L'habit de Louis XIV voulait être respecté. Qu'il était grotesquement majestueux sous cet habit dont l'ampleur l'inondait ! On eût dit la principauté de Monaco se promenant dans la vaste monarchie de Louis XIV.

Après le souper, les danses reprirent avec plus de feu et d'abandon.

Ce fut dans un intermède que le marquis, prenant Casimire par la main, la présenta lentement aux groupes d'invités rangés sur une double haie ; Casimire avait été la reine de la fête par l'éclat de sa beauté, le choix de sa radieuse toilette et les soins beaucoup trop marqués dont elle avait été l'objet de la part du marquis. Tant de preuves d'attention l'avaient éblouie. Cette autre existence lui avait rendu toute la frivolité irréfléchie de son âge. Son cœur, que son père lui avait dénoncé comme un ennemi, céda le pas à son esprit, et son esprit ne résista pas au choc répété de tant de flatteries. Elle se souvint bien mieux, pendant le cours de cette nuit, des leçons de grandeur données par son père que des sages conseils du commandeur, qui, en ce moment peut-être, était courbé sur l'affût d'un canon, épiant dans l'ombre, et les pieds dans la boue, les manœuvres de l'ennemi.

Chaque parole de Casimire avait été répétée de bouche en bouche comme celle d'une reine ; chacun de ses pas, lorsqu'elle avait dansé, avait été un sujet d'applaudissement.

Elle fut tout à fait vaincue quand, passant devant mille beaux jeunes gens enthousiastes, mille femmes respectueuses et souriantes, elle reçut leurs saluts et leurs compliments, tous adressés ou à sa grâce, ou à son esprit, ou à sa beauté, ou à sa naissance, ou à elle, ou à sa nation, dont elle était appelée le type et le modèle. Elle avait goûté imprudemment à cette ivresse ; elle la buvait maintenant à longs traits. Des lèvres le poison avait passé dans l'âme. Son apprentissage de reine, couronné de tant de succès, lui apprenait combien elle était propre à le devenir plus réellement un jour. Le marquis l'entretenait tout bas dans les mêmes illusions. Lui et elle, lui disait-il, c'était Louis XIV traversant les galeries de Versailles, mademoiselle de la Vallière sous le bras. Une dernière galanterie mit le comble au délire de Casimire, appelée par le hasard d'un nom polonais ; les jeunes gens lui demandèrent sa ceinture bleue. Ils la taillèrent aussitôt en mille pièces avec la pointe de leurs poignards, et chacun d'eux s'en fit un ruban qu'il noua à la boutonnière. Un ordre nouveau fut improvisé : l'ordre de la ceinture bleue s'associa, dans leurs pensées galantes et chevaleresques, à l'ordre du Porte-Glaive. Les jeunes femmes, de leur côté, sollicitèrent de Casimire la couronne de roses qu'elle portait. Elle la leur donna, et les petites roses de sa guirlande devinrent, comme la ceinture bleue, un emblème d'affection créé pour perpétuer le souvenir de cette resplendissante fête.

Afin d'en mieux graver le souvenir dans la mémoire des invités, le marquis, toujours d'après Louis XIV, distribua, vers la fin de la nuit, des médailles portant d'un côté cette inscription : *Installation du marquis de Courtenay dans son palais, à Varsovie*, et de l'autre côté, sous une couronne de marquis, son chiffre et celui de mademoiselle de Canilly. On se souviendrait de cette soirée comme d'une victoire remportée sur l'ennemi, comme d'un mariage de souverain.

Il résulta de cette large place faite par le marquis de Courtenay à Casimire dans les surprises de son admirable soirée, de l'accueil qu'elle reçut et auquel il n'était pas dû tout étranger, courtois conspirateur entouré de complices, de cette présentation solennelle dont Casimire n'avait pas calculé les suites, qu'on se dit tout bas dans les salons du marquis, et tout haut le lendemain dans les cercles de Varsovie, que monsieur de Courtenay et mademoiselle de Canilly, pour qui la fête avait été évidemment donnée, étaient destinés l'un à l'autre et qu'on ne pouvait mieux se convenir.

C'est précisément ce qu'avait voulu faire dire le marquis de Courtenay en affichant Casimire à cette soirée avec autant d'éclat que peu de mesure.

La fête finit au jour, c'est-à-dire à midi, si toutefois l'on peut dire qu'une fête polonaise ait jamais fini.

X

Quand Casimire rentra chez elle, Marine courut à sa rencontre en lui disant tout essoufflée :

— Sais-tu ce qu'il y a, petite ? une lettre du commandeur. Tiens !

Quoique Casimire eût affecté de recevoir avec froideur, des mains de sa nourrice, la lettre du commandeur, elle se hâta de l'ouvrir dès qu'elle fut rentrée dans son appartement. Son premier mouvement, après y avoir jeté un coup d'œil, marqua le dépit de la voir si peu chargée d'écriture. Le contenu se bornait à une seule page. Que dire en si peu de lignes ? On avait été bien avare de son temps ! Mais, par un retour sur elle-même, elle se souvint des paroles glacées avec lesquelles elle avait accueilli les derniers mots d'adieu du commandeur, et elle le justifia presque au moment même où elle l'accusait.

La lettre du commandeur disait :

« Mademoiselle,

» Les Impériaux sont maîtres de Belgrade, cette place formidable occupée depuis plusieurs années par les Turcs. L'Europe chrétienne et civilisée doit ce prodigieux fait d'armes au prince Eugène, qui a renouvelé, à cette occasion, celui de l'immortel Jean Sobieski. Écrite sous la tente du grand-visir, cette lettre vous parviendra, grâce aux moyens dont j'ai disposé, vingt-quatre heures avant que la nouvelle qu'elle renferme soit connue à Varsovie. J'ai voulu vous ménager la joie d'annoncer vous-même, la première, cette grande victoire à nos amis. Monsieur le comte, votre père, y verra toutes les conséquences politiques qu'il est habitué à tirer des événements. Permettez-moi de me croire plus heureux que tout le monde de cette victoire, puisqu'elle m'a donné le droit de vous écrire.

» Je suis, mademoiselle,

» Votre très-humble et très-dévoué serviteur,

» Le commandeur DE COURTENAY. »

— Pas un mot affectueux ! — s'écria Casimire en froissant la lettre du commandeur. — Je ne suis rien dans ses souvenirs. Les convenances ont dicté cette lettre ; elle est écrite tout simplement à mademoiselle de Canilly ; Casimire est oubliée. Rien pour moi ! Pourtant j'ai peine à comprendre cette indifférence après ces signes de douleur au moment de son départ : ses indécisions, sa pâleur, ses regrets, ses larmes. Ah ! c'est moi seule que je dois accuser ; je lui avais dit de ne m'écrire que sur les événements de la guerre : il m'a obéi. Pourquoi m'a-t-il obéi ? J'aurais voulu qu'il ne parlât que de moi ou de lui dans cette lettre.

Casimire reprit la lettre du commandeur, et quand elle eut relu cette phrase : « Elle vous parviendra, grâce aux moyens dont j'ai disposé, vingt-quatre heures avant que la nouvelle qu'elle renferme soit connue à Varsovie, » elle se dit, en examinant la date : — Huit jours seulement pour venir de Belgrade, quand le courrier ordinaire de l'État en met douze ! Quelle effrayante rapidité ! Oh ! l'envoi de cette lettre, portée de distance en distance par des Tatars, lui a coûté, j'en suis sûre, plus de dix mille livres, lui, si peu riche ! Ah ! ceci, rien que ceci, trahit tout le bonheur qu'il a eu à m'écrire. Il a donné tout ce qu'il portait d'argent avec lui pour que j'aie la joie d'annoncer cette nouvelle à Varsovie ! N'est-ce pas assez s'occuper de moi ? Que puis-je vouloir de plus ? Et cette victoire, dit-il encore, le fait plus heureux que tout le monde, parce qu'elle lui donne le droit de m'écrire. Ah ! je n'ai pas voulu le comprendre ! Ingrate ! ingrate ! Mais, monsieur de Courtenay, — dit-elle, — vous ne me parlez pas de vous. Pourquoi ce silence ? Où étiez-vous pendant la bataille ? Qu'avez-vous fait ?

Une ligne était restée cachée dans un pli au bas de la lettre. Casimire, en la déployant dans toute son étendue, lut cette ligne oubliée ; elle leva les yeux au ciel. Cette ligne ne contenait que ces mots :

« *P. S.* J'ai fait mon devoir comme les autres. »

Casimire répéta avec une émotion qui s'éleva jusqu'à la tendresse maternelle :

— Il a fait son devoir comme les autres ! Quelle sublime modestie ! — murmura-t-elle avec onction ; — il me dit cela comme une chose indifférente, oubliée dans le cours de sa lettre. Oh ! oui, il a fait son devoir ! Je sais ce qu'un tel mot signifie dans sa bouche. Pourvu, mon Dieu ! qu'il n'ait pas été blessé. Mais s'il était blessé, — répéta-t-elle, — il me le dirait. Non, il ne me le dirait pas ! Mais, s'il était blessé, son écriture serait changée, inégale, altérée, et c'est son écriture ordinaire. Ah ! j'aurais été fâchée qu'il s'occupât davantage de moi, puisqu'il me parle si peu de lui. Il est modeste, il est réservé, il m'aime !

La porte de la chambre s'ouvrit, la tête de Marine parut :

— Eh bien ! sommes-nous contente, ma fille ? Le commandeur se porte-t-il bien ?

— Bien ! — répondit Casimire en pliant tranquillement la lettre et la repoussant dans un tiroir du secrétaire.

— Que te dit-il ?

— Peu de choses. Nous en causerons plus tard. — Casimire n'aurait pas dormi davantage, n'eût-elle pas encore été dérangée quelques heures après par Marine. — Que tiens-tu là ? — lui dit Casimire, qui semblait dormir les yeux ouverts, tant elle rêvait profondément.

— Une lettre encore ; mais quant à celle-là, ma foi ! je ne puis deviner ni qui l'envoie, ni d'où elle vient. On l'a trouvée dans la boîte, et elle est sans timbre.

— Donne, et dis que dans une heure je me lèverai pour dîner. Va, Marine.

— Cela commande comme une princesse, — dit Marine. — En vérité, je crois que je lui prêterais mes joues si elle voulait me souffleter. — On vous obéit, mademoiselle ; on vous obéit.

Et, tournant la tête à chaque pas pour admirer sa Casimire enfoncée dans la molle épaisseur de son oreiller, Marine quitta la chambre.

— De mon père ! — dit Casimire après avoir examiné

un angle de la lettre où se trouvait probablement un signe particulier convenu entre elle et monsieur de Canilly.

« Tout marcha à souhait, mademoiselle ma fille, et » comme au gré de nos désirs. De Varsovie à Paris, j'ai » voyagé sans accident. Dans les villes que j'ai traver» sées, j'ai été assez heureux pour ne me heurter à au» cun visage de connaissance, choc dangereux, rencon» tre funeste dans ma position, ne voulant ni voir ni » être vu, et ne voulant cependant pas trop me cacher » dans les hôtelleries où j'étais forcé de descendre. Une » fois à Paris, j'ai couru chez nos amis, qui, prévenus » de mon arrivée, m'attendaient la nuit dans une petite » maison des faubourgs.

» Ils étaient tous réunis. J'ai reçu leurs compliments » sur la supériorité de mes vues et leur approbation en» tière. De mon côté, j'ai été charmé de leur inébran» lable résolution. Nous n'avons pas eu la plus légère » difficulté à débattre. Notre correspondance avait aplani » d'avance tous les obstacles.

» Ceci fait votre éloge, mademoiselle de Canilly, et » vous prouve, une fois pour toujours, combien la lan» gue diplomatique est la clef qui ouvre sans bruit les » plus difficiles mystères; car cette correspondance, si je » l'ai un peu dirigée, j'en conviens, elle vous doit sa » forme. Rien donc n'a été changé par nos amis au plan » que je vous avais soumis. Dans dix jours, à compter » d'aujourd'hui où je vous écris, c'est-à-dire peu d'heures » avant mon départ pour le Béarn, le régent sera enlevé » au sortir de l'Opéra. Le reste se fera avec la même » exactitude prévue et arrêtée. Je serai auprès de mon» sieur de Marescreux et de ses deux fils lorsque le ré» gent leur sera livré par l'escorte française chargée de » le remettre à l'escorte espagnole. Et c'est alors que je » lui dirai : « Quoique monseigneur ne m'ait pas jugé » digne d'être ambassadeur en Espagne, je ne me crois » pas moins obligé, comme roi de Navarre, de lui faire » les honneurs de mes Etats. » Je l'accompagnerai en» suite jusqu'aux limites de la Navarre avec toutes les » marques de dignité dues à un prince du sang. Les » souverains peuvent réciproquement s'exiler, se faire » égorger si leurs intérêts l'exigent, mais il leur est dé» fendu d'oublier, les uns envers les autres, le respect » qu'ils méritent, même sur l'échafaud.

» Quand la fortune qui, jusqu'ici, nous a si généreu» sement aidés, voudrait nous abandonner, je cherche, » mademoiselle de Canilly, comment elle s'y prendrait » pour réussir. Nous n'avons mis dans notre conspira» tion que des gens de qualité, pleins d'estime les uns » envers les autres, autant que liés par la haine et le » mépris contre leur ennemi commun, le régent. Se» rions-nous découverts, supposition impossible; serions» nous pris, crainte hors de toute raison, quel tribunal » oserait, je ne dis pas nous condamner, mais nous ju» ger, quand nous avons pour chef le roi d'Espagne, » Philippe V, son premier ministre, Albéroni, son am» bassadeur, le comte de Cellamare, et un fils et une » belle-fille de Louis XIV, le duc et la duchesse du » Maine? On ne touche pas à un cheveu de ces têtes-là. » Ceci soit dit, mademoiselle de Canilly, pour vous ras» surer sur certaines terreurs fort mal fondées dont je » vous ai vue émue le jour où je vous mis dans la » confidence de notre projet. J'espère que votre cœur » s'est remis de ces petites frayeurs, indignes de votre » naissance et du caractère d'airain que je vous ai » donné.

» Soyez toute à l'espérance d'une réussite prochaine, » infaillible, glorieuse. Si cette lettre s'adresse furtive» ment à une conjurée, la prochaine parlera à une reine. » Celle-ci vous a été jetée par une main mystérieuse, » l'autre vous sera portée par un ambassadeur, n'en » doutez pas. Votre voyage sera un triomphe jusqu'en » Navarre, où je vous attends. Vous serez logée dans le » palais d'Henri le Grand, dans celui de ce descendant » des ducs d'Albret; et soyez persuadée, mademoiselle » ma fille, que vous aurez une cour, même avant d'avoir » des meubles.

» J'ai pensé qu'il serait convenable de donner à mon» sieur de Marescreux, le jour de mon couronnement, le » titre de connétable, parce qu'il est très-ambitieux. » Cette haute distinction, la plus haute de toutes, m'as» surerait deux fins également bonnes : la première de ne » plus lui laisser qu'une seule ambition à exercer contre » moi, celle de me détrôner; la seconde, d'avoir le droit » de le faire décapiter en place publique s'il s'armait » jamais pour la soutenir. Nous n'en viendrons pas, je » l'espère, à cette dure extrémité.

» Pensez à son fils aîné, mais avec les restrictions que » j'ai émises, c'est-à-dire avec la faculté qui vous est » laissée de retirer votre promesse si vous ne vous sentez » pas l'envie de la remplir. J'insiste un peu plus sur » l'opportunité de cette union depuis que j'ai appris à » mon arrivé à Paris que monsieur de Marescreux, aussi » Espagnol au moins que Français, jouissait d'une » influence extraordinaire en Navarre; nous devons le » ménager.

» Il ne faut pas écarter tout de suite ceux qui nous » ont aidés à monter sur un trône : c'est d'un mauvais » exemple.

» Ne refusez sa main qu'avec la plus grande circons» pection. D'ailleurs, qui aimeriez-vous? puisque je suis » obligé de descendre à causer de ces misères avec vous, » pour complaire à des traditions de faiblesse dont vous » êtes, j'en suis sûr, entièrement exempte. Qui aimeriez» vous? serait-ce monsieur le marquis de Courtenay, » dont la fortune, quoique considérable, couvre à peine » les ridicules? Je ne vois que lui assez près de vous » pour avoir éveillé en votre esprit quelque intérêt d'ha» bitude, que vous aurez faussement pris pour une pas» sion. Eh bien! jamais je ne croirai que vous, si belle, » mademoiselle de Canilly, si intelligente et si riche, » puissiez, ayant un pied sur la première marche du » trône, prendre pour mari un homme incapable de s'é» lever à la hauteur de votre caractère, et je dirais de » votre génie, si je n'étais votre père.

» Si vous l'aimez, continuez à l'aimer, rien ne s'y op» pose, mais ne l'épousez pas.

» Qui vous ferait un reproche d'agir ainsi? Ce n'est » pas moi; quant à l'opinion du monde, n'y songez » plus; vous allez entrer dans une sphère où les choses, » il en est ainsi, changent de signification et de nom. » Je ne sais en ce moment si jamais Marguerite de Na» varre a été mariée, mais je crois me souvenir qu'elle a » beaucoup aimé.

» Je n'ai point de fils; c'est à vous à m'en tenir lieu » comme appui, comme conseil, comme ami. Jugez si » j'attends beaucoup de vous, mademoiselle de Canilly.

» Toutes les ambitions vont bientôt nous être permises. » Un trône touche à tous les trônes. Être roi! oui! c'est » beau, c'est enivrant la puissance! Être parmi les » hommes un de ces rares élus dont toutes les pensées » s'exécutent. Les pensées d'un roi; fantaisies de Dieu! » Creuser des bassins dans des plaines stériles et y ap» peler de loin avec la mer les flottes de toutes les na» tions, abaisser les montagnes qui gênent le soleil, » peindre enfin sur la terre une civilisation nouvelle, » comme le ferait un peintre sur la toile. Disposer de la » vie des peuples pour faire sa propre vie grande et ad» mirée, et si merveilleusement unique que, lorsque » tout a péri, après trois mille ans d'existence, hommes, » cultes, lois, on reste seul, debout, au milieu des ruines » d'un empire, et posé, le sceptre à la main, sur un che» val de bronze. Ah! oui, cela est beau, cela est digne » d'envie, mademoiselle de Canilly. »

Casimire se leva sur son séant, toute frémissante d'enthousiasme, et ses deux mains errèrent sur sa tête comme pour y retenir sa raison et y chercher les perles d'une couronne.

« Adieu, lui-elle encore, adieu! Dans une heure j'au-
» rai quitté Paris; dans une heure je serai en route vers
» mon nouveau royaume. Je vais, mademoiselle de Ca-
» nilly, vous annoncer à votre peuple comme le plus
» humble de vos sujets.

» Votre père, qui se dit pour la dernière fois,

» Comte de CANILLY. »

— Mon Dieu! — s'écria Casimire, — dans moins d'un mois il me faudra quitter cette ville où je n'attendrai pas le retour de monsieur le commandeur. Je ne le verrai plus, je ne le verrai plus! Mon Dieu! je me sens déjà malheureuse; serais-je déjà reine?

— Ma fille, — vint dire Marine, — voilà trois fois bien comptées que je viens te chercher pour dîner. Nous avons aujourd'hui un gigot braisé, et il faut que cela soit mangé chaud.

— Manger! — murmura dédaigneusement Casimire.

— Mais, oui, manger; est-ce que tu aurais perdu l'appétit en dormant?

— Dormir! — dit tout bas Casimire, avec la même pitié ironique. — Mais descends, je te suis, bonne Marine.

— Je ne dirai pas qu'on me l'a changée en nourrice, puisque je l'ai nourrie, — murmura de son côté Marine, — mais toujours est-il qu'elle m'étonne bien depuis quelques jours.

Le premier mouvement de Casimire, aussitôt après avoir reçu la lettre du commandeur de Courtenay, avait été de transmettre la nouvelle de la prise de Belgrade au gouverneur de Varsovie, pour qu'il la publiât dans toute la ville. Son cœur palpita d'un orgueil naturel en pensant qu'on ne manquerait pas de savoir dans le monde qu'elle l'avait connue la première, et qu'on lui devrait le mérite de la première révélation. Elle avait déjà copié rapidement la lettre du commandeur, elle approchait la main du cordon de sonnette pour appeler le domestique chargée de la porter au gouverneur de Varsovie, lorsqu'une pensée arrêta cette main déjà levée, et lui fit tourner de l'autre main la feuille de papier placée devant elle.

— Qu'allais-je faire? Non! il ne convient pas, dit-elle, qu'on sache ici que je suis en correspondance suivie avec monsieur le commandeur de Courtenay; que la fille du comte de Canilly est à ce point liée avec un jeune homme. Je n'enverrai pas cette lettre à monsieur le gouverneur. On saura sans moi un fait qui ne peut tarder après tout à se répandre. Ainsi, gardons mon secret, — se dit-elle encore, en déchirant par petits morceaux la lettre écrite par elle; — gardons-le. Je n'ai rien su, je ne sais rien.

Le feu de ses yeux s'éteignit comme un tison dans l'eau: sa bouche, émue d'abord par l'enthousiasme, se ferma, et son visage, si animé un instant auparavant, reprit son calme ordinaire. Qu'elle eût paru belle, ainsi fardée par la contrainte, aux yeux de monsieur le comte de Canilly, son père!

XI

Le surlendemain, la prise de Belgrade n'était pas encore connue à Varsovie, où l'on attendait les nouvelles du siége avec la plus sérieuse anxiété, ce qui n'empêchait pas Varsovie de se livrer à toutes sortes de plaisirs. Sa fastueuse aristocratie, qui comptait les jours par les fêtes, s'était rendue en foule ce jour là au théâtre pour assister à la représentation d'une pièce nouvelle. Casimire et le marquis de Courtenay occupaient une loge au fond de la salle, et, à vrai dire, ils étaient les héros de la soirée; car, pour rendre hommage à la nation française et reconnaître une partie des politesses du marquis, les seigneurs polonais avaient, ce soir-là, demandé un spectacle tout français. De toutes les distances de la salle, on leur envoyait en arrivant des saluts gracieux.

La tragédie était jouée, et l'entracte après lequel devait commencer la comédie expirait au bruit des conversations particulières. Le rideau se leva enfin; mais, au lieu d'un acteur, ce fut un officier de la couronne qui, vêtu de son grand uniforme, un papier à la main, parut, salua le noble public, et sollicita par son attitude l'attention de l'assemblée. On l'écouta:

— Nobles seigneurs, — dit-il, — Belgrade est au pouvoir des chrétiens. — A ces premiers mots, des cris de bonheur éclatèrent avec une violence volcanique; on eût dit, en effet, que le Vésuve faisait sauter dans les airs sa première lave. D'un mouvement unanime, tout le monde s'était levé et chaque front s'était découvert. L'officier de la couronne recommença sa première phrase: — Belgrade est au pouvoir des chrétiens. — Les applaudissements recommencèrent avec la même énergie. Le lecteur officiel poursuivit cependant: — C'est après un siége des plus pénibles que cette place forte, si importante à enlever, a été occupée par les troupes de Sa Majesté impériale. Un incident, rare à la guerre, en a compliqué les difficultés: par une circonstance imprévue, l'armée du prince Eugène s'est trouvée à la fois assiégeante et assiégée, attaquant les Turcs renfermés dans leur forteresse, et attaquée elle-même par une autre armée turque, accourue au secours des assiégés. — Les nobles spectateurs, tous militaires, à peu près sans exception, frémirent d'attention sur la triple ligne des galeries. — Le prince Eugène, — continua le lecteur, — a vaincu les ennemis du dehors et les ennemis du dedans par sa tactique éprouvée et par le courage infatigable de ses soldats: le même siége lui a valu deux victoires.

Tous les officiers polonais présents au siége de Belgrade ont fait leur devoir. Voici les noms de ceux que l'histoire doit conserver dans ses pages, à l'honneur de notre patrie. — A mesure que les noms tombaient un à un de la bouche de l'officier de la couronne, il se produisait dans l'air des acclamations triomphales; on courait embrasser dans les loges la famille de ceux qui étaient mentionnés avec gloire. Après cette énumération, si chère au cœur des spectatrices, on pensait que l'officier de la couronne allait se retirer. Il fit un second appel au recueillement de la salle. — Un incident des plus honorables, des plus glorieux, — reprit le lecteur, — a marqué le cours de ce siége, un des plus mémorables dont la postérité gardera le souvenir. — Le silence de la salle eut dans ce moment quelque chose de l'épaisseur de la nuit. — Pour enlever la principale redoute, — continua l'officier de la couronne, — on avait déjà, pendant la nuit, attaché le mineur aux flancs de la forteresse, malgré la surveillance des sentinelles, la largeur des fossés, et de nombreux obstacles de résistance; on s'était ensuite retiré. Le mineur travaillait depuis trois jours à se creuser un trou dans la pierre pour y établir la mine destinée à faire sauter la redoute et favoriser le passage des troupes impériales, lorsque les Turcs, redevenus maîtres des écluses, lâchèrent les eaux dans les fossés, qui se trouvèrent pleins en quelques heures. Ainsi le mineur, délaissé par les assiégeants, eut à peine le temps de s'enfermer dans le trou qu'il s'était pratiqué dans le mur de la forteresse. Caché dans la terre, pressé par l'eau des fossés, entendant rouler sur sa tête les canons des Turcs, il n'en continua pas moins à miner jour et nuit, armé uniquement de sa lampe.

Un murmure d'étonnement et d'effroi circula dans la salle.

— Au bout de deux jours, le prince Eugène, ayant repoussé les Turcs dont il avait subi l'agression, reprit les travaux du siége de Belgrade. Les eaux furent de nouveau détournées, et c'est alors qu'on vit sortir des fentes de la forteresse le mineur forcément abandonné dans son travail; son travail était fini. L'armée admira tant de fermeté d'âme, tant de courage. Quelques heures après, le feu fut communiqué à la mine, qui, en éclatant, entraîna les gros murs de la redoute, et, par cette brèche ouverte, l'armée s'introduisit victorieuse dans la forteresse. La place était prise.

Ce mineur, acheva le lecteur officiel, ce jeune volontaire qui, en récompense de ses grands services, n'a voulu accepter aucun grade, prétendant qu'il avait longtemps à se signaler par de semblables actions avant d'égaler la renommée de ses aïeux, est un jeune ingénieur français : c'est monsieur le commandeur de Courtenay.

Un cri d'aigle partit du fond de la loge vers laquelle toute la salle avait déjà tourné les yeux.

Une jeune femme, Casimire, pâle, superbe d'abandon, sublime d'oubli, avait poussé ce cri qui avait traversé tous les cœurs. Quand Casimire réfléchit sur cette inconvenance, il n'était plus temps, elle était commise; mais elle seule pouvait voir du mal dans cet élan qu'on n'avait remarqué que parce qu'il était l'énergique expression de la salle entière; car, à ce nom du commandeur de Courtenay, à ce nom si connu, si respecté de la jeunesse de Varsovie, trois frénétiques salves d'applaudissements avaient retenti.

Tous les spectateurs étaient donc tournés vers la loge du marquis de Courtenay comme pour lui faire partager l'hommage qu'on adressait à son frère. Casimire tremblait sur ses jambes; elle pâlissait, elle souriait, elle remerçait, elle avait peur de laisser trop voir sa joie, elle ne savait plus qu'en faire; elle ne savait plus où en étaient son corps ni son âme.

Ingénieux, exigeant, comme il l'est toujours dans ses moments d'abandon, le public voulut que ce bonheur, arrivé au marquis de Courtenay dans la personne de son frère, fût pour ainsi dire la cause d'une joie plus grande encore; il voulut qu'il embrassât Casimire de Canilly, destinée, du reste, dans l'esprit de tout monde, surtout depuis le fameux bal, à devenir la femme du marquis. Casimire baissa la tête lorsque le marquis lui demanda avec respect si elle consentait à se soumettre à cette exigence de l'assemblée.

Le silence de Casimire, si peu maîtresse d'elle en ce moment, fut pris pour un consentement, et le marquis l'embrassa au bruit des applaudissements de toute la salle, qui passa avec une égale facilité de l'enivrement de la gloire à l'enthousiasme de la galanterie.

On comprend que le spectacle finit avec cet épisode plus intéressant, plus vrai qu'aucune pièce du répertoire.

Ce fut une belle soirée dans les souvenirs de Varsovie, ce fut la plus agitée des nuits pour le marquis de Courtenay. En embrassant Casimire il avait senti redoubler son amour pour elle, et, du moment où elle devenait si active et si vraie, cette passion le poussait à savoir si enfin il était aimé.

Tandis que Casimire rentrait chez elle, diversement émue de ces honneurs rendus au commandeur de Courtenay, de cette embrassade publique à laquelle elle s'était vue forcée de se soumettre, et, préoccupée surtout de la joie imprudente dont elle n'avait pu retenir le cri, le marquis, en se retirant, pensait, assis dans le fond de sa voiture, à Casimire, à Casimire seule. Le visage de mademoiselle de Canilly était devant ses yeux, près de ses lèvres; il pensait qu'il l'aimait, et, quoique trop confiant en lui-même pour douter de l'amour de mademoiselle de Canilly pour lui, il souffrait comme il n'avait pas encore souffert de sa vie.

Arrivée chez elle, Casimire s'écria, dans la plus profonde agitation :

— Tant de gloire! et il n'en dit rien dans sa lettre. Sa lettre n'a plus le même sens pour moi. Je ne puis croire à tant de modestie; la modestie ne va pas si loin dans le cœur d'un jeune homme à son premier succès. Je me suis trompée, ou plutôt ma première pensée était juste; j'ai eu tort de rejeter cette impression trop naturelle, trop soudaine, pour n'être pas vraie. Il m'a oubliée pour la gloire, pour la renommée dont il ne connaissait pas encore les charmes. Voilà ce qu'il aime, voilà ce qu'il attendait en courant loin de moi risquer sa vie : un nom retentissant, porté de bouche en bouche, salué en plein théâtre. Il m'a fait seulement la faveur de m'apprendre qu'il n'était pas mort; il a gardé pour les autres le spectacle de son illustration. J'ai vu ce soir mille femmes aussi heureuses, aussi fières que moi de sa célébrité; comme si sa gloire, comme si tout ce qui le touche ne m'appartenait pas. Que suis-je de plus qu'elles? Je ne veux pas de ce partage. Il n'aimera que moi, ou je ne veux plus être aimée. Obscur, on me l'eût laissé tout entier; illustre, je n'ai qu'une faible part de son attention; moi qui l'aimais tant quand personne ne le remarquait encore, moi qui l'eusse préféré à de plus nobles que lui. Ah! pourquoi suis-je privée de cette générosité où je puisais tant de bonheur et de sécurité?

En roulant dans sa tête ses pensées de jalousie, sentiment dont elle éprouvait pour la première fois les atteintes, Casimire s'assit devant une table et elle écrivit, au bruit de ses émotions, les lignes suivantes :

« Monsieur le commandeur,

» Il est bien heureux pour moi d'apprendre par la voix
» publique d'avoir su en plein théâtre, la part qui me
» revient dans la victoire remportée par les troupes de
» Sa Majesté impériale sur l'armée turque. Si je n'étais
» pas allée au théâtre ce soir-là, ce soir même (car c'est
» au sortir au spectacle où votre nom a été proclamé que
» j'ai le plaisir de vous écrire), je ne saurais pas, je
» n'aurais jamais su peut-être de quelle manière hono-
» rable vous vous êtes conduit au siége de Belgrade.
» Votre réserve à mon égard, avec des apparences mo-
» destes, j'en conviens, m'a étonnée, elle m'a blessée, et
» ces larmes qui tombent sur mon écriture... »

— Des larmes! — s'écria Casimire en froissant le papier sur lequel elle écrivait : — des larmes! quand j'ai à me plaindre!

Elle déchira le papier déjà froissé et le jeta dans la cheminée.

D'une main non moins convulsive, elle recommença ainsi :

« Monsieur le commandeur,

» Comme vous n'aimez pas beaucoup, je m'en suis
» convaincue, à écrire de longues lettres, je vais vous
» conseiller un moyen pour abréger encore votre tâche
» épistolaire. Dispensez-vous totalement de m'écrire,
» puisque sans vous je puis apprendre, dans une salle
» de spectacle, par l'organe d'un officier de la couronne
» les exploits dont vous vous illustrez à l'armée. Cette
» publicité, glorieuse pour vous et pour vos amis, ne
» vous laisse plus rien à faire et vous offre un moyen
» sûr de vous délivrer de l'ennui de raconter vous-
» même vos prouesses. »

— De l'ironie maintenant! — dit Casimire en s'interrompant une seconde fois; de l'ironie! il me croira blessée. Pas plus d'ironie que de larmes!

La seconde lettre fut déchirée. Une troisième feuille se couvrait déjà de ces mots sous la plume de mademoiselle de Canilly.

« Monsieur le commandeur,

» Je vous remercie d'avoir été si exact à m'écrire, dès
» l'instant où vous avez eu un motif pour le faire, et je
» vous remercie, en outre, de m'avoir si obligeamment
» écoutée en occupant plus particulièrement mon atten-
» tion du résultat si grand du siége de Belgrade. Vous avez

» fait ainsi que je le désirais. Continuez, dans vos prochaines lettres, si vous m'en destinez encore, à m'entretenir de ces choses sérieuses, les seules sur lesquelles je veux que vous mettiez en frais votre complaisance pour moi... »

— Mon Dieu! mon Dieu! — dit Casimire dans un triste découragement, — me voilà enfin arrivée à la fausseté. — Cette troisième lettre alla en morceaux se joindre aux morceaux des autres lettres sur les cendres de la cheminée. Elle se promena ensuite dans une extrême agitation d'un bout à l'autre du salon, cherchant les moyens de faire savoir au commandeur l'état de son âme, sans s'abaisser, sans monter au ton indigne de la colère, sans descendre à l'ironie, sans se souiller par la fausseté. Après quelques minutes de course irritante, elle plia en quatre une autre feuille de papier à lettres, qu'elle essaya de glisser dans une enveloppe; elle l'en retira aussitôt, la déplia, et n'écrivit que ce seul mot dans le carré blanc formé par les plis : *Revenez!* Cette fois la lettre fut pliée, cachetée et remise avec une précipitation nerveuse à un domestique pour qu'il allât sur-le-champ la jeter dans la boîte du gouverneur, chargé de faire parvenir à l'armée, avec ses dépêches, les lettres des habitants. — Et maintenant nous verrons, — dit-elle, en tombant de lassitude dans un fauteuil, — nous verrons si c'est la gloire qu'il aime mieux que moi, ou si c'est moi qu'il préfère à la gloire...

XII

Cette nuit devait être une nuit bien agitée aussi pour le marquis de Courtenay; elle dévoila à ce corps, chétif et frivole comme celui d'un oiseau, qu'il avait un cœur, du moins une passion dans sa poitrine, encore plus étroite que sa tête; passion née dans les amusements de la vanité, au bruit des fêtes, légère d'abord comme la flamme d'un caprice, développée ensuite de jour en jour, et devenue enfin impérieuse, comme toute passion encouragée. L'étincelle s'était grossie en incendie.

Le marquis mit du point d'honneur à ne pas s'opposer à l'opinion du monde, qui, entre une foule de jeunes gens remarquables, le regardait comme l'adorateur préféré de Casimire. Comment repousser une réputation si flatteuse pour sa vanité? On la lui imposa, il la garda par amour-propre. Plus tard il crut la justifier, la mériter par la supériorité de ses qualités personnelles. Malheureusement pour lui, il céda à cette complaisance orgueilleuse, juste à une époque où Casimire n'exigeait pas de difficiles efforts pour exciter l'admiration. Ainsi le marquis de Courtenay fut victime de la comédie à laquelle il s'était prêté, et semblable à ces acteurs surpris, emportés par leur rôle, il finit par mettre du sien, par aimer véritablement d'amour.

La soirée, dont nous avons dit les détails, acheva de perdre sa raison, en lui apprenant combien on le supposait avancé dans l'affection de Casimire, puisqu'on n'avait pas craint de les forcer l'un et l'autre à une espèce d'engagement, de fiançailles publiques. Il se demandait, en se rendant à son hôtel, si mademoiselle de Canilly avait remarqué cet amour et ce qu'il pouvait en espérer. Des doutes lui venaient, à présent qu'il avait besoin d'une certitude : celle dont il avait cru s'amuser comme d'une enfant, comme un tuteur de sa pupille, se parer aux jours de fête était devenue tout à coup une jeune fille admirablement belle, riche de ses propres sentiments, maîtresse d'elle-même, et quand, par déférence envers le monde, elle avait prêté ses joues sans taches aux lèvres du marquis, celui-ci n'avait pas interprété tout à fait à son avantage le silence, la froideur, la docilité même dont il avait été frappé, malgré son étourderie ordinaire.

Le marquis rentrait chez lui avec la blessure fait à son cœur et à sa raison; car, chez les êtres faibles, la distance est courte entre la raison et le cœur. L'amour, le doute, la crainte l'accablaient de questions. Il se livrait en lui d'épouvantables tempêtes, d'autant plus vives qu'elles agissaient dans un espace resserré. Les tempêtes sur les lacs sont les plus terribles.

Lorsque sa voiture se fut arrêtée devant son palais et que le domestique eut ouvert la portière,

— Non! je ne descends pas, — lui dit le marquis de Courtenay; — qu'on me conduise sur-le-champ chez monsieur de Canilly. Allez vite!

La portière fut aussitôt refermée, et la voiture, à l'étonnement des valets déjà accourus pour éclairer le passage du marquis sous la voûte, tourna et s'éloigna avec vitesse.

Elle arriva bientôt devant l'hôtel de monsieur de Canilly, dont les portes venaient à peine de se fermer sur la voiture qui avait ramené Casimire.

Comme tout le monde était encore éveillé dans l'hôtel, le marquis s'introduisit sans trop d'obstacle jusqu'au salon où on lui dit que venait d'entrer mademoiselle de Canilly; celle-ci, pourtant, parut fort étonnée de cette visite à une heure si avancée de la nuit, et, à peine remise du trouble qu'elle avait ressenti au spectacle.

Le marquis avait repris son air léger.

— Savez-vous ce qui m'amène chez vous?

— Non, monsieur le marquis.

— Un secret.

— Je présume qu'il est peu grave, — répondit Casimire, — car vous auriez eu le temps de me le confier au spectacle.

— Il est très-grave, au contraire, mademoiselle, — répliqua le marquis qui jeta les yeux vers la porte pour s'assurer qu'elle était fermée.

— S'il est grave, il n'est pas triste en tout cas. Vous me semblez d'une excessive gaîté.

— Ecoutez-moi.

— Volontiers.

— Je suis très-riche, vous le savez.

— Oui, monsieur le marquis.

— Je veux partager ma fortune avec une femme que j'aime.

— C'est fort généreux, c'est de l'argent bien placé, si celle que vous aimez n'est pas riche, — répliqua Casimire.

Si celle que vous aimez n'est pas riche, arrêta la volubilité fébrile du marquis.

Il comprit qu'il parlait à une jeune fille dont il n'éblouirait pas l'imagination avec des paillettes d'or, puisqu'elle était au moins aussi riche que lui.

— Ah! il ne s'agit pas de générosité, — se reprit-il un peu troublé, — mais il s'agit de bonheur pour moi. Je veux me marier.

— En quoi mes conseils pourront-ils vous être utiles, monsieur le marquis, dans une telle affaire?

— Ce n'est pas seulement de vos conseils que j'ai besoin, mais de votre consentement.

— De mon consentement?

— C'est à vous que je prétends offrir mon nom et ma main. — Après avoir ouvert ses yeux avec un grand étonnement, Casimire abaissa, avec autant de réflexion au moins que de modestie, ses longues paupières. — Si vous n'avez aucun motif d'éloigner mes vœux, — reprit le marquis, — consentez, je vous prie, à m'écouter quelques instants. Je vous ai paru dissipé, frivole, mon Dieu! j'en conviens; je crois que je le serai toute ma vie; mais si vous m'acceptez ainsi, pourquoi me le reprocherais-je cela comme un crime? Si je voulais devenir grave, je ne parviendrais qu'à paraître ridicule, et je ne passe que pour léger. Quelques femmes, beaucoup même, me pardonneraient ces défauts de caractère, si je les demandais en mariage, mais aucune d'elles n'a le droit d'être aussi exigeante que vous, et voilà pourquoi je dois être sincère avec vous, Casimire. Comment esaierais-je, d'ailleurs, de ne pas l'être? Nous vivons ensemble depuis plusieurs années. Vous me connaissez comme une sœur connaît son frère. Quand je vous promettrais de me réformer, de lire du matin au soir, d'exercer ma pensée sur des sujets graves, de devenir un de ces hommes politiques en si haute estime dans l'opinion de monsieur votre père, vous ne me croiriez pas. Si vous pouvez aimer un homme qui raffole de chevaux, des chiens, des fêtes, du bruit, de la chasse, qui abhorre le travail et la pensée autant que la maladie et la mort, qui ne se connaît qu'en habits nouveaux, en équipages nouveaux, en ameublements nouveaux, qui n'est rien qu'un gentilhomme fort inutile, né pour le plaisir, mais pourtant assez facile à vivre; enfin, sans tant en dire, si vous pouvez m'aimer, ou m'aimer assez pour m'épouser, — ajouta le marquis, — répondez-moi, car je suis venu ici inquiet, triste, défiant, et résolu cependant. Je vous aime; vous plaît-il d'être marquise de Courtenay, et quand vous convient-il de l'être? dans un mois, dans un an, jamais? Oh! ne dites pas jamais! — dit le pauvre et suffisant marquis, ayant gardé tout son sérieux, amassé tout ce qu'il y avait de vrai dans son affection pour la dernière phrase de sa confidence décousue, qu'il ferma ainsi par un cri.

Depuis le premier mot un peu clair du marquis jusqu'au moment où elle lui répondit, Casimire remua plus d'une pierre dans ce vaste bâtiment de doctrines bâti dans sa tête par son père.

— Quoique je trouve un peu bizarre l'heure de votre confidence et fort imprévu le motif qui l'a amenée, — répondit Casimire, — je ne suis pas aussi décourageante que vous avez paru le craindre. Si je ne dois compte de mes sentiments à personne, je me dois les conseils de mon père avant même de chercher à savoir si j'éprouve des sentiments d'affection pour quelqu'un. Mon père est mon guide, vous le savez. Mon père...

— Oh! — interrompit le marquis, — il est bien entendu que je ne veux rien faire sans l'agrément de monsieur le comte, sur la bienveillance duquel vous ne voudriez pas peut-être m'empêcher de compter. Je lui écrirai, j'attendrai son retour, j'apporterai tous les ménagements, j'userai de toutes les convenances voulues, pourvu que vous me laissiez entrevoir l'espérance de ne pas contrarier ses vues, si elles sont d'accord avec les miennes.

Maîtresse d'elle-même, Casimire pensa que rien n'effacerait mieux l'impression qu'elle avait pu produire par sa joie immodérée, ses cris soudains, son enthousiasme, il y avait quelques heures, en entendant proclamer au théâtre le nom du commandeur de Courtenay, comme de persuader adroitement à la société polonaise qu'elle n'était pas entièrement insensible aux douces sollicitations du marquis de Courtenay. Cette facile condescendance envers la passion d'un extravagant, dont il ne resterait rien au bout de quelques jours, lui sembla un prétexte tout simple et tout naturel pour dérouter ceux qui auraient conclu, de la scène donnée en plein public, qu'elle aimait le commandeur et non le marquis son frère. Ce moyen rentrait dans la catégorie de ceux dont son père lui avait vanté l'excellence, l'infaillibilité. Oh! si Casimire avait deviné la portée de l'arme qu'elle allait manier si témérairement, et dans quel cœur irait pénétrer la balle empoisonnée qu'elle roulait avec tant de légèreté dans ses doigts!

— Vous n'exigez pas de moi, monsieur le marquis, — reprit-elle enfin en souriant, — que je réponde autrement que par le silence à tout ce qu'il vous plaira de me dire après ce que je vous ai déjà dit.

— Oh! je vous comprends et je vous remercie, — s'écria le marquis de Courtenay. — Il n'y a plus, entre nous, comme arbitre de nos destinées, que monsieur le comte de Canilly, et je m'en flatte, — continua le marquis dont la voix s'éclaircit comme celle de l'oiseau au retour du beau temps, — il ne me sera pas trop défavorable. Il connaît ma famille, ma noblesse; il sait tout ce que mes revenus m'assurent de crédit dans le monde et à la cour; je puis donc espérer. — Malheureusement, de la gamme de la joie le marquis passa vite à celle de la fatuité; il fallait s'y attendre. — Je parlerai avec franchise, — reprit-il, — je m'attendais au bonheur de ne pas me voir entièrement repoussé par vous. — Si le marquis avait pu soulever le masque que Casimire venait de mettre sur son visage depuis sa résolution de feindre, comme il eût vite retiré ces dernières paroles. — Sans ingratitude pouviez-vous oublier, — reprit-il, — tout ce que je viens de faire pour mériter votre attention?

— Et quoi? — demanda Casimire.

— Cette fête...

— En vérité elle était d'un goût...

— Elle était pour vous, uniquement pour vous.

— Pour moi?

— Sans doute.

— Vous auriez dû, alors, m'en avertir.

— Et pourquoi?

La pensée de Casimire fut : Parce que je n'y serais pas allée; mais elle répondit :

— Parce que je vous en aurais déjà remercié.

— Mais songez, — ajouta le marquis, — que nous en aurons tous les hivers de semblables, quand nous serons mariés; de plus belles encore, car vous les ordonnerez seule en souveraine. Je veux avoir dans mon palais un théâtre où nous jouerons la comédie, l'opéra, le ballet. Quelle heureuse vie! Louis XIV a vécu ainsi quarante ans, les plus belles années de sa vie. Tout a été perdu pour lui, bonheur, joies, amours, dès qu'il a voulu faire la guerre. Moi je ne ferai pas la guerre.....

— Et à qui la déclarerait Votre Majesté?

— Je ne la ferais pas, bien entendu, si je pouvais la faire, — répondit le marquis. — Mais je suis un peu souverain ici. Est-ce que cet éclat ne vous a pas séduite? Il vous appartiendra tout entier dans peu. Vous n'aurez pas de rivale en palais, en chevaux, en domestiques. N'est-ce pas là le bonheur?

— Monsieur le marquis, — interrompit Casimire, — à deux heures après minuit, les gens qui rêvent dorment.

— Oh! je ne dors pas, je ne rêve pas, — s'écria le marquis.

— Ce n'est pas cela que j'ai voulu dire, — reprit Casimire, qui avait très-exactement dit ce qu'elle avait pensé. — J'ai voulu dire qu'à deux heures après minuit...

— Je comprends... à deux heures après minuit, — s'écria le marquis, — il est temps d'aller dormir, je me retire. C'est que tout m'effraie, — ajouta-t-il en prenant son chapeau, — un mot, un signe, un rien. Je suis comme quand on aime, n'est-ce pas?

— Je n'en sais rien, — dit Casimire.

— Méchante! mais vous avez raison de feindre. Nous autres, jeunes gentilshommes, nous sommes trop portés à croire qu'on nous adore. Un peu de sévérité nous est due. Pas trop! n'est-ce pas, ma charmante Casimire, pas trop?

— Bonsoir! monsieur le marquis.

— Bonne nuit, mon espérance!

La porte du salon n'était pas encore retombée sur son autre moitié que Casimire murmura :

— Le fat!

— Allons, — dit le marquis en roulant dans les rues désertes de Varsovie, — j'étais un grand fou de douter un instant de mon succès auprès de Casimire. Où diable avais-je pris ces doutes, ces scrupules, ces craintes? J'avais trop mauvaise opinion de moi-même; on ne se démolit pas ainsi. Après avoir semé il n'est pas si extraordinaire de recueillir. Devant les pas de Casimire j'ai semé la galanterie, le plaisir, les fêtes, le bonheur; je moissonne l'affection, la tendresse, l'amour. C'est qu'elle est vraiment belle, mademoiselle de Canilly, vraiment très-belle! Comment se fait-il, pourtant, qu'elle n'ait pas aimé jusqu'ici? Mais qui me dit, après tout, qu'elle n'a pas aimé? Mais qui, encore? Moi! pardieu!

XIII

La morale de Casimire, en se développant, tendait constamment, on a pu le voir, à se placer, dans cet état de lutte, entre son cœur et les doctrines de son père: elle allait au bien lorsqu'elle écoutait son cœur; elle tombait dans le faux quand elle se conduisait à la clarté de ces doctrines. Plus elle avançait en âge, et plus cette collision intérieure occupait de l'espace et prenait de la force.

Ce n'était pas avec la défiance de l'artiste que son père avait travaillé une matière tendre et précieuse, mais avec la brutalité d'un sophiste, avec le marteau et sur l'enclume. Elle était bossuée de faux enseignements. Les opinions, les sentiments, les croyances adoptaient des inégalités, et des creux en étant répandus dans ce moule altéré, et plus ce qui s'y versait était ardent et plus les difformités s'y modelaient avec ténacité. Aussi Casimire, n'eût-elle pas plus tôt écrit sa laconique lettre au commandeur de Courtenay, qu'elle se repentit de la lui avoir envoyée. Mais il n'était plus temps, cette fois, de la détruire; elle suivrait sa destinée. Rien au monde ne pouvait plus la lui rendre. Sa lettre volait dans la valise du courrier aux frontières de la Turquie, pour ne s'arrêter que dans les mains du commandeur.

Au lieu de la réjouir, cette pensée tourmentait maintenant Casimire nuit et jour. Quelle opinion concevrait-il d'elle, en découvrant sous cette injonction formelle, impérative et brève: *Revenez!* un amour désormais impossible à feindre ou à nier? Pourquoi nier ou feindre, se reprenait-elle, quand l'abattement, qui suivait chacun de ces combats, ramenait le calme à son cœur. Elle lui avait dit ce qu'elle pensait, elle lui avait confié tout ce qu'elle éprouvait; où était le mal? où était la honte, le danger? Doux miel, ces paroles s'aigrissaient à la moindre réaction de sa sombre éducation sur son charmant naturel, et d'autres raisonnements ne manquaient pas d'accourir. — Pourquoi, murmurait-elle, tout entier à elle en parlant, le commandeur ne l'aurait-il pas oubliée dans des occupations plus sévères, peut-être aussi dans ces résidences où le cœur des officiers est tant exposé à la séduction de jeunes femmes étrangères? Quel effet produirait alors la lettre, s'il en était ainsi? un sourire de vanité, une compassion humiliante. Quand elle en arrivait, de fiction en fiction, à cette conséquence désespérée, Casimire aurait volontiers donné tout ce qu'elle possédait pour retirer sa lettre, cette lettre qu'elle eût peut-être renvoyée au même instant au jeune commandeur de Courtenay.

Ce déchirement perpétuel avait fini par nuire à sa santé; elle ne vivait presque plus que de fruits, et passait ses journées assise dans un fauteuil, les mains croisées sur sa poitrine, les yeux rêveurs. Son abattement n'avait pas échappé à l'œil vigilant de Marine, qui, en femme douée d'un grand sens, savait combien il y a peu à faire pour détourner ce mal qui cherche les jeunes filles à l'époque où elles aiment. Marine n'en doutait plus; Casimire aimait, et quelque effort qu'eût fait depuis quelques jours la fille de monsieur de Canilly pour ne pas laisser paraître le redoublement de son mal, Marine savait aussi qui elle aimait.

— Après tout, — avait-elle dit en réunissant ses réflexions et en les résumant d'un mot, — le mâle vaut la femelle. Il nous convient. J'entrevois un beau nourrisson dans l'avenir.

— Marine, — lui dit à quelque temps de là Casimire en plaçant des fleurs dans le col gracieux de deux magnifiques vases de Chine venus de la Tartarie en Pologne avec des pillages de guerre, — Marine, crois-tu aux cartes?

— Ma fille, — répondit Marine, — j'y croyais avant d'être nourrice, mais, depuis, je n'y crois plus autant.

— Pourquoi cela, folle?

— N'est-il pas vrai, — répondit Marine, — qu'une femme ne peut guère mettre au monde qu'un garçon ou qu'une fille? Eh bien! j'ai vu presque toujours se tromper du tout au tout, ceux qui disaient: C'est une fille, car alors il venait un garçon; ou bien: C'est un garçon, car alors il naissait une fille. Pourtant ce n'est que pair ou impair, pois ou fève. Comment veux-tu que les cartes...? Mais, — s'interrompit Marine, — est-ce que tu tiendrais à savoir si celui que tu épouseras est brun ou blond, grand ou petit; si...?

— Mon Dieu, non! — dit Casimire; — j'ai écrit à une de mes amies, à Paris, et je voudrais tout simplement savoir, en attendant la réponse, si ma lettre lui causera autant de plaisir que j'en ai goûté moi-même à la lui écrire. Tantôt je me dis oui, tantôt je me dis non. N'est-ce pas, Marine, que c'est ennuyeux de vivre ainsi? C'est pourtant assez naturel de faire des calculs, n'est-ce pas, nourrice? On ne sait pas comment deviennent nos amis quand on les perd de vue. Il faut se défier, il faut toujours craindre, il faut s'attendre à les retrouver changés d'esprit autant que de visage. Cela fait...

— Cela fait, — dit Marine, — que je vais te raconter une petite histoire, non pas de ma grand'tante, mais une histoire plus fraîche que j'ai vue et que j'ai entendue; je t'avais déjà nourrie à ce moment.

— Raconte, — dit Casimire, avec un soupir et en continuant d'assembler des fleurs de ses doigts délicats et pâles. — Un conte de nourrice.

« Donnez-vous bien du mal, » se serait douloureusement écrié monsieur de Canilly, s'il eût été témoin de cet entretien, « enseignez à votre enfant le fort et le faible de la politique, mettez-lui le cœur humain dans la main, faites, enfin, d'une femme, à la sueur de vos veilles, un La Rochefoucaud et un Machiavel, pour qu'elle aille dire ensuite à une nourrice: Tire-moi les cartes! »

— C'est un conte de nourrice et de nourrisson, — reprit Marine: — Il y a huit ans, ce n'est pas vieux comme les tours Notre-Dame, tu vois bien, je fus appelée à la cour pour attendre le moment où madame la duchesse de Bourgogne, la belle-fille du grand-dauphin, accoucherait; monseigneur le dauphin était déjà mort à cette époque. Le duc de Bourgogne, son fils, aurait par conséquent régné après Louis XIV, s'il eût vécu. Mais il n'en devait pas être ainsi. Or, le duc de Bourgogne, qui était bon comme le bon pain de Nanterre, me voulut pour la nourrice de son futur enfant, parce qu'il m'avait vue à la porte du parc de Saint-Cloud un jour où je donnais à téter à la fille du duc Alvarès, mon avant-dernière. Quoique les médecins de monseigneur ne voulussent pas de moi, tout bonnement parce qu'ils ne m'avaient pas choisie, lui persista et il l'emporta sur eux. Ils trouvaient, les uns, que j'avais le lait trop doux, les autres trop nourrissant; enfin, je ne leur convenais pas. Monsieur de Fénelon, qui était le bon Dieu même sur la terre, un saint homme d'archevêque qui n'aurait pas craint de bercer le premier enfant venu pendant un jour entier, monsieur de Fénelon leur coupa la musette à tous en leur disant: « La principale qualité de la nourrice est qu'elle plaise à l'accouchée. » Voilà parler comme un livre, et il en faisait de beaux livres, monsieur de Fénelon, pour son élève, monseigneur le duc de Bourgogne, celui qui allait être le père de je ne sais quoi. J'aurais sauté au coup de ce brave monsieur de Fénelon. La duchesse, qui écoutait tout du fond de son lit, où l'on exigeait qu'elle restât, quoique, si je n'avais pas eu plus de mal qu'elle, je serais allée couler la lessive, me dit : — Quel est ton nom, ma mie? — Je me nomme Marine, pour vous servir, madame la duchesse. — Eh! bien, Marine, tu me plais; tu aimeras bien mon enfant, n'est-ce pas? — ajouta-t-elle. — Si je l'aimerai! Dieu du ciel! — Et le bon duc se mit à sourire de ma mine en disant cela. Ce jour-là, je retournai chez moi à Saint-Cloud, car j'avais été présentée à Versailles; je retournai chez moi dans la voiture de monsieur de Condé, dont le maître nez ne m'est jamais revenu. Marin, mon mari, ne voulait plus me reconnaître; il tournait autour de moi comme un chat autour d'un cuisinier qui revient du marché... Est-ce que tu dors, ma mignonne? — s'interrompit Marine, en s'adressant à Casimire; — tu as les yeux ouverts comme une poule qui les tient fermés.

— Je t'écoute, Marine, je t'écoute.

— Or, le lendemain, le duc de Bourgogne me prit à part et me dit toujours devant monsieur de Fénelon, qui l'approuvait de la tête : — Ma bonne Marine, fais de mon enfant, quand il sera né, ce que tu ferais du plus pauvre enfant du royaume; — et monsieur de Fénelon ajouta, en prenant la main de monseigneur : — Quoiqu'il sera roi de France un jour. — Ah! pour cela, — m'écriai-je, — monsieur l'archevêque, oh! pour cela, vous ne savez pas plus que moi si ce sera un roi ou une reine, quoique vous parliez le latin avec l'aisance de mon mari à avaler un verre de vin de Suresne. — Et monseigneur me demanda là-dessus si je ne savais pas un peu de quel sexe serait l'enfant qu'allait lui donner madame la duchesse. — Ce sera, je crois, un garçon, — répondis-je. — L'œil est clair, le teint est beau, l'humeur est gaie. — Le duc tira sa montre de sa poche et me l'offrit. — Vous oubliez la chaîne, monseigneur, — lui fit remarquer monsieur de Fénelon. Et monseigneur me donna la montre avec la chaîne. Le surlendemain, dans la nuit, la duchesse commença à éprouver les fortes douleurs. Entre deux crises, elle me dit tout bas, cette chère âme, qui est en plein paradis : — Marine, je verrai certainement à ta mine quel enfant ce sera. — Je me hâtai de répondre à la duchesse que je la défiais de voir cela à ma mine, car je ne laissais jamais rien supposer, sachant, en un tel moment, combien une pareille inconséquence pouvait porter de préjudice à la santé d'une femme en couches. De son côté, le duc de Bourgogne, qui avait tout entendu, dit à monsieur de Fénelon : — Je suis sûr que, si c'est un garçon, Marine ne le dira pas, c'est vrai, mais elle le criera de toutes ses forces, parce qu'il n'y a pas de femme au monde qui, en pareil cas, eût la faculté de se taire. — Et moi, je suis sûr que vous vous trompez, monseigneur, — lui dit monsieur de Fénelon, qui prit le parti des nourrices. — Quel homme du bon Dieu! Qui est-ce qui l'a nourri, celui-là? — Cette histoire te plaît-elle, mignonne?

— Mais oui, — répondit complaisamment Casimire, dont les doigts roulaient une belle tulipe orangée. — Mais pourquoi me fais-tu cette histoire?

— Pourquoi? Mais c'est ma réponse. Tu me demandais tantôt si tu avais bien ou mal fait d'écrire à ton amie de Paris et ce qu'il en arriverait? Et ceci et cela? Tu vas le voir, curieuse.

— Ah! c'est la réponse, — répliqua Casimire avec un doux sourire qui pouvait bien signifier : — Elle est un peu longue, la réponse; mais je l'écouterai pourtant jusqu'au bout.

— Une dame d'honneur, — reprit Marine, — me tira ensuite à l'écart, et me dit : — Nourrice, la duchesse va accoucher; je serais bien heureuse et bien récompensée, si je pouvais la première annoncer au duc de Bourgogne que Dieu lui a envoyé un garçon. Voilà quarante louis pour toi : si c'est un garçon, baisse la tête; si ce n'est pas un garçon, retire-là en arrière. — Et moi je lui dis oui. Après ce fut une femme de chambre qui vint me dire : — Marine, si c'est un garçon, afin que je l'annonce la première à monsieur le duc, crie-moi : « Ma fille, chauffe-moi vite un linge. » Et prends ce beau diamant que tu garderas en souvenir de moi. — Monsieur le duc de Noailles, qui s'était présenté sur ces entrefaites, me dit aussi, tout bas, derrière un paravent : — Nourrice, ton mari sera mon premier garde-chasse toute sa vie, si tu veux m'avertir que la duchesse a fait un garçon : « Dieu soit loué! t'écrieras-tu, madame la duchesse est délivrée. » Je comprendrai. — J'acceptai l'offre de monsieur de Noailles, de même que j'avais accepté celles des autres. Enfin, dix autres personnes de marque me firent d'avance des cadeaux magnifiques, chacune d'elles pour savoir de moi avant tout le monde, dès que la duchesse serait accouchée, si elle avait fait un garçon. Les douleurs pressant de plus en plus la duchesse, le duc ordonna qu'on introduisît les princes, comme il est d'usage, afin qu'ils jugeassent de leurs propres yeux si l'enfant venu à la lumière était bien né de la duchesse. Comme le médecin, par grand respect, semblait avoir peur de toucher tant seulement aux draps de la duchesse, je dis à cette pauvre souffrante : « Criez comme une marchande à la halle, si vous voulez être délivrée. » Monsieur de Fénelon, m'ayant entendue de la pièce voisine, me cria : — Bien dit! nourrice! Voilà une vraie femme, — ajouta-t-il encore avant de reprendre ses prières, car le saint homme priait depuis les premières douleurs de madame la duchesse... — M'écoutes-tu, ma gélinotte?

— Oui! oui! Mais quelle histoire me fais-tu là?

— Ne veux-tu pas que je la finisse?

— Si bien! puisque tu l'as commencée.

— Enfin, — reprit Marine, — j'avais l'enfant dans mon tablier. — Monseigneur! — dis-je au duc tout blême et tout tremblant, — si c'était un autre enfant, je mettrais du vin dans sa bouche. — Le duc hésitait à répondre. — Fais, ma bonne nourrice, — s'écria monsieur de Fénelon. Aussitôt je remplis ma bouche de vin que je lui soufflai. L'enfant se pourlécha comme un petit chat. Le duc était triste, parce qu'il ne savait pas quel était l'enfant que sa femme lui donnait. Je fais à droite et à gauche mes signes convenus, et voilà que tout le monde vient saluer le duc de Bourgogne, qui était père d'un beau garçon. Chacun croyait lui annoncer seul cette nouvelle. Le duc ne fut pas moins content, et il n'en récompensa pas moins chacun largement pour son zèle. Ce petit enfant fut Louis XV, que nous aurons un jour pour roi.

— Et la duchesse de Bourgogne? — demanda Casimire.

— La duchesse de Bourgogne, ma belle Casimire, la duchesse, les yeux en pleurs, les bras levés, ne sachant pas encore si elle avait un garçon ou une fille, s'écria : « Quel que soit l'enfant que vous m'avez donné, mon Dieu, je vous remercie! » Ainsi, ma bonne et chère petite, il faut faire ce qu'on doit, selon que le cœur vous dit, souffrir sa souffrance, et toujours remercier le bon Dieu, quoiqu'il arrive.

Casimire à qui, en ce moment, ces paroles convenaient comme le baume convient à la blessure, tendit, tout émue, les mains à sa nourrice; et ce jour-là, raffermie par ce doux épanchement, elle mangea de meilleur appétit, et elle goûta, la nuit qui le suivit, un sommeil paisible.

XIV

Si Casimire avait oublié sa dernière entrevue avec le marquis de Courtenay, et plus complétement oublié encore les espérances de mariage qu'elle lui avait laissé concevoir en se jouant, dans le but de donner le change à l'opinion, le marquis de Courtenay, qui n'avait eu aucune raison de subtiliser avec son propre bonheur, de mettre en doute les paroles de Casimire, n'avait plus songé, dès ce moment, qu'aux préparatifs du mariage.

Ses jours et ses nuits n'étaient occupés que de l'éclat extraordinaire qu'il projetait d'imprimer à cette fête, espèce de couronnement impérial de sa glorieuse personne. Il écrivit coup sur coup à Paris; il chargea ses fournisseurs, éclairés de l'avis de ses amis de cour, de lui envoyer, sans s'arrêter aux obstacles du prix, un ameublement exactement pareil à celui que le régent, voulant faire une surprise à Louis XV, le jour où il sortirait de la tutelle de son gouverneur, avait commandé en secret pour les appartements de Versailles. Ce n'était pas moins qu'un million à dépenser en tapisseries, en dorures, en tableaux, en peintures, sans parler des immenses frais de transport de tous ces meubles à travers l'Allemagne. Il fit acheter aux Gobelins un tapis d'une richesse de travail incomparable, représentant les principales vues du parc de Versailles. La manufacture de porcelaine de Sèvres, vaincue par l'énorme somme d'argent qu'il offrit, consentit à lui fabriquer douze sujets mythologiques destinés à parer les encoignures de ses salons. Enfin, il n'est pas de chefs-d'œuvre de bronze ou de marbre, en vogue à Paris au moment où il se disposait à s'unir à mademoiselle de Canilly, qu'il ne parvint à se procurer. A force d'enrichir ce temple, il finit, comme cela arrive à tous les crédules, par devenir fanatique de la divinité qu'il comptait y placer.

Quand il crut que son mariage avec mademoiselle de Canilly ne tarderait pas à se conclure, il le fit circuler à la cour de Versailles et annoncer au prône de Notre-Dame, par l'archevêque de Paris lui-même, un des proches parents de son oncle maternel, gouverneur du Perche. Enfin, le marquis, dans la joie de ses espérances si près de se réaliser, écrivit ainsi à son frère le commandeur :

« Monsieur le commandeur,

» Vous n'avez plus le droit de vous croire le plus original de la famille, vous qui, sans nécessité, allez » chercher la mort dans les pays étrangers, quand vous » êtes à peu près sûr de l'obtenir chez vous, en vous » donnant la peine d'attendre. En ma qualité d'aîné, j'ai » la prétention de vous surpasser en extravagance. Ma » foi! il n'y a plus à s'en dédire. Vous ne devinez pas?... » eh bien! mon cher commandeur, je me suis senti le » courage d'imiter nos aïeux... Je me marie... Voilà, me » direz-vous, une singulière fantaisie, une capucinade » amusante; riez-en avec vos camarades, faites-en rire » même les Turcs dans leurs barbes, si vous ne les leur » avez pas entièrement arrachées; mais c'est un plongeon à peu près fait; je dis bien à peu près, car, lors» que cette ébouriffante nouvelle vous arrivera, je serai » sur le point de marcher à l'autel... oui, de marcher à » l'autel.

» Me voyez-vous flanqué d'un bouquet d'oranger, à » genoux entre deux chérubins, et jurant d'être toujours » fidèle à madame la marquise, votre belle-sœur, s'il » vous plaît. Parole d'honneur, je me marie par amour... » Je suis trop homme du monde... trop de mon siècle, » pour me flatter d'une passion romanesque; mais, en » vérité, j'éprouve une affection réelle en me précipitant » dans l'abîme du mariage. J'ai jeté le plus de roses et » de duvet de cygne que j'ai pu au fond de cet abîme. » Je veux dire que les fêtes vont se succéder dans mon » palais, que de frère à frère il me serait permis de » comparer à Versailles, si Versailles était achevé. Mon » convoi funèbre ne laissera rien à désirer. Puissiez-vous, » pour distraire vos veillées de bivouacs, voir passer les » jolies femmes que j'aurai à mes noces, et en retenir » quelques-unes par les rubans de leurs ceintures. Je » veux qu'on boive trois fois par nuit à votre santé... » c'est tout ce que je puis faire pour vous à la distance » où vous vous tenez; comptez sur ma promesse et sur » la Pologne.

» Mais je suis un profond étourdi, sur ma parole, voilà » cinq minutes que je vous fatigue de mon mariage, et » je ne vous ai pas encore dit qui j'épousais.

» Si vous eussiez été à Varsovie dans ces derniers » temps, je n'aurais pas manqué de vous consulter sur » le choix qu'il m'a convenu de faire, et à coup sûr vous » l'eussiez approuvé; car, peu porté, comme vous m'a» vez toujours paru, à serrer le nœud conjugal, il vous » est à peu près indifférent de savoir qui l'on épouse, » quand, par hasard, on épouse. Mais vous n'étiez pas » là. Oui, mon cher commandeur, c'est elle, ouvrez les » yeux, relisez son nom, recommencez la phrase, c'est » Casimire de Canilly que j'épouse, Casimire destinée à » être dans quelques jours madame la marquise de » Courtenay.

» Or, je vous en fais juge, mon valeureux comman» deur, pouvais-je mieux m'adresser? Devais-je souffrir » qu'un Polonais, qu'un Tartare, car tout Polonais est un » peu Tartare au dessert, devînt l'époux de la Française » la plus distinguée, de la Parisienne la plus accomplie » de notre époque? J'aurais été un grand coupable. Je » devais un peu me sacrifier; sacrifice adorable! car, » entre nous, je ne sais si vous l'avez remarqué, j'ai » toujours eu un doux faible pour la fille de monsieur » de Canilly.

» Vous dire que Casimire m'adore, serait afficher une » prétention au-dessus de mon mérite; mais je crois ap» procher de la vérité, en vous assurant qu'elle m'aime » comme je n'aurais jamais osé l'espérer, moi, excessi» vement inférieur aux précieuses qualités dont elle est » remplie. Vous savez si, avec son intelligence, trop » haute même pour me permettre de l'apprécier, elle » était en droit de choisir un mari parmi tous les jeunes » seigneurs polonais empressés autour d'elle. Je penche » donc à croire que, si sa préférence s'est arrêtée sur » moi, c'est qu'elle a laissé aller son cœur où il a voulu » la conduire. J'ai été élu par inspiration, comme les » papes dont on ne sait comment amener et justifier la » nomination.

» Maintenant que l'événement touche à sa fin, je puis » dire, après avoir été assez modeste avec vous, que Ca» simire eût pu tomber plus mal. Je lui prépare une » existence que peu d'hommes auraient eu les moyens, » sinon le désir, de lui rendre aussi brillante. Je la pré» senterai successivement à toutes les cours de l'Europe » où, grâce à mon nom, je suis sûr de l'accueil qui l'at» tend. Sa vanité sera satisfaite au delà de ses rêves et » de ses illusions. Elle est femme, elle aimera le plaisir: » eh bien! de retour à Paris, où nous finirons par nous » fixer, je la ferai reine de la mode. Je lui inspirerai le » goût de la frivolité, du spectacle, des bals, des plaisirs, » afin qu'elle perde certaines idées par trop sauvages que » son père lui a mises dans la tête; nous serons, elle et » moi, deux vrais compagnons de plaisir. Un règne de » charmantes dissipations s'annonce pour la France. Dans » quelques années, nous aurons un jeune roi à la tête » des gentilshommes français. Jeune roi, jeune cour, jo» lies femmes, fins soupers; nous entrons en dansant » dans le siècle.

» Adieu, commandeur, battez-vous bien, tandis que je » vais tâcher d'avoir des héritiers de notre nom, de peur » que, si ce glorieux nom ne reposait qu'en vous, il ne » fût coupé en deux par un boulet. Dieu écarte une telle » calamité, ne fût-ce que pour exaucer un vœu bien » cher à mon cœur, celui de vous voir tenir sur les fonts » baptismaux le premier enfant que j'aurai de Casimire.

» Votre frère,

» Marquis DE COURTENAY. »

XV

Une double anxiété s'emparait du cœur de Casimire à mesure que les jours se succédaient. Où était son père absent depuis plus de trois mois? Était-il parti de Paris le jour qu'il avait indiqué sur sa première, sur sa seule lettre? Était-il arrivé sans accident dans le Béarn, chez monsieur de Marescreux? D'un autre côté, silence absolu du commandeur qui, depuis un mois, avait dû recevoir la lettre de Casimire, cette lettre si inquiétante pour son repos. Il pouvait ne l'avoir pas reçue, s'il avait suivi le corps d'armée allemand qui, ainsi que le marquaient les gazettes de Vienne, avaient reçu l'ordre de descendre le Danube et d'occuper le centre de la Valachie. Alors Casimire devait se préparer à des mois, à des années de silence.

Casimire essuya promptement quelques larmes; on entrait chez elle : c'était l'heureux marquis de Courtenay.

— Félicitons-nous, — s'écria-t-il en jetant son chapeau, sa canne et ses gants, — Babel est à sa fin, nous touchons au ciel. Vous avez l'air de ne pas comprendre, ma divine.

— Je l'avoue, je ne vous comprends pas, monsieur le marquis.

— De quoi peut-il être question, quand je suis harassé comme un serf qui revient de la corvée, si ce n'est des changements, des améliorations, des embellissements, des prodiges de mon palais? Je n'en puis plus. C'est que rien ne se ferait sans moi; il faut que je monte à l'échelle avec les peintres, que je coure sur les échafaudages avec les maçons, que je presse le serrurier, que je gourmande les ébénistes. Aussi voyez comme ils m'ont arrangé. Mais, comme je vous le disais dans la joie de mon âme, l'œuvre marche à son parfait accomplissement, et certes elle me fera honneur, n'est-ce pas? dans l'opinion de la personne qui l'inspire.

— Assurément, — répondit Casimire, qui n'avait pas saisi un seul mot de tout ce qu'avait débité le marquis en s'époussetant, en se brossant, en s'essuyant.

Il reprit en croisant ses jambes :

— Mais reste le boudoir, le temple de la divinité, et là-dessus il faut s'entendre. Mon avis seul ne suffit pas. La chose est de la plus haute importance. Est-ce le jaune-tanné ou le vert-gai que vous préférez?

— Pourquoi faire? — demanda Casimire.

— Mais pour faire un boudoir, — répondit le marquis; — je croyais l'avoir assez clairement énoncé. J'ai le plaisir de vous demander si, pour décorer un boudoir, c'est au satin jaune-tanné ou au satin vert-gai que votre bon goût accorde la préférence. Le jaune-tanné a son mérite, je n'en disconviens pas; il prête une valeur très-grande aux blondes, il les dore radieusement, il semble les envelopper d'une auréole de lumière; cependant le vert-gai a ses nombreux partisans.

— Un boudoir! — répéta avec distraction Casimire.

— Mais oui, un boudoir. Comment le comprenez-vous?

— Je le comprends, — répondit Casimire, — tempéré l'hiver, agréablement aéré l'été.

— Vous vous moquez fort plaisamment de moi, — reprit le marquis de Courtenay; — c'est charmant en vérité. Je m'épuise, depuis un quart d'heure, à vous exposer les avantages particuliers de chacune des deux couleurs les plus convenables à un boudoir, et vous me répondez par le chaud et le froid.

— Oh! pardon, — dit Casimire, — pardon, monsieur le marquis; mais je vous ai parfaitement écouté. Vous me consultez sur le choix des couleurs le mieux en harmonie avec le caractère d'un boudoir. Je suis de votre avis : la meilleure nuance est celle que vous avez choisie; c'est le bleu.

— Le bleu! — s'écria le marquis; — le bleu! il n'a pas été question de bleu. Vous ne me parûtes jamais si préoccupée qu'aujourd'hui, sur mon âme! Puisque ce sujet-là ne peut captiver votre attention, passons à un autre sujet, — dit le marquis. — Que dites-vous de ces perles et de ces diamants? — poursuivit le marquis de Courtenay en sortant de sa poche trois écrins qu'il se hâta d'ouvrir et qu'il vida sur la table.

— Ce collier est superbe, — dit Casimire. — Que ces perles sont d'une admirable rondeur!

— Tant mieux, — s'écria le marquis. — Et cette ceinture d'émeraudes?

— Éblouissante, monsieur le marquis.

— Et cette couronne de marquise?

— La couronne de France seule est plus riche, mais elle n'est pas plus belle.

— Je suis orgueilleux, — reprit le marquis d'avoir fait un choix si conforme à vos goûts.

— Vous êtes trop bon, monsieur le marquis; mais par quel caprice vous êtes-vous mis si fort en dépenses de diamants et de joailleries?

— Un caprice, un caprice! — répéta le marquis de Courtenay. — Eh quoi! vous ne devinez pas à qui sont destinées ces faibles marques d'une galanterie qui n'est qu'un devoir! Mais c'est à vous, mon idole, ma toute parfaite, que ces diamants appartiennent.

— A moi!

— Cet étonnement...

— A moi, dites-vous!

— Et à qui donc voulez-vous que je les destine? C'est un cadeau de noces, c'est le mien.

— Vous vous mariez donc, monsieur le marquis?

— Au nom du ciel! ne me désespérez pas avec toutes vos surprises; c'est assez feindre, c'est trop feindre une ignorance qui me blesse, qui me...

— Mais parlez! parlez! — s'écria Casimire.

— Que faut-il que je dise? que me reste-t-il à vous apprendre? — dit profondément désolé le marquis. — N'est-il par arrêté que nous nous marierons dès le retour de monsieur le comte de Canilly, votre père; que nous tendrons tout prêt pour un consentement qui ne peut nous manquer?

— Nous marier! nous deux! — s'écria Casimire avec une désolante naïveté; — nous deux!

— Ah! mon Dieu! auriez-vous oublié vos promesses?

— Mes promesses! J'ai fait des promesses?

— Mais c'est ici, dans ce salon, à cette place, que je vous demandai, il y a deux mois, si vous acceptiez ma main; vous me répondîtes oui.

— Vous vous trompez, monsieur le marquis, je n'ai rien dit de cela.

— Vous ne vous souvenez donc plus? Mais je me souviens, moi; j'ai bien entendu; vous avez dit oui; vous avez consenti; et aujourd'hui... aujourd'hui!

La douleur arrêta la parole sur les lèvres du marquis; il pâlit, chancela, tomba dans le fauteuil, et prit sa tête entre ses deux mains.

— Quoi! — dit Casimire d'un ton cruellement léger, — vous n'avez pas pris pour ce qu'elles valaient des réponses en l'air sur des propositions que j'avais lieu de croire tout aussi légères? Pouvais-je supposer que vous attachiez la moindre importance à un amusement de votre esprit? Le ton avec lequel vous parliez de votre amour si inattendu, si soudain, m'a complétement trompée... Mais, puisque je me suis trompée, je regrette de toute mon âme de n'avoir pas été plus sérieuse, monsieur le marquis, quand vous l'étiez si peu.

— Ah! c'était une passion sincère, — dit d'une voix étouffée le pauvre marquis de Courtenay, qui, toujours frivole au milieu de la plus réelle des douleurs de sa vie, ajouta : — Si elle n'eût pas été sincère, aurais-je bouleversé de fond en comble mon palais, appris à toute la noblesse de France que j'allais unir mon nom au vôtre? aurais-je fatigué mon corps et mon esprit à vous préparer un sort digne de votre beauté et de mon amour? — Casimire restait froide, interdite; elle recueillait les premiers fruits de cette hypocrisie fatale qui n'était pas chez elle un calcul de coquetterie, Casimire n'était pas coquette, mais un côté du caractère que lui avait donné son père. Elle avait écouté, permis en riant une passion qu'elle avait inspirée, pour, en faisant semblant de l'écouter, en cacher une autre, celle qui dominait son cœur; mais la passion raillée, amusée, était arrivée la première; elle relevait la tête et confondait Casimire, malgré ses dénégations, malgré son langage adroit, malgré toutes les ressources de son esprit, malgré tout ce qu'il y avait de parfaitement vrai dans sa justification. Le marquis eut la faiblesse ou le courage de pleurer. — Puisqu'il en est ainsi, — dit-il en étouffant ses larmes dans son mouchoir, — je me retire, je m'en vais; adieu! mademoiselle. Je quitte cette ville, je quitte ce pays où je ne puis être que ridicule; adieu! mademoiselle de Canilly; j'irai, je vais en France... Mais, — s'arrêta-t-il, — je serai ridicule aussi en France. On sait à la cour, où ne sait-on pas que j'allais me marier avec vous? Allons! je serai partout ridicule! Mon frère, vous êtes bien heureux de ne pas aimer, vous! Que vous êtes plus heureux encore si vous êtes mort!

— Mort! — s'écria, d'une voix déchirante, Casimire; — mort!

Elle saisit le marquis par le poignet. Ce cri fut une diversion à la douleur du marquis de Courtenay.

— Ne vous alarmez pas ainsi, mademoiselle. Je ne dis pas que mon frère le commandeur est mort, quoiqu'il y ait bien longtemps que nous n'ayons eu de ses nouvelles. Je disais que, s'il était mort, j'enviais son sort. Mais je vous remercie de ce cri d'intérêt qui vient de vous échapper pour lui. Vous aimez encore notre famille, si vous ne voulez pas y entrer. Merci, mademoiselle de Canilly; qu'une bonne amitié demeure entre nous. Une amitié... Oh! de l'amitié!

Il recula vers la porte, pâle, honteux, désespéré. Il descendit l'escalier.

On ne le rappela pas.

Casimire était trop dure, trop cruelle envers le marquis de Courtenay, pour ne pas porter dans son âme, et ceci le disait hautement, un amour aveugle, immense, despotique, pour le commandeur.

XVI

Du jour où le marquis de Courtenay eut cette orageuse explication avec mademoiselle de Canilly, il renvoya tous les ouvriers employés aux travaux babyloniens de son palais, dont les portes se fermèrent à tout le monde. Il s'y cloîtra étroitement; il n'en sortit plus. Le bruit, le mouvement cessèrent. On eût dit un palais frappé d'apoplexie foudroyante.

Ce silence universel, après tant d'agitation, exerça au plus haut degré l'esprit caustique et la langue acérée de l'oisive aristocratie polonaise. D'abord elle s'étonna, puis elle chercha à savoir, et, comme elle ne sut rien, elle inventa. Tout croît à merveille dans le champ de l'invention, le cèdre et les chardons. On se dit que le marquis de Courtenay était malade, mais on n'y crut pas; on se dit que le marquis avait perdu la moitié de sa fortune dans la banqueroute de Law : personne n'attacha d'importance à ce bruit; on se dit qu'il avait essuyé un refus de monsieur de Canilly en lui demandant la main de sa fille; comme ceci devenait plus scandaleux, ceci parut aussi plus vraisemblable, on y crut à moitié; on se dit enfin que le marquis, trop confiant dans l'amour de Casimire... Mais il est plus utile de dire ce que devenait Casimire.

Une lueur de son bon sens naturel passa sur le fond sombre de ses pensées dès que le marquis de Courtenay eut interrompu toute relation avec elle. Casimire s'expliqua alors, par la réflexion, combien le marquis avait eu raison de croire à des dispositions favorables, après les marques qu'elle lui en avait données en mille occasions. Avait-elle reculé devant une seule des épreuves publiques auxquelles il l'avait appelée afin de se convaincre et de convaincre les autres de la vraisemblance de ses prétentions? Ne l'avait-elle pas accompagné partout où il avait voulu la conduire! En se laissant produire en tous lieux, non avec la familiarité d'une sœur qui suit son frère, mais avec éclat, distinction, étiquette, n'avait-elle pas consacré les espérances du marquis de Courtenay?

Sa conscience, quoiqu'elle eût pris l'habitude de la réfuter, rappela à Casimire ces nombreuses légèretés, et lui reprocha amèrement surtout, à voix basse, comme tout ce qui doit le mieux s'entendre, d'avoir voulu profiter de l'amour bruyant du marquis pour s'occuper sans bruit du sien propre; mais ces châtiments infligés dans l'ombre pouvaient-ils la préoccuper beaucoup au moment où deux choses, d'abord placées aux extrémités de l'horizon, paraissaient se rapprocher sans cesse, et, d'heure en heure, de son front et de son cœur : la couronne qu'était allé ramasser son père au milieu des flammes d'une conjuration, le retour du commandeur de Courtenay à Varsovie, si toutefois la couronne n'avait pas été écrasée sur la tête de son père, si le commandeur n'était pas mort sous une balle turque?

Quoique Casimire ne touchât pas encore à cette période de la vie où, instruit par l'expérience, on apprend combien peu notre volonté et nos vœux aident à l'accomplissement des choses espérées, où l'on se démontre que le hasard seul, ou, si on l'aime mieux, la Providence peut tout, règle tout, fait tout, à quelque agitation qu'on se livre, elle éprouvait pourtant de ces bouffées d'espoir et de découragement venues on ne sait de quel côté, dernier symptôme des faits qui se dénouent. Elle espérait et désespérait, elle souriait toute une matinée, et passait des nuits entières à pleurer. Son sort allait être tout ou rien, elle le pressentait. Y avait-il une bien large part pour les souffrances solitaires du marquis de Courtenay entre deux attentes aussi décisives?

Un matin qu'elle souffrait de cette torture morale, Marine entra dans sa chambre; elle lui dit :

— J'ai rêvé cette nuit que nous nous promenions dans le parc de Saint-Cloud, sur ce gazon qui va d'une porte à l'autre. Que c'était beau! Je crois que je l'aurais mangé de plaisir. Voudrais-tu te promener à Saint-Cloud?

— T'ennuirais-tu ici, nourrice? — lui répondit Casimire.

— Cela commence. Mon joli rêve est venu comme un cheval, à qui veut partir.

— Alors, décidément, tu veux t'en aller.

— Il ne faudrait pas me dire deux fois de faire mes paquets. Ah! si monsieur ton père nous envoyait un petit mot de permission pour aller le trouver.

— Mais où?

— Est-ce qu'il n'est pas à Paris?

— A Paris! — répliqua Casimire en souriant.

— Où diable fût-il, nous irions.

— Je ne t'ai jamais vue si décidée, Marine.

— C'est qu'on ne laisse pas ainsi toute la vie deux femmes seules.

— Courons-nous quelque danger? Nous sommes au milieu d'amis...

— J'aime mieux les amis de notre pays.

— Ils nous ont prouvé que leur cœur...

— Pourquoi ont-ils une langue!

— Qu'ont-ils dit?

— Ce qu'ils ont dit? Ah! ce qu'ils ont dit! des sottises, des faussetés, des mensonges.

— Ils ont dit sur toi, ma pauvre Marine? Tu es bien assez jolie pour cela, mais tu n'es pas encore assez grande dame.

— Si c'était sur moi... mais... Oh! si ce n'était que sur moi.

— C'est donc sur moi qu'ils ont parlé. Tu es bien émue, Marine; que se passe-t-il? Comme tu es agitée! En vérité, tu m'effraie. Parle! mais parle!

— Dis-moi, mignonne, — reprit Marine en appuyant Casimire sur son sein comme autrefois lorsqu'elle voulait l'endormir, — tu n'as remarqué les œillades noires ou bleues d'aucun de ces petits officiers qui abondent ici comme les sauterelles en été chez nous?

— Moi! mais que dis-tu?

— Tu n'as pas répondu à leur propos sucrés?

— Mais, Marine...

— Ne te fâche donc pas, ma nourrissonne, histoire de causer; reste là. Je t'ai chanté bien des chansons là où tu t'appuies; encore une. Tu n'as pas répondu aux lettres de quelques petites moustaches. Il n'y aurait pas grand mal...

— Grand Dieu!

— Tu me le promets bien?

— Qui est-ce qui a dit cela?

— C'est cette bête, vois-tu, qu'on appelle tout le monde. Il n'y a pas jusqu'à notre cocher qui ne m'ait dit l'autre soir, en faisant un cent de piquet avec moi: Marine, sais-tu? le cocher de monsieur tel m'a dit...

— Qu'est-ce que c'est que monsieur tel? — demanda Casimire.

— Ce cocher, — reprit Marine, — a dit à votre cocher, qui me l'a dit: « On dit que le mariage de votre jeune maîtresse avec le marquis de Courtenay a manqué uniquement parce que votre maîtresse a laissé tomber, l'autre jour, de sa ceinture, un billet doux qui aurait été ramassé par le marquis, et qui n'était pas pour le marquis. »

— Oh! infamie! — s'écria Casimire.

— Moi, j'ai abattu les cartes, et j'ai donné une paire de soufflets à notre cocher, en lui disant quinte majeure, quatre as, quatre rois. — Une larme d'indignation tomba brûlante sur la main de la nourrice. — Voilà, — reprit-elle, — comme j'ai su la nouvelle que je t'apprends. Je savais bien, moi, que tu n'aimais personne, à commencer par le marquis; mais voilà pourquoi il faut partir tout de suite; c'est mon avis. Puisque tu sais où est ton père, tu lui écriras de faire un crochet et de venir nous rejoindre à Paris.

— Partir?

— Qui donc nous empêcherait, mignonne?

— C'est impossible!

— Comme tu dis cela! Mais enfin, qui nous retiendrait ici?

— Je te dis que c'est impossible, Marine.

— Une cause, une raison, au moins.

— J'attends...

— Tu attends?... Mais je veux savoir...

— Marine!...

Marine prit la main de Casimire dans la sienne.

— Tu aimes quelqu'un ici?

— Ici! non.

Et Marine releva la tête de Casimire, écarta les cheveux sur son front, la regarda jusqu'au fond des yeux, et lui dit:

— Ce n'est pas le marquis de Courtenay que nous aimons?

— Je te jure bien, Marine...

— Ne jure pas; je te crois bien sans cela. En ce cas, — reprit Marine, — attendons encore un peu avant de partir.

— Longtemps, crois-tu?

— Je ne pense pas, discrète.

— Et qui te le fait croire?

— Parce que je demanderai dans un vœu à Notre-Dame de Nanterre de t'envoyer au plus tôt ce que tu désires. Elle ne m'a jamais trompée. — De tous les moyens auxquels Casimire aurait pu penser pour hâter le retour du commandeur, certes celui de s'adresser à Notre-Dame de Nanterre ne lui serait jamais venu à la pensée. — Tu la prieras avec moi, ce soir, n'est-ce pas?

— Puisque tu le veux, — répondit Casimire, — je la prierai avec toi pour obtenir une réussite.

C'était encore là une bien étrange déviation au système conseillé, réduit en maximes par le comte de Canilly, la prière d'une nourrice à une gardeuse de troupeaux du village de Nanterre!

. . . .

Huit jours s'étaient écoulés depuis le demi-aveu de Casimire à sa nourrice, huit de ces jours au bout desquels l'ennui prend le nom de mélancolie; l'attente, celui du martyre; l'impatience, celui du désespoir. Ni lettre de son père, ni lettre du commandeur pendant ces huit jours, et autour d'elle la calomnie, encouragée par le silence et l'impunité.

Exaspérée, Casimire, le neuvième jour, fit venir Marine et lui dit:

— Nous partirons demain matin; ma résolution est prise; prépare tout pour notre départ.

— Tu ne vois donc pas ce que je tiens à la main? — répondit Mariné.

— Une lettre!

— Deux lettres; deux, s'il te plaît!

Casimire décacheta précipitamment l'une de ces deux lettres.

— De mon père! Celle-ci est de mon père! Laisse-moi, Marine.

— Oui, ma fille; s'il y a quelque bonne nouvelle, tu me le diras, n'est-ce pas?

— Je n'attends ni bonne ni mauvaise nouvelle, — répliqua Casimire avec sangfroid et redevenue mademoiselle de Canilly, au contact de cette lettre touchée par son père.

Marine se retira.

Casimire lut avec un battement de cœur qui l'étouffait cette lettre si ardemment désirée.

« Notre coup a manqué, mademoiselle de Canilly.

— Que vais-je apprendre? — s'écria Casimire.

» A l'heure où je vous écris, je suis dans la prison de » Toulouse.

Les bras de Casimire fléchirent, son sang s'arrêta; elle était immobile. Ce ne fut qu'au bout de trois ou quatre minutes de douloureuse extase que ses mains relevèrent lentement la lettre de son père.

Elle recommença la phrase:

» A l'heure où je vous écris, je suis dans la prison de » Toulouse, après avoir été arrêté à Agen, que je tra» versais pour me rendre dans le Béarn, chez monsieur » de Marescreux. Je ne puis guère douter des motifs de » mon arrestation, quoique je n'aie pas encore subi d'in» terrogatoire.

Que d'anxiété sur le visage de Casimire!

» Notre conspiration aura été découverte. Comment? » je l'ignore. La justice du régent va se venger. L'osera» t-elle? Je ne le pense pas. Croyez, mademoiselle ma » fille, que cette pensée ne se mêle pas en moi à la » crainte de me tromper. Je sais les récompenses et les » peines dues aux actes politiques tels que celui que j'a» vais entrepris. Conçu gravement, poursuivi gravement, » je devais le voir s'accomplir pour moi ou contre moi » avec la même austérité de conviction.

» Ce n'est pas à la condition de réussir qu'on a le droit » de demander une place dans l'histoire, mais à la seule

» condition de rester grand et honoré, quoi qu'il advienne.

» Il est mal advenu, je n'en resterai pas moins grand, mademoiselle de Canilly. Avec la forte quantité d'or que je porte sur moi, il m'a été facile d'obtenir de mon gardien la permission d'écrire cette lettre, qui vous parviendra en Pologne sous le couvert d'une personne amie. Dès ces premières lignes, il ne m'est pas permis de vous dire en quels termes heureux et funestes je la conclurai; car, si l'affaire où je suis engagé ne promet pas d'être longue, vu la célérité des juges dans ces sortes de procès, elle peut se compliquer de certains incidents dont je vous dois le récit, afin qu'il soit conservé par vous dans nos annales de famille.

» Souvenez-vous de tout. Nous sommes éternellement en compte avec la royauté, qui payera bien si elle paye tard.

» Notez déjà qu'on m'a mis dans la prison où fut enfermé, il y a un siècle, monsieur de Montmorency, qui avait conspiré (rapprochement étrange), non pas comme moi avec un roi pour renverser un duc d'Orléans, mais avec un duc d'Orléans pour détrôner un roi ou peu s'en faut. Le duc d'Orléans, son complice, le laissa parfaitement couper en deux par la hache du bourreau. Ceci donne à penser.

» D'ailleurs, je ne veux pas de pitié. Est-ce que les hommes politiques en méritent aucune? Maître de la vie du régent, je n'eusse été envers lui que respectueux; nous verrons s'il a les mêmes principes que moi, qui suis d'une même condition que lui. Noble pour noble, de gentilhomme à gentilhomme : qu'il en soit ainsi, je ne désire pas davantage.

» De ma lucarne grillée, je remarque, loin, bien loin, sur une place dont le bruit attire mon attention, une foule de gens qui tournent leurs yeux de ce côté-ci. Sans doute ils viennent d'apprendre le rang du prisonnier nouvellement amené dans la prison de leur ville. Cette place, si animée en ce moment, est, je crois, un marché. Voyez dans vos histoires de Louis XIII si ce n'est pas sur la place du marché qu'on décapita à Toulouse monsieur de Montmorency. Je m'étonne de la facilité qu'a l'esprit à trouver des parallèles historiques dans les circonstances analogues. Il se souvient sans presque avoir appris. Cela résulte du sang, comme la dignité naturelle chez les gentilshommes. Nous sommes du sang avec lequel s'écrit l'histoire.

» Mes verroux crient; on vient me chercher pour paraître devant mes juges. — Soyez ferme, mademoiselle de Canilly! »

— Voilà la couronne qu'il voulait poser sur ma tête! Pauvre père!... Il appelle cela des juges!

« Je sors de mon premier interrogatoire. Mes prévisions ne me trompaient pas : la conspiration ourdie contre le régent est connue. Je ne sais pas encore le complice qui l'a révélée. Pour ma part, j'ai cru digne de ne rien nier. J'ai dit les motifs de haine auxquels j'ai cédé en me mettant à la tête de cette conjuration, formée pour le bien de la France, pour soutenir l'honneur de nos maisons et défendre la volonté suprême de Louis XIV.

» Les juges m'ont ensuite engagé à m'expliquer sur les moyens dont nous nous promettions de faire usage pour arriver à nos fins; j'ai refusé de répondre. J'ai gardé le même silence quand ils m'ont ordonné de nommer les personnes liées avec moi dans le but de détrôner le régent. J'ai déjoué leurs subtilités, j'ai souri à leurs menaces, préparé comme je l'étais à en subir les effets. Mais quels juges on donne aux gentilshommes, qui ne devraient passer devant d'autre tribunal que celui des pairs du royaume! La noblesse de robe, cette gentilhommerie noire, jalouse et croassante, mènera avant peu le grand deuil de l'aristocratie française. Richelieu l'a armée; elle nous tue. Ce Richelieu!... On me juge aux flambeaux, dans une chambre ardente, comme si j'étais un empoisonneur.

» Voyant l'inutilité de leurs efforts pour m'obliger à parler, les juges m'ont annoncé que j'allais recevoir la question ordinaire, le premier degré de la torture! »

— La torture! la torture! oh! la torture! Ils vont briser vos membres, mon père!

Casimire laissa échapper un épouvantable cri. Elle avait entendu Marine qui accourait; elle étouffa sa douleur, elle se mit dans un coin pour pleurer. Elle cessa sa lecture; elle n'aurait pu la continuer. Ses larmes répandaient un voile sur sa vue, et le tremblement de ses mains imprimait à la lettre un froissement continu.

Quand la crise fut moins forte, elle reprit et elle lut :

« Relevez la tête, mademoiselle de Canilly; depuis longtemps la torture est ennoblie en France; je ne suis pas le premier gentilhomme qu'elle aura brisé. Passons sur ces misères. Dans un quart d'heure donc on m'appliquera la question, et, dans cette attente, je vous écris. »

Comme Casimire souffrait à cette lecture qu'elle ne pouvait toujours suspendre!

« Si cette fermeté, continua-t-elle à lire, m'abandonnait, vaincu par la douleur, flétrissez-moi hautement dans votre mémoire et dans celle de vos enfants, si vous en avez un jour. Je vous recommande, pendant le peu de minutes qui me restent encore, avant de passer dans la chambre de la question, de relire avec soin, avec le plus profond recueillement, les maximes écrites de ma main pour votre instruction; transcrivez-les dans votre cœur, gravez-les dans votre mémoire. Notre morale n'est pas celle des autres hommes. Nous nous guidons par d'autres lumières. Ils vivent quelque temps, leurs noms meurent; les nôtres ne meurent jamais, glorieux ou infâmes. Le nôtre est des plus grands. A ces maximes conservatrices, ajoutez celles-ci encore :

« Ne dites votre secret à personne, pas même à Dieu. »

« Personne n'a jamais pardonné; Dieu lui-même a été le plus implacable ennemi de ceux qui l'offensèrent, quand il prit la forme humaine sur la terre. »

« On ne pardonne pas, on se résigne; voilà ce qu'on appelle pardonner. »

« Quand on voudra se défaire de vous, c'est votre meilleur domestique qu'on choisira pour vous empoisonner. N'ayez confiance que dans les indifférents; ils ne sont pas encore vos amis. »

« Les animaux ne rient ni ne pleurent; aussi ne saiton jamais ce qui se passe en eux. Grand exemple placé sous vos yeux. »

« Ne vous vengez jamais à demi : c'est casser le poignard avant de s'en servir. »

« On vient me chercher pour m'appliquer la question. Allons! je reprendrai si j'en ai la force. »

— Voyons vite, mon Dieu! — s'écria Casimire.

« Entre la dernière ligne que je vous ai écrite, mademoiselle de Canilly, et celle-ci, qui marque mon retour dans ma prison, il s'est écoulé six heures, une heure prise tout entière par les valets du bourreau, les cinq autres heures à me remettre de leur ouvrage sur mon pauvre corps. Après m'avoir couché sur une espèce de lit en fer, ils m'ont lié les bras contre le dos avec des cordes très-fines, dures et pénétrantes comme de l'acier, les pieds sur eux-mêmes, et les cuisses aux baguettes de fer du lit. Dans cette position, qui me permettait d'être comme assis, j'avais le buste aussi libre qu'on peut l'avoir quand les jambes sont enchaî-

» nées. Vous allez voir dans quel but je jouissais de » cette demi-liberté. Tandis que le médecin a posé son » pouce sur l'artère de mon bras droit, un des servants » du bourreau m'a présenté à deux mains une mesure » en plomb pleine d'eau froide. Encore une fois, ne » voulez-vous rien révéler? m'a demandé un des trois » juges commis pour assister à la question. »

— Il faut tout avouer, mon père, — murmura Casimire.

« Sur ma réponse négative, la mesure en plomb a été » inclinée sur ma bouche; j'ai bu, j'ai bu encore, puis » encore bu. Dès la seconde pinte j'étouffais; l'eau re» montait dans ma gorge. »

— Donnez, mon père, que je boive pour vous! — s'écria Casimire machinalement.

« Et pourtant le médecin ne trouvait pas dans les bat» tements de mon pouls que je courusse encore du dan» ger. A la troisième pinte, mon ventre et mon estomac » ne formaient qu'un seul renflement. »

— Pauvre père!

« Si j'avais pu m'étendre, j'aurais moins souffert; » mais mes juges n'entendaient pas que je souffrisse » moins. Maintenant vous comprenez pourquoi ils avaient » laissé libre la moitié de mon corps. Après la troisième » pinte j'ai perdu le sentiment du nombre; je ne comp» tais plus, quoique sur d'autres points ma volonté n'ait » pas vacillé un seul instant. Je sentais flotter mon cœur » sur l'eau que j'avais bue; je me rendais compte de sa » grosseur et de sa forme, comme si je l'avais tenu dans » la main.

» Au dernier terme d'absorption, j'ai éprouvé une es» pèce d'ivresse particulière; elle est affreuse, bizarre; » ce n'est pas du tout le délire qu'apporte le vin : mes » oreilles ne sifflaient pas, elles criaient comme des oies » sauvages. Mon sang refoulé cherchait à sortir, à mon» ter; il s'amassait, il bouillonnait. J'avais une calotte » de plomb sur la tête et des milliers de fourmis dans » les jambes. Combien ai-je bu de pintes d'eau froide, » et dans quel état me suis-je trouvé pour que le méde» cin ait ordonné de suspendre un instant? Je l'ignore. » Ce médecin, je le suppose, est un juge. »

— C'est un bourreau! — dit Casimire, dont le sang, sans qu'elle s'en aperçût, jaillissait de ses lèvres, tant elle les avait mordues de douleur.

« Dans une heure, — lut-elle ensuite, — on va en» core me venir prendre et l'on me soumettra à un autre » genre de supplice. Courage, mademoiselle de Canilly, » courage! »

— Où le prendrai-je, mon Dieu! ce courage, — dit Casimire, — quand c'est mon père qu'on tue?

« Mettons à profit, — continua-t-elle à lire, — un » temps si précieux, mademoiselle de Canilly.

» Vous vous marierez; que vos enfants ne se mésal» lient jamais. Si vous avez deux fils, faites-en un mi» litaire, l'aîné, si c'est possible; que l'autre soit un » homme d'État, pour qu'ils continuent tous deux, par » l'épée et par la plume, les prétentions de leur famille. » Dans une famille où il n'y a ni une plume ni une » épée, il n'y a rien. Si, cependant, l'un des deux frères » s'annonçait avec un extraordinaire esprit d'intrigue, » faites-le prêtre.

» Répétez-leur, chaque matin à leur lever et chaque » soir à leur coucher, qu'ils sont nés pour accomplir de » grandes choses. Apprenez-leur à ne jamais compter » que sur eux seuls.

» Qu'ils n'aient qu'une idée, qu'un but, mais qu'ils le » poursuivent nuit et jour sans relâche. Pour parvenir à » ce but, qu'ils sachent sacrifier jusqu'à leur vie, s'il le » faut.

» Apprenez-leur à souffrir, il vous restera peu de » choses à leur apprendre.

» Elargissez leur esprit, amincissez leur cœur.

» Les forces me manquent pour me rendre de nouveau » dans la chambre de la question; deux hommes vien» nent me prendre, chacun sous un bras, et m'emmè» nent. Ces pauvres diables pleurent à chaudes larmes : » ce sont deux novices, je présume. »

Cette fermeté si belle, si soutenue, si rare, de monsieur de Canilly, finit par prendre des proportions tellement héroïques dans l'esprit de sa fille, que Casimire fut partagée entre l'admiration et la pitié. Elle en vint parfois à oublier pendant cette lecture, malgré ses étouffements et ses larmes, qu'elle lisait l'histoire de son père, et non celle de Caton ou de Socrate. C'était bien là, en effet, le Caton de l'intrigue et le Socrate de la politique ténébreuse créée par Machiavel et Richelieu.

« Je suis quitte de la seconde épreuve; elle a été labo» rieuse. Ces gens-là possèdent l'art d'appliquer la souf» france à un degré supérieur. Je m'en étonne. La moi» tié de mon corps n'est plus rien. Heureusement c'est » la moitié qui ne pense pas. Ils m'ont enfermé les » jambes entre trois planches de fer : une sous les pieds, » une de chaque côté des jambes, et, à l'aide de deux » vis agissant sous une clef, ils me les ont peu à peu » lentement serrées, et avec une telle habileté que les » juges pouvaient me demander, sans crainte de me » voir évanouir ou passer tout à fait, si je refusais tou» jours de nommer mes complices. Les grincements de » mes os brisés leur ont répondu. »

Casimire tomba sur ses genoux comme si les bourreaux de son père l'eussent frappée aussi.

« Le médecin, ils appellent cela un médecin! leur as» surait silencieusement du regard qu'on pouvait tou» jours approcher les planches de fer.

» Bientôt je n'ai plus eu le sentiment de mes jambes » que par une douleur horrible et confuse et par le cla» potement de mon sang répandu dans la boîte de fer. » Enfin ils ont meurtri mes chairs, froissé mes nerfs, » cassé mes os, cela sans m'arracher un cri. Je suis » tombé en faiblesse, mais je n'ai pas crié, non! je n'ai » pas crié!

» Votre père, mademoiselle de Canilly, revient de son » évanouissement pour vous dire encore avant d'expi» rer, si la mort doit être plus forte que lui à la troi» sième épreuve :

» De voiler d'un crêpe noir les armes de notre maison » de Canilly jusqu'à ce que vos fils m'aient vengé;

» De mettre le plus d'adresse et de patience possible » pour satisfaire à la nécessité de cette vengeance. Et » pour cela :

» Reparaître à la cour du régent, si les circonstances » l'exigent, feindre d'avoir tout oublié;

» Laisser passer une génération, deux générations, si » cet apparent oubli est nécessaire, léguant le mot d'or» dre de race en race, pourvu qu'un descendant des » Canilly ait raison d'un des descendants de notre en» nemi.

» Une troisième fois, les valets du tourmenteur m'em» portent dans leurs bras : la question du feu m'attend. » Cachez donc vos larmes, mademoiselle de Canilly, » puisque je ne pleure pas, moi! »

— Ah! c'est pour moi qu'il éprouve ce supplice, pour m'avoir une fatale couronne à mettre sur la tête! Je ne l'ai pas assez retenu, assez empêché; je ne lui ai pas crié assez fort : Non, je ne veux pas, restez, mon père, restez!

La lettre, toute souillée de sang et de larmes, torturée comme celui qui l'avait écrite, s'étala de nouveau.

« Allons! je suis encore en vie, mais je n'ai plus la » faculté de me servir de mes mains: on me les a brû» lées; on les a tenues enfermées dans une espèce de » four que l'on a chauffé par degré, toujours en pré» sence du médecin chargé de constater les forces de » ma vitalité; on les avait fait passer par deux trous » qu'on a rétrécis ensuite; si malgré moi je voulais re» tirer mes bras, impossible, ils étaient étranglés par le » haut; partout où mes mains erraient dans ce four, » une chaleur bouillonnante fondait mes chairs et en » détachait les ongles; mes os tombaient ensuite. Le » juge m'a dit: — Puisque vous vous obstinez à ne rien » révéler, nous allons vous mettre en présence de vos » propres aveux, de témoignages écrits de votre main. » Devinez-vous ce qu'ils m'ont lu alors? la lettre que je » vous écrivais de Paris, celle où je vous annonçais le » début favorable de notre affaire, mon départ pour le » Béarn, fixé au lendemain, et le succès qui ne pouvait » nous faillir. Vous n'avez donc pas reçu cette lettre? »

Casimire chercha à se souvenir.

— Mais oui! je l'ai reçue,— dit-elle.

« Qui la leur a livrée? Monsieur de Marescreux! Il me » soupçonnait, le croiriez-vous? Il m'espionnait; il avait » corrompu un employé de la poste, et la lettre écrite » pour vous lui a été livrée. Dans cette lettre, il a pu ap» prendre que mon projet était de mettre un frein à son » ambition, si jamais il tentait de la tourner contre moi; » il se sera cru abusé, trompé, trahi, et il aura tout dé» voilé pour se venger de moi. « Eh bien! » m'a ensuite » demandé le juge, « qu'en dites-vous, monsieur de Ca» nilly! « Rien, » ai-je répondu. « Cette lettre est vraie. » Quelle récompense a-t-on accordée à monsieur de Ma» rescreux! » ai-je encore demandé. « — Lui et son fils » ont été décapités sur la place publique de Pau, » a ré» pondu le juge. « — Quoi! on n'a pas vu un motif de » grâce dans leur révélation? Les imbéciles! » n'ai-je pu » m'empêcher de m'écrier. « Il y a des gens si dépravés » qu'ils n'ont pas même la bêtise de la clémence. »

» Fatigués de m'infliger une inutile torture, ne sachant » plus de quel supplice inquiéter mon corps, dont cha» que articulation a été disloquée par le fer, dont chaque » place a été noircie par le feu, mes juges se disposent » à prononcer ma sentence: comme si le châtiment » qu'ils me préparent ajoutera une douleur de plus aux » douleurs qu'ils m'ont fait souffrir! Je les attends d'un » cœur ferme. Ils sont rassemblés. Probablement leur » arrêt sera rendu avant le jour, quoique la nuit touche » à sa fin.

» Je mets à profit ce court intervalle pour vous donner » les derniers conseils que ma parole éteinte peut dicter; » car mes mains, mademoiselle de Canilly, ne remplis» sent plus leur office. Je n'ai plus de mains. Le gar» dien, dont j'ai acheté la discrétion, écrit sous ma dic» tée les avis que je vous adresse de mon lit de torture; » il recueille mon dernier souffle, ma dernière lueur » d'intelligence. Je le savais depuis longtemps: la vo» lonté, c'est la vie. D'autres seraient morts depuis ma » première torture. J'ai voulu vivre; je vis.

» Libre de votre main par la mort du fils aîné de mon» sieur de Marescreux, faites choix du mari qui con» viendra le mieux à votre naissance et à votre fortune.

» Mariée, ne vous laissez pas dominer par votre mari; » car, si vous vous conduisez d'après les leçons dont j'ai » extrait pour vous la lumineuse sagesse, il vous appar» tient d'être la gardienne de l'honneur de la maison, » son guide dans les affaires, son chef réel, sa reine.

» Aimez votre mari si vous le pouvez, respectez-le » pour le monde, mais ne le laissez jamais lire dans » votre pensée ou dans votre cœur.

» Que votre fils aîné, si le hasard vous en envoie un, » toujours secrètement dans vos intérêts contre votre » mari; par là, s'il arrivait que celui-ci voulût agir en » maître, en roi, enfin, vous auriez élevé dans votre fils » une aristocratie salutaire contre lui.

» N'ayez pas beaucoup d'enfants.

» Dans toute famille où il y a beaucoup d'enfants, il » s'en trouve presque toujours un pour la déshonorer.

» On entre encore dans mon cachot; on se dispose à » m'emmener devant les juges qui vont enfin rendre » leur arrêt. Je n'ai plus qu'une vérité à vous dire: » Dieu, c'est le succès en toutes choses; qu'un ordre à » vous donner: vengez-moi de mes ennemis, et jamais » de pardon! Adieu, mademoiselle; rappelez-vous moins » que vous êtes ma fille que mademoiselle de Canilly.

» Comte DE CANILLY. »

Sur quel horrible incident s'arrêtait Casimire, après avoir avoir payé si cher le triste privilége de savoir en détail ce qu'était devenu son père! La lettre de monsieur de Canilly finissait là, à quelques pas du siége de ses juges. Le reste, c'était l'infini pour l'imagination de sa fille. Qui lui dirait le reste, comment saurait-elle la dernière scène de ce drame si cruellement analysé par le principal personnage lui-même? A ce moment, Casimire porta les yeux sur la lettre qui accompagnait celle de son père; elle la décacheta, la lit aussitôt. Ce mouvement nerveux ne la trompa pas. Cette lettre était probablement écrite par une personne liée de complicité avec le comte de Canilly, présente aux débats du procès criminel, et témoin des circonstances qui suivirent la sentence portée par le parlement de Toulouse. Elle n'était pas signée et l'écriture en paraissait déguisée. Elle disait:

« Mademoiselle,

» Accusé d'avoir cherché à renverser le régent pour » mettre à sa place le roi d'Espagne, Philippe V, mon» sieur le comte de Canilly, votre père, vient d'être con» damné, après avoir subi trois fois la question, à avoir » la tête tranchée sur la place du marché, à Toulouse. »

— Mon Dieu! — s'écria Casimire, qui eut encore ce cri après tant de cris. Elle n'eut pas la force d'en dire davantage. Elle tomba par terre. La chute fut si prompte, si violente, qu'elle empêcha Casimire de s'évanouir.

La réaction fut immédiate. Elle se releva tout étourdie, ne sachant plus si elle était vivante, si elle était morte, et, pour augmenter son trouble, entendant frapper à la porte de sa chambre.

— C'est moi! c'est moi! — disait en effet la voix de Marine; — ouvre donc, petite! Voilà cinq minutes que je cogne.

— Je vais ouvrir, attends... Reviens!... Pas dans ce moment!

— J'ai quelque chose de bon à t'apprendre. Ouvre vite, vite!

Au lieu de répondre à Marine, Casimire, les yeux hagards, sourde à tout bruit, se hâta de continuer la lecture de la fatale lettre anonyme qu'elle tenait à la main.

Collée contre le mur afin de se soutenir, la poitrine haletante, elle lut ces mots:

» Cette sentence n'a pas abattu le courage déjà si » éprouvé de monsieur de Canilly; il a laissé voir sur » son visage, seule partie de son corps qu'on n'eût pas » mutilée, l'expression de la plus profonde indifférence. » Aucun article de cette affreuse sentence n'a pu altérer » la majesté de ce criminel héroïque. La voici telle qu'elle » a été prononcée à la lueur des flambeaux, dont la » clarté rougeâtre faiblissait devant le jour qui commen» çait à paraître:

« Condamné, pour crime de haute trahison, Maximi» lien, comte de Canilly, âgé de cinquante-quatre ans, à » avoir la tête tranchée par la main du bourreau sur la » place du marché.

» Le condamné sera conduit dans une heure au lieu » du supplice, un voile noir sur la tête. »

— Casimire! Casimire! mais ouvre-moi donc, mon enfant! — criait Marine; — j'ai une bonne nouvelle à t'apprendre. Ouvre-moi donc! Pourquoi me laisser ainsi à la porte?

Casimire ne répondait pas, elle lisait toujours.

» Du haut de l'échafaud, le bourreau proclamera à » haute voix que la famille de Canilly est déchue de tous » droits, honneurs et privilèges, et rayée du livre de la » noblesse du royaume.

» Le bourreau donnera un soufflet au comte de Ca- » nilly, en signe de dégradation.

» Tous les biens dudit comte sont confisqués au profit » de l'Etat.

» Il plaira au régent de France de prononcer l'exil » contre les membres de la famille de Canilly. »

— Ma fille, — criait de plus fort en plus fort Marine, en secouant la porte, — mais pourquoi ne m'ouvres-tu pas? Es-tu morte? Je t'ai dit que j'avais à t'apprendre des choses qui te feront bien contente. Au nom du ciel, réponds-moi, ouvre-moi! Mais ouvre-moi! je ne suis pas seule.

Casimire lisait toujours; elle lisait ceci:

« Une heure après la sentence que vous venez de lire, » le comte de Canilly, votre père, a été porté par quatre » hommes sur l'échafaud, dressé au milieu de la place » du marché, où étaient rassemblés tous les habitants, » avides de voir les débris encore animés de cet homme » si ferme, si énergique pendant son procès. »

Marine, effrayée de ce silence, ne cessait d'agiter la porte, d'appeler et de crier.

» Sur l'échafaud même, à la vue de trente mille per- » sonnes, là où le courage abandonne les plus résolus, » votre père, par un effort dont lui seul était capable, » s'est soulevé sur ses jambes brisées et déformées, et » de ses deux mains brûlées, horrible et magnifique » chose! il a soulevé le voile noir jeté sur sa tête. Le » peuple a vu alors son visage, dont la couleur n'était » plus de ce monde, et une voix est sortie de sa bouche » qui a crié: *Ma fille me vengera!* »

Secouée avec une violence désespérée par Marine, la porte ne résistait presque plus.

» Le bourreau n'a pas osé souffleter ce sublime ca- » davre.

» On n'a plus entendu qu'un coup de hache.

» C'était fini. »

— Je n'ai plus de père! — s'écria Casimire, — plus rien! Faites-moi mourir, mon Dieu! faites-moi mourir!

La porte céda à la fin.

Elle était dans les bras du commandeur.

. . . .

Casimire resta longtemps ainsi à demi-morte sur la poitrine de celui qu'elle n'espérait pas revoir en un pareil moment, et qu'elle ne reconnut pas en tombant dans ses bras. Elle n'avait qu'une perception confuse des paroles dites à ses oreilles; c'était un murmure dans l'ombre. Ses mains jetées avec abandon sur les épaules du commandeur, et errantes comme dans le sommeil, se détachaient sur le bleu sombre de l'habit, aussi blanches que si elles eussent été gantées pour le bal. Sur son front couvert d'ombre et de tristesse, s'étaient posées les lèvres du jeune commandeur de Courtenay, qui, on le voyait, à la consternation de ses traits, semblait embrasser les restes d'une sœur chérie, qu'il avait pensé trouver au retour riche de santé et de jeunesse.

Casimire était maintenant accablée de toute l'énergie dont elle s'était montrée forte pendant le terrible récit de l'agonie de son père. Ses pieds n'opposaient pas de résistance au poids de son joli corps; ils ne portaient pas à terre; ils flottaient sous sa robe de soie verte aux raies blanches. On voyait seulement qu'elle vivait encore aux ondulations qu'imprimait son souffle à la cravate du commandeur, dont les bouts brodés effleuraient son visage. Une larme s'était arrêtée dans le coin de son œil, comme une goutte de rosée sur le calice d'une fleur brisée avant le lever du soleil. Derrière ses lèvres à demi-fermées, on apercevait la rangée pure de ses dents, et cette disposition de sa bouche donnait à ses traits ce caractère de mort si touchant chez les jeunes filles qui partent de ce monde avant le temps, et auxquelles il reste encore quelque chose de doux à dire. Tableau triste à mourir, tendre à briser le cœur!

Marine faisait inutilement respirer des sels à Casimire, en criant par toute la chambre qu'elle était morte; et le commandeur penchait sur ce visage insensible, son visage devenu brun, martial, aux fatigues de la guerre. Il n'osait pas décroiser ses bras, de peur de voir s'évanouir cet être faible qui paraissait ne plus tenir à la vie que par cette étreinte. Vainement le commandeur prononçait leurs deux noms, le silence de pierre et l'anéantissement de Casimire persistaient.

Ne sachant plus à quel moyen avoir recours pour rendre le sentiment à Casimire, Marine décroche le bénitier en cristal placé près du lit de Casimire, et le vide sur son front. La fraîcheur de l'eau la surprend; elle remue aussitôt les lèvres, elle soupire, elle rouvre les yeux, ses yeux qui rencontrent ceux du commandeur. Elle est sauvée. Après avoir regardé autour d'elle, Casimire se dégagea avec pudeur, laissant glisser doucement ses bras le long de son corps; sa main en descendant rencontra la main du commandeur, qui n'osait pas encore l'abandonner. Casimire lui dit:

— C'est vous, monsieur le commandeur!

— Bonne vierge de Nanterre! — s'écria Marine en tombant à ses genoux, — je t'ai promis un cierge, je te donnerai le flambeau.

XVII

Respectant la douleur de Casimire, le commandeur s'abstint pendant quelques jours de toute visite. Il connaissait la cause de cette douleur, ainsi que l'Europe entière, instruite par les gazettes de la conjuration du comte de Canilly (conjuration à laquelle le duc de Cellamare a donné son nom), et du châtiment qu'il avait subi à Toulouse, sa torture, sa dégradation, la confiscation de ses biens, sa mort sur l'échafaud. Il gémissait moins sur la triste fin du comte, caractère admirable à ses yeux cependant par l'austérité et l'audace, que sur le sort de Casimire, marquée désormais à l'empreinte d'une renommée historique, sceau indélébile, presque toujours fatal, Casimire non-seulement orpheline, mais privée tout à coup de fortune, de patrie, réduite, dans la révolution de quelques heures, à la misère et à l'exil.

Le commandeur de Courtenay s'était enfermé chez lui en attendant d'être rappelé par Casimire, indifférent à tout ce qui n'était pas elle et le marquis de Courtenay, dont la conduite inexplicable lui donnait étrangement à penser.

Dès son arrivée à Varsovie, et même avant de se montrer chez mademoiselle de Canilly, le commandeur s'était présenté à l'hôtel du marquis de Courtenay, son frère, où on lui avait dit que son frère ne le recevrait pas. Croyant que cette défense était motivée par quelque raison légitime, et limitée d'ailleurs à la durée de quelques heures, le commandeur n'insista pas; il se retira. Mais s'étant présenté de nouveau, le soir, à la porte de l'hôtel de son frère, il rencontra le même obstacle, il reçut la même réponse. Vainement il dit qu'il était le frère du marquis, qu'il n'y avait pas de consigne inviolable pour lui; il fut réduit à annoncer à son frère, dans une lettre, son retour à Varsovie, sans oublier de lui marquer en termes respectueux la surprise où il était de se voir si difficilement admis auprès de lui.

La lettre du commandeur resta sans réponse; trois autres lettres n'eurent pas un meilleur sort. Le mystère de ce silence l'aurait beaucoup plus inquiété encore si les malheurs personnels de Casimire de Canilly, et la douleur que lui avait causée son frère le marquis en lui annonçant son mariage avec elle, n'eussent absorbé toutes les facultés de son esprit. D'ailleurs, il supposa que son frère ayant connu plus tard, ce qui n'était pas impossible, combien il aimait, lui aussi, Casimire, et honteux alors d'avoir chanté avec tant de fanfares sa joie d'épouser mademoiselle de Canilly, et plus honteux encore d'avoir appelé un frère de l'armée pour le rendre témoin de cette joie, s'était repenti de l'avoir ainsi humilié. Dominé par ce meilleur sentiment, il ne voulait sans doute pas que son frère vînt lui reprocher d'avoir si insolemment affiché son bonheur. Rien n'était plus spécieux que ce prétexte généreusement prêté par le commandeur à la justification de son invisible frère.

Il ne l'avait pas encore vu lorsque Casimire le pria de passer chez elle; c'était pourtant le dixième jour de son arrivée à Varsovie. Le commandeur, qui n'attendait que cet ordre, se rendit aussitôt chez mademoiselle de Canilly.

— Ma lettre vous est donc parvenue? — demanda d'abord Casimire d'une voix timide, après avoir fait asseoir le commandeur à côté d'elle.

— Elle a été un ordre pour moi; je suis venu. Vous ne pouviez douter de mon obéissance.

— Je vous en remercie, monsieur, — reprit Casimire, dont le visage portait les marques de la longue affliction où l'avait jetée la mort si lamentable et si tragique de son père. — Je ne pensais pas, en vous écrivant cette lettre, que vous viendriez si à propos essayer de me consoler d'une perte cruelle, irréparable. Un motif moins grave m'avait fait vous écrire; ce mot si impératif...

— Oh! sans doute, bien moins grave, — interrompit le commandeur, appuyant avec une intention pénible sur cette restriction de Casimire. — Pourtant ce seul mot m'a suffi pour quitter l'armée et me faire traverser des provinces ennemies.

— Des provinces ennemies! — s'écria Casimire.

— Elles offraient moins de danger pour moi que les provinces de l'empire, où mon signalement m'avait déjà devancé.

— On vous poursuivait donc?

— Comme déserteur. J'ai déserté pour me rendre à vos ordres.

— Et c'est pour moi...

— Ma carrière est fermée, — se hâta de reprendre le jeune commandeur de Courtenay. — Inscrit aux rôles de l'armée comme déserteur, je n'y rentrerais pas sans passer par un jugement, et vous savez si la discipline allemande est sévère.

— Est-il bien vrai? Quelle sacrifice, monsieur le commandeur!

— J'ai hésité, je l'avoue; il y a eu combat en moi, mais vous l'avez emporté. Je vous ai mise au-dessus de la gloire, au-dessus de l'honneur même, et, pendant la nuit, j'ai abandonné, comme un transfuge, comme un traître, une armée à laquelle je n'avais encore rendu, pour un loyal accueil, que quelques heures de danger. — La voix du commandeur s'éteignit au souvenir d'une faute dont il ne pouvait s'empêcher de rougir, même en présence de celle qui la lui avait fait commettre. C'est à ce moment que Casimire, si habile, comme on l'a vu à établir des calculs pour savoir s'il lui convenait mieux d'être douce que sévère envers le commandeur, et qui avait fini par lui ordonner de quitter brusquement l'armée, calculs infinis d'amour-propre, ruses exagérées, craintes mises en balance avec le désir, vit enfin ce qu'elle n'avait pas même soupçonné, qu'elle avait brisé à jamais l'existence militaire du commandeur, compromis son honneur et fermé son avenir; cela sur un mot, sur ce mot : *Revenez!* Ce voile soudainement déchiré par la main du commandeur lui découvrait un de ces tristes horizons d'erreurs au centre desquels, disciple aveugle de son père, elle avait emprisonné sa raison et affaibli les grâces naturelles de son caractère. Elle était devenue silencieuse comme le commandeur, qui, rompant le premier l'embarras d'une situation aussi fausse, lui dit : — Je n'aurais pas donné dans mes souvenirs la moindre place à cette action s'il avait pu entrer dans vos vœux que je la fisse. Du moment où elle n'a pu convenir qu'à moi, il me devient permis de me la rappeler pour regretter sincèrement de n'avoir pas mieux compris que ce qu'exige une femme n'est pas toujours ce qu'elle désire.

— Que dites-vous, monsieur le commandeur?

— Ne me comprendriez-vous pas? ne m'épargnerez-vous pas la douleur d'une explication plus claire?

— Vous vous plaignez, c'est ce que je comprends.

— Je me blâme, je ne me plains pas, mademoiselle.

— De quoi vous blâmeriez-vous? Je sais que je ne mérite pas le dévouement chevaleresque dont vous venez de faire preuve; j'avais même prévu que vous pourriez un jour vous en faire une arme contre moi; mais je pensais aussi que la meilleure manière de me punir pour avoir exigé de vous ce dévouement, c'était de ne pas le montrer, de brûler tout simplement ma lettre. Vous ne l'auriez jamais reçue. Il est bien tard, — ajouta-t-elle, — pour vous plaindre d'avoir eu cette faiblesse pour moi.

— Je ne me plains, en ce moment, — dit le commandeur, — puisque vous voulez voir une plainte dans mes paroles, que de ne pas avoir été tué par les sentinelles qui ont tiré sur moi lorsque je franchissais, en déserteur, les dernières lignes du camp. Je ne recevrais pas aujourd'hui des reproches là où j'espérais rencontrer de la pitié, au moins de la pitié, — répéta le commandeur en présentant à Casimire d'une main tremblante, le mouchoir brodé qu'elle lui avait permis d'emporter le jour des derniers adieux. Il foulait ce mouchoir de manière à cacher les traces du sang dont il était marqueté.

Casimire tendit à regret la main pour recevoir le tissu ensanglanté.

— Vous avez été blessé, monsieur, — dit-elle d'une voix touchante. — Ah! je n'en savais rien...

— Prenez! qu'importe? — murmura le commandeur.

— Mais il est à vous, monsieur, il est à vous. Je ne reprends plus ce que j'ai une fois donné.

— Casimire! les larmes auraient dû en effacer le sang; mais les larmes sèchent toujours plus vite, — ajouta-t-il d'un accent mêlé d'ironie et de douleur.

— Vous me cachez quelque chose, monsieur, — dit-elle; — assurément vous me cachez quelque chose, et c'est mal. Ma pauvre tête est faible. Ayez pitié du désordre que vous aurez peut-être remarqué dans mes idées, du trouble de mes paroles. Je vous ai offensé? Qu'ai-je dit? qu'ai-je fait? Songez, monsieur le commandeur, — continua-t-elle avec une modestie attendrissante, — que je ne suis plus mademoiselle de Canilly, la fille heureuse et enviée; je suis la fille d'un criminel d'État, décapité à Toulouse; je suis exilée, je suis pauvre; je n'ai que Dieu au ciel, et vous sur la terre. Est-ce pour cela que vous n'avez plus d'indulgence?

Le commandeur se leva; deux ruisseaux de larmes sillonnaient ses joues; il frémissait.

— Ne parlez pas ainsi! ne parlez pas ainsi! vous me faites mourir. Moi, vouloir vous abaisser; moi, vous rappeler votre infortune, vous la reprocher! Mais que parlez vous d'infortune? Votre malheur est grand, sans doute, il est immense, la perte d'un père! Mais ce malheur n'a rien qui déshonore la fille d'un gentilhomme.

— N'est-ce pas, monsieur? — dit Casimire, dont la main se posa toute fière et superbe de ligne, sur le bras du commandeur, ce bras qui s'était porté involontairement à son épée, comme pour indiquer de quelle manière il saurait soutenir, au besoin, ce que sa bouche avait avancé.

— Mais comment, — reprit le commandeur, — craindriez-vous les suites funestes qu'entraîne toujours la perte de la fortune? comment enfin craindriez-vous les atteintes de la misère, vous sur le point de devenir la femme d'un des plus riches gentilshommes de France?

— Moi, la femme d'un des plus riches gentilshommes de France? moi!

— Puis-je en douter?

— Ah! tout m'est expliqué maintenant, toutes vos paroles obscures, inintelligibles d'abord, tous ces reproches détournés. Mais l'on vous a trompé, affreusement trompé, monsieur le commandeur.

— Cette lettre! — s'écria le commandeur, en tirant son portefeuille, — cette lettre, — répéta-t-il en cherchant une lettre, et la livrant à Casimire, — cette lettre qui m'a été remise pendant que j'étais en route, pendant que j'accourais vers vous heureux à la pensée de vous crier de loin, dès que je vous apercevrais : Vous m'avez dit, revenez! me voilà. Cette lettre, lisez-la.

Casimire tenait dans ses mains étonnées la lettre écrite au commandeur par le marquis de Courtenay, lorsque celui-ci croyait être sur le point de voir se conclure son mariage avec mademoiselle de Canilly.

Un sourire de tristesse erra sur les lèvres de Casimire tout le temps qu'elle lut la lettre du marquis. Quand elle eut achevé de la lire, elle la rendit au commandeur en lui disant :

— Ecoutez-moi.

Autant il s'était amoncelé de nuages plombés sur le front du commandeur, autant il s'était amassé d'amertume sur ses lèvres avant que le hasard eût enfin apporté sa lumière dans les ténèbres étouffantes de cette explication, autant il s'éleva graduellement du calme, de la sérénité, de la joie sur le visage du commandeur, à mesure que Casimire lui confia, avec cette éloquence de la femme écoutée, par quelles bizarres espérances son frère le marquis, était parvenu à s'imaginer qu'il serait prochainement uni à elle par le mariage. Heureuse de se justifier, elle poussa ce bonheur jusqu'à la plus complète franchise, avouant sans réticence les fautes de légèreté où elle était tombée elle-même, afin de ne pas laisser voir qu'elle aimait un autre homme que le marquis.

L'indulgence coulait du cœur et des lèvres du commandeur; il était aimé de Casimire; tout ce qu'elle avait fait de faux et de blâmable se colorait à ses yeux des teintes radieuses de l'amour. Et quand, pour mériter cet amour, lui, homme exact dans ses actions, avait déserté son poste, méconnu ses devoirs de soldat, pouvait-il, armé d'une morale à deux tranchants, frapper la conduite d'une femme, d'une jeune fille qui avait un peu dévié sur la ligne d'une trop rigoureuse justice par amour pour lui? Et puis son frère, le marquis de Courtenay, avait-il éprouvé réellement de l'amour pour Casimire? Son caprice d'un jour devait-il être tant respecté qu'une femme qui ne l'aimait pas se sacrifiât à lui? On jetterait un autre joujou à cet enfant frivole, et le joujou qu'on lui enlèverait serait oublié.

— Mon amie! — dit le commandeur, ce dernier type de l'amour d'un autre âge, cet adorable modèle de la passion grande et dévouée, celle qui faisait aller aux croisades, à la mort, au ciel, grande et belle par là comme la religion, — mon amie, je crois, — dit-il en s'inclinant sur Casimire, en lui prenant chastement la main, — qu'on ne s'est jamais aimé ainsi. — Admirable naïveté que se répètent les amants de toutes les époques comme les mots de passe de la grande franc-maçonnerie de l'amour.

Le bonheur de Casimire conservait dans sa plénitude toute la sombre et respectueuse tristesse du deuil étalé sur ses habits, écrit sur son visage. Une ligne noire encadrait ce tableau de bonheur, ce paysage de joie qui commençait à poindre dans le fond de ses yeux. Cela était consolant, mais sans gaîté, sans éclat. Dieu, le monde et son père, ces trois choses sacrées et sévères n'auraient pas blâmé cet amour qui venait s'asseoir sur une robe de deuil et y effeuiller doucement des roses. Les amours accoudés et sérieux font bien aux angles d'un tombeau. Et puis elles sont si voisines les deux sources de toutes nos larmes, celle qui coule quand on souffre, et celle qui coule quand on a cessé de souffrir, qu'il n'y a que les gens qui n'en répandent point qui ont le droit de se plaindre de voir se confondre leurs eaux. — Je verrai mon frère, je le verrai, — dit le commandeur en se levant. — J'espère le convaincre. Il saura de combien d'années mon amour pour vous avait précédé le sien, le sien né d'une fantaisie qu'une autre fantaisie effacera. Si quelqu'un a le pouvoir de le ramener à voir raisonnablement les choses, c'est moi; et croyez, — ajouta-t-il en souriant, — que j'ai trop d'intérêt à défendre ma cause pour la perdre.

Le commandeur s'arrêta à la porte pour envoyer à Casimire un de ces sourires d'adieu qu'on ne retrouve pas aux secondes amours, ni peut-être deux fois dans la vie, ineffable comme la première aurore du paradis terrestre.

Comme la porte s'ouvrait enfin devant les pas du commandeur, Marine l'arrêta.

— Tu vas m'embrasser, mon compère, — lui dit Marine, — on ne passe pas comme ça.

— De toute mon âme! ma bonne Marine.

Le commandeur sortit ensuite.

Casimire rougit comme si elle avait été elle-même embrassée.

Marine vint vers elle, mit un doigt sur la joue de Casimire, à l'endroit de la rougeur, et elle lui dit :

— J'en étais sûre! Petite sotte! — lui dit-elle, — même de ta nourrice!

XVIII

En cherchant de tous côtés des moyens pour s'introduire auprès de son frère, dont la porte lui était toujours interdite, le commandeur finit par apprendre dans le monde les bruits qui couraient sur cette étrange séquestration. Il s'en indigna, il essaya de les repousser; mais la calomnie avait pris ses habitudes, et elle n'y renonça pas facilement.

Les plus sages lui conseillèrent d'opposer le silence au mensonge, d'attendre tout du temps; si les autres n'osèrent plus attaquer devant lui la réputation de mademoiselle de Canilly, ils n'en continuèrent pas moins à la ruiner dans l'ombre. Mais tous ceux qui parlaient au commandeur de mademoiselle de Canilly n'omettaient jamais, soit qu'ils fussent pour elle ou contre elle, de s'étonner de la détermination du marquis.

— Pourquoi, au moment d'épouser mademoiselle de Canilly, — répétaient-ils sans cesse, — mademoiselle de Canilly, dont ils avaient remarqué les attentions affectueuses pour le marquis de Courtenay, avait-il rompu toutes relations avec elle, s'en était-il éloigné du jour au lendemain? Enfin pourquoi s'était-il caché de désespoir au fond de son hôtel? Cette objection, si forte en elle-même, la plus forte de toutes, était la plus facile à résoudre pour le commandeur.

Mais comment dire à chacun que Casimire, loin d'avoir mérité le dédain du marquis, avait tout simplement refusé de devenir sa femme parce qu'elle en aimait un autre, parce que cet autre c'était lui, le commandeur? Après une pareille réponse, venue si tard, ne l'accuserait-on pas de pousser la générosité jusqu'à se donner un ridicule pour couvrir un tort, manteau souvent léger quand la tempête de la calomnie est en train de souffler, ou d'avoir été de complicité avec Casimire, dans le but de rendre victime d'une atroce bouffonnerie un jeune homme adoré de l'aristocratie polonaise, un frère enfin, un frère aîné qu'il avait affecté jusqu'alors d'aimer et de vénérer comme le chef de la famille? Et puis, se disait-il encore, parvient-on jamais à convaincre d'erreur ceux qui ont besoin de mensonge comme ils ont besoin de glace en été pour boire froid? Pourquoi consentiraient-ils à se laisser dépouiller d'un plaisir, d'un passe-temps délicieux, reste d'anthropophagie qui a persisté au milieu de nos goûts civilisés?

Il pensa bien aussi à quitter Varsovie et à se retirer, avec Casimire, dans quelque province obscure de l'Allemagne. Mais, s'objecta-t-il aussitôt, il arrivera, si je mets en pratique ce moyen, bon au premier coup d'œil, qu'on dira dans le monde que j'ai entraîné Casimire parce qu'il m'a été plus facile de la faire disparaître que de la défendre avec succès. Et le commandeur tournait sa pensée d'un autre côté. Comme tout le monde, il méprisait la calomnie, mais, comme tout le monde, il n'avait pas la force de la laisser se dévorer elle-même. S'il fut jamais permis à quelqu'un de prolonger l'abus du monologue, c'était bien à lui, chargé de l'existence, si menacée et de l'honneur si compromis de la femme qu'il aimait, d'une jeune fille privée en un jour de son père, de ses biens, et déchirée par toutes les hyènes des salons, autrement cruelles que celles du désert, qui du moins, vous dévorent en une fois.

— Il n'est qu'un moyen de la sauver, — se dit-il : — c'est de hâter le moment de mon mariage avec elle. Je le ferai annoncer tout de suite, demain s'il se peut, et il aura lieu à l'expiration de son deuil. Je laisserai dire qu'elle a trompé l'espoir de mon frère, et que je m'expose à mon tour à être trompé par elle en l'épousant. Mais tout cela, —s'interrompit-il,—n'est possible qu'après avoir vu mon frère, et comment le voir, comment?

Le moyen de voir le marquis de Courtenay fut enfin trouvé le soir même par le commandeur, qui remit au lendemain pour en faire usage.

Le lendemain, à dix heures du matin, une voiture s'arrêtait à la porte de l'hôtel du marquis de Courtenay, et il en descendait le commandeur et mademoiselle de Canilly.

— Aller annoncer à monsieur le marquis, — dit le commandeur au premier valet de pied qui se présenta sous le vestibule pour les empêcher d'aller plus loin, — que mademoiselle de Canilly désire le voir.—A ce nom le valet n'osa protester de sa consigne, quoiqu'il ne lui eût pas été dit d'établir des exceptions; il salua et courut prendre ses instructions auprès du marquis. Un temps assez long s'écoula avant qu'il ne revînt. Enfin il reparut pour donner raison aux prévisions du commandeur. Le marquis consentait à recevoir mademoiselle de Canilly. Il était naturel qu'elle n'entrât pas seule. Cependant le valet rigoureux interprète des ordres donnés, prétendait ne laisser introduire dans les appartements que mademoiselle de Canilly; il n'avait annoncé qu'elle. — Vous oubliez que j'accompagne mademoiselle, — dit le commandeur, et que monsieur le marquis de Courtenay a trop d'esprit pour supposer que mademoiselle de Canilly soit venue seule lui faire visite. — Le valet n'osa plus rien refuser. Quelle fut la surprise de Casimire et du commandeur de se trouver tout à coup arrêtés au fond du vestibule par un immense rideau noir, bordé d'un large galon d'argent comme un décor de catafalque. — Que signifie ceci?—demanda le commandeur au valet qui les précédait et soulevait déjà le rideau noir pour leur faciliter le passage.

— C'est par l'ordre de monsieur le marquis, — répondit le valet.

Après une telle réponse, il n'y avait plus de question à adresser.

Après avoir franchi le vestibule, Casimire et le commandeur se trouvèrent en face d'un escalier dont les marches, les côtés et la rampe étaient tapissés d'une étoffe noire, semée de larmes d'argent. Quoiqu'il fît grand jour au dehors, cet escalier s'éclairait de lampes dont les becs projetaient une lueur lugubre.

— Je ne devine pas pourquoi on a déployé ici cet appareil sinistre, — murmurait le commandeur. — Sommes-nous bien chez mon frère? — demanda-t-il à Casimire.

Sur l'affirmation de Casimire, il montra un visage où commençait à se peindre un sentiment plus pénible que la surprise. Il est vrai que la sinistre clarté répandue sur tous les objets par ces lumières de catacombe prêtaient en ce moment un aspect particulier aux traits du commandeur, et surtout à ceux de Casimire, dont les fines couleurs n'étaient pas encore revenues.

. . . .

De surprises en exclamations, d'exclamations en surprises, les visiteurs arrivèrent enfin au première étage, à la porte de l'antichambre des appartements occupés par le marquis. Les fines nervures, les arabesques et les chicorées d'or de cette porte avaient disparu sous un placage d'ébène; tout en était noir, jusqu'à la clef. De quel escalier pouvait être en deuil cette porte?

C'est dans cette pièce d'attente que le marquis se plaisait à jouer autrefois avec ces chiens de race supérieure qui ne manquaient jamais de le saluer de leurs aboiements à l'entrée et à la sortie : toujours à l'imitation de Louis XIV, grand amateur de chiens.

Il y avait bien encore quelques chiens dans cette pièce aussi noire que l'escalier et aussi lugubrement éclairée, mais on ne les apercevait presque pas; car, avec leur poil uniformément noir, ils se détachaient à peine sur le tapis noir où ils dormaient. Les carreaux des croisées étaient également noirs, ainsi que les rideaux qui flottaient comme des pleureuses.

Cette pièce s'ouvrait sur une belle salle à manger dont les dressoirs supportaient, au lieu des riches cristaux qu'on s'y plaisait à voir autrefois, ces soucoupes, ces vases couleur de momies arrachés avec les momies du fond des tombeaux égyptiens. La fantaisie morose du marquis n'excluait cependant ni le goût ni le luxe, et, d'ailleurs, le grand salon de réception, où Casimire et le commandeur furent introduits, en était la preuve.

C'est dans ce salon, comparé par le marquis, dans sa fièvre d'imitation, à la galerie de Versailles, qu'avait eu lieu le mémorable bal, la folle soirée donnée en l'honneur de Casimire. Tout conservait encore le même arrangement que dans cette soirée dont le commandeur avait appris les détails par la renommée. Sur la cheminée, sur les entre-croisées, se balançaient, au bout de leurs tiges, les mêmes fleurs portées par des corbeilles d'argent; seulement elles étaient d'un choix aussi sombre que la nature, qui fournit peu de fleurs noires, l'avait permis. De rouges et de verts qu'ils s'étalaient auparavant, les tapis étaient devenus de poil de renard noir, et les médaillons, qui reproduisaient sur toute l'étendue des murs le chiffre du marquis coupé par celui de Casimir, s'étaient voilés d'un crêpe, ainsi que les portraits des doges décapités pour crime de trahison. Les bougies brûlaient, des bougies noires.

L'effet produit par cet appareil de fête mélangée de deuil n'était pas gai; le bal n'attendait plus que des veuves, des orphelins, des victimes et un orchestre de fantômes. L'état dans lequel languissait alors l'esprit de Casimire, par la mort si récente de son père, s'assombrit encore de ce spectacle lamentable. Elle sentit ses joues se refroidir comme du granit, et le demi-sourire d'hilarité que lui avait d'abord inspiré la bizarrerie du marquis s'évapora sur ses lèvres. Sa main se scella avec la crispation de la terreur au bras du commandeur de Courtenay. Celui-ci avait fait mille réflexions désolantes, amères pour sa tendresse fraternelle, depuis qu'il parcourait ce palais de mélancolie et de silence; car aucune voix de domestique n'en rompait la tranquillité funéraire.

— Je ne sais que penser de tout ceci, — dit-il tout bas à Casimire. Casimire refusait d'aller plus loin. — Mais où donc est monsieur le marquis? — demanda avec inquiétude, avec impatience, le commandeur au valet marchant devant eux.

— Ici, — répondit le valet en leur ouvrant la porte d'un cabinet au milieu duquel s'élevait, sur un socle d'ébène, un tombeau de marbre noir.

A peine Casimire et le commandeur furent-ils dans ce caveau funèbre qu'une figure blême et pointue parut au-dessus du tombeau ; c'était celle du marquis.

— Veuillez m'attendre un instant, — dit-il à ses visiteurs, — je dois vous épargner la peine de monter.

Il jeta une petite échelle hors du tombeau, et, par les bâtons de cette échelle, il se glissa jusqu'à terre. Il est inutile de dire la couleur lugubre de son costume.

— Mon frère, pourquoi avez-vous pris cette livrée de douleur? — lui dit d'abord le commandeur en le pressant tendrement dans ses bras.

La décoloration et la maigreur du marquis étaient vraiment effrayantes.

— Pourquoi? — répondit-il ; — parce que la seule femme que j'aie aimée au monde m'a trompé. Mais vous êtes en deuil, vous aussi, mademoiselle, — dit-il à Casimire ; — vous aurait-on trompée?

— J'ai perdu mon père.

— Monsieur de Canilly est mort! — s'écria-t-il. Il se reprit tout de suite pour ajouter : — Alors vous êtes comtesse!

— Je suis une exilée! mon père a eu la tête tranchée sur l'échafaud.

Une longue pause précéda l'instant où le marquis de Courtenay reprit :

— Et tous vos biens sont confisqués ; c'est la loi, je la connais. Eh bien! dès ce moment, — dit le marquis du ton le plus naturel du monde, — tous mes biens sont à vous ; ne me laissez que la part qui me sera nécessaire pour vivre ou plutôt pour mourir.

— Je vous remercie de votre générosité, monsieur le marquis... Mais je n'en ai pas besoin.

— Et de quoi vivrez-vous? N'est-ce pas, mon frère, que mademoiselle ne doit pas refuser, puisqu'elle ne le pourrait pas sans être obligée de recourir bientôt à la pitié des étrangers? Ce n'est pas mon frère le commandeur tout bon qu'il soit, qui vous ouvrira ses trésors Pauvre frère! j'ai su vos grands succès à l'armée ; ils m'ont ravi, ils m'ont touché ; le vieux sang des Courtenay a remué en moi. Vous m'avez fait brave pendant tout un jour.

— Vous êtes brave aussi, puisque vous voulez que je le sois pour avoir fait mon devoir, — reprit le commandeur en serrant sur son cœur, avec une respectueuse intimité, son frère le marquis, dont la débilité lui remplissait l'âme de doutes terribles et les yeux de larmes, qu'il s'efforçait d'éteindre sous une perpétuelle expression de bonté. — Je suis content de vous revoir, bien heureux, — ajouta-t-il, — et, puisque vous m'accueillez si cordialement, mon frère, permettez-moi de ne pas approuver ces marques d'extrême désespoir étalées avec profusion dans votre hôtel. Vous avez cru, je le sais, à un amour qu'on ne partageait pas ; mais cet amour, dont vous espériez mieux, n'existait que dans votre imagination si facile, ordinairement si légère, si oublieuse...

— Mon frère, — interrompit le marquis, — je ne quitterai ce deuil qu'avec la vie. Ce sont mes armes. Je porte *le deuil aux larmes d'argent*.

— Mais, mon frère, — répliqua à son tour le commandeur, qui s'assura avec effroi que la raison de son frère avait été atteinte par une secousse qu'il n'avait pas supposée si violente ; — mais, mon frère, au lieu de vous nourrir de votre tristesse, pourquoi ne pas revenir à ces distractions bruyantes, si fort de votre âge et de votre goût?

— Ma foi, — dit le marquis en souriant, — il vous vient là une excellente idée! Je pourrais donner un bal dans mes salons dans l'état où ils sont maintenant. Mais oui! ce serait fort original, ne trouvez-vous pas? de voir sauter ces belles demoiselles sous ces tentures noires et ces larmes blanches. Et, au milieu de la nuit, au lieu de faire servir à souper, je ferais entrer des moines qui chanteraient l'office des morts. On rirait bien, ah! comme on rirait! — dit le marquis plus sérieux qu'un tombeau, en rêvant aux moyens de réaliser cette plaisanterie funèbre.

— Ce serait là une profanation, — dit le commandeur, — et vous en êtes incapable, quoique je vous sache très-ingénieux à diversifier les plaisirs. Pourquoi, au contraire, ne prouvez-vous pas au monde, à vos amis, qu'aucun des bruits qui ont circulé sur la cause de votre réclusion n'était fondé, et cela, mon frère, pour l'honneur d'une personne qui nous est chère à tous, de mademoiselle de Canilly.

— Votre honneur aurait été compromis! Mon Dieu! je ne sais rien depuis deux mois, — dit le marquis de Courtenay en regardant enfin Casimire, sur laquelle, jusque-là, il avait évité de lever les yeux. — Mais parlez!

— Oui, — continua le commandeur, — il a été dit que vous vous étiez renfermé dans votre hôtel pour pleurer de regret sur une faute que vous auriez eu à reprocher à la conduite de mademoiselle de Canilly.

— Mais cela n'est pas, oh! cela n'est pas! — s'écria le marquis ; — je le jure sur mon honneur, sur le vôtre, mon excellent frère.

— Je vous remercie, monsieur, — murmura Casimire, — de la chaleur que vous mettez à vous défendre d'une pensée que vous n'avez jamais eue.

— Moi! je n'ai jamais dit cela! Mais ce sont des menteurs, des calomniateurs, des infâmes! Oh! j'ai donc commis une grande faute de me céler ainsi...

— Vous le voyez, mon frère.

— Mais j'ai fui le monde, — reprit vivement le marquis, — parce que j'ai eu honte d'y reparaître après avoir publié partout que j'allais vous épouser ; j'ai fui le monde parce qu'il m'a paru odieux, maussade, affreux de vivre pour ce monde après avoir entendu de votre bouche que vous ne m'aimiez pas. Je ne sais pas ce que cela m'a fait intérieurement, — continua le marquis avec une franchise touchante ; — mais j'ai couru les rues, les campagnes, comme un fou ; je suis resté deux jours entiers sans manger, je n'ai plus dormi... et je ne dors pas encore bien, — ajouta-t-il timidement.

— Oh! monsieur le marquis, — s'écria Casimire, — combien j'aurais voulu prévoir vos intentions, vos desseins, qui m'étaient si cachés, afin de les détourner aussitôt ; vous auriez moins souffert, et moi aussi.

— Et nous aussi, — murmura le commandeur.

Le silence qui se fit tout à coup dans ce cabinet sépulcral, après ces paroles, eût été d'un effet sinistre pour des témoins.

— Mais si vous ne m'aimez pas, — reprit ensuite le marquis en prenant dans une de ses mains celle de Casimire et dans l'autre celle du commandeur, — je sais, — dit-il avec un ton de conviction profonde, — je sais que vous n'aimez personne ; si vous eussiez aimé quelqu'un, vous me l'eussiez dit. — Comment le marquis de Courtenay ne sentait-il pas en ce moment le froid de la couleuvre se glisser dans la main de Casimire qu'il tenait dans la sienne. — Ou du moins, — reprit-il, — vous me l'eussiez laissé comprendre. Or, — insista-t-il, — vous n'aimez personne. Quant à vous, mon noble frère, le commandeur, je ne crois pas que vous aimiez jamais ; mais, je vous l'avoue, cela au fond m'importe peu ; il m'importe uniquement que vous soyez heureux. — Ici le marquis s'arrêta ; le fil de ses idées se perdit, s'embrouilla ; son front se plissa de mille plis ; il avait l'air d'un homme ou plutôt d'un enfant qui s'éveille le matin dans l'endroit où il ne s'est pas couché le soir. — Que disais-je donc? — demanda-t-il après un temps de repos que respectèrent le commandeur et Casimire toujours retenus par les mains du marquis.

— Vous parliez, mon frère, de l'intérêt que vous aviez à me savoir heureux. Mais pourquoi?...

— C'est cela, — reprit le marquis, — oui, je tiens à vous savoir heureux. Ainsi donc, vous, mon frère, puisque je n'ai pas pu faire accepter tous mes biens à mademoiselle de Canilly, vous en aurez la moitié. Cela peut bien aller à douze ou quinze millions.

— Ne dirait-on pas, mon frère, — interrompit le commandeur, — que vous êtes un vieux grand-père dressant son testament en présence de ses fils? Quittez donc, je vous supplie, ces tristes pensées.

— Non, mon frère, — répliqua le marquis, encore une fois embarrassé dans la marche de ses raisonnements. — Vous m'avez arrêté; où en étais-je, je vous prie?

— A la donation que vous me faisiez.

— Elle est faite, — dit le marquis.

— Oui, dans votre tête.

— Et ailleurs, — poursuivit le marquis. — Venons à vous, — dit-il en serrant la main de Casimire; — je vous en donne autant...

— Mais, monsieur le marquis, — s'écria Casimire, — cessez ces tristes partages dans un endroit tout rempli de pensées de mort.

— Décidément, je crains la folie pour mon pauvre frère, — pensait le commandeur. — Ah! je suis arrivé trop tard. Mais oui, mon frère, mademoiselle de Canilly a raison. De tels propos font mal ici. Croyez-moi, venez avec nous, venez! nous vivrons tous les trois ensemble comme autrefois...

— Comme autrefois, — répéta le marquis. Le commandeur ayant essayé d'entraîner son frère hors du cabinet, celui-ci, en résistant, lui dit : — Mais ne comprenez-vous pas pourquoi je me suis logé dans un tombeau? Je ne sortirai plus d'ici, — dit-il, — j'y mourrai; et quand? bientôt! oui, bientôt! J'en suis sûr.

Les traits du marquis, en parlant ainsi, changeaient à vue d'œil; ils devenaient sombres comme ses idées.

— Ne parlez pas ainsi, mon frère, songez que vous êtes l'aîné de la famille, l'honneur de la maison, et que, s'il vous faut quitter ce monde, ce ne doit être que lorsque Dieu vous appellera. Il vous réserve peut-être à de grandes choses, à bien de la gloire avant ce moment.

— Moi! de la gloire! Comment voulez-vous que je meure avec gloire? — répliqua le marquis d'un ton railleur qui navrait. — Si je ne mourais pas dans mon lit, je mourrais à coup sûr à la chasse, dévoré par mes chiens ou tué sous les pieds de mes chevaux. Est-ce cette mort que vous voulez que j'attende? Ce n'est pas la peine de me détourner de ma résolution.

— Quelle est cette résolution, mon frère? dites-la-moi, — demanda le commandeur avec l'effroi sur le visage.

Feignant de n'avoir pas entendu, ou n'ayant réellement pas entendu, le marquis de Courtenay reprit :

— Je vous ai fait riche, mon frère; vous n'aurez pas de peine à devenir illustre dans les armes après avoir si bien débuté. Notre maison n'a rien à demander de plus. Elle revivra par vous, si elle va mourir en moi.

— Cela ne doit pas être, mon frère, — cria d'un accent désespéré le commandeur.

— Encore une fois, voulez-vous, — reprit le marquis, — que je vive pour être témoin d'un événement que j'appréhende plus que mille morts ensemble! Voulez-vous qu'un jour j'apprenne que notre Casimire a donné son amour à quelqu'un, qu'elle s'est mariée? oh! mariée! Mais, mon frère! tenez, taisez-vous! Vous n'avez pas aimé, vous n'aimez pas, vous ne savez pas ce que c'est que l'amour. Vous êtes un soldat, moi je suis un fou; vous êtes de fer, moi je suis une flamme! Il ne faut pas que je sois témoin de ce malheur que je redoute, afin de conserver une chose à laquelle on doit tenir plus qu'à la vie.

— Il sent où il est blessé, — pensa le commandeur. — Pauvre frère!

— Mes amis, — dit ensuite le marquis à Casimire et au commandeur qu'il embrassait tous deux avec une tendresse mêlée d'égarement dans le regard et la voix; — laissez-moi mourir, laissez-moi mourir. — Tous les trois pleuraient. — Ce ne sera pas long; voilà six jours que je n'ai mangé! — Le secret du suicide du marquis était découvert; il se laissait mourir de faim. — Ecoutez-moi encore, — dit-il, — je n'ai plus que peu de chose à vous dire. Tous mes biens sont dans ce portefeuille que je vous remets, mon frère!

— Mon frère, au nom du ciel! — s'écria le commandeur.

— Que pourriez-vous faire pour m'empêcher d'accomplir ma résolution? Vous la retarderiez de quelques jours, et ensuite?

— Casimire! — dit le commandeur en jetant sur mademoiselle de Canilly un regard où il avait mis toute son âme; et un éclair annonçait la plus sublime des résolutions.

— Mon ami, — répondit tout bas Casimire au commandeur.

— D'ailleurs, — reprit le marquis, qui ne s'apercevait pas de ce terrible échange de pensées et de regards, — je ne ferais que voler la mort de quelques heures. Voyez, je n'ai pas longtemps à l'attendre.

— Casimire! Casimire! — s'écria une seconde fois le commandeur.

— Je vous comprends, — reprit Casimire. — Faites!

— Mon frère! mon cher aîné! mon frère! — dit alors le commandeur, — non, non, vous ne mourrez pas. — Et il mit la main du marquis de Courtenay dans celle de Casimire. — Non! vous ne mourrez pas. Que Dieu ait pitié de moi! — Posant ensuite un genou à terre, le commandeur se découvrit et dit : — Madame la marquise de Courtenay, je vous salue!

XIX

Depuis longtemps le marquis et la marquise de Courtenay avaient quitté la Pologne pour aller habiter l'Italie. C'était se rapprocher de la France, où Casimire avait le plus grand désir de rentrer, la France, seule contrée où elle pouvait faire élever dignement son fils Tristan et sa fille Léonore. Elle se fixa à Florence, la ville des sombres politiques du moyen âge, la patrie de ses aïeux.

L'air de cette résidence donna à ses pensées cette puissance de concentration si recommandée par son père; ses regrets se mêlèrent à ses études, les brunirent, et, si elle resta femme par la beauté, elle augmenta la teinte virile de son intelligence en y imprimant profondément les exemples de tous les grands citoyens de la cité de Médicis. Elle lut leurs ouvrages, qu'elle comprit mieux sous le ciel qui les avait inspirés de sa lumière ardente et de sa chaleur active; elle les médita ensuite à l'ombre des monuments, pleins encore du bruit des révoltes et tachés du sang des trahisons domestiques; elle s'expliqua leur caractère au milieu d'une société dont quelques usages avaient pu changer, mais dont les mœurs hypocritement serviles étaient telles qu'autrefois. Elle apprit comment on parvenait à arrêter la croissance d'un peuple sous des jougs de roses, à endormir son énergie dans des fêtes perpétuelles, à lui retirer la bourse de la ceinture, en l'enivrant avec le vin de Chypre et de Scyros. Ceci lui révéla un des grands moyens de gouverner les hommes.

Elle vit qu'autour d'elle tout se traitait en riant, en

dansant, en chantant, tout, jusqu'au crime, l'assassinat et l'amour, l'empoisonnement et l'intrigue, les plaisirs et la politique. Cette société fut son livre; et, préparée comme elle l'était par son père à cette étrange initiation, elle posséda, après deux années de séjour à Florence, l'Italie entière, son école subtile comme le poison des Borgia, son implacable logique, sa patience vindicative; et, selon qu'il aurait plu à Casimiro de se placer ou au point de vue de la tyrannie, ou au point de vue contraire, elle avait désormais acquis une supériorité d'intelligence dont elle garda le secret.

Elle suivit d'autant plus fatalement cette pente d'étude, au bord de laquelle son père l'avait placée, qu'elle avait besoin de s'étourdir sur sa position; elle ne pouvait s'habituer à la pensée d'être la femme du marquis de Courtenay. Son cœur, gagné par le beau mouvement de celui du commandeur, son cœur, cet ennemi éternel de son esprit, lui avait conseillé ce dévouement, et elle avait spontanément obéi sans calculer les suites de son héroïsme.

Les suites devaient être graves.

La marquise n'avait pas attendu de respirer l'air de l'Italie, où le soleil, agissant sur les corps comme sur les plantes, développe dans les uns aussi bien que dans les autres tout ce qu'ils recèlent de sève et d'éclat, pour découvrir de quel fardeau elle avait écrasé sa vie. Placée entre l'homme qu'elle avait épousé sans le moindre élan de tendresse et l'homme qu'elle aimait au point d'avoir consenti pour lui à ce mariage, elle n'éprouvait pas un mouvement de pitié en faveur de l'un qui ne fût une pensée de regret en faveur de l'autre; et cet autre, comme pour éterniser le combat, elle le voyait debout sans cesse auprès d'elle, triste et découragé comme elle, renouvelant à chaque heure, comme elle, l'effort de son sacrifice, s'épuisant à le maintenir à une hauteur héroïque, sans oser se plaindre, de peur que sa plainte n'éveillât une consolation. Casimire dut chercher alors dans la société sévère des livres une préoccupation à ses déchirements intérieurs. Ainsi les cénobites allaient autrefois chercher au désert l'isolement absolu dont ils avaient besoin pour mieux oublier le monde qu'ils fuyaient, qu'ils regrettaient en fuyant. Ce courage imposé ne la trouvait pas toujours assez forte. Il l'emportait sur la résistance, rompait les cercles de sa volonté, et c'est aux pieds de celui-là même en qui elle espérait rencontrer un appui que, brisée par la violence intérieure de ses sentiments, elle achevait sa défaite. Défaite silencieuse comme ses combats, et dont le commandeur la relevait doucement quand ce n'était pas à son tour à fléchir.

Le commandeur avait voulu cesser d'habiter avec eux l'Italie; il avait demandé à Casimire la triste faveur de ne plus respirer l'air qu'elle respirait dans cette atmosphère de la Toscane, qui rend si pénible le devoir; mais Casimire l'avait retenu en lui disant que, si elle avait eu la force de se marier avec le marquis, elle n'aurait jamais la force de vivre seule avec lui. Il lui fallait, pour son repos, avoir toujours sous les yeux le pilote qui l'avait conduite dans ce dangereux port, près d'elle celui qui l'avait entraînée à consentir à ce mariage; il lui importait de retrouver sans cesse la cause de sa faiblesse pour ne pas la maudire.

Le commandeur avait donc consenti à rester en Italie, à vivre avec son frère et Casimire dans la belle propriété qu'ils habitaient sur l'Arno, à deux lieues de Florence.

Il se résigna au triste spectacle de voir Casimire attachée sans conviction à la vie de son frère, s'efforcer de la soutenir par des soins affectés, et renouveler ainsi, à chaque instant, le mensonge d'une position dont il s'accusait. Il savait que Casimire n'aimait pas le marquis; il savait donc qu'elle jouait une comédie lorsqu'elle souriait modestement à ceux qui, dans le monde, la félicitaient d'être la bonne et docile compagne de son frère. Avait-il le droit de s'en prendre à d'autres qu'à lui-même de cette hypocrisie conjugale? Il l'avait faite, il l'avait arrachée à l'excès de tendresse que Casimire lui vouait. En sorte qu'il ne savait, le malheureux, s'il devait admirer Casimire ou la condamner. Cette vie de contrainte était un supplice à leur âge: Casimire atteignait à peine sa dix-septième année, le commandeur n'avait pas encore vingt et un ans. Et ils étaient en Italie! Ils n'avaient qu'eux pour guides, pour conseil, pour obstacle, car ce n'était pas le marquis de Courtenay qui pouvait, par les ombrages d'une jalousie dont ils auraient béni les soupçons, les tenir l'un envers l'autre dans un état de salutaire défiance. Si l'excès de douleur dans ce corps affaibli avait un jour éveillé la pensée du suicide, l'excès d'une joie inattendue avait, pour ainsi dire, dérangé chaque pierre de son architecture intellectuelle ébranlée. En proie à l'égarement tandis qu'il était aux prises avec le mal, il était tombé après une secousse aussi violente, mais en sens contraire, dans une effrayante aberration d'esprit. Le bonheur l'avait heurté, poussé hors de la voie déjà si étroite d'une raison effacée par l'excès des plaisirs.

Ces symptômes de folie observés chez lui par son frère le commandeur, et qui avaient déterminé celui-ci au plus cruel des renoncements, au lieu de disparaître avec la cause de sa douleur, avaient persisté en changeant de nature. La déviation de son intelligence était notoire si elle n'offrait pas la gravité de la folie. Le marquis changeait de manie selon les saisons, et souvent sans motif appréciable. C'étaient des bizarreries inouïes, rêves d'un cerveau dérangé, mais tranquille; funeste tranquillité qui ne laissait pas prévoir de guérison. Tel jour, le marquis s'imaginait être oiseau, et il prétendait avoir des ailes d'hirondelle; il gazouillait, becquetait; il croyait voler de branche en branche. Il demandait si l'on avait eu soin de lui préparer sa cage. Il se perchait sur les tables, sifflait comme un merle, folie qu'il fallait pourtant cacher avec pudeur aux domestiques pour qu'ils ne la fissent pas connaître au dehors. Une autre fois, il cessait d'être oiseau, il devenait plante. Alors, il allait se mettre au soleil, pour mieux fleurir, — disait-il. — Il grondait parce qu'on ne l'arrosait pas ou parce qu'on ne le rentrait pas le soir. Il était tulipe, jasmin. — Cueillez-moi, — disait-il; — il est temps de me placer sur la cheminée; — ou bien: — Je veux aller m'offrir comme bouquet à madame la comtesse de..., qui aime passionnément les belles fleurs. J'irai au bal avec elle ce soir; je ferai bien enrager son tigre florentin, son mari. — La semaine suivante c'était une autre manie.

C'était avec une piété filiale que le commandeur veillait sur l'état de son frère, auquel il n'y avait aucun remède réel à apporter. Le bonheur l'avait rendu fou, et il était heureux dans sa folie.

Ce fantôme était cependant une barrière élevée entre Casimire et le commandeur. C'était la seule. Ils s'efforçaient de la rendre même plus redoutable et plus sacrée à mesure que ce fantôme se réduisait de plus en plus, pour eux, à la minceur d'une ombre. La liberté qu'il leur laissait de se voir, liberté aussi absolue que s'il n'eût pas existé, les épouvantait, car elle les exposait davantage. Le devoir, aux prises avec de plus dures exigences, les exaltait; le soin de s'éviter, aux heures dangereuses du soir, quand la lune allume de ses lueurs mélancoliques la campagne et répand ses appels mystérieux sous le ciel, ce soin leur devenait au contraire un prétexte pour se rencontrer. Ils se mouraient d'amour depuis qu'ils ne se parlaient plus d'amour. Ils s'attiraient malgré eux; les allées semblaient se courber et se rapprocher pour qu'ils se retrouvassent au même point dans les bois de pins, le matin, lorsque la campagne se lève et jette loin d'elle ses voiles de rosée. Ils avaient cueilli, par hasard, la même fleur, eu la même pensée en entendant une cloche dans le lointain; la même villageoise les avait salués en passant. C'est ce qu'ils se confiaient en descendant les coteaux boisés de cèdres, voilés d'ombre bleuis de violettes, parfumés de feuilles de menthe. Ils avaient peur de s'asseoir, et pourtant ils s'asseyaient; ils avaient peur de se taire, et pourtant ils se taisaient des quarts d'heure entiers; ils avaient peur d'être trop près l'un de l'autre, et les rubans de la coiffure de Casimire venaient effleurer le front du commandeur; ils avaient peur de tout, et tout les menaçait dans cette retraite. Il n'est pas jusqu'aux deux chers petits enfants de la marquise, Tristan et Eléonore, qui ne fussent d'éternels objets d'inquiétude pour eux. Tristan et Léonore ressemblaient au commandeur, Léonore surtout; aussi Casimire n'osait presque jamais l'embrasser devant lui, si ce n'est lorsqu'elle voulait cacher quelque larme ou quelque rougeur subitement venue.

Leur vie devait être une épreuve constamment renouvelée, dont Dieu seul connaissait le terme et l'issue. Que de fois la loyauté antique du commandeur et la force d'esprit de Casimire, elle qui pressait entre les plis de son beau front, lorsqu'elle méditait, le passé et l'avenir des nations, arrivèrent aux avant-derniers soupirs d'une lutte courageuse!

Vers le milieu de l'automne, et pendant une trêve bien marquée dans les manies du marquis, Casimire exprima un jour le vif désir de consulter un ouvrage de l'historien Guichardin, dont le manuscrit original était à Rome, à la bibliothèque du Vatican. Le marquis engagea beaucoup Casimire à le satisfaire. Rome n'est pas loin de Florence. C'était une absence de quelques jours, un voyage charmant à entreprendre dans la saison où l'on était. Ne pouvant accompagner sa femme, le marquis de Courtenay pria son frère de le remplacer. Le commandeur ne connaissait pas Rome; l'occasion venait à merveille.

Le marquis combattit un à un tous les refus de son frère; il insista, il pria, il n'admit aucune raison, aucun prétexte de sa part pour ne pas céder. Enfin il décida le commandeur.

Casimire resta neutre dans cette négociation. Mais, quand le marquis ne fut plus présent, le commandeur répéta ses scrupules à Casimire. Ne voulant pas cependant, aux yeux d'une femme qui les comprenait si peu, se croire trop dangereux, il se borna à lui demander timidement si elle était décidée à braver l'opinion des gens disposés à ne pas accepter ce voyage sans interprétations? N'exposaient-ils pas l'un et l'autre le marquis à jouer un rôle fâcheux dans les commentaires de la calomnie?

Casimire, n'acceptant la contradiction que sur le terrain factice où le commandeur l'avait placé, soutint qu'il n'appartenait pas à la société italienne, la plus relâchée du monde, de blâmer le voyage d'une belle-sœur et d'un beau-frère. Ceci répondait victorieusement au commandeur au sujet des propos qu'il craignait de la part des personnes qui le connaissaient. Pour rassurer les étrangers, ils se feraient passer chez eux pour le mari et la femme. Ainsi, au dedans comme au dehors, plus d'aliment à la médisance. Au surplus, elle ne pouvait accomplir le voyage de Rome sans être accompagnée, et ce voyage était indispensable. Le voyage à Rome fut donc convenu.

Quelques jours après, ils partirent; ils quittèrent le marquis de Courtenay, qu'ils laissèrent dans une des situations d'esprit les plus lucides où il eût été jusqu'alors.

Ils jouirent d'un temps admirable; en sortant de la zone, belle, mais restreinte, de leur villa sur l'Arno, ils secouèrent des pensées qui avaient pesé trop longtemps sur leur front. Le voyage fut tout à la science, à la nature, à l'histoire, à l'érudition. Un air différent leur fit des idées nouvelles, et, comme conseillés par un instinct pudique, ils évitèrent de s'abandonner au silence, ce dangereux tiers dans certains tête-à-tête. Enfin, ils arrivèrent à Rome.

Pendant les huit jours qu'ils y passèrent, ils furent trop occupés de recherches bibliographiques pour se laisser envahir par la langoureuse mélancolie qui s'élève du fond de cette ville morte et fait replier avec tendresse l'âme sur elle-même, comme il arrive quand on se promène sous les cyprès d'un cimetière. Les morts font aimer. Dès que le travail de Casimire fut fini, ils remontèrent aussitôt en voiture; le front de leurs chevaux se tourna du côté de Florence, ville que l'exil leur avait rendue aussi chère qu'une seconde patrie.

Le premier jour et la première nuit se passèrent assez heureusement.

Mais, vers la fin de la seconde journée, tandis qu'ils gravissaient le revers d'une colline en broyant une route fort mal entretenue, l'un des deux chevaux s'abattit, et, dans sa chute, causée par une ornière échappée à la perspicacité de leur cocher romain, qui ne conduisait pas avec la supériorité de Néron, il se cassa la jambe. Un cheval qui se casse la jambe rend inutile non-seulement le cheval tout entier, mais encore le cheval attaché avec lui au même timon, et, par conséquent, annule l'équipage, dont toute l'existence réside ainsi dans une jambe de cheval.

Casimire et le commandeur, forcés de descendre, préférèrent se rendre à pied tous les deux à un village dont ils voyaient briller les lumières à quelques cinq cents pas, à l'entrée d'un bois, que d'y envoyer leur cocher demander un secours qui n'arriverait que le lendemain.

Le cocher garda donc la voiture, et le commandeur et Casimire gagnèrent le bois à la marge duquel ils supposaient qu'était le village aperçu de loin.

La nuit ne descend pas dans les climats chauds, elle tombe; elle n'a pas plutôt atteint le zénith, où viennent expirer les dernières lames d'or du soleil couchant, qu'elle plane déjà sur la cime des arbres, jetant de tous côtés son crêpe sombre, vaste tente déployée. Casimire et son compagnon faillirent s'égarer avant d'arriver à l'endroit qu'ils ne découvraient plus maintenant qu'à travers le fouillis d'arbres brunis par la nuit.

Le village, qui, de loin, leur avait paru à l'entrée du bois, en occupait le centre. Après plusieurs fausses marches, ils arrivèrent cependant à la ferme isolée, prise par eux, à distance, pour un village. Tout y était en mouvement. Des villageois soupaient sous une treille et chantaient au son d'un violon et d'une cornemuse. Ils fêtaient une noce; les nouveaux mariés occupaient la place d'honneur sous un dais de satin rose, soutenu par les jets vigoureux de l'antique vigne, autre dais de verdure qui couvrait toute l'assemblée. La mariée, brune et naïve comme l'églogue latine, était assurément la fille du maître de la ferme, le seigneur rustique de tous les vasseaux assis à sa table.

La présence des étrangers les étonna à cette heure. L'archet resta suspendu à la main de l'Apollon champêtre, et le vent de la cornemuse détendue se prolongea longtemps comme un soupir.

En quelques mots le commandeur apprit au père de la mariée l'accident qui les amenait, lui et sa femme, titre, on s'en souvient, qu'avait voulu prendre Casimire. Pendant qu'il parlait, les curieuses vilanelles avaient entouré Casimire, et lui offraient, dans des feuilles de figuier à larges côtes, les fruits du dessert, et, sur une soucoupe de faïence, le muscatello. Des valets de ferme reçurent aussitôt l'ordre d'aller dégager la voiture des voyageurs, et ceux-ci furent priés de prendre part aux plaisirs de la noce. Ils ne pouvaient guère espérer d'ailleurs quitter la ferme avant le lendemain matin, la poste aux chevaux étant bien loin de la forêt. Ils se résignèrent joyeusement.

Le commandeur passa du côté de la table où étaient les hommes, Casimire du côté où étaient assises les jeunes villageoises, et le repas ne fut plus troublé sous ce dôme d'étoiles aperçu à travers un réseau de ceps de vigne.

Assise à cette table dressée au milieu d'un bois, comme dans les contes de fées, mêlée à cette joie plus mouvante que les feuilles du peuplier, à cette société heureuse et gaie sans autre cause de joie qu'un mariage, quand on se marie tant sur la terre, Casimire se sentit changée; elle fut comme métamorphosée dans ce pays des vieilles métamorphoses païennes. Au milieu de la nuit, entre deux danses animées, elle détacha son collier d'or et l'attacha au cou de la jolie mariée. Cette générosité inouïe, ce magnifique présent exalta toutes ces têtes italiennes déjà si échauffées par l'ivresse du bal.

On couronna Casimire de deux rameaux de myrte, et les poëtes de la vallée improvisèrent, dans la sérénité de la nuit, des vers sur sa beauté, sur sa jeunesse, sur la gloire de son mari. Enfin elle partagea les honneurs de la fille de la maison, de la mariée. Celle-ci était avide de prouver sa reconnaissance; elle s'inquiétait de payer à sa manière une partie du riche cadeau qu'elle avait reçu de Casimire. Elle dit quelques mots à l'oreille de ses amies; son mari les confia avec le même mystère aux parents de son beau-père, et un projet fut arrêté entre eux.

A deux heures après minuit, quand la nuit se faisait plus fraîche, et que les enfants s'endormaient, les mains pleines de gâteaux et de fruits, sur les genoux de leur mère, les invités et les invitées prirent les flambeaux de la table, et dirent au commandeur et à Casimire qu'ils allaient avoir l'honneur de les conduire à la chambre qui leur était destinée

Le commandeur comprit alors, mais trop tard, la faute qu'il avait faite en s'annonçant, lui et Casimire, chez ces bonnes gens, comme le mari et la femme. Mais Casimire l'avait voulu. Il n'était plus temps de revenir sur cette faute. Que d'explications! pourquoi avoir menti? La haie d'ailleurs était formée; le cortége d'honneur les attendait.

Ils marchèrent donc au milieu de la foule qui les accompagna jusqu'à la porte de la ferme. Là, le jeune marié leur dit, d'un accent pénétré de gratitude, qu'il n'avait pas trouvé de meilleur moyen de montrer combien il était sensible à la visite d'hôtes aussi nobles, aussi bons, aussi distingués, que de leur céder la chambre nuptiale. Ils ne devaient pas s'inquiéter de ce dérangement; il conduirait sa femme chez lui, à la ferme de son père, qui n'était qu'à une demi-lieue de là. Après un combat de générosité, où, comme cela ne pouvait manquer d'arriver, le commandeur fut vaincu, lui et Casimire furent installés dans la petite chambre des jeunes époux.

Les voilà seuls dans cette chambre. Elle était simple, petite; elle était ornée de meubles ingénus, jeunes et frais comme ceux qui les avaient choisis pour vieillir avec eux. Les rideaux étaient blancs, étoilés de grosses fleurs bleues; à terre s'étendait une natte dont les lattes de jonc lustré s'unissaient entre elles avec un gros fil de couleur. Tout respirait la simplicité naturelle, le bonheur venu sans effort, l'amour, et l'amour à vingt ans. Les menus objets de toilette de la mariée, empreints de la grâce de ses doigts qui les avaient touchés, étaient épars, depuis le retour de la messe, sur la commode d'érable : de longues épingles dorées, une ceinture, des nœuds de rubans, des fleurs détachées du gros bouquet solennel.

Comme pour agrandir l'étroit espace dans lequel elle souffrait secrètement d'être renfermée, Casimire, mal à l'aise, ouvrit la croisée; la croisée plongeait sur la treille où l'on avait soupé. Quelques lampes achevaient de brûler dans cet air trop faible pour agiter leur flamme, qu'entourait une auréole phosphorique de moucherons. Quelle douce nuit!

Les amères exhalaisons des bois arrivaient par bouffées et sans vent.

Les étoiles, ces étoiles vues par Virgile, à cet endroit même peut-être, aiguisaient leurs facettes blanches, pourpres et vertes, émeraudes de Dieu, à travers la vapeur lactée répandue sur cet espace moitié forêt, moitié campagne, moitié couvert d'orangers, moitié boisé de pins. Dans le lointain, on entendait s'élever, tomber, s'élever encore les chants d'hyménée qui accompagnaient les nouveaux mariés à leur demeure.

Le cœur de Casimire battait; son âme jeune répondait à ces voix, et, quand elles cessaient, elle rêvait avec ce rêve de la nature entière, se taisait avec son silence, aimant avec cet immense amour répandu sous le ciel. Elle était sans force, sans volonté pour le repousser.

Elle avait peur, elle ne pouvait fuir.

En se tournant pour chercher un appui, un siége où se reposer, elle vit le commandeur debout près d'elle qui la regardait. Ils étaient distraits tous deux; ils étaient en peine tous deux. Ils souffraient de bonheur; ils s'aimaient. Oh! comme ils s'aimaient! Jamais ils ne s'étaient tant aimés.

Les chants du cortége de la mariée diminuaient dans l'éloignement, ils s'éteignaient; il n'y avait plus qu'eux avec eux. Eux seuls! le commandeur et elle!

Que pouvaient-ils l'un et l'autre contre cette agression de la nature entière? contre eux-mêmes, envahis par cette voluptueuse somnolence que procure le vin trompeur de l'Italie, clair comme l'eau, ardent comme du feu? La main du commandeur chercha et trouva celle de Casimire qui allait y tomber; elle la lui abandonna.

Le commandeur attira ensuite doucement Casimire vers lui, et elle s'appuya sur sa poitrine, comme si elle eût été endormie. Ils se parlèrent longtemps près des lèvres; ils balbutièrent de ces mots qui ne sont ni une prière ni un refus, langage obscur et murmuré dont les mots ne s'écrivent pas, mais se respirent.

Dans l'un de ces mouvements dont nul homme ne peut plus ensuite se rendre compte, le commandeur souleva Casimire dans ses bras; était-elle morte, était-elle vivante? Il ne savait plus lui-même s'il était sur la terre.

La tête de Casimire toucha l'oreiller brodé de la jeune mariée; un cri lamentable d'amour et de désespoir sortit de la poitrine du commandeur. Mais aussitôt il tira son épée, cette épée passée de brave en brave jusqu'à lui, qu'il avait immortalisée au siége de Belgrade, et il la posa auprès de Casimire.

« Maintenant, dit-il, vous pouvez dormir sans crainte,
» madame la marquise de Courtenay, la femme de mon
» frère. »

XX

A la pointe du jour, avant que leur hôte fût levé, ils montèrent en voiture et reprirent la route de Florence.

Ils s'efforçaient tous deux de porter la conversation sur des choses sérieuses, tandis qu'ils se rapprochaient de leur demeure, où il leur tardait maintenant d'arriver.

Casimire se plaignait au commandeur de la triste position que lui faisait l'exil. Elle ne pouvait se rendre à Paris; cependant à Paris seulement elle trouverait des médecins assez habiles pour traiter la maladie de son mari. Quel avenir était promis à ses enfants, qu'elle était privée par l'exil de faire élever dans des établissements spécialement consacrés à l'éducation des enfants nobles? N'avait-elle pas droit aussi à réclamer la dot de sa mère, injustement comprise dans la confiscation des biens de son père, le comte de Canilly? Ce n'est pas qu'elle n'eût déjà chargé à Paris des personnes influentes de réclamer en sa faveur auprès des ministres; mais ces personnes n'avaient pas beaucoup osé s'avancer, de peur de déplaire à la cour, composée à peu près comme au temps du régent, et de peur aussi de déplaire au roi, au roi surtout, dont on n'avait pas lieu de supposer l'opinion, tout à fait indulgente aux exilés. Chacun pour soi, Casimire le savait; c'est la première lettre de l'alphabet politique.

L'opinion du commandeur était, au contraire, et il l'exprimait sans détour, que Casimire avait tort de se nourrir du faux espoir de voir finir si tôt son exil. L'action de son père avait laissé de longs ressentiments à la cour. Quant à lui, il n'avait pas attendu jusqu'à ce moment pour s'en convaincre. Pouvait-elle supposer qu'il n'avait pas essayé de tous les moyens d'obtenir son rappel? Eh bien! ce rappel était impossible avant des années. Dans son malheur, ajouta-t-il, n'était-elle pas heureuse de la résidence calme dont elle jouissait sous un beau ciel, entre ses deux enfants, près d'un ami qui s'était fait de l'exil un bonheur, puisqu'il le partageait avec elle?

Quand Casimire devenait sérieuse, elle était de marbre, de granit; aucun raisonnement ne l'entamait. Ce qu'elle désirait pouvait être; c'était aux obstacles à reculer. Son père le lui avait appris, et son père était encore un Dieu devant sa raison.

Voyant l'inutilité de ses avis, repoussés tantôt avec une parole prestigieuse, tantôt avec un sourire de supériorité, le commandeur lui dit que, puisqu'elle était si convaincue de la réussite de ses tentatives, elle devait recourir du moins, pour sortir de la situation où elle souffrait de vivre, non à l'intervention froide de quelques amis de cour, mais envoyer à Paris un ami dévoué, fidèle, infatiguable, difficile à rebuter. De là à se proposer lui-même comme cet ami, la transition était naturelle. Qui mieux que lui accomplirait cette mission?

Répétant alors avec un accent de bonheur qu'il s'agissait de la santé, de la raison de son mari, du sort de ses enfants et de leur avenir, Casimire dit qu'il ne lui était pas permis de refuser une telle proposition. Elle remercia chaudement le commandeur, qui attribua à une satisfaction maternelle une joie qui appartenait entière à un calcul d'ambition. Tout fut arrêté. Casimire remettait le soin de ses intérêts au commandeur. Il fut convenu qu'il se rendrait immédiatement et secrètement à Paris, dès son retour à Florence.

Florence se découpait à l'horizon, les dômes de ses cathédrales se dessinaient en lignes violettes, par instant frappées d'un éclair, reflet de l'or d'une croix ou d'un ange aérien.

Dans l'après-midi leur voiture de voyage s'arrêtait à la grille de leur villa, où les attendait Marine, portant Tristan sur un bras et Léonore sur l'autre. A la réponse de Marine, interrogée par Casimire sur l'état du marquis, celle-ci devina que son mari n'était pas bien. Elle ne se trompait guère.

Livré à lui-même, le marquis était tombé dans une autre manie. Après avoir fait transporter les meubles des pièces inférieures au plus haut étage de la maison, il avait fait boucher et calfeutrer toutes les fenêtres et toutes les portes, excepté une seule, celle qui devait laisser un passage au fleuve dont l'inondation menaçait la maison. Le fleuve, c'était lui. Il s'était changé, disait-il, en fleuve dévastateur. Rien ne pouvait l'arrêter; il coulait sans cesse, assis dans un fauteuil, au milieu du vestibule de la maison. Il riait beaucoup lui-même de la bizarrerie de sa destinée : l'aîné d'une illustre famille métamorphosé en fleuve. Cette variété de folie l'ayant malheureusement atteint pendant l'absence de sa femme et du commandeur, les domestiques n'avaient plus pu douter de l'état mental de leur maître, et leur respect ne s'était pas accru. Marine avait été impuissante pour faire rentrer le fleuve dans son lit. Il était condamné à couler, disait-il, car ce fleuve parlait, jusqu'au retour de sa femme, à moins qu'elle n'eût été changée, elle, en fontaine, ce qui ne lui permettrait plus alors que le faible espoir de se rencontrer avec elle dans l'Océan. Casimire n'ayant subi aucune altération notable dans sa nature humaine, elle rendit, par sa présence, sa forme première au marquis. A sa vue, le marquis cessa de se croire fleuve; il quitta son fauteuil pour se faire raconter le voyage de Rome dans ses moindres détails. Les moindres, il les connut, les autres lui échappèrent. Il existait des raisons pour cela. Du reste, il ne donna plus aucun signe de folie aquatique. On descendit les meubles; la circulation fut rétablie dans les appartements.

Sous prétexte de profiter du reste de l'automne pour voir Naples, après avoir vu Rome, le commandeur partit en secret pour Paris, peu de jours après, laissant Casimire agitée de l'espoir de le voir revenir bientôt avec de bonnes nouvelles.

Il était impossible, commença-t-elle à penser dès que le commandeur fut parti, qu'il ne réussît pas. Il portait un nom hautement estimé à la cour, relevé encore par son trait de courage au siége de Belgrade, et si la cause dont il s'était fait le défenseur était délicate, dangereuse à remuer, la cour ayant voulu fermer les yeux sur beaucoup de dévouements nouveaux plus ou moins entachés de participation à la conjuration de Cellamare, cette cause était juste, noble et belle au fond. Casimire devait-elle souffrir toute sa vie du crime de son père, ses enfants surtout, son mari, l'homme le moins politique de la terre? Cet exil, d'ailleurs, commençait à lui peser comme une injustice et à l'oppresser comme un obstacle. La semence d'idées répandue dans sa tête par son père, les études sévères dont elle n'était jamais sortie et auxquelles elle avait si souvent demandé une diversion contre ses peines et ses pensées domestiques, sa position tout historique, l'avenir de son fils à conquérir, à l'aide d'une prudente habileté, ses goûts, enfin, lui assignaient la France, lui montraient Paris et Versailles comme le seul théâtre où elle devait paraître à tout prix.

Une fois dégagée des entraves de l'exil, une fois à la cour, elle respirerait, elle se déploierait à l'aise. Elle sentait sa force, sa puissance, tout ce qu'elle valait quand elle se comparait non-seulement à ces femmes perdues de galanterie, ruinant dans la débauche les plus beaux noms de la noblesse, usant leur crédit à se disputer des amants vils comme elles, leur esprit à se déshonorer, la fortune de leurs aïeux à acheter des comédiens, mais encore à ces hommes qui n'étaient plus rien, ni braves, ni religieux, ni galants, incapables de tenir ni une épée, ni une plume; elle se roidissait, songeait à son père, s'inspirait de son souvenir, méprisait de ses lèvres dédaigneuses ceux qui n'avaient pas osé le suivre à l'échafaud ou l'en arracher, et, les mains pleines de colère, elle les fermait avec indignation, ces mains qu'elle rouvrirait quand les liens de l'exil seraient tombés. On verrait alors ce qui s'en échapperait! Mais Paris! Paris! la France! la France! s'écriait-elle en s'élançant sur un cheval qui l'emportait sous les désertes allées de son parc, le long de l'Arno, ce fleuve taciturne comme les vieux Gibelins qui venaient autrefois y confier le secret de leurs grandes âmes désolées.

Mais où est le commandeur, à présent? murmurait ce grand orage quand il avait fini de gronder.

On remit un jour à Casimire une lettre qui venait de Paris. Elle l'ouvre et lit :

« Prisonnier du roi, à la Bastille, pour la vie.

» Commandeur de COURTENAY. »

La tête de Casimire tomba sur sa poitrine. Le soir, elle n'avait pas changé d'attitude. Pas de cri, pas de pleurs; une douleur sèche, celle qui tue. Elle était cause que le commandeur passerait toute sa vie dans les cachots de la Bastille, cette terrible prison d'État dont les princes du sang eux-mêmes ne parlaient jamais sans frémir.

Étonnée de ne pas la voir descendre au salon ce jour-là, Marine alla dans sa chambre, et, la secouant par le bras :

— Que fais-tu? — lui dit-elle.

— Tiens, — lui dit Casimire, — lis!

— Je ne sais pas lire, — lui répondit Marine. Alors Casimire, à mots brisés, lui raconta le voyage secret du commandeur et son arrestation. Marine leva au ciel des regards qui voulaient dire : — Malheureuse qu'a-t-elle fait? — Auras-tu soin de mes deux enfants? — dit-elle aussitôt à Casimire?

— Mon Dieu! tu fais toujours des histoires.

— En auras-tu soin?

— Que veux-tu dire?

— Donne-moi cent louis d'or, petite, si tu les as.

Casimire courut à son secrétaire.

— Voilà deux rouleaux de cinquante louis. Mais...

— Adieu! ma chérie, — lui dit Marine en l'étouffant de ses caresses, tout humide de grosses larmes, — adieu!

— Où vas-tu? mais où vas-tu, Marine?

— Je pars et je pars, tout de suite pour Paris.

— Pour Paris! Qu'espères-tu?

— J'espère, — répondit avec une naïveté inspirée la bonne Marine. — Encore une fois, adieu. Aie soin de nos chers enfants, et fais-leur dire tous les jours une petite prière à Sainte-Geneviève de Nanterre, entends-tu? mais ne l'oublie pas; je vais te la dire : « Notre-Dame » de Nanterre, qui êtes au ciel, nous vous prions de faire » que la pauvre Marine arrive à Paris à bon port et re» vienne en bonne santé pour faire plaisir à maman et » ramène notre oncle le commandeur. Ainsi soit-il. Au » nom du père, etc. » — Adieu, ma fauvette! — dit encore une fois Marine en imprimant avec sa fraîche bouche et son âme de paysanne un baiser, qui fut presque une morsure, sur la joue étonnée de Casimire.

Elle partit.

— Sans mon orgueil trop écouté, sans mon ambition indomptable, — aurait dû se dire Casimire, — j'aurais peut-être empêché monsieur de Cantily, mon père, de mourir sur l'échafaud; et c'est encore moi qui ai causé la perte de la liberté du commandeur de Courtenay.

Elle se disait seulement, comme tous ceux qui mettent sur le compte de la destinée leurs propres fautes : Porterais-je malheur à tout ce qui m'aime? Elle murmurait cette plainte en se promenant dans les solitaires allées de son parc et en tenant Tristan d'une main, Léonore de l'autre, deux petites créatures qui avaient de la peine à la suivre lorsque la chaleur de ses monologues l'emportait hors d'elle-même. Elle n'avait pas encore remarqué que ses deux plus sûres consolations marchaient à ses côtés sous les traits naïfs et bons de ces deux enfants. Mais Casimire avait à peine dix-neuf ans, et, à cet âge, le sentiment maternel est plutôt une distraction qu'un sentiment. Puis elle avait rarement vu jusqu'ici Tristan et Léonore, qui étaient toujours avec Marine. L'usage voulait que les enfants des grandes maisons ne parussent devant leurs parents que lorsqu'ils étaient capables, non de leur rendre leurs amitiés, mais leurs politesses. Toutes leurs charmantes privautés étaient bannies des salons par l'étiquette. Après avoir été la poupée des nourrices, ils devenaient la victime des gouvernantes, et des gouvernantes ils passaient aux mains des gouverneurs.

Un jour pourtant que Casimire, désolée de ne pas avoir encore reçu des nouvelles de Marine et qu'elle pensait, elle y pensait sans cesse, au triste sort du commandeur enfermé à cause d'elle à la Bastille, le commandeur, le seul homme sur l'appui duquel elle avait compté, le seul homme qui eût son amour; un jour qu'elle se laissait aller au plus sombre découragement, Tristan et Léonore, qui jouaient près de là sur le gazon, se prenant par la main, ces deux anges vinrent devant elle, et, se mettant à genoux à ses pieds, lui dirent :

— Petite maman, nous vous demandons bien pardon de vous avoir fait de la peine. Pardonnez-nous.

— Vous m'avez fait de la peine, vous! — s'écria-t-elle en les prenant tous les deux dans ses bras, en les élevant jusqu'à ses lèvres.

— Puisque vous pleurez toujours quand nous sommes avec vous, il faut bien que cela soit, — répondirent les deux enfants.

Touchantes créatures, qui n'imaginaient pas que leur mère dût avoir d'autre félicité et d'autre affliction sur la terre que celles qu'ils pouvaient lui causer.

Un bien doux sourire brilla dans les yeux de Casimire, et ce jour ne fut pas le moins heureux parmi les rares jours heureux de son exil.

Pour la première fois de sa vie, elle soupçonna qu'il est pour le cœur des femmes des joies incommensurables placées si près d'elles qu'elles n'ont qu'à ouvrir les bras pour les posséder, et que, si elles ne les saisissent pas, c'est qu'elles les cherchent trop loin d'elles, où ces joies ne sont jamais. Mais, semblable à tous les plaisirs qui viennent quand le cœur s'est créé des goûts de convention, des passions factices, celui dont Casimire fut émue tint beaucoup plus de la surprise que du bonheur, large en surface, faible en profondeur. Il l'inquiéta, éveilla des doutes sur l'opinion qu'elle s'était formée du bonheur; il fut enfin une lumière, et non une révélation complète. La femme se montra, mais la mère s'était bien fait attendre. Pouvait-on dire qu'elle était venue?

Marine était arrivée à Paris. Elle ne s'amusa pas à voir de combien de réverbères Paris s'était enrichi depuis son absence; elle alla droit aux Tuileries. A la porte du château un cent-suisse l'arrêta. On n'allait pas plus loin.

— Quel est ton capitaine? — demanda Marine au soldat en faction. — Voyons si je connais ce coquelicot-là.

— Mon capitaine, ma belle, n'est pas un coquelicot; c'est monsieur de Varden, pour te servir.

— Je crois certes bien qu'il me servira, — s'écria Marine; — ah! c'est le petit Varden! je l'ai connu sous-lieutenant; va lui dire que Marine veut passer. Mais va donc! ours de Berne. — Le cent-suisse souriait et ne bougeait pas plus que le Mont-Blanc. Le plus souvent, semblait dire son regard martial et bête, que monsieur de Varden se dérange d'un fil pour toi. — Voilà trois petits écus blancs pour boire à ma santé. — lui dit Marine.

L'œil du cent-suisse devint rond et clair comme les petits écus qui battirent la chamade dans le creux de sa main. Il ferma sa main, fit un demi-tour sur lui-même, et alla trouver son capitaine.

Deux minutes après, on entendit une voix qui disait, du fond du vestibule :

— Mais viens donc! madame la nourrice, viens donc! Laissez passer, vous autres. — Et un bel officier suisse, au teint enluminé comme le drap de son habit rouge prenait Marine sous le bras et lui faisait monter le grand escalier des Tuileries avec autant d'attention et de prévenances qu'il pouvait en montrer au milieu de ses témoignages bruyants d'amitié. Mais à la porte de la salle des maréchaux, nouvel obstacle. Le capitaine de Varden eut beau dire à l'officier de service : — J'accompagne madame, laissez entrer, — l'officier refusa poliment.

La mise de la dame, mise fort peu de cour, ne le rassurait pas du tout.

— Monsieur de Varden s'amuse, — pensa-t-il.

— Ah! tu refuses, — dit Marine, — alors je passe.

— Maréchal! — cria-t-elle en même temps à monsieur de Tavannes, qui traversait en ce moment, — maréchal! dis donc à ce jeune homme-là qui je suis.

Le maréchal chercha pendant quelques secondes à reconnaître les traits de celle qui lui parlait ainsi, et puis, allant tout à coup vers Marine en lui tendant les deux mains, il dit à l'officier de service :

— Madame a ses entrées à toute heure ici. — Marine fit un hochement de tête au maréchal de Tavannes, et comme si elle ne fût jamais sortie du château, elle se dirigea avec lui vers les appartements du roi.

Il n'est pas un valet de chambre dont elle ne fût connue. C'étaient de leur part des saluts jusqu'à terre et des félicitations à chaque pas. Où avait-elle été, d'où venait-elle? et mille questions. Au dernier salon, le capitaine des pages lui dit :

— Personne n'entre chez le roi à cette heure, excepté

les princes du sang, le médecin et le confesseur de Sa Majesté.

— Mon beau page,—lui répondit Marine,—si je ne suis pas princesse du sang, je suis princesse du lait. Fais-moi place; je vais porter de tes nouvelles à Sa Majesté; entends-tu? — Le maréchal de Tavannes riait aux larmes de ce mépris de Marine pour le cérémonial, et de la figure étonnée du jeune capitaine des pages, qui n'osait plus s'opposer à l'introduction de Marine en voyant le maréchal spectateur si heureux de cette violation. Elle souleva la portière, et entra dans la chambre à coucher du roi. En ce moment le prince de Conti, en sa qualité de prince du sang, tendait respectueusement la chemise du roi. — Ah! j'arrive à propos; — s'écria Marine en prenant la chemise des mains du prince; — je vais voir s'ils ont eu soin de ta personne, s'ils ne t'ont laissé manquer de rien.

Le roi ne revint de sa surprise et presque de son effroi que dans les bras de Marine.

— Nourrice! c'est ma nourrice! c'est Marine! — dit le jeune roi en s'enveloppant dans sa robe de chambre et en s'asseyant sur les genoux de Marine, qui s'était assise dans le fauteuil du roi.

— Qu'il est gentil! — s'écria Marine; — qu'il est beau! qu'il est blanc! mon bon roi!

Le prince de Conti s'était retiré quelques pas en arrière, afin de ne pas gêner cette effusion de tendresse entre le roi et sa nourrice, pour laquelle on connaissait son attachement.

— Après la messe nous nous reverrons, — dit ensuite le roi.

— C'est avant la messe qu'il faut que te parle, — lui dit Marine.

— Tu as donc quelque chose de pressé à me dire?

— Oui, mon roi.

— Quelque chose à me demander?

— Oui, mon roi.

— Parle, c'est accordé.

— Madame la marquise de Courtenay, dont j'ai été la nourrice, veut rentrer en France.

— Nous verrons.

— Pas de nous verrons, mon roi; elle est si belle, si bonne, si intéressante!

— Allons!

— Ce n'est pas tout.

— Quoi encore?

— Tous ses biens lui seront rendus.

— Cela va sans dire, — répondit le roi.

— Tu lui rendras aussi ses titres?

— Oui, oui, oui. Mais la messe! monsieur l'archevêque m'attend; nous reprendrons après déjeuner.

— Je n'ai plus qu'un mot.

— Voyons ce mot, ma belle nourrice.

— Monsieur le commandeur de Courtenay, qui est enfermé à la Bastille...

— A la Bastille! — dit le roi; — je n'en savais rien.

— Tu vas le faire sortir, n'est-ce pas?

— Je saurai d'abord pourquoi on l'y a mis.

— Oh! je vais te le dire. Je suppose...

— Ah! grand Dieu! j'aime mieux le faire sortir tout de suite, — interrompit le roi, — que de te laisser raconter pourquoi il y est enfermé; je n'entendrais jamais la messe. Et maintenant dis-moi ce que tu veux pour toi? — dit le roi, entièrement habillé et prêt à passer dans la chapelle du château.

— Ce que je veux? que tu m'embrasses, mon roi.

Et le jeune roi pencha son gracieux visage sur le cou de Marine.

L'exil de la marquise de Courtenay avait cessé, et le commandeur était libre.

XXI

La plume n'a aucun effort à tenter pour peindre la foudroyante rapidité que mit la marquise de Courtenay à se rendre à Paris dès qu'elle eut reçu la nouvelle inouïe, miraculeuse, de son rappel.

Elle partit, elle arriva.

Madame de Courtenay rentra dans son hôtel comme si elle n'en était jamais sortie, semblable aux rois qui reprennent possession de leur palais après des années d'exil, à la suite d'une restauration. Il n'y a pas eu, dirait-on ou affectent-ils de croire, de lacune dans leur règne. Ils effacent d'un trait les mauvais jours, les jours d'absence.

Jaloux de montrer au jeune roi Louis XV combien ils approuvaient tout ce qu'il faisait, même le bien, les courtisans et les courtisans des courtisans se portèrent en foule chez la marquise réhabilitée; ils rivalisèrent d'empressement à venir lui dire qu'ils ne l'avaient pas oubliée, qu'ils avaient toujours travaillé en secret de tout leur zèle à hâter son retour. Chacun d'eux se fit gloire auprès d'elle et dans le monde de son rappel en France. Pressentaient-ils l'action extraordinaire qu'elle allait avoir sur les affaires de l'Etat, au moment où les jolies femmes devaient obtenir une si grande influence sur les hommes d'esprit, et les hommes d'esprit qualifiés généralement de philosophes, s'en créer une non moins puissante sur la société? Réunissant en elle tout ce que celles-là avaient de science et d'observation, était-elle destinée, elle déjà si considérée à cause de son nom, à être l'anneau qui joindrait ces deux souverainetés de l'époque? Des signes certains semblaient raffermir ces flatteuses prévisions. Les qualités d'énergie et de pénétration qu'elle avait acquises au fond de l'exil, par son père et par elle-même, et dont elle ne croyait jamais faire usage que pour l'éducation de ses enfants, furent connues, publiées partout, vantées, exagérés même; car le bonheur, ce dispensateur stupide, ce grand seigneur idiot qui jette l'or par les croisées, ne fait rien à demi.

Il prit la marquise sous sa protection et lui accorda plus qu'elle ne demandait en crédit, en puissance, en renommée. Le plus fervent, le plus remarquable parmi ceux de la cour qui accoururent adorer la fortune sous ses traits, ce fut le duc de Bourbon, devenu premier ministre à la mort du régent. Trop rude pour s'attirer par lui-même tous les dévouements, tous les mérites dont il avait besoin afin d'augmenter et de maintenir son autorité à côté de celle de l'abbé Fleury, pareillement ministre comme lui, et de plus son rival, le duc de Bourbon résolut très-politiquement, de prendre les salons de la marquise de Courtenay pour le théâtre de ses combinaisons politiques, et de connaître par là, sans peine et sans affectation, les hommes sur lesquels il pouvait compter, distinguer ses amis et ses ennemis, voir tout enfin, derrière le rideau.

Ce rôle donna à la marquise un puissant relief. Les femmes n'avaient pas encore habitué le monde à les voir prendre une part quelconque aux spéculations politiques. Elle se fit en peu de temps une renommée qui la mit tout à fait hors du cercle tracé avec des feuilles de rose autour des autres femmes. Elle offrit un véritable phénomène. C'était déjà une exception fort notable que les hommes, même de naissance, rompissent avec des traditions d'oisiveté, sacrifiassent leur opulente et chère paresse à l'étude des affaires publiques.

On sut bientôt que les splendides salons de la marquise de Courtenay, peu ouverts aux plaisirs frivoles, quoiqu'ils n'y fussent pas entièrement dédaignés, s'emplissaient une fois par semaine d'hommes éminents par leurs lumières ou leur rang dans l'Etat. Les pairs, les membres du parlement, les ambassadeurs, les écrivains sérieux, venaient sans faste discourir chez elle avec une familiarité qu'il ne leur était pas possible d'afficher ailleurs, des intérêts de l'Europe, appelés alors les affaires de cour.

Dans cet asile commun à tous, où une reine, par l'intelligence, imposait la loi d'égalité, s'adoucissaient, grâce à un frottement doux, les anciens préjugés de nationalité et de condition. Ainsi les ours de la magistrature abordaient en baissant la tête, en rentrant les ongles, les loups de la finance, et les généraux ne traitaient pas du haut de leurs bottes à chaudron les philosophes et les écrivains, qui, de leur côté, apprenaient à se présenter comme il faut. Si dignes et si solennels à la cour, les ambassadeurs étrangers quittaient volontiers le ton de la harangue pour causer entre eux et avec tout le monde des mœurs, des lois, des préjugés de leurs nations. Ils se comparaient sans orgueil, ils convenaient de leur infériorité avec un bon sens plein d'esprit.

C'était l'Europe réunie, pour la première fois, en soirées; l'univers assis au coin du feu.

Très-souvent on apprenait avant la cour, dans les salons de madame la marquise de Courtenay, les éventualités d'une guerre, les projets d'une alliance, les mariages entre souverains. Il n'y avait pas encore eu d'exemple de ces réunions simples et graves, curieuses comme un spectacle et utiles comme un bon livre. C'était le berceau de la société politique, longtemps après la naissance et le magnifique développement de la société littéraire patronnée tour à tour et de siècle en siècle par Marguerite de Valois, madame de Rambouillet et mademoiselle de Scudéry.

Si la société politique n'attirait pas encore à elle avec la même puissance que la société littéraire, c'est que les jeunes roués craignaient d'y montrer leur charmante ignorance et d'en être, en s'y produisant, pour leurs frais de coquetterie. Ceux d'entre eux qui cédaient à la fantaisie de se faire présenter dans ces salons sentaient bientôt, sans qu'on leur fît l'affront de leur dire, toute la profondeur de leur néant au contact de ces hommes d'action qui les mesuraient rien qu'en se laissant approcher. Qu'était, par exemple, leur fade ramage auprès de cette langue sobre, exacte, irréprochable des diplomates; langue serrant l'idée comme la chair prend l'ongle finement et partout? qu'était leur prétendue connaissance des hommes et des femmes à côté de la science contenue dans la mémoire merveilleuse de ces gens de qualité qui, après avoir été choisis entre les plus adroits et les plus fins, avaient parcouru le monde, constamment ouvert à leur lumineuse curiosité, et qui avaient appris autrefois, d'abord pages de cour, puis ministres, toujours courtisans ou courtisés, à pétrir, à manier les consciences, comme eux, pauvres petits marquis, maniaient leurs gants et jouaient avec la crête de leurs jabots? Hélas! on les dévorait tout vivants, mais avec beaucoup de politesse, lorsqu'ils mettaient le pied dans les salons de la marquise de Courtenay; et tout ce qu'ils pouvaient faire de plus prudent, après les avoir admirés une fois, c'était de se vanter de la faveur d'y avoir été admis.

Une telle maison, dans la société du dix-huitième siècle, plaçait madame de Courtenay à une hauteur incommensurable aux yeux du monde, sans que cette hauteur la mît toutefois hors de la portée de l'envie. Les femmes reconnaissaient sa beauté, mais ils la qualifiaient de beauté pédante; et, dans l'impossibilité d'attaquer sa vertu, ne pouvant à aucun prix y porter atteinte, elles la mettaient volontiers dans les petits assassinats du tête-à-tête sur le compte d'une froideur naturelle dont elles, de leur côté, n'éprouvaient pas l'incommodité.

Madame de Courtenay, on le voit, jouissait d'un grand crédit à la cour de Louis XV. Sa protection était un titre, sa recommandation auprès des ministres valait la certitude d'un emploi.

Heureux celui qui, accouru du fond de sa province, se présentait avec un titre aux bontés de la marquise. Il fallait qu'il fût bien peu possible pour que sa demande fût repoussée.

N'était-ce pas un miracle jusqu'ici qu'une femme si belle, si jeune encore, se fût fait tant d'amis reconnaissants sans que parmi ses amis on lui en prêtât au moins un décoré d'un titre non pas plus beau, mais plus doux? Ce miracle, puisque c'en était un, s'était produit. Il est vrai que la marquise de Courtenay faisant de la politique au berceau et pour ainsi dire sous le pommier du paradis terrestre, avait souvent eu le bonheur de protéger le mérite. Tout le secret de sa justice, disait la jalousie des femmes, était dans l'indifférence de son cœur. La marquise de Courtenay indifférente! Sans doute elle riait des manifestes passionnés qu'elle rencontrait partout où elle posait la main, sur la laque de sa toilette, sous les coussins de ses sophas, dans le pli de ses livres; mais elle en riait parce qu'elle avait un amour sérieux, enraciné dans le cœur, un de ces amours si forts, si grands, si durables, que celle qui l'éprouve paraît indifférente au monde entier, et qu'elle ne sait elle-même comment elle pourrait aimer, tant elle aime. Le commandeur ne l'avait pas quittée depuis neuf ans, depuis son retour à Paris. Il avait assisté à toutes les phases brillantes de sa destinée, sans éprouver d'autre sentiment que l'amère contrariété de la voir sortir de plus en plus de l'obscurité où elle aurait pu être si heureuse après et même avant son exil, pour affronter les tempêtes de la vie publique.

Il craignait des retours affreux, des déchéances après des grandeurs. Sous des formes plus douces, mieux voilées, il reconnaissait l'habileté italienne, la subtilité parfois machiavélique du comte de Canilly, et dans le gant brodé de la fille, il voyait remuer la main sèche du père. Jusqu'ici la marquise avait réussi, mais le succès même effrayait le commandeur. Il savait où le succès conduit quand on ne s'arrête pas avant lui. S'il parlait à la marquise de ses craintes, de ses prévisions, elle lui répondait qu'elle n'agissait ainsi, qu'elle ne sacrifiait les douceurs de la vie privée aux orages de la vie publique que pour ses enfants; elle doublerait leurs biens, elle assurerait à son fils un rang considérable à la cour.

Puis elle avait besoin de cacher le plus possible sous la splendeur de son existence la triste infirmité de son mari; elle combattait le ridicule avec l'éclat. Elle trouvait encore d'autres raisons dont le commandeur se montrait plus ébloui que touché.

Du reste, la marquise l'avait rejeté dans l'ombre à mesure qu'elle s'était avancée sur la pente lumineuse qu'elle gravissait. Après l'avoir arraché à la carrière des armes par une désertion restée inexpliquée aux yeux de ses compagnons, elle n'avait pas osé, fort prudente en cela, l'y faire rentrer de nouveau, avec un grade aussi élevé qu'elle aurait voulu. Elle l'avait annulé, anéanti à son profit, sans lui permettre le reproche ni la plainte. Elle dévorait une à une ses plus belles années en l'usant dans une oisiveté perpétuelle. Elle le tenait là, sous la main, pour avoir sur la terre un petit coin de silence, de tendre rêverie où se retirer quand elle était lasse du monde et du chaos de l'intrigue. Il lui fallait un visage sincère à contempler, après en avoir vu passer devant ses yeux tant de composés, tant de faux, tant d'infâmes; il lui fallait une main ferme à serrer, après avoir touché à tant de mains corrompues et perfides; il lui fallait un cœur plein d'amour et de désintéressement après avoir avoir communiqué à des cœurs gâtés par l'envie, enflés par l'ambition; enfin il fallait qu'elle retrouvât quelque part le ciel absent de ses croyances, car le siècle était peu aux croyances alors, après avoir longtemps marché sur le sol brûlant de la politique, enfer d'orgueil et de mensonge.

Cette destinée inactive et muette qu'elle avait faite au commandeur prêtait à celui-ci un caractère dont le monde ne se rendait pas bien compte. Les uns le croyaient misanthrope à l'excès, les autres au-dessous de tout mérite personnel, puisque sa belle-sœur, elle, la trésorière de toutes les faveurs, n'en faisait pas même un mince gouverneur de quelque petite province; les autres voyaient dans le commandeur un philosophe, un sage, prenant en mépris toute l'agitation qui bouillonnait autour de lui.

Le commandeur n'était rien de tout cela; il était enchaîné à la volonté d'une femme supérieure, la pire espèce de servitude qui se puisse imaginer.

Les choses en étaient là; le char de la marquise de Courtenay, attelé aux six chevaux blancs de la prospérité, roulait sans obstacles, lorsqu'un jour un jeune homme se présenta à l'hôtel, et demanda, avec beaucoup d'instances, à parler à madame la marquise. Il semblait avoir choisi le moment où elle était seule. Les domestiques l'introduisirent; quoiqu'elle ne l'eût jamais vu, la marquise sentit courir à son aspect le frisson de la mort dans ses veines, elle si supérieure, en toute occasion, à ses émotions. Le jeune homme se posséda parfaitement, quoique la surprise de la marquise ne lui eût pas échappé.

— Madame la marquise,—lui dit-il,—je suis Raoul de Marescreux.

— Raoul de Marescreux! — répéta la marquise en reculant avec son fauteuil, comme si l'ombre de son père l'eût tirée en arrière.

— Je suis Raoul de Marescreux,—dit une seconde fois le jeune homme.

— Le fils de monsieur de Marescreux? celui...

— Lui-même, madame la marquise.

— Que me voulez-vous, monsieur?

— Voici ce que je veux, madame, ce que j'attends de vous; je suis sous-lieutenant dans les dragons du Béarn, je veux être nommé capitaine dans la maison du roi; vous pouvez m'en faire obtenir le brevet, je viens vous le demander.

Le dragon se tut.

La marquise songea à son père, dénoncé par monsieur de Marescreux, condamné à mort, traîné, haché, tué sur un échafaud par cette dénonciation. Ce jeune homme lui parut couvert de sang.

— Que me voulez-vous?—répéta-t-elle, les yeux pleins de vengeance, les narines palpitantes, pâle, le corps rejeté en avant.

— Je vous l'ai dit, madame la marquise, — répéta le jeune homme; — je suis sous-lieutenant, je veux être capitaine. Après le ministre, vous êtes la personne la plus puissante du royaume...

— Monsieur,—interrompit la marquise avec une tranchante ironie dans la voix, — c'est donc moi qui dois récompenser la dénonciation de votre père, le délateur, le bourreau, l'assassin du mien?

— Votre père, madame, aurait fait mourir le mien, j'en ai les preuves, s'il eût réussi; monsieur de Marescreux, mon père, prit les devants, trahir un traître est un devoir et non une trahison, un crime, un assassinat, comme vous dites. Mon père dénonça donc le vôtre, et tous trois, votre père, le mien et mon frère aîné montèrent sur l'échafaud. Voilà le passé. Mais depuis vous êtes rentré en grâce, et moi je suis devenu sous-officier obscur, dans une milice obscure; vous êtes entourée d'honneurs; on vous a rendu vos biens; les miens, à la vérité moins grands que les vôtres, sont sous le poids de la confiscation; vous pouvez me les faire rendre, vous me les ferez rendre. — La marquise se leva à demi... — J'ai bientôt fini, — dit le jeune dragon. — Quand vous m'aurez rendu l'honneur par un brevet de capitaine dans la maison du roi, quand vous m'aurez fait obtenir la restitution de mes biens, il faudra que vous m'assuriez le bonheur en me donnant votre fille Léonore en mariage...

— Ma fille!...

— Vous deviez bien épouser mon frère aîné... J'attendrai qu'elle ait l'âge... — La marquise se leva, quitta le fauteuil, et d'un bond s'accrocha au cordon de la sonnette.—Madame la marquise, — dit Raoul de Marescreux, —je vous éviterai la peine de me faire mettre à la porte par vos gens. Je me retire; mais nous nous reverrons encore une fois.

Raoul de Marescreux salua avec respect, et il se retira avant que les domestiques de la marquise ne fussent venus en effet le jeter à la rue.

La marquise demanda à toute la puissance qu'elle avait dans la main comme la personne la plus influente du royaume après le ministre, ainsi que l'avait dit Raoul de Marescreux, ce qu'elle ferait pour punir ce jeune homme : sa mémoire lui répondit coup pour coup par cette pensée de son père, le comte de Canilly :

« Un homme peut déshonorer un autre homme; une » femme outragée par un homme n'a que la ressource » de le faire tuer ou de l'oublier. »

— Mon père! que faut-il faire? — s'écria-t-elle en regardant le portrait du comte de Canilly.

XXII

Nous l'avons dit, et les événements l'indiquent assez, c'était au commencement du règne de Louis XV, et précisément à une époque où la France n'était en guerre avec aucune nation. On sortait de la régence. Pourtant jamais Paris n'avait tant vu d'officiers de toutes les armes. Par le grand escalier de Versailles montaient et descendaient sans cesse de jeunes gentilshommes chassés de leurs cantonnements par l'ennui, l'oisiveté et surtout par l'ambition. Ils assiégeaient, les mains pleines de lettres de recommandation, les bureaux de la guerre, se disputaient un sourire dans l'antichambre des favoris, et allaient quêter de boudoir en boudoir de belles protectrices. Il y avait plusieurs causes à ce débordement de jeunes solliciteurs. Leurs familles, la plupart ruinées par les longues campagnes de Louis XIV, auxquelles elles avaient contribué de leur sang et de leur fortune, ne pouvaient plus les maintenir à la hauteur des prétentions de la naissance. Elles n'avaient plus de sacrifices à s'imposer pour eux. Les terres étaient engagées, beaucoup même l'étaient au delà de leur valeur. Si la haute noblesse se soutenait encore, la petite noblesse, et c'était la plus nombreuse, était résolûment pauvre. Quoique déjà on s'occupât beaucoup à cette époque d'économie sociale et d'économie politique, on ne savait d'autre moyen, pour soulager le sol du poids de la population, que le stupide moyen de la guerre.

C'était donc dans l'espoir d'une guerre qu'accouraient à Paris tous ces fils de famille, bouillants de jeunesse, disposés à conquérir le monde et ses planètes, si l'occasion leur en était offerte.

Ce déplacement général d'une jeunesse fort brave, mais fort dissipée, ne contribuait pas à sanctifier les mœurs assez décolletées de la facile et brillante société parisienne. En attendant de prendre d'assaut des villes ennemies, elle livrait la guerre aux ménages, faisant contribuer l'honneur des maris, et passant au fil de l'épée la réputation des femmes; on n'avait jamais autant entendu parler d'enlèvements, de séparations, de prises de voile, de duels.

Chaque jour se levait sur une intrigue et se couchait sur un scandale.

Les *Nouvelles à la main*, premier germe du journalisme, et du journalisme décent que vous savez, n'avaient pas assez de place pour enregistrer les faiblesses dévoilées des grandes dames. Malgré la Bastille, les îles Marguerite, Saint-Pierre-Encise, dont les portes s'ouvraient si souvent devant les duellistes, le duel dépeuplait les familles après les avoir déshonorées. Le duel était d'ailleurs au bout de tout; il était le fermoir du cercle de chaque passion. Se disputait-on au jeu? le duel couronnait la dispute. Était-on en rivalité auprès d'une femme? le duel simplifiait la position de la femme que le plus souvent aucun des deux concurrents n'aimait. On se battait pour tout et pour rien. « Je gage que la première goutte d'eau qui tombera mouillera ce pavé; moi je gage qu'elle mouillera celui-ci : celui qui gagnera aura le choix des armes. » Quoi qu'il arrivât, il était sous-entendu qu'on se battrait; mais pour quel motif? pas de motif. Deux jeunes gens en sortant de l'Opéra, deux amis de collége, deux parents peut-être, remarquent qu'il fait un clair de lune magnifique! « Quel dommage de perdre un si beau clair de lune, dit l'un; et de ne tirer aucun parti d'un espace si propice, si bien aplani, dit l'autre. Ma foi, reprend le premier, il n'en sera pas ainsi, » et il tire son épée; le second l'avait déjà tirée. Les deux lames se croisent et les voilà tous les deux s'attaquant, se défendant avec l'impétuosité de deux adversaires qui se poursuivent depuis longtemps de leur haine : ils se précipitent l'un sur l'autre, et tous les deux sont blessés, l'un à mort, et il tombe pour ne plus se relever, l'autre à mort aussi, mais pour respirer encore quelques heures pendant lesquelles il raconta ce que nous venons de raconter. « Que voulez-vous? dit-il en expirant, il faisait un si beau clair de lune! »

Le théâtre de la Comédie-Italienne, qui était alors dans la rue Mauconseil, servait de point de réunion à la tourbe musquée et guerroyante de ces jeunes gens, héritiers directs des fines lames du Pré-aux-Clercs. Ils s'y montraient à leur débotté, et ils y faisaient leurs premières armes sous les yeux des maîtres de camp, duellistes émérites dont les joues portaient l'empreinte du choc de la balle ou du sillon de l'épée. Le nouveau venu était examiné des pieds à la tête et apprécié selon sa mine; cette inspection, toujours impertinente, ne se terminait pas sans un résultat grave. Ou l'intrus était destiné à augmenter quelques jours après la liste des bretteurs, où il ne reparaissait plus; sa disparition était toujours complète. Si la mort, à la suite d'un duel, ne l'enlevait pas, la confusion d'avoir évité une rencontre l'obligeait à quitter Paris au plus vite.

Or, un soir d'hiver que le foyer de la Comédie-Italienne semblait trop étroit pour contenir ses turbulents habitués, venus en grand nombre soit à cause de l'excessive sévérité du temps, soit plutôt à cause de l'attrait d'une première représentation, un jeune homme parut au milieu de leurs groupes, où sa présence causa un étonnement général. Peut-être fût-il passé inaperçu ce soir-là à travers l'affluence plus grande que de coutume, sans la bizarrerie de son costume. Sa tête était couverte d'un berret de velours blanc dont les bords larges comme un bandeau pressaient son front, et si exactement que le fond du berret, très-vaste et d'une forme plate et circulaire, s'abattait sans déranger l'équilibre, et avec une originalité étrange, sur sa joue gauche. Une tige de bruyère, faite avec de la chenille de soie, montait au bord du berret, et paraissait naturelle, tant elle était piquée adroitement dans le velours. Le buste du jeune étranger était serré dans une tunique en drap rouge parcourue sur toutes les coutures d'un galon moitié or et moitié soie. L'or était pâle et la soie était d'une nuance grise, en sorte que ce cordon affectait aux lumières les ondulations d'une couleuvre. Au lieu de bottes ou de bas, il portait des guêtres noires collantes et s'attachant à sa jambe à l'aide de plusieurs boucles de jais. Le cuir des guêtres était si doux qu'il moulait la jambe avec l'élasticité d'un bas de soie. Entre le bord de la tunique et l'extrémité des guêtres, qui rabattaient un peu sur les genoux, on apercevait la culotte en drap jaune clair de l'étranger. Un tel costume pouvait étonner à la première vue, mais il aurait fallu être disgracieux comme le duc de Roquelaure pour qu'il ne fût pas porté avec quelque avantage.

Le nouveau venu était un fort beau jeune homme de vingt-huit ans, rose et solide comme un montagnard qu'il était, ayant la taille haute, et se tenant bien sur ses jarrets de fer. Il était brun par ses cheveux noirs tombant sur ses joues, blond par la fraîcheur un peu exagérée de son teint et la douceur de ses yeux, qui avaient la prunelle magnétique du tigre, c'est-à-dire affectant d'être double et comme picotée de vert et de bleu, d'une limpidité sans profondeur. Ses mains, qu'il paraissait avoir fort belles, se dessinaient sous un gant en peau de daim, d'une finesse et d'un éclat que ne savaient pas encore donner à leurs produits tous les gantiers du dix-huitième siècle. Il eût excité beaucoup moins l'attention du cercle où il venait de s'introduire s'il n'eût pas porté un nœud d'or sur son costume inconnu.

Les jeunes gens se demandèrent tout de suite à quelle nation appartenait l'officier debout au milieu du foyer.

— Il n'est ni Anglais, ni Allemand, ni Suédois, — se dirent-ils. — Mais qu'est-il donc? d'où vient-il?

— N'est-il pas Espagnol? — fit remarquer l'un d'eux.

— Espagnol du temps de Charles-Quint, en ce cas, car nous savons tous que ce costume n'est aujourd'hui celui d'aucun corps de l'armée d'Espagne.

— Sans doute, — répliqua celui qui avait émis l'opinion. — Mais il a, quoi que vous en disiez, quelque analogie avec le costume espagnol.

— Parbleu! finissons-en avec nos doutes, — dit un des curieux. — Demandons-lui, dans chacune des langues que nous connaissons, quel est l'heureux pays qui l'a vu naître.

La proposition passa tout d'une voix, et l'un d'eux se détacha aussitôt pour dire en anglais à l'inconnu :

— De quel pays est monsieur?

Le jeune officier ne répondit pas.

Un autre s'approcha de lui et lui dit en allemand :

— À l'armée de quelle nation appartient monsieur?

Même silence.

Un troisième eut son tour. Il dit en italien :

— Monsieur est-il un officier au service de la sérénissime république de Venise?

Toujours le silence de la part de l'inconnu.

— Demandez-lui, par la même occasion, s'il n'est pas soldat du pape, — cria un plaisant du foyer.

Questionné enfin dans la plupart des langues de l'Europe, le jeune homme à la tunique rouge ne daigna faire aucune réponse. Du reste, on ne peut dire si c'est avec sa langue ou avec son gant qu'il aurait dû répondre dans le cas où il lui aurait convenu de le faire, tant le ton avec lequel il avait été interrogé suait l'impertinence. Son calme ne le quitta pas un instant. Aucun pli ne parut à son visage, aucun frémissement ne contracta sa gracieuse main gantée, arrêtée par le pouce, avec une aisance noble, à la jointure de la tunique. Le petit épi de bruyère attaché à son berret resta immobile.

L'huissier du théâtre vint peu de temps après annoncer à ces messieurs que la grande pièce allait commencer; car c'était pendant l'entr'acte de la petite pièce à la grande, nous avons omis de le dire, qu'avait eu lieu l'arrivée du jeune officier au foyer de la Comédie-Italienne.

Tous les jeunes gens qui le remplissaient se disposaient à le quitter pour entrer dans la salle, et ils gagnaient déjà la porte de sortie en lorgnant d'un air ricaneur celui dont ils avaient soumis la patience à une première épreuve, lorsque celui-ci se plaça sur leur passage, le berret à la main.

— Messieurs, — leur dit-il avec beaucoup de politesse et de courtoisie, — je me nomme Raoul de Marescreux; je suis sous-lieutenant dans la milice provinciale du Béarn; mon arme est la cavalerie. Je suis donc Français comme vous, ce que vous auriez su d'abord, si vous aviez pris la peine de m'interroger tout simplement en français.

Il remit ensuite son berret et gagna la salle de spectacle, laissant derrière lui les jeunes moqueurs dans un demi-embarras assez facile à comprendre.

— Ah! c'est lui qui nous a joués, — s'écrièrent-ils tous à la porte du foyer. — Il s'est amusé de nos railleries, ce charmant Béarnais, qui vient sans doute aussi à Paris pour demander du service et de l'avancement.

— Messieurs, — dit l'un d'eux, celui qui résumait en sa personne, fort brave du reste, toute l'impertinence de la compagnie; — messieurs, pendant l'entr'acte il faudra le tâter.

— Il faudra le tâter! — répétèrent ses camarades avec une unanimité qui dénotait assez que le dragon béarnais ne leur paraissait pas tout à fait aussi simple qu'il était rose, quoiqu'il eût été d'une indulgence fort équivoque pour les coups d'épingle dont ils l'avaient lardé à loisir. Avait-il, n'avait-il pas du courage? mais, comme l'avaient dit les jeunes gens du foyer : il faudra le tâter.

XXIII

Je ne saurais trop dire le titre du nouvel opéra qu'on représentait ce soir-là à la Comédie-Italienne, je sais seulement qu'il devait être de quelque compositeur en vogue, et maintenant oublié comme tous les compositeurs en vogue; car, il est triste de le dire, la plus belle musique d'opéra n'a pas encore duré quatre-vingts ans. Le devant des premières loges, — et toutes les loges étaient construites alors en saillie, — était occupé par les dames les plus riches et les plus nobles de Paris. Des toilettes dont les diamants formaient presque l'unique éclat couraient d'un bout des galeries à l'autre bout et semblaient illuminer la salle, qui ne s'éclairait elle-même que de la lueur plus solennelle que brillante des bougies. Chaque loge enfermait dans son cadre, tout historié de moulures d'or, le personnel d'une famille, assise selon l'âge et la condition sur des tabourets plus ou moins élevés, et rangés à diverses distances les uns des autres.

La présence du jeune dragon béarnais émut la salle comme elle avait ému le foyer. On se le désignait, on se penchait pour le voir, et le sourire d'étonnement que faisait naître son costume était tempéré chez les femmes par une estime secrète pour la beauté de son visage et la grâce de sa tournure. Il produisit une sensation tout à son avantage en affrontant sans audace cet examen admiratif. On le vit se ranger doucement contre le fond circulaire de l'amphithéâtre, et s'avancer à petits pas, de peur de déranger les personnes assises vers l'extrémité de cette première galerie, où il laissa présumer qu'était sa place. Descendus à l'orchestre et placés sur la scène où il était encore d'usage de s'asseoir, les jeunes officiers du foyer suivaient attentivement du regard celui dont ils avaient projeté de s'amuser pendant le prochain entr'acte. Ils le virent s'avancer jusqu'à l'avant-dernière loge de la galerie, et s'arrêter à cet endroit sans avoir causé le moindre désordre parmi les spectateurs, qu'attachait de plus en plus la musique de l'opéra nouveau. Il était arrivé à sa place.

Raoul de Marescreux posa sur la banquette son berret de velours. On attendait qu'il s'assît. Il resta debout, les yeux tournés non pas vers la scène, mais vers la loge placée derrière lui, et il se mit ensuite tellement près de la balustrade dorée dont elle était défendue qu'il aurait pu aussi aisément s'y accouder que s'il eût été dans la loge avec les trois personnes qui l'occupaient. Elles ne remarquèrent pas d'abord l'attention dont elles étaient l'objet de la part de leur voisin; du moins cette attention échappa-t-elle au premier instant aux deux hommes assis derrière la jeune dame, plus particulièrement observée par Raoul. L'acte était long; il durait déjà depuis une demi-heure, et Raoul n'avait pas cessé un seul instant de tenir son regard obstinément fixé sur la loge près de laquelle il était debout. Les jeunes officiers dont les yeux ne l'avaient pas quitté, s'aperçurent les premiers de cette étrangeté, et elle les confirma dans l'opinion déjà préconçue chez eux que leur dragon était quelque gentillâtre bien simple, bien naïf, détaché de ses montagnes du Béarn par une avalanche, et roulé avec les neiges de l'hiver jusqu'à Paris. C'était un ours égaré loin de sa tanière. Ils communiquèrent leur opinion à leurs voisins, et bientôt la salle entière plaisanta sur le compte du beau dragon, si complétement étranger aux usages, aux façons de se conduire dans le monde. Lui ne bougeait pas. Il était jeté en bronze; son regard ne changeait pas plus de direction que celui de la statue d'une place publique.

On souffrait d'autant plus de son inconvenance qu'elle avait choisi pour point de mire une personne en pleine faveur dans la société, et par l'illustration de son origine, par les relations dont elle rehaussait encore sa naissance, et par une grande beauté. C'était la marquise Casimire de Courtenay que le singulier jeune homme affrontait ainsi de son attitude insultante. Qu'avait-il contre cette dame, dont la vie durement éprouvée pouvait servir de texte à toute une histoire d'événements tristes, douloureux, déchirants, mais où l'on n'aurait pas rencontré une page tachée par le doigt du scandale? On la respectait, quoique illustre; on ne la haïssait pas trop, quoique belle; on l'épargnait enfin comme le passé et le malheur, quoiqu'elle n'eût pas trente ans encore.

Comme toute femme prudente l'eût fait à sa place, elle tourna la tête du côté opposé à celui où se trouvait l'homme qui fouillait si cruellement dans les traits de son visage, et elle cherchait à concentrer et à fixer son attention sur la pièce. Elle ne put si bien se renfermer dans l'étroit rayon de cette unique direction donnée à son regard qu'elle n'aperçut dans toutes les loges d'avant-scène le mouvement continuel de curiosité dont elle était la cause. Malgré elle la marquise détachait sa vue de la scène et la jetait à droite et à gauche, le plus loin d'elle possible, tout en gardant son attitude de calme spectatrice. On crut dans la salle qu'elle n'avait pas encore remarqué l'incroyable manége de l'étranger.

Cependant, suffoquée par cette contrainte, la marquise de Courtenay retira un peu sa tête en arrière dans la loge, et la leva pour adresser quelques paroles au commandeur, son beau-frère. Mais celui-ci ne les entendit pas; il était occupé et exclusivement occupé à répondre, regard par regard, à cette agression muette du jeune homme, qui, de son côté, semblait ne pas voir qu'il y avait deux hommes dans la loge. Il est vrai que l'un d'eux était le mari de la marquise, et, en vérité, on ne sait trop si l'on pouvait le compter pour un homme. Quant au commandeur, son frère, il perdait son temps, il usait inutilement ses yeux à regarder le dragon tantôt avec l'aigreur du mépris et tantôt avec la dédaigneuse compassion de la supériorité, et cependant toujours avec la dignité du gentilhomme qui ne veut être ni colère ni soumis. Raoul ne détournait pas le regard du front de la marquise de Courtenay, où, heureusement, la pâleur de la souffrance éprouvée ne pouvait se montrer, tant son beau front était ordinairement pâle derrière le rideau entr'ouvert de ses cheveux noirs.

Questionné à plusieurs reprises par la marquise sa belle-sœur, le commandeur pencha un instant la tête, sans cesser de regarder Raoul, et il écouta ce qu'elle avait à lui dire. Il répondit par un sourire. Qu'avait-elle dit? Rien. Qu'avait-il compris? Rien. Mais tous deux s'étaient devinés. Leur préoccupation était la même. Que leur voulait ce jeune homme?

Le marquis de Courtenay ne s'apercevait de rien. Il s'amusait comme un rossignol à cette musique délicieuse, comme un rossignol, dont il avait la maigreur, sans en avoir la voix. Il profita du moment où sa femme avait adressé la parole au commandeur pour dire :

— Il fait bien chaud ici. Sur l'honneur! dites-moi si je ne cours aucun danger pour ma vie. Je crois que je me fêle. Est-ce que je ne me fêle pas?

Ces paroles du marquis n'étaient pas une énigme pour ceux qui les entendaient; elles dénotaient sa folie, qui, chaque semaine, comme on le sait, se produisait sous une nouvelle forme dans sa tête. Pendant la semaine où l'on était, il se croyait devenu porcelaine. Passé à l'état de tasse ou de cafetière, il demandait si la trop grande chaleur de la salle ne l'avait pas fait fendre. On se hâta de le rassurer, et il reprit son admiration.

Le premier acte finit, et les spectateurs se répandirent dans les couloirs. Les jeunes officiers s'étaient déjà réunis au foyer, dont ils s'étaient emparés.

— Ah! ça, — s'écrièrent les plus impatients, — vous avez vu comment s'est conduit notre drôle de personnage; au lieu d'une leçon, il en mérite deux. Il nous appartient.

— Je veux, — disait l'un, — aller offrir son berret à madame la marquise de Courtenay.

— Je veux, — disait l'autre, — l'obliger à rentrer dans la salle avec une seule guêtre.

— Messieurs, — reprenait un troisième, — je veux tout ce que vous voulez, mais encore faut-il vouloir qu'il se rende ici.

— S'il n'y venait pas, en effet?

— S'il est parti, — ajoutait un autre.

— Parti! mais oui, sans doute, il peut être parti! Qu'un de nous, s'il en est encore temps, aille le prier de venir au foyer. J'y vais moi-même.

Le dernier interlocuteur ouvrait en courant la porte du foyer; il s'arrêta.

Raoul s'avançait lentement.

Il n'était plus qu'à quelques pas de la porte du foyer lorsque huit ou dix de ces jeunes gens en barrèrent l'entrée avec quatre longues banquettes et tous les tabourets qu'ils trouvèrent sous leurs mains. Les préparatifs de cette plaisanterie n'échappèrent pas à Raoul; il comprit sans peine à l'adresse de qui elle allait. Il ne s'avança pas moins. Arrivé devant l'obstacle, il l'enjamba avec la légèreté d'un chasseur de daims, et alla s'asseoir dans un coin du foyer sur l'unique tabouret oublié par les auteurs de la barricade.

Tous les jeunes seigneurs se regardèrent avec un air de dire : On peut tout oser avec lui; osons encore.

Un lampion était fixé au mur au-dessus de la tête du jeune dragon.

— Je vous demande bien pardon, — lui dit un de ces fous en posant le pied sur le bord du tabouret où il était assis, — mais l'huile est chère dans cette saison; permettez-moi d'éteindre ce lampion.

Il éteignit le lampion.

Raoul, emportant le tabouret avec lui, alla se mettre à un autre endroit.

Un de ces ingénieux persécuteurs aperçut aussitôt qu'une croisée était placée derrière le dragon et qu'un carreau de cette croisée s'ouvrait. Il se hâta d'aller l'ouvrir. Un vent glacial courut frapper le cou de Raoul.

Les camarades félicitèrent l'auteur de cette nouvelle mystification.

— Si nous le bafouons plus longtemps, — fit remarquer un des sages de la bande, — nous allons nous priver de tout moyen de nous mesurer avec lui; nous l'aurons trop aplati. Ne déshonorons pas aujourd'hui celui dont nous voulons faire un adversaire demain.

— Il ne peut déjà plus l'être, — dirent plusieurs.

— En ce cas, — lui répliqua-t-on, — qu'il ait la bonté de sortir d'ici, où ne peuvent rester que ceux qui ont fait leurs preuves.

Avant d'attendre la signification de l'arrêt rendu contre lui, Raoul se leva et se dirigea vers la porte du foyer. Il sortit après avoir franchi, toujours avec la même prestesse, la barrière de banquettes et de tabourets formée contre lui.

— Je suis fâché, — dit un des jeunes gens, — que notre soirée se passe ainsi sans résultat; mais, véritablement, il n'y avait rien à faire avec ce berger déguisé en dragon. C'eût été une trop facile victoire que de l'humilier davantage. Nous devons nous contenter de l'avoir mis à la porte de notre réunion et de lui avoir fait perdre par là l'occasion de jouir du plaisir du spectacle; car il n'aura pas eu l'audace de rentrer dans la salle après l'accueil qu'il a reçu ici.

— Ne comptez-vous pour rien d'avoir débarrassé madame la marquise de Courtenay de la présence de ce drôle?

— Celui qui parle ainsi a raison, — fut-il répondu à l'auteur de la remarque.

— Messieurs; le second acte est commencé, — vint annoncer à la porte l'huissier de la Comédie-Italienne.

Le foyer se vida une seconde fois.

Raoul, trompant les prévisions de ses persécuteurs, était allé reprendre sa place sous la loge de la marquise de Courtenay. Il fut loisible à tout le monde, au public comme aux jeunes gens du foyer, de s'assurer que, pendant l'entr'acte, il n'avait rien perdu de son assurance première. Il avait retrouvé sa pose insultante à l'un des angles de la loge; ses bras s'étaient croisés sur sa poitrine, signe évident de la longue patience dont il se résignait à subir le poids pendant quelques heures, s'il le fallait.

Comme il ne troublait pas le spectacle, comme il ne nuisait en rien aux plaisirs du public par cette conduite, blessante seulement pour trois personnes, la police aurait été fort mal venue de le sommer de quitter la salle. Il arriva même, par le fait de cette obstination de Raoul à tyranniser ainsi de son regard cette loge, que certaines personnes cessèrent de voir dans cette conduite bizarre l'action d'un homme décidé à se montrer grossier jusqu'à la brutalité, jusqu'à l'indécence, jusqu'à la cruauté. Pourquoi la fougue d'une passion de jeune homme pour la marquise de Courtenay ne serait-elle pas la cause de cet oubli des convenances? L'amour fait oublier bien autres choses; il fait oublier la plus grave de toutes les choses : le respect qu'on doit à la personne aimée. Raoul était plus que suffisamment justifié dans son aveugle témérité par la rare et superbe beauté de la marquise de Courtenay, une des perfections que Dieu fait bien d'envoyer de loin en loin sur la terre afin de retenir parmi les hommes la croyance du beau, quand toute croyance s'en va.

Ce n'était ni le marbre qui glace l'œil, ni le satin, chose blessante au toucher, objets de comparaison inventés par les rhéteurs et les mauvais peintres, susceptibles tout au plus d'inspirer de la volupté aux tapissiers et aux marchands d'albâtre. C'était de la belle et suave chair, comme en avaient Ève, Cléopâtre et Ninon, pâle aux joues, blanche aux épaules, rose le long du bras; de cette chair complaisante à qui tout va bien, la guimpe de malines, la mantille qui la cache à demi, le fichu qui ne la cache pas du tout, le diamant que la respiration soulève, autour du cou, autour des bras, autour du front, car la respiration est partout où est la vie, où est la beauté. Sous le front hardiment en saillie de la marquise brillaient, tendres, sérieux et tristes, des yeux qui avaient gardé l'expression des choses fatales de la vie. Ils étaient grands et beaux comme elle était grande et belle; ils étaient tendres, parce qu'elle avait aimé jusqu'au délire, jusqu'au désespoir, jusqu'au sacrifice; tristes, parce qu'elle était mariée à l'homme qui était près d'elle, et qu'elle n'avait pas été la femme de celui qui était grave et mélancolique derrière son mari. La femme était là, dans cette tête intelligente, dans ces yeux, mémoires éternellement ouverts pour qui savait y lire; le reste était à la dame illustre, à l'impératrice, à la haute et puissante demoiselle de Canilly, aujourd'hui marquise de Courtenay. Ses riches épaules gracieusement étoffées, se prêtaient sans grimace à toutes les articulations de ses bras, qui semblaient heureux d'être si beaux et fiers d'appartenir à une si illustre personne. Et toute cette dignité de corps et de visage n'inspirait pas qu'une contemplation admirative; elle touchait par le grand charme de tristesse qui l'enveloppait. Il ne fallait pas trop cependant se laisser entraîner à la plaindre ou à l'admirer; il y avait partout, à côté des ombres de cette gravité souveraine, des buissons roses auprès desquels il était imprudent de passer; il était facile d'y laisser des lambeaux de son cœur, sans que le buisson sût jamais ce qu'il avait arraché ni que l'ombre eût laissé rien voir.

Il ne semblait donc pas si monstrueux à certains spectateurs, d'abord prévenus contre la tenue de Raoul, qu'il affichât si ouvertement son amour pour la marquise de Courtenay. Tout ce qui sort des conditions banales de l'ordinaire ne déplaît pas à la foule, surtout à la foule française, dont le sang est plein des beaux mouvements chevaleresques des tournois.

La marquise de Courtenay ne perdit pas contenance; elle tint bon pendant toute la moitié du second acte contre cette persécution d'un regard qui ne cherchait qu'elle, ne voyait qu'elle, n'attaquait qu'elle dans une loge où il y avait deux hommes, dont l'un avait fini par perdre son sangfroid héroïque, l'autre son indifférence hébétée. Mais, dans le courant de l'autre moitié de l'acte, elle eût à lutter sur le terrain même où elle était placée. Elle avait vu le commandeur retirer peu à peu son gant de la main gauche et le passer dans sa main droite avec l'intention marquée d'en faire un usage terrible, et son mari, avec un sourire niais, chercher sur le visage du commandeur la cause du rouge pourpré qui l'enflammait.

— Je vous en prie, mon frère, — dit-elle au commandeur, — je vous en supplie, allons-nous en plutôt.

La supplication de la marquise fut si énergique et d'une telle expression qu'elle n'échappa pas aux jeunes gens placés sur la scène. Ce n'est plus avec leur épée, c'est avec le bâton de leurs valets qu'ils sentirent en ce moment le besoin de châtier l'insolente statue debout près de la loge de la marquise de Courtenay.

— Nous en aller! — murmura le commandeur, dont le gant était retenu par la main tremblante de la marquise; — nous en aller! Pourquoi ne pas lui faire des excuses?

— Mais qu'est-ce donc? — demanda le marquis; — qu'avez-vous pour vous agiter ainsi tous les deux? m'arriverait-il quelque chose de fâcheux? Est-ce que l'on m'aurait heurté? Suis-je près d'être brisé? Pourquoi m'exposer ainsi à une si grande foule, moi si fragile? Je suis tout Japon, pur Japon, ce soir.

— Il y a, — lui dit sèchement le commandeur, — que madame la marquise, votre femme, est en butte aux insultes d'un fat, d'un impertinent dont ma main va châtier le visage, si son visage ne change pas à l'instant de direction.

— Où est donc ce fat, où est donc cet impertinent? — demanda en gazouillant le marquis; — montrez-le-moi donc, mon frère.

Le marquis avait parlé d'une voix si peu mesurée que chacun prit part à cette bévue, et s'épanouit de rire en voyant le marquis ne pas apercevoir à ses côtés ce que chacun voyait fort bien depuis deux heures de tous les coins de la salle.

Cette hilarité du public fit comprendre au commandeur, supérieurement maître de lui-même, comme tous les hommes d'un vrai courage, la nécessité de retarder de quelques minutes la leçon qu'il avait arrêté de donner au dragon, aussi calme au milieu de l'orage grondant à ses côtés, sur sa tête, à ses pieds, autour de lui, qu'il l'avait été jusque-là.

Pendant ces minutes de répit, la toile fut baissée, et la foule s'écoula une seconde fois; ce fut moins pour s'entretenir de la pièce que du singulier événement dont elle venait d'être témoin qu'elle quitta la salle.

— Ma voiture! mes gens! — s'écria la marquise, en ouvrant la porte de sa loge.

— A vos ordres, madame la marquise, — répondit un valet de pied qui attendait dans le couloir.

— Partez sans nous, — dit le commandeur à la marquise; — mon frère et moi nous rentrerons plus tard à l'hôtel.

— Adieu donc, messieurs, — dit la marquise en prenant la main de son mari et celle du commandeur. Toute l'émotion de dignité et de crainte dont elle suffoquait se fit sentir dans cette pression. Elle disparut.

— A nous, mon frère, — dit le commandeur au marquis. — Il est passé de ce côté. Venez, suivez-moi.

Raoul, malgré la défense des jeunes gens, était entré sans façon dans le foyer. Un murmure d'indignation l'accueillit.

Le commandeur et son frère ne perdirent pas le temps à s'indigner, ils s'ouvrirent un passage à travers la cohue menaçante et se placèrent en face de Raoul.

L'un, c'était le commandeur, leva son gant sur le visage du jeune dragon; l'autre, par imitation, leva son mouchoir. Raoul arrêta leurs deux bras en même temps.

— Deux soufflets! — dit-il; — je les tiens pour reçus. A combien de pas? — demanda-t-il.

— Nous marcherons l'un sur l'autre, — répondit le commandeur, — et tirera qui voudra; et ceci jusqu'à ce que mort s'ensuive.

— Soit! — dit Raoul. — Voici mes seconds.

Il frappa sur l'épaule de deux jeunes sous-officiers, deux de ces jeunes gens qui s'étaient tant moqués de lui pendant la soirée.

— Vous ferez connaissance avec les nôtres demain à quatre heures de l'après-midi au bois de Vincennes, carrefour du Grand-Chêne.

— Je vous y attendrai, — dit le dragon rouge en saluant ses deux adversaires. — Messieurs, — ajouta-t-il après s'être tourné vers ses deux seconds, — rassurez-vous, je suis bon gentilhomme.

Il s'en alla, laissant la société du foyer fort étonnée de voir ainsi se conduire un homme dont ils avaient singulièrement mis en doute le courage quelques heures auparavant.

XXIV

Ce n'était pas la première fois, on le sait, que la marquise de Courtenay se rencontrait avec Raoul, le dragon rouge.

Elle rentra à son hôtel dans la plus vive agitation; elle en dévora les marches comme si elle eût été poursuivie. Ses domestiques, qui ne l'attendaient guère qu'à minuit, selon l'usage, lorsqu'elle allait à la Comédie-Italienne, parurent fort étonnés de la voir revenir à neuf heures et demie, et plus surpris encore de ce qu'elle revenait sans le marquis ni le commandeur.

Dans le désordre de ses idées, elle ne remarqua pas tout de suite que son fils Tristan et sa fille Léonore étaient parmi ses gens, tous attentifs, tous inquiets, tous empressés autour d'elle.

Tristan lui prit enfin la main, Léonore l'enlaça de ses bras, et tous deux lui demandèrent avec instances, en la couvrant de caresses, la cause de ce retour si prompt, si agité. Ils la priaient avec de tendres paroles de les rassurer. Jamais ils ne l'avaient vue si bouleversée.

La marquise ordonna à ses gens de se retirer.

— Mes chers enfants, vous vous méprenez; il ne m'est rien arrivé de fâcheux. Ne vous alarmez pas ainsi, — dit-elle à Tristan et à Léonore, en leur rendant machinalement leurs caresses; — je suis rentrée plus tôt que vous ne m'attendiez parce qu'à ce soir, en partant, j'avais oublié, et l'oubli est inconcevable, d'écrire au ministre sur un objet très-important et très-pressé. Le souvenir de cette omission m'a surprise au théâtre, et j'accours au plus vite pour la réparer. Mais oui, — ajouta-t-elle en jetant les yeux sur la pendule, — il en est temps encore. Le ministre reçoit ce soir, ma lettre lui parviendra avant onze heures. Je vais lui écrire. — Il était d'un hasard heureux pour la marquise que le prétexte dont elle se servait avec tant de présence d'esprit auprès de ses deux enfants, afin de couvrir l'extrême agitation de son retour, répondit si bien à l'intention où elle était d'écrire au ministre, aussitôt rentrée chez elle. — Oui, — pensa-t-elle, — écrire tout de suite au ministre, et, s'il est possible, réparer par là une partie de la faute que j'ai commise. Quelle faute! Léonore, ma fille, du papier! Tristan, dites à un domestique de se tenir prêt à sortir.

Tandis qu'elle donnait ses ordres, la marquise arrachait ses gants plutôt qu'elle ne les retirait de ses mains. Elle écrivit sur un coin de la cheminée ce billet au duc de Bourbon :

« Monsieur et ami,

« Je reviens pleinement et entièrement sur ma détermination de cet après-midi, dussiez-vous m'accuser de contradiction, de légèreté. Il n'y a pas de légèreté; mais qu'importe.

» Comprenez-moi bien; je ne m'oppose plus à ce que monsieur Raoul de Marescreux, sous-lieutenant dans les dragons de la milice provinciale du Béarn, soit nommé capitaine dans la maison du roi. Au contraire, et je vous prie de m'envoyer sa nomination demain avant midi, et ce soir si vous le pouvez : oui, ce soir. Je voudrais la tenir déjà.

» Je me charge de la lui faire parvenir; je tiens même à ce que nul autre que moi ne la lui remette. C'est un service dont je veux que monsieur Raoul de Marescreux me soit reconnaissant. Encore une fois, monsieur et ami, ne vous préoccupez pas du changement survenu dans mes opinions à l'égard de ce jeune officier; l'essentiel, l'important, l'indispensable est que j'aie entre les mains et en quelques heures son brevet de capitaine. Ce n'est pas à lui seulement, songez-y bien, que vous ferez une faveur des plus grandes. Je puis compter sur votre bienveillance, je le sais, mais je veux compter sur votre exactitude sans laquelle tout serait inutile.

» Votre amie,

Marquise DE COURTENAY.

» Dix heures moins cinq minutes. »

— Tristan, remettez ceci à Lorrain, et qu'il aille, sans perdre une minute, à l'hôtel du ministère. C'est une lettre pour le ministre. Allez, dites-lui d'attendre la réponse.

— Oui, ma mère.

— Ma chérie, — dit ensuite la marquise en attirant sur ses genoux sa fille Léonore et l'appuyant contre son cœur, — qu'avez-vous fait, je veux le savoir, vous et votre frère, pendant mon absence?

La marquise regarda furtivement l'heure à la pendule.

— Nous nous sommes beaucoup occupés de nous-mêmes.

— Voyez-vous, ces petits égoïstes!

C'est à peine si la marquise crut avoir répondu à sa fille.

— Savez-vous ce que nous disions? D'abord, que, dans deux ans, Tristan aurait dix-sept ans, et moi quinze ans, ou bien près de quinze ans.

— Mais oui, c'est fort exact, — dit la marquise en soupirant.

— Ce que je dis vous ferait-il de la peine, maman? Vous avez soupiré.

— Chère bonne, — dit la marquise en pressant les joues de sa fille sous un long et pesant baiser, — je soupire, ne le devinez-vous pas? parce que je pense aux changements que ces deux ans peuvent apporter dans la vie.

— Quels changements apporteraient-ils? N'êtes-vous pas heureuse? craindriez-vous de cesser de l'être d'ici-là? Est-ce que nous ne vous aimerons pas toujours? Vous êtes donc décidément mal disposée, inquiète ce soir, chère maman?

— Moi, inquiète! quand je vous ai sur mon cœur. Est-ce que cette pendule n'irait pas? — pensa la marquise, et, elle dégagea de sa ceinture une petite montre enchâssée derrière sa cassolette. — Mais elle va bien. Il n'y a donc que dix minutes que je suis ici! Que se passe-t-il là bas, au théâtre?... Lorrain, je pense, sera bientôt arrivé chez le ministre... J'étouffe... Je voudrais être partout. Ce n'est pas pour moi, — reprit la marquise, en faisant asseoir sa fille auprès d'elle, — que je suis inquiète de voir arriver les années, mais c'est pour vous.

— Pour moi! Dans deux ans j'aurai quinze ans; est-ce qu'on est malheureuse ordinairement à cet âge? L'auriez-vous été?

— Non, chère étourdie, on ne connaît pas encore le chagrin à cet âge; mais on n'est déjà plus un enfant. Beaucoup de jeunes filles se marient à cet âge.

— Ah! quant à moi, voilà, puisque vous désirez le savoir, ce que je disais à Tristan ce soir : je ne me marierai pas, afin de pouvoir toujours rester avec vous. N'est-ce pas, Tristan, — dit Léonore à son frère qui rentrait dans le salon, — je te disais cela?

— Vrai, ma mère, — répondit Tristan.

— Je vous crois tous les deux; mais vous changerez d'avis, Léonore, et je vous conseille de ne pas plus croire à vos projets que Tristan à ceux qu'il a pu faire de son côté.

— Je renoncerai aux miens tout de suite, — reprit Léonore, — si vous le voulez; mais alors je me marierai pour vous et non pas pour moi.

— Vous marier pour moi! — s'écria madame de Courtenay; — chers enfants, — ajouta-t-elle en posant la main sur son cœur. — Oh! je vous en conjure d'avance, je vous l'ordonne, entendez-vous, je vous l'ordonne, ne m'écoutez pas, désobéissez-moi, si jamais je parais faire violence à vos inclinations, au choix du mari ou de la femme que vous aurez arrêté dans votre cœur. Moi, vous contraindre!... N'est-ce pas que vous me désobéirez?...

— Puisque je ne veux pas me marier, — dit Léonore en souriant sous les pleurs de sa mère, — pourquoi me faire faire cette promesse?

— Vous avez raison, Léonore, j'oubliais que vous vouliez rester fille, — ajouta madame de Courtenay en sentant s'évaporer sous une ironie triste et douce les pleurs venus jusqu'aux bords de ses paupières. — Un quart d'heure de dévoré, — murmura-t-elle. — Dix heures sonnaient à la pendule du salon.

— Cependant, je fais une exception, — continua Léonore, — et je la faisais tantôt à mon frère Tristan. S'il se rencontrait un jeune homme beau, noble, loyal, généreux, plein d'honneur, de courage, constamment affable envers ses inférieurs, empressé et sérieux auprès des femmes, se mettant avec goût sans paraître jamais ridicule, aimé de tout le monde, ne médisant de personne, indulgent avec les plus petits esprits et se faisant écouter avec respect des plus grands; ah! celui-là, ma mère, je l'aimerais, oui, je l'aimerais de toute mon âme, et je le voudrais pour mari, je l'épouserais, et vous ne vous y opposeriez pas.

— Celui-là, malheureusement, ma pauvre Léonore, n'existe pas.

— Mais oui, il existe, chère maman, — s'écrièrent à la fois Tristan et Léonore, — puisque, — reprit Léonore, — mon oncle le commandeur est exactement semblable au portrait que je viens de faire.

Madame de Courtenay se leva brusquement, laissant tout surpris de ce mouvement spontané Tristan et Léonore.

— Ce collier m'écrase, cette ceinture m'étouffe, — dit la marquise, qui prit ce faux prétexte pour aller cacher à quelques pas de ses enfants l'effet produit sur son visage par la commotion dont elle avait été frappée. Après avoir mis le plus de temps possible à ouvrir son collier et à dénouer sa ceinture, elle revint, plus pâle que le mantelet d'hermine dont elle n'avait pas encore dépouillé ses épaules, reprendre sa place entre ses deux enfants. Elle reprit avec un calme affecté : — Mais vous avez donc parlé de tout, ce soir, pendant mon absence? Et vous, monsieur Tristan, quel rêve doré avez-vous fait en compagnie de votre sœur?

— Moi, j'étais tout simplement ambassadeur comme grand-papa, dont voilà le portrait.

—Vous avez été bien plus raisonnable que votre sœur, si vous n'avez pas été excessivement modeste,— dit madame de Courtenay à son fils, svelte adolescent, d'une taille adorable d'élégance et de distinction pour son âge, ressemblant à ces spirituels pastels laissés par le crayon bleu et rose du dix-huitième siècle. Bouche fleurie, regards doux et presque noirs déjà, joues blanches et minces, recouvrant des pommettes spirituelles, coquettes, incisives. Un charmant habit de soie couleur d'eau argentée, fourreau flexible, s'arrêtait étroitement à son cou, tout nu, tout blanc, tout fier comme celui d'un jeune cygne. Ses fines jambes de gentilhomme avaient la légèreté, la prestesse et la grâce étourdie de celles du chevreuil; c'était un faon. Il avait les mouvements vifs, le pied fin, la main jolie et toute frétillante sous la corolle de dentelle qui lui servait de manchette. Ainsi devait être à quinze ans son oncle le commandeur.—Vous voulez donc être ambassadeur, monsieur mon fils! — reprit la marquise, dont l'oreille était maintenant attentive au moindre bruit pour savoir si la voiture qui devait amener son mari et son beau-frère n'entrait pas dans la cour. — Mais savez-vous que n'est pas ambassadeur qui veut? Il faut d'abord être ou un grand général ou un grand politique.

— Je serai l'un ou l'autre; mais à vous parler franchement, ma mère, je crois que je serai un grand politique.

— Vraiment!

— Oui, ma mère. J'aurais du goût, il me semble, pour gouverner les hommes, diriger l'Etat, faire la paix ou la guerre, donner des emplois, être le conseiller d'un roi, enfin.

— Que tu as un beau front, mon Tristan; viens, que je t'embrasse, cher enfant, pour ce que tu as dit. Tu me plais, tu me ravis; tu as de l'ambition. Oui, il faut en avoir. C'est l'amour des grandes choses; des choses justes, des choses vraies, de celles qui font laisser un nom. Il y en a de beaux, de graves, dans notre famille, mais elle en veut un plus grand encore. Il nous manque un ministre. Si tu l'étais un jour. Tu m'écouterais bien, n'est-ce pas?...

— Ma mère!...

— Vois-tu, nous autres femmes, nous connaissons le cœur mieux que vous. Nous voyons à travers tous les visages, même les mieux masqués; nous entrons dans le joint des âmes en nous jouant, et parce qu'on nous traite sans importance, comme l'air. Je serais derrière toi, je te conseillerais, je verrais pour toi, j'irais où tu n'irais pas. Nous servirions le pays...

— Nous servirions le roi, ma mère. Et si des méchants, des conspirateurs, par exemple, des ennemis du pays, comme on m'a dit que l'étaient, il y a quelques années, monsieur de Cellamare, monsieur le duc du Maine et tant d'autres, voulaient renverser le roi, eh bien! nous leur ferions couper la tête...

— Méchant! — s'écria Léonore.

Madame de Courtenay poussa un cri affreux. Elle posa une main tremblante sur la bouche de son fils, et, les forces lui manquant avec la voix, elle se laisse, toute défaillante, tomber en arrière.

— Ma mère! ma mère! qu'avez-vous? Du secours! du secours!

Tristan sonnait d'un côté.

Léonore sonnait de l'autre.

Les deux pauvres enfants perdaient la tête.

Marine et un valet de pied parurent enfin.

— Marine! accompagnez ma fille à sa chambre. Elle va se coucher.— La marquise baisa Léonore au front. — Poitevin! éclairez monsieur, qui se retire aussi.

La marquise embrassa Tristan.

Restée seule, la marquise porta les yeux et les tint douloureusement fixés sur le portrait en pied du comte de Canilly, son père, peint en costume d'ambassadeur.

Les regards de la marquise s'étaient particulièrement portés, dans leur profonde absorption, sur une ligne tracée autour du cou du comte de Canilly.

Cette ligne était rouge comme le serait la trace d'un coup de couteau circulairement donné autour d'une grenade. On sait ce qu'elle indiquait.

La marquise se leva en sursaut; elle avait cru entendre les pas des chevaux dans la cour.

Elle se trompait. La voiture n'était pas encore arrivée.

Elle retomba dans sa méditation devant le portrait de son père. Ce fantôme évoquait pour elle un passé de douleurs, plus poignant que jamais à l'heure présente et à cause des événements qui venaient d'avoir lieu à la Comédie-Italienne.

Le dragon avait tenu parole, lui et elle devaient se revoir. Ils s'étaient revus.

La marquise, toujours les yeux fixés sur le portrait de son père, comme pour qu'il résolût la question de vengeance, plus fermement posée que jamais depuis le retour du spectacle, entendit sonner minuit, une heure, deux heures, sans voir revenir ni son mari, ni le commandeur.

A trois heures, les portes de l'hôtel s'ouvrirent. La marquise se leva. Le commandeur et le marquis de Courtenay entraient au salon.

— Eh bien? — dit-elle.

— Eh bien! — répondit le commandeur,— c'est pour demain, à quatre heures de l'après-midi.

— Vous vous battez. Qui de vous se bat?

— Tous les deux, — répondit le commandeur; — nous avons passé la nuit à réunir nos témoins.

— Tous les deux! — répéta la marquise.—Vous aussi! — s'écria-t-elle, sans qu'on put dire si c'était le marquis ou le commandeur qui lui arrachait ce cri d'étonnement.

— Mais... — bégaya le marquis de Courtenay, qui crut l'avoir inspiré, — mais j'espère encore...

— N'est-ce pas au mari à défendre aussi l'honneur de sa femme? — interrompit le commandeur.

— Vous avez raison! — dit tout bas la marquise.

— Mon père! — dit-elle encore plus bas, — est-ce que je n'aurais pas mieux fait d'oublier?

XXV

A quatre heures précises, et on eût pu les entendre sonner au donjon de Vincennes, deux voitures sombres et sans armoiries arrivèrent par deux allées différentes au carrefour du *Grand-Chêne*. Elles s'arrêtèrent à quelques pas de l'arbre colossal dont le nom est devenu celui de ce rond-point bien connu des chasseurs. De la première voiture, qui était la plus grande, descendirent d'abord le marquis de Courtenay et le commandeur, ensuite quatre autres personnes de distinction. La portière de l'autre voiture s'ouvrit pour laisser passer Raoul de Marescreux, le dragon rouge, et ses deux témoins, pris, si l'on s'en souvient, parmi les jeunes officiers du foyer de la Comédie-Italienne. Ils portaient des costumes de ville. Comme on n'avait pas pu interdire à leurs nombreux camarades, présents à la dispute de la veille, d'assister à la rencontre des trois adversaires, ils s'étaient à peu près tous rendus à l'endroit choisi pour vider le différend. Afin de ne porter aucun ombrage aux combattants ni à leurs seconds, ils s'étaient formés par groupes silencieux à l'ouverture d'une des routes qui aboutissent au rond-point.

Le froid incisif de la journée n'avait pas été un obstacle à leur curiosité. D'ailleurs le duel étant l'occupation et l'amusement de leur vie, ils venaient là avec le naturel que d'autres apportaient à aller à la messe ou au spectacle. Sur un terrain durci et nivelé par une forte gelée, les trois adversaires s'abordèrent en se saluant. Leurs témoins, qui les suivaient de près, se firent également leurs politesses, courtoisie glacée dont rien ne peut rendre la désespérante impression. Le commandeur, tenant toujours sous son bras le marquis de Courtenay, son frère, s'adressa le premier à Raoul.

— Monsieur, — lui dit-il, — je crois inutile, dans la position où nous nous sommes mis, d'allonger notre entrevue d'explications oiseuses. Les paroles ne changeraient rien aux faits.

— Rien, — interrompit Raoul, — absolument rien, monsieur.

Le commandeur profita de cette interruption, si brève qu'elle fût, pour lancer un coup d'œil oblique sur le visage de son frère. Il fut peu rassuré.

— J'aurai donc l'honneur, — poursuivit-il, — de vous rappeler, ainsi qu'à vos témoins, monsieur de Marescreux, qu'il est dans mon intention et dans celle de monsieur le marquis, mon frère, de voir se continuer le combat jusqu'à ce que je tombe, ou jusqu'à ce qu'il tombe lui-même mort sous votre balle. — Le commandeur eut la convenance de ne pas ajouter : ou jusqu'à ce que l'un de nous deux vous ait laissé sans vie sur le terrain. Il ajouta seulement : — Et celui qui aura essuyé le feu de l'adversaire pourra faire feu à son tour, quelle que soit la gravité de sa blessure, sans qu'il soit apporté aucun empêchement par les témoins. Debout, assis, couché, il pourra tirer sur son adversaire.

— C'est bien ainsi que je l'entends, — répondit Marescreux en consultant ses deux témoins dont les fronts se penchèrent affirmativement. Comme le bras du marquis de Courtenay, qui s'appuyait sur le bras de son frère le commandeur, était caché, ainsi qu'une partie de son épaule, sous le manteau de celui-ci, le mouvement involontaire qu'il fit pour glisser sur lui-même ne fut remarqué de personne; une pression de résistance, un coup sec le retint à l'instant même comme s'il eût été scellé à un mur par un gond de fer. Le marquis put pâlir, mais il resta debout. — Je crois me souvenir à mon tour, — dit Marescreux, — que nous devons marcher l'un sur l'autre et faire feu quand nous le jugerons convenable.

Les témoins n'avaient aucune observation à faire ; les conditions de ce duel ou de ces duels, ne sortant en aucune façon des règles établies ; elles appartenaient tout simplement à l'ordre des duels graves, car il avait eu outrages publics, soufflets donnés publiquement. Mais, en général, ce genre de duel, très-usité au dix-huitième siècle, qui consiste à marcher l'un sur l'autre, le pistolet à la main, n'offrait pas toujours l'imminence d'un péril mortel; les deux adversaires avaient sans doute le droit, placés à cinquante ou soixante pas de distance, de s'avancer front contre front, jusqu'à ce que le canon de leurs pistolets touchât leurs poitrines, et, dans cette position, de décharger leurs armes ; mais rarement poussaient-ils à ce point les effets de la haine et de la vengeance ; renonçant d'ordinaire à ce sinistre avantage, le plus généreux lâchait son coup à vingt ou vingt-cinq pas, et, dès lors, si l'adversaire ne tombait pas blessé mortellement, il faisait feu tout de suite. Sa conduite était méprisée s'il agissait autrement, dans tous les cas, bien entendu, où l'injure comportait de part et d'autre cet amendement apporté à un droit terrible.

— Le reste est l'affaire de nos témoins, — dit le commandeur en s'éloignant de quelques pas avec son frère. Quand ils ne se trouvèrent plus à portée d'être entendus, le commandeur dit au marquis de Courtenay, plus blafard que le soleil de cette froide journée : — Mon excellent frère, nous avons nos jours de mauvaise disposition dans la vie et où nous valons mieux que notre cœur.

— Que voulez-vous, mon frère, ce tremblement nerveux...

— Ce tremblement provient du froid, — continua le commandeur. — Au surplus, comme je vous le dis encore, la vie ne voit pas constamment les hommes dans une égale disposition d'humeur. Malgré leur bonne volonté, leur devoir, le cri de leur honneur, ils faiblissent, ils chancèlent, ils succombent pour ainsi dire, et tombent au-dessous d'eux-mêmes. Oh ! je ne dis pas cela pour vous, mon frère ! car je suis content, si je ne suis pas étonné de votre fermeté.

— Je vous remercie de votre estime, — dit le marquis de Courtenay, dont tous les membres étaient transis de peur. — Oui, — ajouta-t-il, — il arrive parfois qu'on soit, comme vous le dites, moins brave tel jour que tel autre, qu'on soit tel jour un peu... Vous trouveriez-vous par hasard dans cet état si naturel, et, je crois, si excusable, mon frère? — demanda-t-il avec une espèce de honteuse satisfaction.

— Je le crains, — répondit le commandeur, qui se possédait aussi fermement que la nuit où il tua, en Pologne, la louve affamée; — oui, mais votre exemple, mon frère, me fait rougir de ma faiblesse; il me ranime, me remonte, il me replace à mon centre. Je mérite après tout quelque indulgence ; je ne suis pas vous. Vous, mon frère, si, par la permission de Dieu, vous sortez de la vie d'ici à quelques minutes, vous aurez du moins goûté à ses plus douces félicités; vous aurez possédé la femme aimée, celle qui vous aura fait connaître les joies graves de père après les joies de mari; tandis que moi, si je dois partir, je m'en irai tout aussi pauvre de plaisirs que vous en avez été riche. Je n'aurai connu que le travail et la guerre. Je comptais sur l'avenir pour me dédommager... l'avenir ne sera pas venu. Je sais, — ajouta le commandeur, qui voyait de plus en plus blanchir la figure de son frère, à mesure que la fatale minute approchait, et qu'on entendait ce petit bruit d'acier que produisent les détentes qu'on arme, les baguettes qui entrent dans le canon, — je sais qu'il est fort triste de quitter ces biens après les avoir connus ; mais vous laissez une femme dans l'opulence, des enfants sur le sort desquels sa tendresse vous rassure... Quoi qu'il en soit des raisons que nous pouvons avoir, vous et moi, mon frère, de quitter la vie avec plus ou moins de regrets, — dit le commandeur d'un accent dont l'affectation ne cachait pas la solennité, — je vous prie de me décharger votre arme dans la tête si vous me voyez faire ici, sous les yeux des hommes et de Dieu, un seul mouvement de lâcheté. Jurez-moi cela, par le saint nom du Seigneur, par notre mère et par le respect que vous avez, ainsi que moi, pour les Courtenay, qui tous furent des braves.

— Je vous le jure, mon frère, je vous le jure, — murmura, arrivé au comble de la peur, le marquis de Courtenay, qui comprenait enfin que, si son frère lui demandait le service de le tuer en cas de lâcheté, il pouvait être sûr, de son côté, lui, pauvre marquis, d'être tué sur place par le commandeur s'il faisait un signe de faiblesse ou d'incertitude devant leur commun adversaire.

C'est précisément à cette persuasion-là que voulait l'amener le commandeur; il voulait le convaincre qu'il le tuerait s'il laissait voir sa peur. Avec quelles préparations ne venait-il pas de lui communiquer cette détermination? Il s'était présenté lui-même comme un lâche, lui! afin de ne pas dire à son frère aîné : Je sens clairement que vous seriez un lâche si je n'étais pas là ; mais je suis là, et je vous tue si vous vous avisez de mollir.

Lorsque le commandeur vit venir vers lui ses témoins et ceux de son adversaire, il leur dit de loin, avec un sourire grave :

— Nous avons levé, mon frère et moi, une petite difficulté qui vous aura peut-être occupés pendant que vous chargiez les armes. Mon frère aura l'honneur d'engager le premier le combat avec monsieur de Marescreux. Il a été le premier et le plus directement offensé ; puisse cet arrangement entre mon frère et moi ne pas contrarier les vues de notre adversaire. L'agréez-vous, monsieur?

Les témoins de Raoul de Marescreux attendirent sa réponse.

Elle fut tout entière dans sa démarche. Il prit le pistolet de la main d'un de ses témoins et s'éloigna à pas lents.

Le marquis de Courtenay se serait bien passé de l'honneur de l'initiative. Il essaya, à cette minute décisive, de balbutier quelques-uns de ces mots dictés par l'instinct de conservation, et dont le courage n'est pas la base ; mais son frère lui étouffa la voix en le pressant contre son cœur, et en lui disant tout bas à l'oreille, dans cet adieu rapide :

— Souvenez-vous de votre serment ; si vous apercevez en moi la moindre faiblesse, tuez-moi.

Quand il dégagea ses bras, les témoins s'étaient déjà éloignés. Le commandeur laissa alors son frère livré à lui-même au milieu de l'endroit entièrement découvert où ils étaient parvenus en marchant. C'était une pleine enfermée par un vaste pourtour de halliers. A leur droite s'étendait une partie de ce cercle de petits buissons formant, l'été, une galerie charmante de verdure.

Raoul et le marquis de Courtenay se virent face à face, à une distance tout à fait hors de la portée de la balle.

Le pistolet tendu, ils marchèrent ; ils avaient déjà marché quelques pas l'un sur l'autre lorsque Raoul baissa tout à coup l'arme et s'arrêta.

Le nuage qui voilait la vue du marquis l'empêcha de se rendre compte de ce qui se passait ; il ignorait pourquoi il n'était pas mort, pourquoi il était encore en vie, pourquoi il n'entendait plus aucun bruit.

Les témoins et le commandeur comprirent aisément, sur une désignation muette, le motif qui avait suspendu la marche de Marescreux et fait baisser le canon de son pistolet.

Entre les deux adversaires, et dans le hallier près duquel ils étaient, deux petits enfants, qu'on n'avait pas aperçus d'abord, dormaient enveloppés dans une couverture de laine. Deux chênes nains, étoilés encore de quelques feuilles sèches, servaient de berceau et d'abri aux deux petits laitiers. Ils revenaient de vendre leur lait à Paris ; auprès d'eux on voyait leur boîte en ferblanc, et, attachée à la main de l'un d'eux par une corde, une petite chèvre qui broutait des branches sèches. Ces pauvres anges dormaient à plaisir ; leurs petites têtes dépassaient, ainsi que leurs petits pieds, les bords de la couverture, et leurs petits pieds et leurs petites têtes étaient roses de froid.

Que faire? les éveiller? Leur témoignage pouvait gêner un jour. Couraient-ils quelque danger entre ces deux balles qui allaient partir, se croiser et donner peut-être la mort?

Raoul interrogea du regard les témoins éparpillés à gauche de la ligne du combat, et, sur un signe expressif de leur part, il devina que les enfants n'avaient rien à craindre de la direction des balles.

Pendant ce court armistice, dont il n'avait pas un instant saisi la signification, le marquis promena vaguement ses yeux autour de lui, et il aperçut, debout sur un accident de terrain, son frère le commandeur. Celui-ci le tenait sous la fixité de son regard avec une domination si grande que quelque chose de sa divine énergie, électricité, fluide du courage, courut dans les veines du marquis. Il se dit :

— Allons, il faut mourir, mon frère le veut.

Les deux adversaires s'avancèrent lentement l'un vers l'autre, Raoul sans perdre un instant de vue la poitrine du marquis; celui-ci en suivant machinalement l'impulsion qu'il semblait recevoir de la présence de son frère le commandeur.

Ils n'étaient plus qu'à quinze pas d'éloignement ; à cette distance il est rare que la balle dévie, pour peu que la main soit calme.

Ils s'avancèrent encore de deux pas chacun de son côté.

— Notre honneur va être sauvé, — murmura le commandeur en tenant son cœur dans sa main. — Mais ils devraient tirer, — dit-il presque assez haut pour être entendu. Dans le plus profond silence les témoins attendaient. Raoul et le marquis avancèrent encore. Ils ne sont plus qu'à cinq pas de distance.

— Je crois que mon frère s'évanouit, — murmura le commandeur ; — il se renverse en arrière, il va tomber ; il tombe ! — Il s'écria : — Monsieur le marquis de Courtenay ! Monsieur le marquis de Courtenay !

— Silence ! — crièrent les témoins, — silence !

Le marquis de Courtenay s'était en effet penché en arrière afin de mieux assurer son point de mire.

On entendit le bruit simultané de deux détentes et de deux coups de pistolets retentir.

Raoul vacilla comme un jonc. Le marquis resta immobile.

Les témoins accoururent vers eux.

La balle de Raoul avait frappé la poitrine du marquis ; mais le coup avait porté obliquement, la balle avait rencontré une côte, elle l'avait suivie et s'était ensuite échappée sans pénétrer dans les chairs.

Mieux dirigée, la balle du marquis avait suivi la direction du cœur de Raoul, où celui-ci avait sa main gauche posée au moment du coup. En sorte que, par un de ces hasards, du reste assez fréquents, la balle du marquis avait écrasé le diamant dans le chaton, et enfoncé dans la chair du doigt, jusqu'à l'os fortement ébranlé, l'épais anneau d'or.

La bague fut retirée, et la main enveloppée dans un mouchoir pour étancher le sang.

— Un peu de repos vous est-il nécessaire? — demanda le commandeur à Raoul de Marescreux.

— Non, monsieur, — répondit Raoul, — je suis à vos ordres.

Le commandeur avait déjà serré la main à son frère, en ne lui disant que ces mots :

— C'est bien ! — Il ajouta tout bas : — Maintenez-vous ainsi jusqu'à la fin, car ce sera peut-être à recommencer. — Chargés de nouveau, les pistolets furent remis, l'un à Raoul, l'autre au commandeur. Les deux adversaires allaient se séparer pour se placer à la distance d'où ils devaient marcher l'un sur l'autre, lorsque le commandeur dit à Raoul : — Monsieur, j'ai deux mots à vous confier. — Tous les témoins s'éloignèrent de quelques pas. — L'un de nous, — dit le commandeur, — aura assurément paru devant Dieu avant que ce soleil qui se couche soit descendu sous l'horizon. Peut-être y aurons-nous paru tous les deux. Cette minute est grave. Vous êtes soldat ; je l'ai été, — continua le commandeur, — Parlons-nous sans détour. Il m'est venu un doute depuis que nous sommes sur ce terrain : il n'est pas possible que vous ayez agi sans motif en outrageant, comme vous l'avez fait, la marquise de Courtenay. La connaissiez-vous? Aviez-vous à vous plaindre d'elle? Je vous adresserai une demande qui abrégera un entretien embarrassant pour vous, monsieur, pour moi, pour ceux dont nous sommes entourés ; votre âge me la permet, et le moment où nous sommes la rend moins blessante pour l'honneur d'une personne qui, d'ailleurs, ne saura jamais qu'elle a été faite. Entre elle et vous, monsieur, s'est-il établi des rapports d'intérêts ou des liens d'affection?... Avant de sortir de la vie, l'âme a des curiosités qu'elle a soif de satisfaire. — Raoul réfléchit un instant, puis il défit lentement deux boutons de sa tunique rouge; il glissa sa main le long de sa poitrine et sortit de sa poche de côté un portrait en miniature. Il le remit au commandeur. Ce portrait était celui de Casimire, celui qu'il avait peint lui-même autrefois à Varsovie, et au bas duquel était écrit : *Offert par Casimire de Canilly à monsieur de Marescreux.* Le commandeur rendit le portrait à Raoul de Marescreux. — C'est bien votre nom, celui qui est écrit au-dessous de ce portrait?

— C'est bien mon nom, — répondit l'adversaire du commandeur.

En s'éloignant pour vider le combat, le commandeur leva tristement les yeux au ciel, et il murmura :

— O mon Dieu! je n'avais qu'une consolation en mourant, elle m'est enlevée. Elle ne m'aimait pas. Ce jeune homme a été aimé.

Raoul et le commandeur s'éloignèrent de quarante pas environ, et ils vinrent l'un sur l'autre avec une belle fermeté.

Les pauvres petits laitiers dormaient toujours dans le buisson et la chèvre broutait au bout de la corde qui la retenait à la main de l'un d'eux.

On sentait que les deux adversaires s'estimaient à leur valeur; ils ne formaient qu'une ligne qui se raccourcissait à vue d'œil. A dix pas ils ne s'étaient pas arrêtés, à cinq pas ils ne s'arrêtèrent pas encore, à trois pas non plus. Leurs pistolets s'appuyèrent enfin sur leurs cœurs.

On entendit alors le petit cliquetis sinistre de deux détentes; mais on n'entendit, chose étrange, qu'une seule détonation, et si faible qu'on eût dit un tiers de charge poussant une balle de liége. Cela ressembla au bruit mou d'une pierre tombant dans la vase d'un marais.

Le commandeur bondit quatre pas en arrière; puis son corps se ramassa en l'air comme une boule, son menton heurtant ses genoux; puis il s'affaissa, il s'étendit; il ne remua plus.

La balle avait troué la poitrine.

— Il est mort! — s'écrièrent les témoins.

Le pistolet du commandeur était encore chargé : le coup n'était pas parti.

— Monsieur votre frère est mort, — allèrent dire au marquis de Courtenay les témoins du commandeur et les siens. — Ne restez pas là, faites-vous ramener au plus vite par vos gens.

— Mon frère est mort! — s'écria le marquis, et une douleur subite lui arracha des cris du fond de l'âme. — Mon frère est mort! Commandeur! commandeur! — criait le pauvre fou en secouant son frère, le relevant dans ses bras, armés en cet instant d'une force extraordinaire, en l'essayant sur lui, car le marquis était couché à terre. — Mais il est mort! il est mort pour défendre mon honneur! — Il essuyait la mousse sanglante qui était montée aux lèvres du brave commandeur, imposant et beau dans la mort comme il l'était dans la vie. — Oui, messieurs, il est mort pour moi. Que vous avait-il fait? Que vous avons-nous fait, monsieur, après tout, pour que vous veniez nous tuer ainsi? — dit-il à Marescreux, à travers une tourmente de soupirs et de larmes, froissant un mouchoir ensanglanté dans ses mains. — Oui, que vous avons-nous fait? Qui êtes-vous? d'où sortez-vous? Je veux savoir qui vous êtes et pourquoi vous nous avez poursuivis, recherchés, insultés. Pourquoi avez-vous tué mon frère? — dit le marquis en prenant le pistolet du commandeur dans une main et tenant dans l'autre le collet de la tunique de Raoul. Ce reproche si vrai, cette question si sensée qu'inspirait le désespoir au pauvre marquis, était la condamnation de l'affreuse conduite des témoins qui, dans ces temps de criminelle frivolité et de faux point d'honneur, auraient cru eux-mêmes faire acte de lâcheté en essayant de pacifier un différend souvent futile, presque toujours arrangeable. Raoul gardait le silence et se laissait secouer comme un arbre par le marquis. — Mais vous ne répondez pas! Répondez, vous dis-je, ou je vous décharge ce pistolet dans la tête. — On arrêta le bras du marquis de Courtenay. — Si vous ne voulez pas que je vous foule aux pieds, que je vous déchire, que je vous tue, oui, que je vous tue, — continuait à dire le marquis de Courtenay, — essayez donc de me tuer. Mon frère! — ajouta-t-il en abaissant les yeux sur le cadavre du commandeur, — je vous entends encore, je sais ce que vous m'avez dit tout bas. — Puis revenant à Marescreux, fort embarrassé de cette scène qui ne se prolongeait pas sans danger pour lui et les témoins dans un endroit si près du château de Vincennes, toujours gardé par les gens du roi : — Monsieur de Marescreux, — poursuivit le marquis, dont l'haleine commençait à faiblir, et qui ne parlait plus que par saccades forcées, — je prends ces messieurs à témoin que vous êtes un lâche, que vous m'avez refusé un second combat. N'êtes-vous brave que lorsque vous êtes sûr de tuer?

Comme il était impossible de laisser plus longtemps se continuer ces provocations et ces injures au pied d'un cadavre, les amis du marquis l'entraînèrent jusqu'à sa voiture, tandis que les jeunes officiers s'enfonçaient d'un pas rapide dans une sombre allée du bois avec Raoul de Marescreux.

. . . .

La colère, le désespoir, la douleur du marquis avaient atteint, s'ils n'avaient dépassé, le terme de son énergie; sa voix se tut, il tomba dans une sorte d'égarement sec; mais, en s'abîmant dans une consternation stupide, il étouffa en lui le rayon d'extrême lucidité dont il avait été illuminé. Plus calme, il devint aussi tristement nul et débile qu'auparavant. Ainsi, dès qu'il fut dans la voiture, il mit la tête à la portière et il dit au cocher :

— Allez avec plus de précaution qu'en venant; l'air est devenu plus vif; la porcelaine et le verre sont sujets à se briser par ce temps-ci. Ne me cahotez pas.

Les petits laitiers cachés dans le buisson ne sortirent de leur sommeil que beaucoup plus tard. Quand ils s'éveillèrent, ils furent saisis d'effroi en voyant couché tout près d'eux un homme qui nageait dans le sang.

Ils allèrent vite dire au couvent de Saint-Maur ce qu'ils avaient vu.

Il était nuit quand les bons moines de cette maison vinrent prendre le corps du commandeur, qu'ils transportèrent sans bruit.

XXVI

S'il est une position effrayante, épouvantable, mortelle, surtout pour une femme, c'est d'attendre les résultats d'un duel, et d'un duel dont elle est la cause. Elle doit demander à Dieu de la faire mourir pendant les heures de cette attente.

Les heures ne se divisent plus pour elle en minutes, mais en siècles; et du repos nulle part : son sang brûle; elle n'a qu'une pensée, et cette pensée lui serre le front; qu'un tableau scellé sous ses yeux : une figure blanche, des yeux fermés, une poitrine tachée de sang. Cette figure est celle d'un frère, d'un fils, d'un ami.

C'est une horrible, horrible attente.

Il se fait une décomposition organique : le jour qu'on voit n'est pas le jour qu'on a l'habitude de voir, c'est une lumière fébrile; les bruits qu'on entend sont indistincts, ils ont le vague fluide de l'eau. Les sens se déplacent. On souffre et l'on sourit; on voudrait s'enfoncer stupidement dans la mort, suivant la sublime expression de Montaigne, et l'on court à la croisée, au grand air, au grand mouvement. Tandis qu'on souffre ainsi, il y a des gens ailleurs qui boivent du vin de Champagne.

Un valet entra dans le salon de la marquise de Courtenay, pendant que le vautour de l'attente lui déchiquetait le cœur, et lui dit :

— La compagnie attend madame la marquise dans la salle à manger. Le souper est servi.

— Quelle compagnie? quel souper? — demanda la marquise.

— Madame la marquise a oublié que c'est aujourd'hui jeudi, jour de dîner et de réception?

— Quoi! on n'a pas contremandé les invitations?

— Madame n'en a rien dit.

— Et ces messieurs sont venus?

— Tout le monde attend. Il est cinq heures et demie. Le souper était pour cinq heures.

— Grand Dieu! que devenir? — pensa la marquise. — C'est bien! — dit-elle au valet, — je me rends dans la salle à manger; annoncez-moi.

Le valet se retira.

— Je n'aurai pas la force de me montrer, de parler, de répondre à tout ce monde, qui ne sait pas, qui ne doit pas savoir la cause de mon trouble, de mon anxiété. Il faut bien que je l'aie, ce courage, — ajoutait la marquise en semant de petites grappes de perles dans ses cheveux et en nouant convulsivement à ses bras des bracelets en topaze. — Comme je suis pâle! mais allons. — La marquise fit quelques pas, puis elle s'arrête, interdite, pensive, balbutiant ces mots : — L'un d'eux est mort peut-être à présent. L'un des deux! mais lequel? Oh! mon Dieu! — s'écria-t-elle en se frappant le front, — ayez pitié de moi! Qu'est-ce que je vais dire à tous ces gens-là.

Dans l'intervalle qu'elle mit à se rendre du salon à la salle à manger, elle avait si bien disposé son visage, provoqué son teint, arrangé un sourire, que personne, lorsqu'elle entra, ne remarqua cette pâleur dont elle redoutait tant les interprétations. Elle eut même la présence d'esprit de trouver un motif à l'absence de son mari et du commandeur. Ils s'étaient rendus à Montlhéry pour traiter de l'achat d'une terre destinée à grossir le majorat du jeune Tristan.

L'excuse fut parfaitement acceptée, et l'on se mit à table.

. . . .

La douleur de la marquise en s'asseyant au milieu de tous ces convives, hommes d'État, hommes de cour, hommes d'intrigues, qui l'entouraient de leurs regards et attendaient comme une faveur qu'elle leur parlât, ne peut se comparer qu'à la douleur de son père lorsqu'on lui vissa les jambes entre deux planches de fer.

Ces convives étaient une partie brillante, mais assez mélangée, ce jour-là, de la grande société du temps.

Peut-être quelques-uns méritent-ils d'être peints sur place avec la rapidité et l'abandon de la fresque. A moins que l'œuvre ne soit de Raphaël, de Léonard de Vinci, il est rare, en ce genre de peinture, que l'œuvre vaille le mur qu'elle couvre.

Nous les prendrons sans ordre, quoique certes ils ne fussent pas ainsi placés à la table de madame de Courtenay; mais, outre que ce procédé nous est plus commode, nous imitons en cela la postérité, qui a un peu brouillé la hiérarchie dressée à l'époque.

Celui-ci est un célèbre juge au Châtelet. Toutes les causes délicates sont du ressort de la section qu'il préside. C'est le fléau des adultères : il ne pardonne pas à Jésus-Christ qui leur a pardonné. On n'a rien à reprendre à sa sévérité, si ce n'est qu'elle s'arrête à sa personne, comme certains fleuves s'arrêtent sur eux-mêmes en atteignant les limites salées de la mer. Il condamne les maris infidèles et les remplace auprès de leurs femmes.

Celui-ci est un autre juge; il est vieux. Un vieux juge! Il a rendu la justice sous la minorité, sous Louis XIV et la régence; il la rend maintenant sous Louis XV. Madame de Nivernais demandait un jour naïvement : Mais par où la rend-il?

Celui-ci est encore un juge, mais au parlement. Il donne dans le bel esprit en plein; il fait des calembours et des coqs-à-l'âne sur la question ordinaire et la question extraordinaire. Un pauvre diable qui avait contrefait une pièce de douze sous pour acheter du pain à ses enfants, était devant lui tout tremblant, espérant encore, malgré le sentiment de sa faute.

— Comment vous nommez-vous? — lui demanda-t-il; puis : — Quel âge avez-vous? et enfin : Combien pesez-vous?

— Je n'en sais rien, — répondit le malheureux à cette dernière question.

— Eh bien! vous allez le savoir.

Il le condamna à être pendu. A la cour ceci passe pour de l'esprit.

Cet homme petit, inquiet, frétillant et maigre, placé au bas bout de la table, est un ambassadeur du Nord. Il méritait d'être flétri pour ses prévarications et ses dilapidations; sa peine a été commuée en une ambassade. Comme il est en disgrâce, il a beaucoup d'ennemis; mais, comme il ne peut manquer de ressaisir le pouvoir, ses ennemis le lèchent en le mordant; ils nient son talent qui est réel, sa parole qui est vive et adroite, mais ils lui reconnaissent une grande probité. C'est précisément la probité qu'ils devraient lui dénier. Quand il entra en fonctions, il n'avait pas payé son tailleur depuis douze ans, et il a aujourd'hui hôtel, chevaux, maison de campagne. Comment cela? Au reste, ses ennemis se trompent en employant cette flatterie; elle ne leur réussira pas. Un homme d'État aime cent fois mieux qu'on dise de lui : Il est le plus spirituel voleur que l'on connaisse que : Il est le plus vertueux imbécile qu'on ait jamais vu.

Regardez à côté de lui cette figure rubiconde, arrosée de chablis et de pomard; regardez-la tandis que je vais vous rappeler un court apologue. Assailli par la tempête, un bâtiment s'échoua un jour sur une plage déserte; une multitude de passagers d'origine différente furent jetés à la côte; ces nouveaux Robinsons projetèrent de fonder une colonie. Dès ce moment le désordre se mit parmi eux. Par quoi commencer une ville? Chacun avançait une opinion, défendait un système. Les uns soutenaient qu'on devait inaugurer une ville par tel monument, d'autres faisaient prévaloir une construction plus utile. La discussion se changea bientôt en personnalités. Le sage de la troupe proposa de laisser à chacun le droit de se construire le monument qui lui plairait. Le conseil fut écouté; mais qu'arriva-t-il? Ceci :

Le monument que les Espagnols fondèrent fut une église, les Anglais construisirent une manufacture et les Français une salle de spectacle.

Le plaisir est donc la première pensée des Français.

Celui qui leur apporte un nouveau plaisir est sûr d'être le roi de l'époque. Tout lui vient, l'argent, le succès, le crédit, même l'esprit. D'abord financier comme Fouquet, dont il n'a pas su imiter même la laideur, l'homme fleuri et gras que je vous ai désigné avait conquis cette royauté-là. Que n'a-t-il su la conserver! Mais il a voulu trancher du personnage, figurer à la cour, avoir ses entrées au conseil. Il a acheté une charge éminente, lui! Qu'est-il arrivé? Depuis ce moment, les grands, qui l'affectionnaient beaucoup à cause de ses dîners, ne lui parlent plus. Traité autrefois selon ses ragoûts, il est considéré maintenant selon son rang. « Je n'aurais jamais supposé, » dit un jour le jeune roi en s'exprimant sur le compte de cette espèce d'intendant des menus plaisirs, « qu'il eût le vin aussi parlementaire. »

Près de lui est le premier écrivain, et c'est un grand écrivain! qui ait créé à son usage de petits livres à la faveur desquels il s'est mis en relation avec ses amis et ses ennemis sans l'interposition d'un libraire. Chaque mois il dit à l'Europe, à la France et à domicile, ce qu'il pense des gouvernements, de la littérature et des mœurs. La tentative est aussi neuve que hardie. Il est original de se créer la faculté de prendre un gouvernement au collet, de saisir un mauvais ministre par les cheveux et de lui secouer la tête jusqu'à ce que ses dents et ses yeux tombent à terre comme des boutons; il est consolant d'avoir dans sa vie un jour où l'on puisse aller chercher un vieil agresseur de dix ans, le scalper de la tête aux pieds, et dire ensuite au public: « Voilà la longueur et l'épaisseur de la peau de monsieur. » Il est réjouissant d'écraser sous sa botte ceux qui vous ont barré le chemin, de casser sur le genou le sceptre de tous les Midas qui vous ont agacé avec le poil de leurs oreilles, et de leur enfoncer une à une dans le cœur autant d'aiguilles qu'ils vous ont fait pousser de cheveux blancs. Cela est bien; mais il ne faut pas que l'écrivain se crée la nécessité d'attaquer tous les noms par ordre de vengeance: les antropophages à l'heure sont ridicules. Il ne faut pas qu'il laisse circuler dans le monde qu'il cherche la sauce à laquelle il mangera les oreilles de tels ou tels; ces mangés-là pourraient un jour, comme la peau de je ne sais plus quels bœufs mythologiques, se mettre, quoique mangés, à crier bien fort.

Le beau côté de ces petits livres, lorsqu'ils sont spirituels, c'est la franchise. On sait avec eux à quoi s'en tenir. L'auteur brise un carreau et se met à la croisée sur votre vie. On n'a pas affaire à un imbécile qui vous poisse de calomnies allégoriques; qui, à l'abri, derrière un mur de périphrases, se donne les airs d'un audacieux agresseur lorsqu'il a la peur dans le ventre, et calcule combien chaque expression le rapproche ou l'éloigne du bois de Vincennes.

Cette longue rangée d'hommes offre une bizarre analogie avec des créatures qu'on est convenu de regarder comme moins intelligentes parce qu'elles ne font usage ni de perruques ni de pantalons. Le hasard a réuni ici les premiers, comme la science range et classe les autres dans nos ménageries.

Voilà l'éléphant politique, catégorie des financiers. Tête lourde, pieds trapus, œil gros et fatigué, bouche énorme.

Voilà le bœuf politique; ce qu'on appelle un travailleur dans les ministères. En général il est sale, négligé, distrait, crotté de tabac jusqu'au menton. Il se lève avant le jour, pour ruminer plus longtemps, et se couche avec le soleil. Heureusement que pour sa femme il n'est pas le soleil.

Voilà le renard politique. Voyez son museau, qu'il est fin! Voyez ses membres, comme ils sont souples! Voyez ses mains, comme elles sont griffes! Quel beau type nous offre celui que nous avons sous les yeux! Avant d'être nommé gouverneur de la province d'Aunis, il passait pour le plus joyeux, pour le plus pantagruélique compagnon de Paris. Comme il mangeait! comme il buvait! Il buvait tout: le vin, la bouteille, le tonneau, le tavernier, et il rendait tout cela en monnaie de singe, c'est-à-dire en payant de sa folle gaieté et de son esprit grimacier ce que les autres payaient avec de l'or. Il joua, en employant l'ivresse, le rôle de Brutus à Rome, et de Lorenzino à Florence, qui prirent, comme on sait, l'un le masque de l'imbécillité, l'autre celui de la folie. Il était si aimable qu'on pouvait sans conséquence le nommer d'abord petit receveur des tailles, plus tard collecteur général, et enfin gouverneur, grades successifs auxquels il est arrivé en dansant sur les mains comme Paillasse. Mais une fois gouverneur, il est retombé sur ses pieds, et le renard est devenu grave. Il a pris une femme très-riche; il reçoit à deux battants, et le prodigue de l'argent des autres est devenu ladre, fesse-mathieu. Qu'on le juge d'un trait entre mille. Pauvre, il allait, après ses orgies, jeter, dans le jardin d'un de ses vieux parents, les goulots de toutes les bouteilles de vin qu'il avait bues, afin de voir si un jour ces goulots n'auraient pas fait germer des bouteilles. Qu'a-t-il fait de ce jardin depuis qu'il en a hérité? Il y a semé des panais et des salades. Il fait des essais agronomiques sur les carottes. Que tu étais bien plus spirituel quand tu semais des goulots! Tu récoltais au moins de l'esprit, et elle en est si rare la graine!

Voilà le singe politique. Il a toujours besoin d'imiter la grimace de quelqu'un et de lui sauter sur l'épaule, sans cela il ne vivrait pas, il ne serait plus singe. Il est amusant, il est gai, on se l'arrache dans les salons, on se le passe de main en main. Malheureusement ses prospérités finissent toujours par un coup qu'il reçoit à un endroit tout à fait opposé à celui où son maître a reçu le sien.

Voici la mouche politique. Ses transformations sont curieuses. On ne sait pas trop son origine. Il est venu au monde avec deux ou trois croix d'un ordre mythologique créé par Jupiter après la chute des Titans.

Il a été page, secrétaire au-delà du Rhin.

Il s'est poussé par les femmes, par les vieilles surtout.

Il versifie un peu, il joue un peu, il cause un peu.

Avec tous ces peu réunis, il s'est fait des ailes, il a été moucheron, première époque.

A trente ans, il a changé la direction de son vol. Il allait autrefois dans les boudoirs, plongeait ses pattes dans les parfums; cet âge venu, il a bourdonné dans les antichambres, et posé sur le bureau des ministres; il a plongé sa trompe dans l'encre. On l'a vu écrire la correspondance des grands seigneurs, rédiger des mémoires, corriger des discours, relever l'orthographe et la ponctuation de ses protecteurs, être employé dans certaines missions délicates. Cela lui a rapporté une croix de plus, quatre rides de plus et beaucoup de cheveux blancs, car les gris n'existent pas. Il est passé mouche de cour de moucheron qu'il était jadis: seconde transformation.

A soixante ans, connaissant le monde comme les pavés de sa rue, il s'est fait enfin une position ambiguë. Il a acquis à un degré supérieur toutes les qualités secondaires de l'homme de cour. Il a la science du passé, la discrétion d'un geôlier, l'ambition rentrée d'un personnage déchu; il sert avec fidélité des protecteurs qu'il déteste. On le reçoit parce qu'il s'impose; il fait de l'autorité parce qu'il a lavé le linge sale de l'histoire pendant quarante ans. On le laisse parler parce qu'il raconte avec l'esprit d'un fait et la précision d'un chiffre, et qu'il est d'ailleurs moins dangereux de l'écouter que de s'en faire écouter. En un mot, la mouche s'appelle aujourd'hui mouchard: dernière métamorphose du gracieux moucheron d'autrefois.

Voilà le mouton politique; il porte sur son visage l'air crédule et bon de l'animal auquel il a acquis le droit d'être comparé. Il pue la bonté; il croit à la récompense due au mérite, au zèle, à la patience et à la vertu. Il a pris à la lettre une foule de proverbes qui ont cours dans le monde; il y croit et se repose en paix sur leur prochaine réalisation. Ainsi, il croit que *le vrai talent tôt ou tard se fait jour;* que *la vertu ici-bas trouve sa récompense*; que *la modestie est la compagne du vrai talent;* que *si la probité était exilée de la terre, c'est dans les cœurs des rois qu'on la retrouverait*. Il croit *aux ministres éclairés*. Il se dit avec confiance que *le temps découvre la vérité*. C'est en s'appuyant sur ces belles maximes qu'il est arrivé à soixante ans sans avoir obtenu le moindre emploi, la plus légère indemnité. Il n'est plus bon même à être mangé.

Voilà le paon politique. Quel beau plumage! Sa race se perd dans la nuit des temps, et c'est pour cette raison qu'il serait assez difficile d'en déterminer l'origine. Deux familles portent le même nom que lui; mais l'une des deux est plus vieille que l'autre, et cette dernière doit sa célébrité à un traître. « — A laquelle des deux appartenez-vous? — lui demanda-t-on. — A la bonne! parbleu! — répondit-il, — à la plus vieille. » Le fait est qu'il se flatte: son père était un oison d'honnête homme. Pour peu qu'on le presse, il avouera qu'un de ses aïeux était bâtard d'un Valois.

Voilà la pie politique. Son instinct est de voler. C'est un homme d'un grand nom, spirituel, élégant, fier, digne des plus hauts emplois; mais la manie de voler l'a réduit, à trente ans, qui est son âge, au rôle obscur et méprisable d'homme dont on se défie. Il a escroqué son avenir. Il est né voleur. La vue d'une pièce d'or l'enivre. Il vole ses fournisseurs, — voler les voleurs! — ses domestiques, ses employés; ses créanciers l'ont mis à la porte de chez eux. Si le roi l'eût jamais nommé ministre, il eût volé la montre du roi, les boucles d'oreilles de la reine et les mouchoirs des princesses; et, s'il eût été roi, au lieu de *faire le mouchoir, il ferait la couronne.*

Voilà l'oison politique. Il pleure sur le malheur des augustes potentats. Il croit que le roi de Portugal est dans le besoin, et il lui ferait volontiers passer des secours. Il suit avec anxiété tous les phénomènes de la grossesse de la reine de Madagascar. Quand on tire le canon pour annoncer la délivrance d'une princesse, il s'arrête et il compte les coups. Si c'est un garçon, il court embrasser sa cuisinière, et il lui dit en pleurant: «Nous avons un fils! » Il prend le deuil pour huit jours s'il apprend la mort d'un pacha. Quand le temps est sombre, il pleure sur la captivité du roi Jean et l'assassinat d'Henri IV.

Voilà le rossignol politique. Jamais une plus belle voix ne s'est élevée sous le ciel depuis les grands chantres de l'antiquité. Orphée attendrit les tigres; il a fait plus qu'Orphée: il a vendu ses poésies. Il n'est pas prouvé qu'Orphée ait eu trente éditions de suite. A force de voler de la terre au ciel, du fleuve au lac, de la montagne à la plaine, il est tombé un jour dans une assemblée politique dont un carreau était brisé. Depuis huit ou dix ans il se cogne aux murs de cette odieuse volière et vient brûler ses ailes aux flambeaux. Il faut qu'il ait commis quelque grand crime: pour l'en punir, les dieux l'ont changé en orateur.

Voilà la tortue politique. Tout passe devant elle et sur elle; elle ne se décourage pas, elle ne détourne jamais. « Je veux être un jour au-dessus de tout le monde à la cour, — dit une d'elles à ses rivaux qui marchaient sur son écaille et la laissaient de bien loin en arrière.—Toi! —Moi-même.—Mais en un an tu ne fais pas une de nos enjambées. » Dix ans, vingt ans s'écoulèrent, et la tortue politique avait peu avancé. Au bout d'un siècle elle était à peine sur la dernière marche du palais. Cependant on finit par ne plus entendre parler d'elle; on la croyait écrasée. « Qu'est-elle donc devenue cette ambitieuse? — se dirent les plus vieux courtisans parmi les petits-fils de ceux qui l'avaient autrefois narguée.—Elle a donc disparu? Elle est morte dans sa coquille, elle qui devait occuper la première place au-dessus de tout le monde. — Vous vous trompez, — répondit une voix qui partait du sommet de la tête de la souveraine; — je suis devenue le peigne de Sa Majesté; je touche à la couronne. »

La marquise était arrivée au dernier effort de l'énergie humaine lorsque la porte du salon s'ouvrit; son mari entrait. Elle attendit un instant pour voir s'il était suivi du commandeur.

Personne ne suivait.

Elle s'élance sur le marquis, qu'elle entraîne hors du salon.

— Votre frère? votre frère! il est mort! n'est-ce pas?...

XXVII

La figure de la marquise, en disant cela, prit une si extraordinaire expression d'épouvante que le marquis eut peur de lui apprendre la vérité.

— Mon frère!... Mon frère est en fuite, — bégaya-t-il.

— Ah!... il n'est pas mort, —dit la marquise en respirant; — il n'est pas mort! Vous comprenez, monsieur, la crainte que j'ai éprouvée en vous voyant revenir seul; mes appréhensions... Vous avez été si long, si long à revenir... Ah! il est en fuite!... Mais vous, —s'interrompit la marquise, qui se ravisait un peu tard; — mais vous, monsieur le marquis, vous ne me dites pas ce qui vous est arrivé.

— La balle de mon adversaire a sillonné ma poitrine.

— Vous avez été blessé!

— Fêlé peut-être, étant de porcelaine, comme vous savez.

— Il faut rentrer dans vos appartements,—dit la marquise, anéantie par ces mille secousses, arrachée un instant, par un mensonge, à la plus cruelle des certitudes; — oui, vous allez vous retirer. On va courir chez votre médecin. —La marquise donna un ordre. — Vous disiez que votre frère était en fuite, et vous savez sans doute où il est allé?

— Non, — dit le marquis, se souvenant à peine du mensonge qu'il venait de faire à sa femme, mais qui n'osait pas cependant se rétracter. Il eut assez de raison, quoique très-affaibli par les événements de la journée, pour comprendre qu'il devait corriger le plus possible la fausseté de ses paroles avant de les nier complétement. — Il n'est pas mort,—reprit-il,—mais il doit passer quelque temps pour mort, afin d'échapper aux poursuites de la police. Ainsi, pour nous, il est mort.

— Oui, vous avez raison, monsieur le marquis. Mais, si on le poursuit,—reprit à son tour la marquise,—pourquoi seriez-vous plus que lui à l'abri des recherches, vous qui ne vous cachez pas?

Le marquis ne sut que répondre.

Un instant le premier frisson ressenti par sa femme gela de nouveau le sang dans ses veines.

— Vous me questionnez beaucoup; je suis si fatigué... si fatigué...

— C'est qu'il faudrait que vous vous cachassiez alors, —redit la marquise impitoyablement.—Je dois vous faire ces questions, m'inquiéter pour vous.

— Sans doute, sans doute, — répliqua le marquis de Courtenay, sans avoir la plus faible conscience de ses réponses;—mais je ne crains rien, moi, absolument rien. Quand nous avons vu venir la maréchaussée, nous sommes tous montés en voiture, excepté mon frère le commandeur.

— Et vous l'avez laissé! Pourquoi ne l'avoir pas attendu?

— C'est que mon frère n'a pas pu nous suivre; il était blessé, très-grièvement blessé... Je suis bien fatigué, madame la marquise.

— Blessé! — s'écria celle-ci en prenant le bras de son mari, qu'elle appuya sur le sien comme avec l'intention officieuse de l'accompagner jusqu'à son appartement.— Blessé grièvement! vous ne m'avez donc pas tout dit?

— J'allais vous l'apprendre!... je croyais même vous l'avoir dit... Mais où me conduisez-vous?

— Chez vous, dans vos appartements.

— Mais c'est le salon.

— Excusez-moi; mais cette journée, cette journée m'a tellement troublée... Pourtant, si votre frère était blessé, — reprit la marquise, — il aura été pris, arrêté. Il est cruel, il est inconcevable, il est lâche de l'avoir laissé ainsi! — Le marquis se tut encore. — Oh! il ne me dit pas la vérité: il ne me la dit pas! — pensa amèrement la marquise. — Est-il blessé? est-il pris? est-il mort? Qu'y a-t-il de vrai dans tout cela? qu'y a-t-il de faux? Mais je vous demande, — dit-elle d'un ton suppliant au marquis, au milieu de l'escalier qui conduisait à son appartement, — comment votre frère aura-t-il pu échapper à la maréchaussée puisqu'il était blessé?

— C'est que nous l'avons vu, — répondit enfin le pauvre marquis,— se diriger vers le couvent de Saint-Maur, et il y sera arrivé, à travers le taillis, bien avant que les soldats n'aient occupé le terrain où le combat venait d'avoir lieu.

— Mais vous me disiez tantôt que vous ne saviez de quel côté le commandeur avait pris la fuite?

— Je vous ai dit cela?... Mon Dieu! mes idées sont si confuses...

— Il me ment! oh! il me ment! — pensa-t-elle. — Que je sache au moins la vérité, monsieur le marquis! Où est votre frère? qu'est-il devenu? que lui est-il arrivé? — Quand elle adressa cette question au marquis, ils étaient parvenus au premier étage. A la porte de son appartement, le marquis, essoufflé de fatigue, s'assit sans mot dire sur la dernière marche, la tête pressée entre ses mains. — Ce silence signifie, — pensa la marquise, — que le commandeur est réellement en fuite. Le marquis voulait me cacher qu'il s'était réfugié au couvent de Saint-Maur : le lieu de sa retraite lui est échappé. Il est fâché de me l'avoir fait connaître; il se repent de son indiscrétion, il a peur de la mienne... — Allons! — dit la marquise en le relevant, — rassurez-vous, j'ai tout deviné. Je sais tout.

— Puisque vous avez tout deviné, — reprit le marquis en entrant dans sa chambre, la désolation sur tous les traits, — pleurons ensemble la mort d'un frère si bon, si généreux, si noble. Oui, le commandeur de Courtenay est mort.

— Maintenant j'en suis certaine, — réfléchit la marquise : — le commandeur, dont le marquis voulait me taire la retraite, est caché à Saint-Maur.

Le médecin, appelé, entrait dans l'appartement du marquis.

. . . .

La marquise courut s'enfermer dans son appartement, laissant la société du salon s'écouler peu à peu.

Il était près de minuit.

Rentrée chez elle, elle sonna et dit au domestique qui parut :

— Dites à Marine de venir; je l'attends. Non, je ne puis vivre ainsi jusqu'à demain, — se dit-elle :— demain je serais folle. Il est blessé, il est caché; le marquis ne m'a pas dit où il avait été blessé. Est-il vrai qu'il soit caché au couvent de Saint-Maur? Que croire? que faire? Oh! s'il avait été tué! comme a fini par le dire le marquis. Tué! ce n'est pas possible! Pourquoi ne serait-ce pas possible? Que d'obscurité dans ce que j'ai appris! Cette obscurité me rassure; mais je n'ai peut-être pas assez interrogé le marquis. Pouvais-je le questionner davantage? fallait-il lui dire : « La vie de votre frère est » ma vie; s'il est mort, je mourrai. Parlez! parlez! dites! est-il mort? » — Marine entra; l'expression de son visage disait assez qu'elle n'ignorait pas la funeste nouvelle répandue déjà dans toute la maison. — Ah! te voilà, Marine!

— Ma fille, je serais déjà montée te voir si je n'avais craint d'augmenter ton gros chagrin. Je n'ai pas le cœur content aussi... vo...

— Tu m'aimes?

— Demande-moi plutôt si la Seine passe à Saint-Cloud.

— Tu n'as pas peur?

— Pour! et de quoi?

— Tu connais Vincennes?

— Oui.

— Es-tu allée quelquefois à Saint-Maur?

— Jamais.

— Alors, c'est impossible.

— Mais explique-toi, que je sache ce que tu veux.

— C'est impossible, — répéta la marquise; — il fait si froid, si noir, et puis c'est si loin. — Elle alla à la fenêtre, écarta les rideaux. — Quel temps! — s'écria-t-elle.

— Mais, ma fille, encore une fois, dis-moi ce que tu veux. Je me jetterais au feu pour toi, tu le sais.

— Eh bien! il faut sortir à l'instant, tout de suite. Il est plus de minuit. Mais je risque ta vie, chère Marine. N'y consens pas, je t'en prie, refuse. Non! tu ne peux pas sortir, non!

— Si fait! je sortirai; je m'envelopperai dans mon manteau. Dans l'obscurité, on me prendra pour un homme. Est-ce que je crains un homme, moi? Voyons, vite, où faut-il aller? J'y serais déjà.

— Ne te l'ai-je pas dit?

— Pas encore, ma pauvre enfant. Mais tu me désoles, tu m'embrouille comme un écheveau dans ce que tu as à me dire.

— Eh bien! Marine, tu vas sortir par la petite porte de l'hôtel; personne ne te verra. Tu iras à pied jusqu'à Saint-Maur : c'est au milieu du bois de Vincennes. Tu te présenteras au couvent des Bénédictins. Tu sonneras; à toute heure ces bons pères ouvrent leur porte.

— Et puis, — demanda Marine, — que ferai-je?

— Tu sais ce qui est arrivé au commandeur?

A ce nom, Marine se mit à fondre en larmes, après avoir retenu jusque-là la douleur qui enfin se faisait jour.

— Je sais, je sais... — murmura la bonne créature, — que le pauvre commandeur a été tué. Ils l'ont tué! lui, si bon! Oh! je ne comprends plus rien au bon Dieu!

— Marine! Marine! — dit la marquise, — le commandeur n'est pas mort. On a fait courir ce bruit, j'en ai la certitude, afin que les gens du roi ne le recherchent pas. — Marine regarda avidement la marquise afin de s'assurer qu'elle n'avait pas perdu la raison en lui parlant ainsi, à elle, Marine, qui avait entendu ce qu'avaient dit le marquis au retour du duel et les témoins du marquis et ceux du commandeur, trop bien d'accord entre eux sur la manière dont le commandeur avait été tué par Raoul de Marescreux. — Non, te dis-je, il n'est pas mort. Il s'est retiré au couvent de Saint-Maur. C'est un secret, un grand secret que je te confie, un secret que j'ai arraché moi-même au marquis il n'y a qu'un instant.

— Pauvre petite! — pensa Marine, qui n'eut pas seulement le courage de paraître au moins surprise de cette nouvelle, dont elle savait la déplorable fausseté.

— Voilà ce que j'attends de toi, ma bonne Marine.

— Parle.

— Tu vas te rendre au couvent de Saint-Maur, et tu demanderas à être introduite auprès du commandeur, à qui tu remettras ceci.

— Oh! mon Dieu! — pensa Marine; — elle croit à sa folie. La douleur l'a rendue folle. Elle est folle!

— Mais le commandeur est mort, ma fille!

— Je te dis que non, moi!

Marine baissa la tête pour cacher les nouvelles larmes qu'elle sentait lui venir aux yeux. Elle comprit qu'il fallait tromper la marquise.

— Oui, — dit-elle tristement, — je dirai ce que tu voudras, je le verrai, je lui remettrai... Mais quoi? — demanda Marine. — Tu ne me donnes rien. J'attends...

— Je perds la tête, en effet... tu as raison. Tiens! — dit la marquise en posant convulsivement sa main sur une feuille de papier, — tiens! Marine, voici ce que tu remettras au commandeur. — La marquise n'écrivait pas. Elle parlait, elle tremblait. — Tu lui remettras ceci. Ecoute, voilà ce que je lui écris.

Enfin elle avait écrit ceci :

« *Si vous vivez, un signe qui me l'apprenne; si vous êtes mort...* »

— Mais s'il est mort... — s'écria douloureusement Marine, — que veux-tu?...

— Ah! oui, — dit la marquise, et elle effaça ce qu'il y avait après ces mots, qu'elle laissa : *si vous êtes mort...* Elle ajouta seulement : — Toute à vous, Casimire. — Porte ce billet au couvent de Saint-Maur, et reviens. Je ne me coucherai pas, je t'attendrai. Va! bonne Marine! — dit la marquise en jetant ses deux bras au cou de Marine; — tu me rends là un service...

Et la paysanne et la grande dame mêlèrent leurs pleurs

comme une mère et une fille le feraient dans un danger commun. Mais si la marquise pleura, c'était d'amour, c'était de doute, d'effroi, c'était de douleur; Marine, c'était nettement de désespoir. Elle avait pleuré sur le commandeur, maintenant elle pleurait sur la marquise.

Marine sortit sans bruit de l'hôtel; elle s'enfonça courageusement dans les humides ténèbres qui emplissaient les rues de Paris et s'étendaient sur la campagne.

XXVIII

Il faut des années pour se faire à Paris un grand nom, soit par l'éclat de la gloire, soit par le mérite de la vertu; il suffit d'une minute pour le perdre. On dirait que c'est une plaine muette, sans écho, lorsqu'on y laisse tomber une belle action, et une voûte sonore quand on lui confie une faute.

Il n'y avait pas quatre heures que le duel de Raoul de Marescreux avec le marquis et le commandeur de Courtenay avait eu lieu qu'il était déjà l'aliment des conversations de tout Paris: gâteau de miel et d'amandes pour les gourmets de scandale. On s'en occupait à la cour, on en parlait au théâtre. Dans ces deux centres de l'opinion, l'événement prit un caractère singulier. Les interprétations flamboyèrent. Chacun expliquait à sa manière les causes de cette collision commencée par un soufflet, terminée par la mort d'un jeune homme aussi élevé par sa naissance que regrettable à cause de ses nobles qualités personnelles. Même les plus réservés dans leurs suppositions ne se contentaient pas des apparences; ils n'admettaient pas sans hésitation que l'agresseur n'avait pu écouter qu'une cruelle fantaisie en fondant un duel sur un outrage adressé à une femme qui lui était inconnue. Ils ne savaient pas tout, disaient-ils.

Les autres, les plus nombreux, les plus jeunes, les plus passionnés, et par conséquent les plus bruyants, s'accordaient sur un point, et, pour eux, c'était le plus important. Ce Raoul de Marescreux, si près un instant de passer pour le Jupiter olympien des poltrons, était maintenant un héros de bravoure, un duelliste superfin, la fleur des duellistes. Tout à coup il se trouva des gens gens pour lui dresser des états de services à émerveiller la curiosité haletante des salons. Bordeaux, Toulouse, Rennes saignaient encore, à les en croire, des rencontres brillantes qu'il avait eues, soit à l'épée, arme dont le maniement lui était aussi familier que celui de ses doigts, soit au pistolet. Il touchait le but à toutes les distances; sangfroid, agilité, adresse, il avait tout. Combien de jeunes officiers avaient déjà payé de leur vie la folle audace de se mesurer avec lui.

Sa vie, du reste, offrait du merveilleux. Il paraissait un jour dans une ville, le lendemain il la quittait, se moquant des poursuites des gens du roi et des arrêts du parlement contre les duellistes. Il était, ajoutait-on, aussi séduisant dans un boudoir que brave sur le terrain, et aussi heureux avec les dames que contre les hommes.

La bravoure du dragon rouge n'était donc plus une question pour aucun des jeunes seigneurs, si bons juges de la matière; mais ils différaient d'opinion sur la cause positive qu'il convenait d'assigner à son dernier duel.

Les avis étaient partagés.

Les uns soutenaient qu'il avait offert ses tendres hommages à la belle marquise de Courtenay et qu'elle ne les avait pas écoutés; les autres, qu'elle les avait accueillies pendant un temps dont un nouvel amour aurait limité la durée. Bref, le dragon rouge, plus vif qu'expérimenté, aurait voulu se venger d'une infidélité ouvertement constatée. Mais pourquoi les effets de sa vengeance s'étaient-ils portés de préférence sur le commandeur? Ici les deux moitiés de la jeunesse se rencontraient et s'unissaient d'opinion pour convenir que la marquise aimait son beau-frère, le commandeur de Courtenay. Ils en avaient pour preuve le fait divulgué par les témoins du duel et déjà propagé de bouche en bouche. Ceux-ci avaient raconté que, sur le terrain, le commandeur et le dragon rouge avaient eu, avant de se battre, une explication confidentielle. Dans cet échange de paroles assurément fort graves, le dragon avait montré au commandeur un portrait qui était, il ne faut pas en douter, celui d'une femme. C'était après cet entretien, si significatif entre les deux jeunes gens, si important pour le commandeur, que celui-ci avait relevé son arme, et s'était abandonné, avec une résignation visiblement écrite sur tous ses traits, aux chances d'un combat dont son adversaire devait sortir vainqueur.

Ainsi ceux qui admettaient deux faiblesses chez la marquise de Courtenay et ceux qui ne lui en attribuaient qu'une seule étaient d'accord pour la regarder comme la cause d'une rivalité terrible, marquée par le sang d'un brave gentilhomme. Elle était classée. Il n'était plus question de sa réputation de vertu si prônée dans le monde, si volontiers offerte en exemple aux autres femmes; sa vertu était remontée dans les nuages avec l'âme du commandeur, mort pour elle, selon les uns, trahi par elle, selon les autres. Il se chanta un *Te Deum* de joie et de raillerie au fond de l'âme de ses rivales. On allait cesser enfin de leur opposer comme un modèle de sage retenue une femme dont la supériorité ne les écrasait déjà que trop. On se débarrassait d'abord de la sainte; la femme supérieure aurait son tour. En une soirée fut donc consommé le sacrifice d'une renommée éblouissante, importune, lentement acquise, la seule jusqu'ici sans tache et sans ombre.

Que faisait pendant ce temps la marquise de Courtenay? Elle attendait le retour de Marine, comptant les minutes auprès de son foyer éteint, se levant à chaque instant pour voir si le jour venait, ce jour qui ne vient pas, dans l'affreuse saison où l'on était; et puis elle retombait dans son fauteuil, les yeux mornes, les membres transis, le cœur noyé de tristesse.

Enfin cinq heures sonnèrent; Marine entra.

— Eh bien! Marine?

— Ah! ma pauvre fille, — lui dit Marine, — tu ne savais donc pas que les femmes n'ont pas le droit d'entrer dans le couvent de Saint-Maur?

— Quoi! tu n'es pas entrée, tu n'as rien vu, tu ne sais rien?

— Je suis entrée, oui, je suis entrée...

— Et puis?

— Je suis entrée, mais au parloir seulement.

— Au parloir, soit, — répéta Casimire.

— Un moine est venu.

— Oui.

— Je lui ai dit: Je veux voir le commandeur de Courtenay.

— Après, après!

— Le Seigneur soit avec vous, — m'a-t-il répondu, — mais je ne sais ce que vous voulez me dire.

— Et toi, qu'as-tu dit?

— Moi, je lui ai dit que j'avais cette lettre à lui remettre de la part de sa belle-sœur, madame la marquise de Courtenay.

— Qu'a-t-il répondu?

— Encore une fois, la personne que vous cherchez n'est pas ici.

— Mais où est-il donc alors? — s'écria la marquise. — Ensuite, ensuite!

— Ensuite! les matines ont sonné, et le moine m'a quittée.

— Ainsi, rien! rien! Oh! mon Dieu! rien! — dit la marquise une troisième fois, d'une manière sèche et poignante.

— Ma fille, voilà ta lettre, je te la rends... Voilà... Mais où est-elle? — Marine fouillait dans ses poches...—

C'est singulier!... elle était bien là, ou là, dans celle-ci ou... Mais rien, ni dans l'une ni dans l'autre poche. Que veut dire?...

— Tu m'effraies! L'aurais-tu perdue? Perdue! Si on la trouvait! Cherche! mais cherche! — Marine eut beau chercher, la lettre ne se trouva pas. — Oh! si elle tombe dans les mains de quelqu'un; si l'on y lit...

— Où puis-je l'avoir perdue? — se disait Marine. — L'ai-je repris des mains du moine? Je ne puis me rappeler... Je retourne à Saint-Maur.

Marine allait sortir lorsqu'on frappa à la porte de la chambre. Elle ouvrit; c'était un domestique.

Par la porte entr'ouverte, il dit, avec la mauvaise humeur d'un homme dérangé dans son sommeil:

— Un homme, un paysan, je ne sais qui, veut voir madame.

— Qu'il entre, — dit la marquise.

L'homme entra.

— Madame la marquise de Courtenay? — demanda-t-il.

— C'est moi.

— Vous n'êtes pas seule.

— Laisse-nous, Marine.

Marine se retira.

— Prenez, madame, — dit le paysan, dès que Marine fut sortie; — ceci est pour vous.

Le paysan sortit aussitôt.

C'était une lettre qu'il avait remise à la marquise, c'était celle qu'avait écrite la marquise elle-même, celle que Marine avait oubliée ou croyait avoir oubliée au couvent de Saint-Maur.

La lettre avait été décachetée, recachetée ensuite.

La marquise brisa de nouveau le cachet.

Sous ces mots écrits de sa main: *Si vous vivez, un signe qui me l'apprenne*, il y avait une tache de sang faite avec un doigt. Le doigt avait trempé dans le sang et avait laissé son empreinte sur le papier.

— Ce sang est le sien! Est-il vivant? est-il mort? Qui me l'apprendra? Oh! je n'ai plus de force. Oh! mon Dieu!

Et, la tête perdue, elle ouvrit la porte qui donnait dans le cabinet où était Léonore.

Elle courut au lit de son enfant, qui dormait d'un doux et profond sommeil, et, la soulevant dans ses bras, elle l'enlaça, elle la dévora de caresses.

— Maman! qu'avez-vous, — s'écria la jeune fille effrayée.

— Ma fille! tu ne veux donc pas que je t'embrasse? Oh! laisse-moi t'embrasser.

— Vous m'avez arrêtée au milieu d'un bien beau rêve, maman: je me mariais avec mon oncle le commandeur.

— C'est qu'il est vivant alors! — s'écria la marquise en serrant encore avec plus de violence contre son sein ému sa chère enfant. — Dieu me le dit.

Elle imprima sur la bouche de sa fille un baiser dans lequel elle parut vouloir reprendre la vie que sa fille tenait d'elle.

Cette femme si forte avait pleuré pendant la nuit dans les bras de sa nourrice, et un rêve de sa fille, d'une enfant, lui suffisait pour la confirmer dans la pensée étrange, dans l'espoir extraordinaire que l'homme aimé d'elle, que chacun lui disait être mort, était vivant.

XXIX

Le dragon avait quitté Paris, et personne ne sut où il était allé. C'était, du reste, dans ses habitudes de s'en aller ainsi sans bruit, à en croire la silhouette donnée de son caractère par le crayon de la renommée. Au bout de quelques jours, il eût été probablement oublié de tout le monde, s'il n'eût laissé derrière lui, non pas un mort seulement, ce qu'on oublie encore plus vite qu'un absent, mais la victime du drame dans lequel il avait été acteur et provocateur. Paris n'oublia pas la marquise de Courtenay; elle avait, depuis longtemps, à se faire pardonner l'immense prospérité d'une position trop brillante.

De jolies petites dents et des griffes gantées de velours la déchiraient dans toutes ces ménageries dorées qu'on appelle par politesse salons, cercles, réunions. Du moment où elle avait eu une faiblesse, il était naturel de lui en prêter autant que la calomnie peut en contenir, et elle en contient beaucoup. On se disait que le dragon rouge s'était rendu à La Haye pour y publier l'histoire de ses amours avec la marquise de Courtenay. On souscrivait déjà sous le manteau; on ajoutait que l'auteur avait eu le soin de placer une page blanche entre chaque page imprimée, afin que le lecteur eût la facilité d'écrire ce qu'il savait de particulier sur le compte de la belle marquise. Le tout serait accompagné de gravures en taille-douce, ces sortes de livres affectionnant beaucoup les gravures en taille-douce.

Tandis que ces rumeurs grondaient autour de la marquise de Courtenay, elle ne se doutait pas seulement qu'elle en était l'objet; innocente tranquillité qui ne manquent jamais de goûter ceux qu'on blasonne par derrière.

Dès le lendemain de la mort du commandeur toute la maison avait pris le deuil. Cet honneur funèbre, rendu à sa mémoire, avait produit une singulière impression sur la marquise, obligée de porter le deuil de celui qu'elle croyait encore en vie, qu'elle espérait revoir un jour.

Ce fut Marine qui se chargea de demander au marquis pour quel motif lui seul se croyait dispensé de prendre le deuil dans sa maison.

— Comment, — lui répondit le marquis, — toi aussi, tu m'adresses cette question?

— Allons! quelque nouvelle lune, — pensa Marine. — Je te l'adresse parce qu'il faut que quelqu'un te l'adresse.

— Regarde-moi, Marine.

— Plus je te regarde, plus je ne vois rien, marquis.

— Tu ne nieras pas que j'aie cessé d'être de porcelaine.

— Pour cela, non.

— Voilà déjà un aveu. Ne vois-tu rien autre?

— Ma foi! non.

— Quelle transformation ai-je subie?

— Nous y voilà, — murmura Marine. — Tu es comme le bon Dieu t'a fait, et, en vérité, il aurait pu mieux faire, sans te fâcher.

— Tu commences donc à comprendre?

— Je comprends que, puisque Dieu t'a donné une cervelle comme à tout le monde, tu ferais bien de t'en servir. Y a-t-il du bon sens à rester avec cet habit vert et cette culotte cerise quand tout le monde est en deuil ici?

— Je suis cerise, dis-tu? Me serais-je trompé? Mais non, tu ne m'as pas bien regardé, Marine. J'ai des ailes depuis la mort de mon malheureux frère. Regarde, je suis oiseau.

— Oiseau?

— Mais oui; cela durera plus ou moins. Comment les trouves-tu ces ailes? que dis-tu de mon bec?

— Allons! soit, tu es oiseau, — répliqua Marine; — qu'à cela ne tienne; ce n'est pas une raison pour que tu ne prennes pas le deuil.

— Je suis éternellement en deuil, — répondit le marquis. — Tu ne veux donc pas voir que, passé oiseau, je suis devenu hibou, l'oiseau des ténèbres, le gardien des tombeaux? La douleur que m'a causée la mort de mon bien-aimé frère m'aura fait pousser des ailes. Ainsi tu vois que je suis plus en deuil que qui que ce soit dans l'hôtel, puisque j'ai revêtu le plumage du hibou.

— Tu me ferais damner avec tes billevesées, marquis.

— Marine, respecte mon affliction et la forme qu'elle a reçue. Aie soin surtout que les chats ne m'approchent pas; ils mangeraient ton maître et le plus douloureusement affecté des frères.

Le marquis, ne voulant pas renoncer à se croire hibou, ne prit pas le deuil; seulement il s'enferma dans ses appartements de peur de tomber sous la griffe des chats.

Après être rentrée dans sa chambre, la marquise avait donné l'ordre à Marine de ne pas retourner à Saint-Maur; mais elle lui avait dit de se tenir prête à y aller dans la soirée, qu'elle aurait encore une lettre à lui faire porter.

— Ma pauvre enfant tient toujours à son idée,—pensa Marine; — si elle allait devenir comme son mari! Comprend-on cette obstination à vouloir que le commandeur ne soit pas mort? Puisqu'elle veut être trompée, et que cette erreur la rendra moins malheureuse, eh bien! que la volonté de Dieu soit faite, elle sera trompée... Quand tu voudras, ma fille, — répondit-elle à la marquise, — j'irai à Saint-Maur. Mais, crois-moi, le commandeur... A quoi bon, — pensa-t-elle, — revenir toujours là-dessus? — Et elle s'arrêta pour dire, en sortant de l'appartement : — Quand tu voudras et tant que tu voudras.

Au milieu du silence général qui régnait dans l'hôtel, livré à la tristesse, la marquise de Courtenay écrivit ainsi au commandeur :

« Vous vivez!... je le sais... j'en suis sûre... quoique » tout le monde vous croie mort... J'ai arraché ce secret » à votre frère, à force de tourmenter son esprit, étrangement affaibli par la scène dont il venait d'être acteur et témoin. Il croit n'avoir rien dit, mais je sais » tout. Vous vivez!... Que le ciel soit béni pour vous » avoir conservé à votre neveu et à votre nièce, chers » enfants dont j'entends les regrets et les gémissements » de l'endroit où je vous écris. Eux aussi vous pleurent » comme mort... et je ne puis aller les consoler, les » payer de leur tendresse pour vous en leur disant : » Non, il n'est pas mort! celui que vous pleurez... vous » le reverrez un jour... vous l'embrasserez. Séchez vos » larmes... souriez à votre mère qui vous porte la bonne » nouvelle... mettez-vous à genoux!... Mon ami, je n'ai » jamais eu tant de religion que depuis que je suis si » malheureuse, que depuis deux jours. Si vous saviez le » rêve qu'a fait Léonore la nuit, cette horrible, cette suprême nuit dernière. Horrible, vous étiez mort!... » mais bienheureuse, vous vivez... Ce rêve... je vous » le raconterai un jour. Tenez! les cris de Léonore et de » Tristan redoublent; ils me troublent la raison... ils me » déchirent l'âme... Je mêle mes cris à leurs cris, mais » ils ne m'entendent pas... mais je ne veux pas qu'ils » m'entendent... Je leur crie : Ne pleurez plus! ne pleurez plus! votre oncle n'est pas mort!... M'ont-ils entendue?... Leurs sanglots n'arrivent plus jusqu'à moi... » ils ne m'ont pas entendue, mais ils prient!... et ne » pouvoir rien dire!...

» Je suis heureuse pourtant; vous vivez, mon ami!... » J'en ai pour preuve... Quelle preuve en ai-je? mon » Dieu!... Si cette preuve allait m'échapper!... Vous vivez, parce que j'ai surpris, comme je vous le disais, » de la contradiction dans les réponses de votre frère. » Vous vivez, parce que ma lettre, celle que je vous ai » écrite la nuit dernière, a été décachetée. Quel autre » que vous aurait pu en briser le cachet?... N'est-ce pas » que vous vivez?... C'est affreux, cependant, d'entendre dire partout autour de soi : Il est mort... il a été » tué... il a été tué... il est mort... et de voir du noir » de quelque côté que l'on tourne les yeux. Moi-même » je suis en deuil... ma robe est noire... j'ai un crêpe » noir autour du cou... Véritablement j'ai peur... ce témoignage universel m'épouvante!...

» Je disais donc que vous viviez parce que vous avez » fait une tache de sang au bas de ma lettre. Quelle » preuve! Vous ne pouvez donc pas écrire? Quelle grave » blessure avez-vous donc reçue qu'elle vous empêche à » ce point d'écrire une ligne, un mot, ce mot, que je » vous demandais, et que je vous demande encore, mon » ami! Vous êtes blessé! l'êtes-vous mortellement? Voilà » que Tristan et Léonore reprennent leurs sanglots. Je » suis accablée, j'étouffe! L'êtes-vous mortellement? Qui » me dira tout ce que je veux savoir? Si j'interroge encore votre frère, et je l'ai questionné de nouveau, il me » répondra, comme il m'a déjà répondu : Mon frère est » mort; il est bien mort. Et vous ne sauriez croire avec » quelle lucidité désolante il exprime cette cruelle affirmation. Jamais sa raison ne m'a paru si claire que » dans ce moment-là.

» N'importe! n'importe! vous vivez; je l'ai dit, je le » crois; ma fille l'a rêvé. Ma lettre a été décachetée; » vous y avez répondu par une tache de sang. C'est donc » une tache de sang qui fait toute ma certitude. Mais » c'est bien vous, du moins, qui l'avez faite au bas de » ma lettre, c'est bien de votre sang? Vient-il de votre » cœur, je veux que ce soit de votre sang. Je le veux, » parce que je veux que vous viviez pour mes deux enfants. Je suis sûre que vous manquez de soins. Pourquoi les femmes n'assistent-elles pas à ces horribles » combats, à ces duels qui dévorent nos familles? Léonore eût sucé votre plaie, et, toute faible qu'elle est, » ma Léonore, elle vous eût porté dans ses bras jusqu'au premier endroit où on lui aurait ouvert. Ce n'est » pas elle qui vous eût laissé gisant dans votre sang au » milieu d'un bois. Tous les gens du roi ne l'eussent pas » fait éloigner d'un pas. C'est que nous vous aimons » bien ici! Vous en jugeriez par les pleurs qui, depuis » vingt-quatre heures bientôt, ne cessent de couler de » tous les yeux.

» Je ne vous parle pas de moi, mon ami. Si vous n'êtes » pas trop grièvement blessé, si vous pouvez vous servir de votre main, vous m'écrirez quelques mots seulement, bien consolants, bien bons, comme tout ce qui » vient de vous; mais plus de sang, plus de sang, plus » de sang! J'ai effrayé mes pauvres enfants; j'aurai » parlé haut! ils m'appellent; il faut que j'aille à eux. » Je me hâte. N'est-ce pas, quelques mots, que j'en » puisse rassasier mon âme; si peu que vous voudrez, » que vous pourrez. Mon Dieu! prenez ma vie, et que » je lise bientôt... Écrivez votre nom... votre nom seulement, et je le poserai sur la bouche de mes enfants » pendant leur sommeil.

» CASIMIRE DE COURTENAY. »

« C'est Marine qui vous portera encore cette lettre; la » pauvre Marine vous croit mort, elle aussi. Mais, après » votre réponse, il faudra bien la mettre dans le secret. »

Quand la lettre fut pliée, la marquise appela Marine et lui recommanda, en la lui remettant, d'attendre qu'il fît nuit pour la porter à Saint-Maur.

— Voyons! — lui dit-elle, tandis que sa main retenait encore la lettre par un angle, — voyons, Marine, es-tu convaincue que le commandeur n'est pas mort?

Marine regarda la marquise jusqu'au fond des yeux, afin de s'assurer de l'état moral de celle qui lui adressait cette question.

Le doute n'avait jamais pris une expression aussi déchirante sur la terre. Celle qui avait servi jusqu'ici de mère à la marquise, celle qui était habituée à découvrir les plus fugitives nuances de son âme, fut alarmée de la profonde altération qu'elle remarqua. Marine s'assura que la conviction de la marquise ressemblait à faire peur à la conviction contraire, et que, lorsqu'elle se persuadait et voulait persuader aux autres que le commandeur vivait, elle était plus douloureusement affectée que si elle était convenue avec tout le monde qu'il n'était plus.

La marquise ayant répété sa question, Marine lui répondit avec effort, et comme si elle eût eu une feuille de plomb sur la langue :

— Je ne puis plus douter qu'il soit encore en vie, puisque tu parais si convaincue. Tu sais ce que tu sais; moi, je n'ai soutenu mon dire que d'après ce que j'avais entendu.

— Oui, je sais ce que je sais, — appuya la marquise, laissant ainsi pressentir à Marine qu'elle ne tarderait pas à lui confier des choses après la révélation desquelles le doute ne serait plus permis. — Et à moins que d'être folle, — se reprit-elle, — je ne soutiendrais pas comme vrai ce qui, au fond, serait faux.

— Sans doute! mais sans doute, — affirma Marine, d'un ton qu'elle chercha le plus possible à rendre naturel.

— Ma pauvre Marine, tu es de mon avis par complaisance; tu ne sais pas mentir; ce que je te dis, je le vois, ne te persuade pas.

— Voyez-vous ces idées-là! Pourquoi m'accuser ainsi? Sans doute j'aimerais autant que le commandeur fût là près de nous, mais ce n'est pas une raison pour ne pas supposer... pour ne pas imaginer... pour ne pas croire... Tiens! donne-moi cette lettre; il y a un quart d'heure que je devrais être partie! — s'écria Marine en emportant la lettre et la fin d'une situation horriblement pénible pour elle à soutenir plus longtemps. — Puisqu'elle veut être trompée... — murmura Marine en quittant une seconde fois l'hôtel pour se rendre au couvent de Saint-Maur.

Le reste de sa phrase mourut sur ses lèvres.

C'était la fin du jour; la marquise de Courtenay descendit à pas lents au salon, où elle trouva son mari très-préoccupé de l'idée folle dont il avait fait part à Marine dans la matinée. Il s'était juché sur le bord d'un fauteuil, regardant furtivement à droite et à gauche, comme si un péril le menaçait. Ses yeux ronds brillaient dans les cavités de sa maigreur; il était triste et effrayé : c'était véritablement un hibou.

— Fermez bien la porte! — s'écria-t-il dès qu'il vit entrer la marquise. — Si quelque chat s'introduisait ici...

— Voilà l'homme avec lequel je serais obligée de passer ma vie si je ne conservais encore l'espoir... — Elle alla vers lui avec l'air de pitié mélancolique qu'il lui inspirait lorsqu'il était dans cet état, et, lui prenant la main comme à un enfant dont on n'obtient rien que par la douceur, elle lui dit pour le rassurer : — Venez, ne craignez rien, monsieur le marquis, nous avons à nous entretenir de choses sérieuses. Asseyez-vous près de moi.

— Je n'ai rien à redouter, du moins...

— Puisque votre excellent frère le commandeur est mort, — reprit la marquise, pesant sur chacune de ses paroles pour examiner l'effet produit sur celui dont l'attention lui importait tant, — puisque le commandeur est mort, — reprit-elle, — il nous est imposé l'obligation de faire célébrer demain, dans la chapelle de l'hôtel, un service funèbre pour le repos de son âme... — S'il est faux qu'il soit mort, — pensa la marquise, — il n'osera pas consentir à cette cérémonie, qui serait une profanation.

— Vous avez été prévenue, — répondit le marquis sans hésiter et avec une plénitude qui accusait la plus coulante netteté d'esprit; — j'ai fait tendre de noir, la nuit dernière, la chapelle de l'hôtel. Notre aumônier est averti que la cérémonie aura lieu sans bruit demain, à sept heures, et rien qu'en présence de notre famille et des domestiques de la maison, le genre de mort de mon malheureux frère étant assimilé au suicide par la dernière lettre pastorale de monseigneur l'archevêque de Paris. Voyez si ce que je vous dis est vrai, — ajouta le marquis de Courtenay. Et, prenant à son tour sa femme par la main, il la conduisit à une des grandes croisées de l'appartement; il tira les rideaux. En ce moment les rôles étaient changés; l'esprit faible, abattu, nébuleux, désorganisé, c'était celui de la marquise. — Tenez! — dit le marquis en étendant le bras et en désignant la galerie basse où se trouvait la chapelle; — tenez, vous apercevez d'ici, à la lueur des bougies, les tentures noires, le catafalque, et attachés aux piliers les écussons aux armes de mon excellent frère, le commandeur.

Le cœur de la marquise dut devenir blanc à ce spectacle.

Elle était venue pour effacer de son esprit un dernier doute, et son mari lui mettait un catafalque sous les yeux; son mari, qui n'aurait pas osé, comme elle avait pris soin de le penser elle-même, commettre un sacrilége en faisant célébrer un service funèbre pour un frère qui ne serait pas mort.

— Ah! oui, il est mort! — dit-elle en appuyant, par un frémissement nerveux, son bras sur celui du marquis qui était resté tendu. — Quelle fatale illusion m'étais-je faite!...

— Hélas! il n'est que trop vrai, — murmura le marquis après avoir tiré les rideaux et devenu pour un instant le personnage fort de l'entretien. — Vous n'en doutez plus à présent, — ajouta-t-il; — et si vous eussiez vu comme moi!...

— Non! je ne doute plus maintenant, — interrompit la marquise toute pâle, presque indignée du ton parfait de certitude répandu dans les paroles de son mari, qu'elle aurait voulu voir en ce moment frappé des signes les plus évidents de la folie afin de nier les paroles qu'il prononçait.

— Si vous l'eussiez vu comme moi, — reprit-il, — tomber à terre, frappé au cœur de la balle de son adversaire.

— Il a été frappé au cœur, au cœur! dites-vous?

— Au cœur ou au front, qu'importe, — continua le marquis, — puisqu'il devait mourir du coup?

— Et il n'a rien dit, il n'a pas eu la force de vous faire ses adieux? — s'informait la marquise, instruite pour la première fois des circonstances du duel.

— Il est tombé pour ne jamais plus se relever. Ses yeux se sont fermés, son pouls ne battait plus. C'était un cadavre.

— Comme il a toute sa raison en me disant ces affreux détails, — pensait la marquise dans la désolation de son âme. — Que n'eût-elle pas donné pour que, tout à coup un accès de folie s'emparant de lui, elle pût au moins mettre en doute ce qu'il lui racontait! Elle alla jusqu'à provoquer cette erreur dont elle avait besoin, et, c'est bien là le cœur humain, elle porta à droite et à gauche ses regards, comme si elle eût craint le ridicule danger dont lui avait parlé son mari. Elle les plongeait avec affectation sous les fauteuils et les meubles afin de lui faire croire qu'il pouvait bien s'y cacher un de ces animaux domestiques si redoutables aux oiseaux.

— Verriez-vous quelque... quelque chat?... — s'écria le marquis, trop sur ses gardes pour ne pas remarquer le manége de la marquise.

— Non! — répondit doucement la marquise; — mais non... Je ne crois pas...

— Vous ne croyez pas!... Mais alors vous n'êtes pas sûre! Sauvez-moi, au nom du ciel, de ses griffes! — dit-il en se jetant devant sa femme pour s'en faire un bouclier. — Sauvez-moi! oh! sauvez-moi!

C'est dans ce moment où le cœur battait si fort au marquis qu'elle lui dit :

— Je vous quitte...

— Vous me quittez!... Ne me quittez pas!...

— Non! je veux dire que nous nous retirons, mais que je vous quitterai quand je vous aurai ramené chez vous, parfaitement rassurée maintenant sur le sort de notre commandeur. Comptez sur mon inviolable discrétion pour tout ce que vous m'avez dit relativement à sa fuite.

— Vous êtes rassurée!... votre discrétion!... sa fuite!... Qu'est-ce que cela veut dire? Suis-je assez insensé pour vous avoir exprimé autre chose que ce qui est dans ma pensée, que ce que tout le monde sait, que ce que dix ou douze témoins ont vu. Ne viens-je pas de vous montrer un catafalque? Voulez-vous me rendre fou, décidément fou? Oh! madame de Maintenon n'a jamais tourmenté ainsi Louis XIV! Mes malheurs égaleront du moins les malheurs du grand roi, si ma gloire et mon faste n'ont pas su égaler son faste et sa gloire,—dit, épuisé par cette exclamation, le pauvre marquis, tout à la fois risiblement modeste et vraiment touchant en réclamant les derniers priviléges de sa raison.

— Pardonnez! oh! pardonnez!— dit la marquise d'un accent plein de regrets, émue de compassion pour son mari dont elle venait de jouer la raison, afin de lui arracher l'impossible aveu que le commandeur n'était pas mort. — Pardonnez à une aberration momentanée de mon esprit et non du vôtre. Soyez indulgent envers une douleur de famille dont l'excès m'a fait prêter un sens opposé à celui de vos paroles, qui sont justes, qui sont sensées. Si c'est une faute, excusez-la en faveur du profond attachement que j'avais pour votre frère... Je suis bien punie; je vous ai attristé, affligé; mais...

— Vous êtes bonne, — interrompit le marquis, touché des regrets de sa femme, de sa résignation attendrissante, de son accablement profond. — Vous êtes bonne de nous aimer ainsi.

Ils quittèrent le salon. La marquise conduisait son mari, mais en réalité c'est le marquis qui la soutenait.

— A demain matin, sept heures,— répéta la marquise, — j'y serai.

. . . .

La certitude des intérêts humains s'écroule souvent avec une facilité dont devraient s'étonner ceux qui n'admettent que les certitudes appuyées sur des causes matérielles, faisant bon marché des autres certitudes, de celles dont la religion est la base. Sur quoi reposait l'opinion où avait été jusqu'ici la marquise que le commandeur avait survécu au duel? Sur une indiscrétion qu'elle avait cru surprendre dans les propos de son mari, et son mari venait de lui prouver qu'il ne s'était nullement trahi dans sa première relation. Elle avait, il est vrai, une autre preuve : c'était la tache de sang imprimée au bas de sa lettre, c'est-à-dire une bizarrerie explicable de cent manières, un tour de moine oisif et cruel aux mains duquel la lettre aurait pu tomber.

C'était la seule preuve qui lui restait.

Aussi se jeta-t-elle sur cette lettre avec l'avidité du désespoir en entrant chez elle.

— Mais je ne suis pas une insensée! — s'écria-t-elle; — cette tache de sang existe, elle est là, dans cette lettre; je l'ai vue, je l'ai touchée. — Elle ouvre la lettre, la tache de sang n'y était plus. La marquise fut foudroyée sur place. L'endroit était estompé par le frottement de ses doigts, mais la marque qu'elle cherchait avait disparu. Pour achever de lui enfoncer au cœur l'affreuse conviction qu'elle se trouvait maintenant dans l'impuissance d'écarter, Marine, qu'elle savait être de retour à l'hôtel depuis plusieurs heures, car la nuit était très-avancée, n'était pas remontée lui dire le résultat de son voyage à Saint-Maur. — Marine, — pensa-t-elle, — ne voulait plus, sans doute, se prêter davantage à une comédie fantastique, porter des lettres à une personne enfermée dans le cercueil depuis trois jours. — La marquise passa les heures qui la séparaient du moment où elle descendrait à la chapelle, dans l'hébétement, dans la pétrification inerte qu'éprouvent les condamnés à mort dans leur cellule. Elle rêva les yeux ouverts, veilla les yeux profondément fermés, se crut morte depuis longtemps; mais la réalité était là et le soleil avait marché. A sept heures, une de ses femmes de chambre vint lui dire que toute la maison, rassemblée dans les pièces basses, l'attendait pour se rendre à la chapelle. L'aumônier avait déjà commencé les prières. — Je descends, — répondit la marquise qui ne s'était pas déshabillée; — je descends. — Elle se souvint de son père, si ferme et si grand à l'heure de son supplice, et elle eut la force de se lever et de marcher. Une lettre était sur sa table, où la femme de chambre l'avait déposée en entrant; la marquise la prit, l'ouvrit. Comme elle tremblait! Cette lettre portait sur la suscription la marque distinctive affectée aux lettres qu'on appelait alors de la petite banlieue. — Ma mère, oh! ma mère! — s'écria la marquise, dont les genoux fléchirent, — c'est son nom! le voilà! tout ce que je lui avais demandé : son nom! Maintenant, que Dieu lui-même descende et qu'il ose me dire que le commandeur n'existe pas! Son nom est là, écrit de sa main; il vit, il a signé!

XXX

— Madame ne descend pas? — revint dire la femme de chambre, qui attendait sur le palier.

— Mais oui! me voilà, — répondit la marquise; — je vous suis, je donne un dernier coup d'œil à ma toilette. Comme je suis défaite! Laissez-moi placer une mouche à la tempe; cela corrigera la pâleur de mon visage. Il ne faut pas faire peur au monde, laisser croire à monsieur l'aumônier que c'est moi qu'on enterre! Mais quel beau temps il fait! quelle agréable matinée! On respire, on renaît. On dirait une visite de printemps. Nous irons certainement à la campagne cette année, n'est-ce pas? — dit la marquise à sa femme de chambre, en passant devant elle pour se descendre à la chapelle.

— Qu'a donc la marquise, — murmura la femme de chambre, — pour être si gaie, elle qui a la mort sur le visage?

La marquise avait la résurrection dans la main, la lettre qu'elle venait de recevoir.

Bientôt toutes les personnes de l'hôtel, maîtres, intendants, domestiques, furent réunis autour du catafalque élevé au commandeur au milieu de la chapelle. Tendrement aimé de tous ceux qui l'avaient connu, il éveilla à ce moment pieux le souvenir de ses belles qualités, de ses généreuses actions. Chacun se rappelait au fond du cœur un trait de sa vie. Ce recueillement est la plus sainte des prières. A genoux sur le premier rang, Tristan et Léonore n'auraient pas été plus affligés de la mort de leur mère. Ils avaient perdu, en venant à cette cérémonie, l'innocent égoïsme de leur âge; la douleur les avait traités en grandes personnes. Leurs yeux cernés, leurs joues amincies, leur front triste, leur attitude flétrie témoignaient combien ils sentaient la perte de leur meilleur ami. Leur peine se voyait d'autant mieux qu'ils étaient agenouillés près de leur père, chétive créature dont ils ne devaient attendre ni appui ni protection, intelligence évanouie, grand nom livré d'abord à la pitié du monde, aujourd'hui au ridicule des salons. Que de moyens n'avait-il pas fallu prendre, que de ruses n'avait-on pas employées pour le décider à descendre à la chapelle! Il n'avait voulu y figurer qu'à l'abri des barreaux d'une cage, excessivement logique dans sa peur d'être dévoré par les chats. Comment construire une cage assez grande? Le marquis n'avait cédé que devant cette difficulté d'exécution. Mais comme il s'était fait entourer! comme on lisait sa peur sur son visage effaré! Il regardait sans cesse autour de lui.

C'est Marine, la forte tête de la maison, qui avait tout réglé en si peu de temps; semblable à ces bonnes mères dont la souffrance agrandit le cœur, et qui seraient capables, à l'heure de l'agonie, de se lever de leur lit pour se tailler elles-mêmes leur linceul de peur de causer trop de chagrin à leur fille.

La cérémonie funéraire se fit dans tous ses détails. Une seule personne restait calme au milieu de la consternation générale : c'était la marquise; on ne vit pas glisser une seule larme entre ses paupières. Elle semblait, au contraire, sourire parfois à ce qui se passait sous ses yeux. Elle s'épanouissait intérieurement à ce jeune soleil, promenant ses cheveux d'or sur le manteau du catafalque, teignant le pavé des gaies bigarrures des vitraux à travers lesquels ils passaient. Ni le chant des morts, ni la prière suppliante, ni la voix émue de l'aumônier, qui prononça en chair l'éloge du commandeur, ne plissèrent une seule fois le front de la marquise. Elle chantait aussi, mais les vertes joies de l'espérance. Elle murmurait l'hymne de vie quand on chantait à ses côtés l'hymne de mort. Tout lui paraissait heureux et riant. Il pleuvait pour elle des paillettes d'or; le jour était rose, l'air était doux dans cette chapelle si noire, si humide, si lugubre pour les autres.

Aucun de ses mouvements n'avait été perdu pour Marine.

La cérémonie achevée, chacun se retira en silence.

Dès qu'elle fut dans ses appartements, la marquise se hâta de se débarrasser de ses habits de deuil, qui l'oppressaient; elle passa une robe claire comme ses idées et se plaça à son secrétaire. Elle écrivit :

« Avoir lu votre nom, ce n'est plus douter de votre » existence, quoique je revienne à l'instant même d'en» tendre réciter l'office des Morts sur vous. J'ai poussé » l'impiété jusqu'à être heureuse quand tout le monde » à mes côtés fondait en larmes. Mais je savais que tous » ces pleurs pouvaient s'arrêter sur un seul mot de moi, » un seul mot toujours au bord de mes lèvres. Si je » l'eusse prononcé, toutes ces douleurs s'écroulaient au» tour de moi, les tentures noires disparaissaient comme » un nuage; mes enfants, votre frère, nos serviteurs pas» saient de la désolation à la joie, de la mort à la vie, » tout comme moi-même après avoir lu votre nom. Il a » fallu refouler dans mon cœur ce mot qui aurait pro» duit ce miraculeux changement. C'est cruel, mais cette » cruauté, l'avouerai-je? n'était pas sans charme pour » moi. Que Dieu, je l'imagine, doit se sentir grand et » consolé, — s'il éprouve à quelque titre nos satisfactions » terrestres, — de savoir d'avance qu'il va faire, à telle » minute donnée, le bonheur de ceux qui souffrent! J'é» prouvais quelque chose de cette satisfaction égoïste et » divine.

» Je ne veux pas savoir si votre blessure est grave, » mortelle; elle ne peut pas l'être, n'est-ce pas? Je ne » veux pas savoir si vous garderez le lit encore long» temps; je ne veux pas savoir si vous souffrez beau» coup; je ne veux pas savoir... je ne veux rien savoir. » Vous vivez! que mes enfants sont heureux!

» Il est temps de s'occuper des moyens de vous tirer » des suites de cette mauvaise affaire. Elle n'est pas sans » difficultés. A l'exemple de son grand aïeul, Louis XIV, » le jeune roi prétend se montrer de la dernière sévérité » contre les duellistes. Il ne veut pas imiter la faiblesse » du régent. Dans son conseil l'abbé Fleury paraît l'em» porter sur le duc de Bourbon, qui ne voit pas avec la » rigueur du vieux ministre ces combats singuliers. Jus» qu'ici vous n'avez rien à craindre, puisqu'on vous croit » mort; mais, comme vous ne pouvez toujours rester » renfermé au couvent, il faut prévoir le moment, très» prochain, je l'espère, où vous en sortirez.

» Des trois combattants qui ont pris part à ce duel, » vous êtes le plus menacé, par la raison fort simple que » votre adversaire est en fuite, et que monsieur le mar» quis, votre frère, est censé avoir agi sans discernement » et à votre instigation. Tout retomberait donc sur vous. » L'abbé Fleury ne serait pas fâché de faire un exemple » et de le prendre surtout dans ma famille. Il faut donc » que j'obtienne votre grâce du roi lui-même, et que je » la lui demande directement dans un moment où il sera » seul. Il se présente une occasion. Le roi se marie dans » huit jours; il y aura réception, bal à la cour. Je verrai » Sa Majesté, et ma demande lui sera faite. Je ne doute » pas de la réussite. Dans huit jours donc vous pourrez » reparaître sur la liste des vivants. Enfin vous me de» vrez quelque chose! à moi qui suis cause de tout ce » qui a eu lieu; je l'avoue en baissant la tête devant » vous, dont j'ai failli causer la mort.

» Je n'ai jamais tant souffert, sans doute, que ces jours » derniers, mais j'avoue aussi que les émotions que j'ai » ressenties par intervalles m'ont paru d'une nature su» périeure aux joies que j'ai goûtées jusqu'ici. Il y avait » comme la main de l'homme dans celles-ci, j'ai reconnu » une main autrement puissante dans les autres. Il me » semble que ces deux félicités peuvent s'appeler, l'une le » succès, le plaisir même; l'autre le bonheur. Je con» naissais le succès, je n'avais qu'entrevu, sans doute, » le bonheur. Comment comparer la satisfaction que j'ai » eue dans le monde d'être connue, louée, applaudie, ad» mirée, à ce que j'ai goûté de pures félicités en appro» nant votre résurrection, en voyant le dévouement de » mes serviteurs, en sentant couler pour la première » fois sur mes joues les pleurs versés pour vous par mes » enfants! Peut-être les douleurs domestiques ont-elles » cela de bon, quand elles ont cessé, qu'elles deviennent » un inexplicable motif de contentement, tandis que les » plaisirs que procure la vanité ne laissent dans la main » que le vide et dans le cœur que le doute. Quoi qu'il en » soit, j'ai toujours été punie jusqu'ici de mes succès du » monde, et je ne voudrais pas, même au prix auquel je » les ai achetés, ne pas avoir connu les consolations dont » je me suis abreuvée.

» Mais j'oublie que, si je n'écris pas à un mort, j'écris » du moins à un malade. Je ne veux pas vous fatiguer. » Si vous pouviez, dans votre réponse, me dire que vous » approuvez mon projet de parler au roi, vous m'encou» rageriez à cette démarche, dont le succès, du reste, me » paraît certain.

» Votre bien aimante belle-sœur,

» CASIMIRE. »

Un point reste à éclaircir parmi les événements qui se sont passés : qu'était devenue la lettre écrite par la marquise de Courtenay au duc de Bourbon, le soir où elle revint si agitée de la Comédie-Italienne, la lettre dans laquelle elle sollicitait avec tant d'instances la nomination de Raoul de Marescreux comme capitaine dans la maison du roi? Une heure après l'avoir lue, le duc avait envoyé la nomination à la marquise, quoiqu'il n'eût rien compris à sa conduite. Il n'avait pas oublié avec quelle indignation elle avait repoussé, dans le conseil, la demande du jeune dragon béarnais peu d'heures auparavant. Si de graves soucis ne l'eussent distrait, il eût, avec plus de raison que tout autre, soupçonné quelque intrigue de cœur dans ce conflit de contradictions. Mais le duc se détachait du pouvoir, poussé du pied de plus en plus par l'astucieux abbé Fleury. La faction des vieux l'emportait. On pressentait le moment où la cour l'enverrait méditer sur l'instabilité des grandeurs humaines au fond des ombrages de Chantilly. Ce moment approchait. Le duc pouvait commander les chevaux de poste. Il avait donc expédié le brevet de capitaine sans y attacher la moindre importance. Mais la marquise de Courtenay n'en avait fait aucun usage; elle l'avait jeté au feu en apprenant la tournure qu'avait prise l'événement de la Comédie-Italienne. Ce qu'elle aurait accordé d'abord au prix d'une prudente faiblesse, il eût été infâme, à elle, de l'offrir alors pour empêcher un duel. Dans cette circonstance, elle aurait eu l'air, en tendant le brevet à l'homme mis à la porte de chez elle, de lui demander grâce pour son mari et pour son beau-frère. Cette pensée ne pouvait lui venir. Le brevet avait été détruit. Seulement, pour ne pas trop se compromettre d'abord, elle s'était horriblement compromise plus tard. Tous les espions placés par l'abbé Fleury dans les bureaux du duc de Bourbon eurent connaissance de la pétition de la marquise de Courtenay en faveur du jeune dragon béarnais; la manière pressante, la forme romanesque, l'heure singulière de la demande furent portées à la connaissance de la cour, qui connut ainsi le fait et les détails avec une grande jubilation de scandale. Il plut des épigrammes et des chansons.

L'orage grondait fort, on le voit, autour de la marquise, en même temps que tous les appuis dont elle s'était entourée ployaient et menaçaient de se briser. Deux ancres seules résistaient encore à l'entraînement du courant qui l'emportait : le commandeur, ou plutôt son ombre, car que restait-il de lui en réalité? Excepté la marquise, qui aurait osé affirmer qu'il vivait encore après tant de preuves de sa mort? Le besoin impérieux chez elle de croire à la vie du commandeur, quelques inductions mystérieuses dont le temps ne tarderait pas à déchirer le voile, suffisaient-ils pour le compter encore au nombre des vivants? Son autre consolation résidait dans ses deux enfants, Tristan et Léonore. Elle revenait à eux et s'y attachait avec une énergie désespérée. La douleur les lui rendait. Elle aurait voulu maintenant leur payer tout à la fois l'amour dont elle les avait privés jusque-là. La mère réclamait les droits négligés par la femme. Mais ces sortes d'oubli se réparent-ils?

Toutes les caresses qu'elle jetait dans cet abîme pour le combler rétablissaient-elles le niveau? Ils allaient entrer dans la vie, eux aussi; avait-elle préparé leur sort? Elle pouvait compter les heures où elle avait sacrifié les agitations du monde et de la cour aux soins de leur éducation. Tristan n'était qu'un jeune homme, un enfant aimable, d'un caractère léger et facile, qu'elle n'osait pas élever comme elle avait été élevée par son père, de peur de recommencer une tradition fatale; d'ailleurs il n'avait en lui aucune des qualités sérieuses de monsieur le comte de Canilly. Il aimait le plaisir, courait les fêtes et ne soupirait qu'après le moment où il aurait un emploi d'honneur à la cour.

Le sort de Léonore occupait plus sérieusement la marquise; elle ne se souvenait pas sans effroi de la prétention menaçante du dragon rouge. Il avait osé demander la main de Léonore, l'exiger. Ce jeune homme avait montré tout ce qu'il serait capable de tenter pour l'obtenir. Il était parti, mais la menace était restée suspendue. S'il reparaissait un jour, s'il venait une seconde fois et plus impérieusement encore redemander Léonore à la marquise, comment celle-ci défendrait-elle sa fille? Le commandeur serait-il là pour les protéger? La terreur des mères est prophétique. Ce jeune homme reviendrait un jour : la marquise en était sûre; il n'était pas loin de Paris; il n'avait pas touché le prix de sa vengeance, si mystérieuse et si bien calculée. Léonore était ce prix. A qui dire toutes ces craintes? à qui les confier utilement? Habituée à la défiance, elle voyait dans chacun de ses domestiques un complice qui ouvrirait pour de l'or, quelque nuit, les portes de son hôtel à Raoul de Marescreux, et Léonore serait enlevée.

Paris, dès ce moment, ne lui parut plus un lieu assez sûr pour mettre sa fille à l'abri d'une pareille tentative. Discrètement elle écrivit au duc de Bourbon de faire nommer Tristan secrétaire auprès de l'ambassadeur de France à Madrid et de lui permettre de se faire accompagner de sa sœur Léonore. Son fils étant d'âge à entrer dans les fonctions diplomatiques, elle sollicitait pour lui cet emploi, dont il était digne par sa naissance.

Tel fut le projet auquel la marquise de Courtenay s'arrêta, et le seul qui parût offrir à sa sollicitude maternelle de suffisantes garanties contre les poursuites de Raoul de Marescreux. La réponse du duc de Bourbon fut sa propre oraison funèbre. En accordant à la marquise ce qu'elle lui demandait pour son fils, il ajoutait que c'était la dernière faveur qu'il faisait. Le roi venait de le remercier de ses services en l'exilant en Bretagne. La cabale de l'abbé Fleury avait pris le dessus, ce à quoi il s'attendait depuis longtemps, les Condé ayant succombé à la cour toutes les fois qu'ils se sont trouvés aux prises avec les prêtres, leurs éternels persécuteurs. Du reste, il se félicitait de fermer son règne de ministre par une faveur qu'une heure plus tard il n'aurait pas pu accorder.

Cette disgrâce était une immense perte pour la marquise de Courtenay, mais elle ne devait en sentir tout le poids qu'après avoir épuisé la joie qu'elle éprouvait de pouvoir envoyer et cacher en Espagne son fils Tristan et sa fille Léonore.

Une heure après, et la nuit étant venue, une chaise de poste fut attelée sans bruit sous la voûte de l'hôtel.

La marquise fit ensuite venir dans ses appartements ses deux enfants, et elle leur dit en faisant voir toute son émotion :

— Vous allez partir.

— Avec vous, sans doute, ma mère? — s'écria Tristan.

— Seuls. La voiture vous attend.

— Et pour aller où? — demanda Léonore.

— Votre voyage est un secret; un homme qui a toute ma confiance va vous conduire en Espagne. Je voulais d'abord vous taire la ville où il est chargé de vous conduire, mais je n'ai pas le courage de vous la laisser ignorer; votre fuite, déjà si cruelle, ressemblerait trop à un exil, chers enfants. On vous mène à Madrid. Voilà où vous allez.

Léonore se jeta aussitôt en pleurant dans les bras de sa mère.

Pendant quelques minutes la marquise confondit ses larmes avec celles de Léonore.

— Est-ce que nous ne nous reverrons plus, ma mère? — murmura la fille de la marquise. — Est-ce pour toujours?

— Pour toujours! Est-ce que cela serait possible? Ne suis-je donc plus votre mère?

— Tristan, — reprit-elle, — je mets votre sœur Léonore sous votre protection.

— Ma sœur court-elle quelque danger? faut-il la défendre? Ah! parlez! parlez!

— Votre sœur, — continua la marquise en essuyant ses larmes, — ne court aucun danger réel; mais vous allez tous les deux dans un pays où votre union fera votre force, où, si un bras doit la protéger, c'est le vôtre, mon fils bien-aimé, mon Tristan. Je n'ai pas voulu vous dire autre chose. Vous n'êtes plus un enfant.

— Non, ma mère.

En parlant ainsi la marquise admirait avec une douce pitié l'énergie qu'elle avait éveillée dans l'âme de son fils, tandis qu'elle ne pouvait renoncer à voir en lui ce qu'il n'était que trop, un enfant délicat dont l'éloignement la remplissait déjà de crainte.

— Vous êtes si peu un enfant que j'ai obtenu pour vous, Tristan, de la bonté de monseigneur le duc de Bourbon, l'emploi de secrétaire d'ambassade.

— Ah! ma mère, — s'écria Tristan avec enthousiasme, — laissez-moi aller le remercier.

— Monsieur le duc est exilé.

— Exilé!

— C'est la vie, — reprit la marquise. — Votre protecteur cherche peut-être lui-même en ce moment une protection. — De sombres pressentiments traversèrent l'esprit de la marquise au souvenir de cette grande déchéance. Un homme ouvrit à ce moment la porte du salon; il avait un manteau de voyage. — Encore un instant! — lui dit la marquise. — Laissez-nous. Mes enfants, — reprit-elle en s'emparant de la main de Tristan et de Léonore, — écoutez mes paroles comme si Dieu lui-même vous les disait. — Pénétrés de l'émotion de leur mère, les deux enfants s'agenouillèrent sur les épis. La marquise n'osa pas les relever. Elle se pencha sur eux, le visage inondé de larmes, et elle leur dit à voix basse : — Votre mère vous demande pardon à tous deux, non pas de ne pas vous avoir aimés, car elle n'a pas ce cruel reproche à s'adresser, mais d'avoir négligé de veiller autant qu'elle l'aurait dû sur votre éducation. Au lieu de vivre pour vous, de former votre caractère, de vous préparer au bonheur par ses soins, elle a livré sa vie à des occupations dévorantes qui ne lui ont rapporté que des doutes, des soucis, de l'amertume, sans parler de ce qu'elles lui réservent encore. Elle vous a oubliés...

— Ma mère! — s'écria Léonore, qui souleva doucement sa tête, — je suis sûre que vous nous avez toujours aimés.

— Chère enfant, vous dites vrai; mais cet amour d'une mère pour ses enfants ne suffit pas à leur bonheur. Je vous devais plus que de l'amour; je vous devais mes soins, mes veilles, mon temps, mon exemple, ma vie.... Il est trop tard. Je n'ai plus qu'une prière à vous faire : c'est d'être l'un et l'autre confiants et bons dans la vie, de parler sans feinte et d'agir comme vous parlez. Gardez-vous de la dissimulation comme d'une grave faute, et du mensonge comme vous éviteriez un crime. Soyez simples et vrais comme Dieu vous a faits. C'est déshonorer l'âme, croyez-en votre mère, empoisonner le cœur, corrompre la vie, que de ne voir jamais autour de soi que des trompeurs, des fourbes, des méchants, des êtres intéressés à vous nuire. On finit par être comme eux. Tristan! croyez à l'amitié des hommes, à leur sincérité; c'est beau, c'est bien, dût-on se tromper quelquefois; c'est le charme, c'est la dignité de la vie. Aimez-les, ils vous aimeront. Vous m'écoutez, mon fils!

— Ma mère! je vous écoute de toute mon âme.

— Et vous, Léonore, abandonnez-vous à la même franchise, vous aurez les mêmes récompenses. Nous ne valons, nous autres femmes, sachez-le avant qu'une dure expérience ne vous l'apprenne, que par la bonté du cœur; et nous nous perdons souvent, toujours peut-être, par la supériorité de l'intelligence. Pendant le plus ou le moins de temps que vous allez vivre loin de moi, vous deviendrez belle, ainsi que vous le promettez déjà. Vous serez entourée d'hommages, repoussez-les doucement : la vérité dans l'amour est encore le meilleur guide que doive prendre une femme. Ce que je vous dis est au-dessus de votre âge, mais non au-dessus de l'impérieuse nécessité de vous donner en quelques minutes tous les bons conseils d'une mère qui ne les a pas reçus, elle, qui les a achetés bien cher pour ne les avoir pas reçus. On vous aimera, Léonore, et, si vous aimez à votre tour, eh bien! aimez, portez au front votre amour; ne craignez pas d'éprouver ce sentiment ni de le dire. Votre franchise vous sauvera de tous les tourments du doute et de toutes les hontes de la contrainte. Enfin, ne cachez rien à vous ni à personne.

— Ma mère, je ferai comme vous, — interrompit Léonore.

— Je n'ai pas fait ainsi, moi! et c'est pour cela que je veux que vous soyez heureuse.

— C'est que je n'ai pas eu de mère, voyez-vous, — se reprit vivement la marquise, — je n'ai pas eu de mère qui m'ait conseillée. Vous serez donc pour moi, dans vos lettres, d'une absolue franchise. Entendez-vous, Léonore? Vous ne me cacherez rien, ni vos pensées, ni vos sentiments; enfin vous me traiterez comme tout le monde, et je ne vous abandonne qu'avec la promesse de votre part, la promesse sacrée, que vous vivrez avec la simplicité d'une enfant et la candeur d'un ange.

— Je vous le jure, ma mère! et je vous tiendrai d'autant plus fidèlement mon serment qu'il m'a semblé, pendant que vous me parliez avec cette bonté, avec cette tendresse, que j'entendais la voix chérie de notre oncle, de mon cher oncle le commandeur.

La marquise, en poussant un cri de douleur, éleva jusqu'à ses lèvres palpitantes ses deux chers enfants, qui la soutenaient elle-même. Elle ne sentit pas qu'on les lui enlevait; elle n'entendit pas la chaise de poste qui roula sur le pavé de la cour; elle ne revint de sa léthargie que longtemps après leur départ, et ayant une lettre dans sa main à demi-ouverte.

XXXI

La nuit était bien avancée lorsqu'elle se pencha pour la lire.

« Madame,

» Puisque vous paraissez tenir, par l'effet d'une curiosité dont je ne m'explique pas la cause, à vous assurer de mon retour à la vie, j'emploierai les premiers instants de ma convalescence à répondre aux lettres que vous m'avez écrites. Je me croyais deux fois mort pour vous cependant; mais je cède à vos instances, j'obéis aux cris de votre inquiétude. Je vous rends la pitié que vous m'avez montrée. Ma générosité répond à la vôtre. »

— Quel langage! — murmura la marquise; — est-ce bien lui qui parle? Il n'a vu que la générosité de ma conduite? Il ne comprend pas, dit-il, la cause de l'intérêt que je lui porte. Mais que dit-il? Une explication! mon Dieu! une explication.

« Vous avez pleuré sur ma mort, dites-vous; mais que vous importait ma vie puisque vous savez l'avoir à jamais troublée par une action dont j'aurais emporté le secret au tribunal de Dieu, si Dieu eût daigné m'appeler à lui. »

— Une action! Quelle action ai-je commise? Ah! cette nuit est fatale. — Haletante, la marquise reprit :

« Le dernier objet que j'ai vu dans ce monde, au moment où je paraissais devoir le quitter pour toujours, c'est votre portrait dans les mains de monsieur Raoul de Marescreux. »

— Mon portrait! — s'écria la marquise, — mon portrait! Ah! oui, mon portrait!... Mon père! — ajouta-t-elle en s'adressant à la pâle effigie de son père. — C'était bien mon portrait qu'il a vu dans les mains de ce Raoul de Marescreux.

Puis, reprenant encore sa lecture :

» Et la dernière parole que j'ai entendue de la bouche de mon heureux adversaire est que vous lui aviez donné vous-même ce portrait. »

— Oh! l'infâme! — s'écria la marquise. — En sorte qu'il aurait été, qu'il serait mon amant, n'est-ce pas?

La marquise lut enfin cette demi-ligne.

« Vous aimez cet homme.

» Adieu, madame.

» COMMANDEUR DE COURTENAY.

— Moi! je l'aime. Moi! Ah! cet homme se venge trop, mon père! Est-ce qu'il ne lui arrivera pas malheur comme à vous, mon père? Moi, je l'aime! — répéta-t-elle, — et il le lui a dit le pistolet sur le cœur! Et si le commandeur était mort, ses yeux, sa bouche se seraient fermés pour toujours sur cette calomnie. Quelle épouvantable mort! Il lui a dit cela! Mais, j'y pense, il le lui a dit devant des témoins, devant mon mari! Ah! tout se dévoile! Je suis, à cette heure, la fable de Paris, la moquerie des salons; et je ne savais rien! Je devine à présent, je prévois à présent, je sais tout à présent. Ce jeune homme, ce Marescreux m'a déshonorée en un jour, il m'a enlevé en un jour l'amour du commandeur. Mon père! mon père! vous m'avez laissé sur les bras un terrible héritage. Moi, vous avoir trahi! — revint la marquise, et comme si elle eût parlé au commandeur; — et vous avez pu le croire? De tous mes maux celui-là est bien le plus horrible. Quelle affreuse agonie il me doit! quel affreux retour à la vie! Je connais la susceptibilité de son âme : cette conviction l'a mortellement frappé. Il se plaint à peine; il ne m'accable pas, il ne me maudit pas. Je sais ce qu'il aura souffert, ce qu'il souffre encore. Mourir pour moi, et apprendre au moment de mourir que je ne l'aimais pas, que j'en aimais un autre, celui qui va le tuer; et ne rien dire, et mourir! Cette résignation est sublime! mon Dieu! je ne vaux pas cela, non, je ne vaux pas cela. Quelle femme mérite tant d'amour et tant de dévouement? Cependant vous le savez, mon Dieu, j'ai pleuré sur lui toutes les larmes que j'avais dans le cœur, et je le pleure encore. Pourquoi mes enfants ne sont-ils plus là? Que je suis malheureuse! Personne, personne pour me consoler. Je vais lui écrire, il faut que je lui écrive... Je vais écrire au commandeur que ce que lui a dit ce Raoul de Marescreux est une abominable invention à laquelle il a eu recours pour se venger de ce que je lui ai refusé la main de ma fille. Je vais lui dire que ce portrait fut envoyé à son frère, monsieur de Marescreux aîné, lorsque mon père eut la fatale pensée de m'unir à lui, afin de lui prouver qu'il liait indissolublement sa destinée à celle de sa famille, lors de la conspiration contre le régent. Mais l'hommage que je lui faisais moi-même de ce portrait? eh bien! je dirai la vérité; je dirai que mon père me força à écrire de ma main les mots tracés au bas de ce portrait. Me croira-t-il? Oh! en suis-je arrivée à ce que lui aussi n'ait aucun respect pour ma parole? Mais je le lui jurerai. Croira-t-il à mes serments? On ne croit à rien dans le monde où j'ai vécu et duquel il a voulu cent fois m'arracher, et où je suis restée, et où je suis encore. Il m'a vue si souvent m'exercer à dissimuler avec adresse ma pensée, à revêtir de formes si subtiles mes opinions et mes réponses, qu'il sourira à ma justification et qu'il me prendra en pitié après m'avoir eue en mépris. Non! je n'écrirai pas. Il sortira de la retraite où il se cache, et il m'entendra; oui, il m'entendra! Je mourrai à ses pieds ou il ne me relèvera que comprise, justifiée et pardonnée. Je veux qu'il ait sa grâce : c'est bien le moins qu'on accorde la grâce de celui qu'on a cru mort. Tout Paris, toute la France se soulèverait s'il était un tribunal assez inique, assez cruel, pour frapper la victime quand le meurtrier est libre. Il me faut sa grâce. C'est la mienne que je vais demander. A qui m'adresser? — se dit la marquise, arrêtée tout à coup par la réflexion. — Le duc de Bourbon n'est plus ministre. Il est dans l'exil.

C'est alors que la marquise mesura toute l'immensité de la perte qu'elle avait faite par la chute du duc de Bourbon. La source de son crédit s'était tarie. Le rival du duc de Bourbon, son ennemi, l'avait enfin renversé; l'abbé Fleury gouvernait la France. Est-ce à ce ministre hypocrite qu'elle irait mendier la grâce du commandeur de Courtenay, à celui dont les plus redoutables adversaires se réunissaient deux fois par semaine chez elle, dans ses salons? Quelle faiblesse d'y recourir! quel abaissement d'y compter! quelle illusion d'en espérer un résultat heureux! L'abbé Fleury était la dernière personne de France à laquelle il fallait penser pour avoir la grâce et la liberté du commandeur, et, la première, à coup sûr, qu'il fallait redouter de voir s'opposer à cet acte de la clémence royale.

La marquise n'avait pas beaucoup d'autres protecteurs à invoquer au-dessus d'elle : quand les grands chênes tombent, rien n'est assez fort autour d'eux pour arrêter ou suspendre leur chute. Elle pensa naturellement à s'adresser au jeune roi, Louis XV, ainsi qu'elle l'avait déjà projeté, si l'on se souvient de sa dernière lettre au commandeur. Elle était, disait-elle alors, sûre de la grâce. Maintenant la marquise était un peu moins sûre, quoique le mariage du roi fût fixé au lendemain, et qu'elle comptât beaucoup sur ce jour solennel, où un roi ne refuse rien. C'est qu'elle s'avouait et se démontrait, avec la brutale conviction de l'intérêt personnel, si lucide et si nul lorsqu'il agit sur lui-même, que la disgrâce de son protecteur, le duc de Bourbon, étaient aussi une disgrâce pour elle, et qu'à la cour les gens tombés sont morts. La cour ne fait pas de prisonniers. Elle ne s'abusait pas sur ce point; mais elle exceptait le roi du nombre de ses ennemis : un roi de France n'est l'ennemi de personne. Plusieurs fois le roi avait daigné parler d'elle avec une haute bienveillance; il n'ignorait pas l'ascendant qu'elle avait sur l'esprit du duc de Bourbon dans le maniement des affaires; il n'avait jamais manqué de l'inviter à ses brillantes fêtes de Versailles et de Marly. Aucune raison sérieuse ne pouvait donc faire entrevoir à la marquise un refus possible de la part du roi.

. . . .

La marquise n'avait plus qu'un jour à attendre pour tenter l'ouverture, plus que deux jours au plus, par conséquent à patienter pour confondre aux yeux du commandeur l'imposture de Raoul de Marescreux. Les preuves seraient complètes, irrécusables, éclatantes. Que dirait le commandeur? Le commandeur se rendrait à la lumière, à la vérité. Il n'était ni de ceux qui accusent vite ni de ceux qui reviennent lentement. Quel beau retour à la vie on lui préparait! Mais c'était deux jours à attendre.

Ainsi ballotée, que la marquise était bien l'image de tous ceux qui, comme elle, ont aventuré leur pauvre vie sur cette mer sans rives ni fonds qu'on appelle la politique! Une vague lui avait arraché deux enfants, une autre vague avait démâté sa fortune à la cour en emportant dans ses plis son protecteur le duc de Bourbon. Elle allait poser le pied sur un appui, sur ce commandeur qu'elle semblait avoir ressuscité de son propre souffle, et le commandeur croulait sous elle. Ce rocher était un banc de sable. Toujours la grande mer. Enfin elle apercevait un phare à l'horizon. Son salut dépendait de cette dernière lueur. Il lui restait le roi, mais rien que le roi.

La nuit que la marquise venait de passer entre les regrets donnés à ses enfants et les reproches qu'elle avait endurés du commandeur allait finir. Avant de prendre un repos qu'elle avait mérité, elle fit appeler Marine pour lui ordonner de consacrer sa journée aux préparatifs de sa grande toilette de cour. Elle avait à lui dire sur quelle parure de diamants elle avait fixé son choix, et mille autres choses de cette importance. Un domestique vint lui apprendre que, malade depuis la veille d'une fluxion de poitrine, Marine s'était mise au lit. Il fallait donc que la marquise remît ses ordres à une autre dame de compagnie, contre-temps qui affligea doublement la marquise parce que personne ne savait aussi adroitement l'habiller que Marine, et parce que, d'année en année, elle avait aimé davantage cette excellente créature, dont elle avait fini par faire, à force de confidence et d'affection, quelque chose de grave et de familier entre la mère et l'amie.

La marquise ne sortit du sommeil faible et agité auquel elle s'était livrée pendant quelques heures que pour goûter du bout des lèvres au dîner, et se livrer ensuite au long et tortueux poëme de sa grande toilette. Il serait faux de dire qu'elle chercha à être belle de sa simplicité; qu'elle voulut se distinguer par son élégante simplicité, on n'était pas reçu avec de la simplicité seule à la cour de Louis XV, le jour de son mariage. Tout était neuf et magnifique chez la marquise, l'équipage et les chevaux, la livrée et la toilette, la soie et les diamants. Par un bonheur inouï elle échappait au supplice de la description, en lui opposant une monotonie de somptuosité à émousser la tentative. Autant vaudrait entreprendre de décrire le fond de la mer ou la voie lactée. Quand elle entra dans sa voiture, à huit heures, le soir, aux rouges lueurs des torches résineuses portées par ses gens à cheval, et qu'elle s'assit sur le satin aurore de sa voiture à quatre chevaux, elle ressembla à ces apothéoses de Rubens, où les reines sont des déesses, où les déesses sont des reines. Elle souriait sur son passage. Pourtant son cœur saignait. Ses enfants étaient partis de la veille, et que ne lui avait pas dit le commandeur!

La marquise avait déjà franchi le grand escalier du château, traversé les premiers salons; elle mettait le pied sur le seuil de la longue galerie où étaient le roi, la cour, les ambassadeurs, lorsque le maître des cérémonies, arrêtant par le bras le valet qui allait annoncer, salua la marquise, et la força, par ses saluts mêmes, à reculer de quelques pas.

Surprise de cette démonstration inusitée, la marquise le fut plus encore en entendant le maître des cérémonies lui dire, avec la politesse impertinente de sa profession, qu'il la suppliait de ne pas lui demander les motifs qu'il était chargé de faire valoir auprès d'elle pour la dispenser d'aller plus loin.

—J'insiste,—dit-elle en se relevant superbement, quoique plus pâle que le velours blanc de son corsage,—pour que vous me disiez pourquoi vous me parlez ainsi.

— Madame la marquise, — reprit alors le maître des cérémonies, — j'aurai le regret de vous l'apprendre.

— Parlez, monsieur, et dispensez-moi des regrets.

— Une triste aventure, qui s'est passée ces jours derniers à la Comédie-Italienne, a fourni aux propos de la cour un sujet de scandale.

— De scandale!

— Vous avez tout voulu savoir, madame la marquise.

— Oui, monsieur, tout, jusqu'au mensonge, jusqu'à la calomnie. Poursuivez!

— On a cité votre nom à côté de celui d'un certain jeune homme, d'un dragon, d'une façon de duelliste...

— Assez, monsieur, — interrompit la marquise. — On me chasse de la cour. Je me retire. Ah! l'on me chasse! —Elle envoya au visage du maître des cérémonies un de ces inqualifiables sourires qui s'échappent des lèvres et du regard de ceux qui ne doivent plus jamais sourire. Elle sortit. La marquise se fit ramener chez elle: elle étouffait de colère, de douleur; elle arrachait un à un tous les diamants de sa toilette pour donner un passage à cette mortelle colère qui bouillonnait dans ses veines, qui tordait ses lèvres, agitait ses mains, flamboyait dans ses regards. Enfin elle arriva chez elle, en répétant, sans pouvoir contenir cette exclamation: — Chassée de la cour, chassée de la cour! Moi! chassée! Que voulez-vous? — demanda-t-elle au domestique qui la suivait de salon en salon. — Pourquoi me suivez-vous ainsi?

— C'est que...

— Qu'y a-t-il?

— Marine est malade.

— Je le sais.

—Très-malade.

— Que veut-on que j'y fasse? Qu'y puis-je?

—Elle va mourir.

—Mourir!

La marquise s'arrêta.

— Son mal a augmenté depuis votre départ. Le médecin a dit qu'il n'y avait plus d'espoir.

La colère de la marquise tomba tout à coup en apprenant la position désespérée de sa nourrice.

— Conduisez-moi sur-le-champ auprès d'elle, — dit-elle.

— Ah! vous lui ferez bien plaisir, madame la marquise, car elle n'a cessé de vous demander dans son agonie.

— Venez! venez! — Encore toute parée, tout étincelante, la marquise entra dans la chambre de Marine, s'assit près de son lit, et, lui prenant la main, elle lui dit: — Me voilà, ma bonne Marine.

— Te voilà,—murmura faiblement Marine, en s'efforçant de tourner la tête du côté où était la marquise.—Je suis contente que tu sois venue. Je craignais...

— Que craignais-tu?

— De ne plus te voir. Dieu m'a fait la grâce que je lui demandais.

— Ne t'exagère pas ton mal, ma bonne Marine.

— Tu sais si je suis dure au mal et s'il me fait peur... Je ne passerai pas la nuit. La mort me galope.

— Quelle pensée! Mais non... tu ne mourras pas! que deviendrais-je, moi?

— Pauvre enfant! J'y songeais. Tes enfants sont partis...

— Hier au soir.

— Moi, je m'en vais aussi.

— Tu vois bien que je ne puis rester seule.

— C'est ce que je me disais, et pourtant, mignonne, je me sens tirer les draps par la Faucheuse.

— Ne me désespère pas. Je vais appeler les meilleurs médecins de Paris; nous aurons cette nuit même une consultation. Nous te sauverons, puisque tu crois être en danger. Tu seras du moins plus rassurée quand tu connaîtras ton mal.

La marquise se leva.

— Reste. C'est le moins pressé; encore une fois je n'ai pas peur, et mon mal, je le connais. C'est une fluxion avec point de côté, fièvre au cerveau. Ça me bat dans la tête comme le bourdon de Notre-Dame.

— On en revient souvent, toujours...

— Soit! mais laissons mon corps. Je te le donnerai tout à l'heure, et tu en feras tout ce que tu voudras. Je suis bien plus inquiète, bien plus tourmentée pour mon âme.

— Toi! ma bonne Marine? Mais tu es une sainte.

— Il y en a de plus saintes dans le calendrier.

— Est-ce que je ne sais pas, minute par minute, toute ta vie, que tu m'as donnée?

— Tu ne sais pas tout.

— La fièvre qui t'agite en ce moment te fait exagérer quelques petites fautes. Est-ce cela qui te tourmente? Nous sommes à deux pas des Carmélites; veux-tu que j'envoie chercher au cloître le père Thadée? Un bravo homme.

— Pas de père Thadée.

— Un autre?...

— C'est à toi qu'il faut que je confesse la faute qui me pèse sur la poitrine comme une meule de moulin. Écoute-moi. Cela m'étouffe.—L'agitation intérieure éprouvée par Marine raccourcit sa voix au point que la marquise fut obligée de se lever et de se pencher sur le lit pour entendre. Les diamants effleuraient le visage de la mourante.—Écoute,—répéta Marine.

— J'écoute.

— Tous ces jours derniers tu m'as envoyée porter tes lettres au couvent de Saint-Maur.

— Oui, au commandeur, qui m'a enfin répondu par une lettre hier au soir, par une lettre que j'ai trouvée dans ma main après le long évanouissement dont je fus frappée au moment du départ de mes enfants.

— Tu te souviens, — reprit Marine, dont la sueur coulait par gouttes à ses tempes, — que je te dis, d'accord avec tout le monde, que le commandeur avait été tué dans son duel au bois de Vincennes.

— Oui, mais ce n'est pas vrai,—répliqua la marquise; —je te convainquis toi-même, et depuis lors tu n'as plus persisté dans ton idée. Nous savons bien maintenant, toi et moi, qu'il est vivant. Voilà d'ailleurs sa lettre, celle d'hier.

La marquise mit la lettre dans la main fiévreuse de Marine.

— Je me tus, c'est vrai, — reprit Marine; — je fus de ton avis contre celui de tout le monde.

— Tu continuas à porter mes lettres au couvent de Saint-Maur.

— Oui! je continuai à porter tes lettres au commandeur. — Ici Marine jeta sur le visage de la marquise un coup d'œil de repentir, comme les mourants seuls en trouvent entre la terre et le ciel. — Oui, — poursuivit Marine, qui recueillait toutes ses forces, — oui, je lui portais les lettres ; mais les réponses du commandeur...

— Les trois que j'ai reçues de lui, — interrompit soudainement la marquise : — celle où était une tache de sang, la première lettre, celle qui ne renfermait que sa signature, et enfin la dernière, celle d'hier soir, m'ont été portées par un moine, par quelque jardinier, par quelque employé du couvent. Je sais qu'elles n'ont pas été portées par toi.

— Mon enfant, ce n'est pas ce que j'ai à te dire et ce que je ne t'aurais jamais dit probablement si je n'avais été, comme ce soir, sur le point de rendre mon âme à Dieu. — Toujours penché sur le visage de Marine, la marquise brûlait de recueillir le mot suprême de cette confession. — Je t'ai vue, — continua Marine, — si désolée de cette mort du commandeur, si obstinée d'un autre côté à ne pas y croire, et puis je t'aime tant...

— Et puis? — demanda la marquise.

— Pardonne-moi, mon enfant, pardonne-moi ; oh! pardonne-moi !...

— Marine, qu'as-tu fait?

— J'ai prié un moine de Saint-Maur de m'aider à te tromper. C'est lui, c'est un moine qui a taché avec du sang la première lettre, c'est lui qui a contrefait, dans la seconde lettre, la signature du commandeur ; c'est ce moine qui t'a écrit la lettre que tu as reçue hier au soir. Le commandeur est bien mort.

— Est-ce bien vrai? — s'écria la marquise en soulevant Marine, en la mettant sur son séant, en opposant pâleur à pâleur.

Et, sans attendre la réponse de Marine, la marquise la laissa tomber sur son oreiller, poussa un cri d'aigle blessé à mort, et sortit comme une folle de la chambre qui avait entendu cette étrange, cette épouvantable confession.

Peu d'instants après, la voiture qui avait ramené la marquise du bal de la cour passa encore sous la double porte de l'hôtel et partit au galop.

La marquise de Courtenay avait quitté Paris.

XXXII

Une des belles qualités qu'il importe de reconnaître à Paris, c'est l'absence totale de mémoire. Il oublie avec une égale facilité le bienfait et le crime, le héros et l'assassin, le bonheur et la calamité. Il donne à chacun son jour ou son heure, puis il passe à un autre objet d'attention.

Au bout d'un mois il ne s'occupa pas plus de l'expulsion de la marquise de Courtenay, de sa disparition et de celle de son mari, que s'il n'eût jamais été question d'eux. Propos, anecdotes, chansons, épigrammes, tout fut mis dans le même tombeau.

La marquise avait pris, dans un moment de délire, le parti le plus sage ; elle avait quitté Paris, elle était sortie de la France, laissant sa maison à la discrétion de ses gens. On avait signalé son passage à Boulogne, puis sa résidence de quelques jours à Londres, mais on avait ensuite perdu sa trace. Était-elle allé en Écosse? s'était-elle embarquée pour l'Amérique? Nul ne pouvait le dire. Enfin on ne sut ce qu'elle était devenue, et personne ne chercha à le savoir. De tous ces chaleureux amis qui se pressaient à sa table et affluaient dans ses salons, aucun ne s'inquiéta de son sort. Un autre ministre était en faveur, d'autres protecteurs étaient en crédit, d'autres hôtels s'étaient ouverts aux manèges des ambitieux. Celui de la marquise restait silencieux et vide ; l'herbe croissait dans la cour. On l'aurait pillé impunément sans l'active clairvoyance de Marine, qui, abandonnée des médecins, durement délaissée par la marquise, était revenue à la santé par l'effet de sa bonne constitution. Marine ne perdit pas la tête ; elle prit les rênes de la maison, qu'elle se donna l'autorité du gouverner jusqu'à ce qu'il plût à Dieu de ramener sa maîtresse. Elle mettait de côté par ordre de dates toutes les lettres qui, de loin en loin, arrivaient de Madrid, et qui, sans nul doute, étaient adressées par Tristan et Léonore à leur mère. Au retour, la marquise les retrouverait.

Six mois s'écoulèrent, et aucune nouvelle de la marquise ne parvint à l'hôtel ; Marine commença à s'alarmer. Dans quel état devait se trouver le moral de la marquise pour qu'elle restât si longtemps sans s'occuper du sort de ses deux enfants dont les lettres demeuraient forcément sans réponse? Des remords venaient alors agiter Marine ; elle aurait dû, se disait-elle, laisser toujours croire à sa maîtresse l'erreur qu'elle chérissait, l'erreur qui l'aurait fait vivre. Elle maudissait les scrupules religieux qui l'avaient entraînée à dévoiler la vérité, une vérité fatale. Le délire de la fièvre avait grossi dans sa conscience l'obligation de parler, et de cette confession étaient résultés tous les maux domestiques sur lesquels elle s'accusait et se lamentait dans les vastes salons déserts de l'hôtel.

Un an allait être bientôt écoulé depuis ce malheureux départ, lorsqu'un matin, de très-bonne heure, une voiture de voyage s'arrêta toute poudreuse à la porte de l'hôtel. Le suisse courut ouvrir et la voiture entra.

Marine, encore couchée, levait la tête pour s'expliquer le bruit inaccoutumé qu'elle entendait dans la cour, habituellement si paisible ; tout à coup la porte de sa chambre s'ouvrit et deux bras l'étreignirent.

Les premiers mots de la marquise furent :

— Et mes enfants?

— Tiens ! — lui dit Marine en ouvrant le tiroir du secrétaire placé près d'elle, — voilà toutes leurs lettres. Il y a bien longtemps que je n'en ai reçu. Quand ils ont vu que tu ne leur répondais pas, ils ont cessé d'écrire.

La marquise posa ses lèvres sur tous ces plis rangés en ordre par la soigneuse Marine, et se plut à savourer pendant quelques minutes les bonnes choses filiales qu'ils renfermaient.

Elle décacheta ensuite la première lettre. Tristan l'avait commencée, Léonore l'avait finie.

« Chère maman,

» Nous sommes à Madrid depuis huit jours et installés, Léonore et moi, dans un très-joli appartement de l'ambassade. C'est un petit palais dans un grand ; mais nous auriez-vous envoyés au fond de la Chine, nous n'aurions pas été plus dépaysés qu'ici. Nous sommes peut-être en Chine ; personne ne nous connaît et nous ne connaissons personne, ce qui ne nous permet pas beaucoup, comme vous l'imaginez, de nous informer avec quelque raison de la santé de ceux qui nous font l'honneur de nous recevoir. Tout le monde s'est bien porté pour nous.

» Du reste, tout le monde est ici d'un sérieux glacial. Est-on dans un salon, on voit entrer des hommes qui ont de longs chapeaux, de longs cheveux, de longues moustaches, de longs manteaux, par-dessus lesquels passe un long nez, et ils vont gravement tirer une longue révérence à la maîtresse de la maison. Ils restent debout sans parler jusqu'à onze heures ; à onze heures ils vont faire une seconde révérence dans le goût de la première, et ils se retirent : la soirée est finie.

» Jusqu'ici je n'ai pas trop de regret d'ignorer la langue espagnole, puisqu'on paraît ne parler dans la société de Madrid aucune langue. Et nous quittons à peine Paris, où l'on causait tant, même lorsqu'on n'a rien à dire !

» A Madrid, règle générale, toutes les femmes sont

» vieilles : Léonore soutient qu'elles n'ont que cinquante ans ; moi, je vous assure, chère maman, qu'elles naissent à soixante ans révolus. Elles s'enveloppent dans d'immenses mantilles noires qu'il conviendrait bien mieux, à mon avis, d'appeler des bastilles. On ne leur voit ni le bout des doigts, ni la pointe des pieds. Quel est donc le poëte gascon qui a prétendu que les Espagnoles avaient les plus belles épaules du monde? Si jamais j'en vois poindre deux, je veux, pour me punir de les avoir niées, les embrasser, fût-ce devant le roi. Il n'y a de belles épaules qu'à Paris, et s'il y en a ailleurs, c'est qu'on les a fabriquées à Paris.

» Or ces vieilles femmes parlent un peu plus que les hommes, mais c'est si bas, si souterrainement, qu'elles ont toujours l'air de se dire : — Priez, je vous prie, pour le repos de mon âme.

» Pour égayer un peu la nôtre, son excellence notre ambassadeur nous a fait conduire au Théâtre-Royal. C'est la plus belle grange que j'aie vue de ma vie. J'ai retrouvé là ma société noire et silencieuse. Elle semblait s'amuser à mourir. On jouait ce soir-là au Théâtre-Royal le drame d'un célèbre poëte espagnol; car, en Espagne, chère maman, tout est célèbre. Tous les capitaines sont célèbres, toutes les victoires sont célèbres, tous les monuments sont célèbres; il n'est pas jusqu'au chocolat qui ne partage ce privilége. On vous offre du chocolat célèbre. Franchement il est bon. J'avoue qu'il est meilleur qu'à Paris.

» Quel est donc cette longue diablesse de pièce qu'on nous a donnée? Au premier acte, nous avons vu des moines; au second, des moines; au troisième... Enfin, jusqu'au dixième acte, des moines. Impatientée, Léonore m'a dit tout bas un mot charmant : Que ne donnerais-je pas, mon cher Tristan, pour voir un tout petit sacristain!

» Quelques jours après, nous avons été invités à entendre un célèbre prédicateur qui fait en ce moment les délices de la grandesse espagnole. L'orateur est un fort bel homme, comme tous les prédicateurs espagnols, du reste; car s'ils n'étaient pas beaux on ne les écouterait pas. Il ressemble beaucoup à l'Hercule qu'on voit dans notre salon d'été à la campagne; seulement, il est plus gros que notre Hercule. Son succès fut prodigieux : j'en juge par le grand nombre de gens qui ont couru baiser sa soutane lorsqu'il est descendu de la chaire. Je ne puis vous parler que de sa voix, n'ayant pas compris une seule de ses phrases. Avec cette voix tonnante, il a imité le coq de saint Pierre, le bœuf de saint Luc, le chien de saint Roch, l'âne de Balaam, et le cri de tous les animaux qui jouent un pieux rôle dans l'Ancien et le Nouveau Testament. Notre Bossuet est une fourmi à côté.

» Nous nous portons aussi bien, chère maman, qu'on peut se porter dans une ville où l'on s'amuse tant. Croyez que nous n'y resterions pas le temps de danser une sarabande si ce n'était par obéissance à votre volonté, qui sera toujours notre plaisir.

» Mes respects affectueux à mon père, un gros baiser à Marine et le plus cher de mes souhaits à vous.

» TRISTAN DE COURTENAY. »

Venait ensuite le paragraphe écrit de la main de Léonore.

« Chère maman,

» Tristan n'est pas juste : il vous a dit la vérité, mais il ne vous l'a pas dite tout entière. Si nous nous sommes parfaitement ennuyés chez la grandesse castillane, à la cour et au sermon, nous avons enfin de quoi nous consoler et de quoi espérer. Au sortir du sermon, de ce fameux sermon dont vous a parlé Tristan, nous avons été abordés à la portière de notre chaise par un jeune seigneur espagnol, mis avec un goût charmant. Il tenait à la main son chapeau à plumes; il prenait la liberté de nous plaindre, a-t-il dit, avec une spirituelle courtoisie, de ce que nous avions eu si peu de motifs de nous intéresser au sermon. Il avait lu notre ennui sur notre visage. Il venait, au nom de la jeune Espagne, ajouta-t-il, faire des excuses à deux hôtes aussi distingués que nous pour la fatigue que nous avions dû éprouver pendant cette triste cérémonie. Mais, se reprit-il avec un ton modeste et avantageux à la fois, tous les Espagnols ne sont pas taillés sur le modèle de ceux que vous avez connus depuis votre arrivée à Madrid, et si, hors de l'Église, il n'y a pas de salut, on peut du moins trouver, hors de l'Église, de l'amusement, du plaisir, de la jeunesse et de la gaieté. Voulez-vous me permettre, a-t-il dit, s'adressant plus particulièrement à Tristan, de vous faire partager mon opinion? Vous ne pourriez, sans dureté envers l'Espagne, lui refuser les moyens de se justifier. Tristan a fait ce que j'aurais fait à sa place; il a répondu gracieusement aux politesses de ce jeune étranger, et il a accepté de renoncer bien volontiers à son opinion sur l'Espagne, qui lui paraissait infiniment changée, a-t-il ajouté, depuis le peu d'instants qu'il avait le plaisir de connaître et d'entendre un si parfait gentilhomme.

» Vous n'auriez pas douté un instant qu'il est gentilhomme, chère maman, rien qu'à la manière fière et simple dont il jette son manteau, qui le drape et ne le cache pas. D'ailleurs, il nous a dit son nom. C'est le comte don Alvarès de Tolède. Une chose qui m'a encore plus surprise que l'élégance de son costume, la délicatesse de ses manières et l'expression de son regard, c'est la facilité avec laquelle il parle le français. A peine sent-on, lorsqu'il s'anime, un léger accent, qui n'ôte rien, je vous jure, au plaisir infini de l'entendre. Enfin, Tristan et moi sommes enchantés de cette rencontre. Nous nous regardons comme sauvés. De son côté il se dit très-heureux de nous avoir connus et d'avoir eu l'honneur de nous faire accepter ses services.

» Vous voyez, chère maman, que nous ne vous cachons, Tristan et moi, aucune des impressions que nous recevons en Espagne. Vous nous avez recommandé la franchise : je ne saurais vous en montrer davantage qu'en vous disant à cœur ouvert qu'après mon oncle, le commandeur, dont nous parlons sans cesse Tristan et moi, pour le regretter et le pleurer, aucun homme ne m'a paru jusqu'ici, permettez-moi l'aveu, aussi complétement aimable que don Alvarès.

» Hier au soir, il faut que vous sachiez tout, par une galanterie exquise, don Alvarez nous a envoyé à profusion des sorbets glacés, des fruits des Indes et des fleurs magnifiques. Nous étions occupés, Tristan et moi, à nous extasier sur ces gracieux présents, lorsqu'à minuit le bruit d'une sérénade nous a attirés à la croisée. La sérénade était pour nous. Je me suis endormie aux doux sons de la viole d'amour, de la guitare et des castagnettes. En vérité, ce don Alvarès, convenez-en, est charmant. Il est à peine jour dans nos appartements, et voilà qu'un petit domestique indien, jaune comme une orange, nous apporte de la part de son maître, don Alvarès encore, un billet où il nous prie d'assister à une fête qui se donne à la *Grotte de Calypso*, et qui durera trois jours. Trois jours de fête! Ce soir la première fête. Tristan accepte, et je vais songer à mes trois toilettes. Soyez de moitié par la pensée, chère maman, dans tous les plaisirs que nous goûterons, et au milieu desquels nous ne cesserons de nous entretenir de vous. Je ne manquerai pas de vous écrire si don Alvarès a tenu sa promesse, s'il est parvenu à effacer la triste opinion que nous avions conçue d'abord de l'Espagne et des Espagnols.

» Votre fille sincère et obéissante,

» LÉONORE. »

Si la marquise fut contente de la franchise de ses deux enfants, elle le fut beaucoup moins de la joie qu'ils éprouvaient d'avoir fait si fortuitement la connaissance de don Alvarès; elle s'inquiéta de leur facilité à se confier à un inconnu, à un étranger, rencontré par hasard au milieu d'une rue de Madrid.

En pensant au caractère un peu soudain de cette liaison, elle décachetait la lettre qui venait la troisième par ordre de date. Mais elle sortit tout à coup de sa réflexion.

— J'oublie, — dit-elle, — qu'il y a bientôt un an que leur lettre est écrite, et que les suivantes m'apprendront tout ce que je n'ai pas besoin d'imaginer. La troisième lettre n'était pas de l'écriture de ses enfants. Elle était sans désignation de pays : — Qui donc m'écrit? — Elle court à la signature. Point de signature; rien que ces mots : « Pourquoi êtes-vous séparée de vos enfants? » — Je me suis séparée d'eux, — s'écria la marquise, comme si une voix du ciel l'interrogeait, pour que ma fille ne fût pas enlevée par ce... Mais continuons, — s'interrompit-elle. — Je vais savoir quel est ce jeune homme, cet Alvarès.

Elle rompit vivement le cachet de la quatrième lettre, et elle lut :

« La première des trois fêtes, chère maman, n'est pas » restée au-dessous du plaisir que nous en attendions, » Léonore et moi. Comment seront donc les deux autres? » Décidément, je reviens de mon premier jugement sur » l'Espagne. L'Espagne est un jardin, l'Espagne est une » fête, l'Espagne est le paradis. Je vous avais dit, je » crois, que toutes les femmes naissent à soixante ans, » en Espagne; quel blasphème! elles ne dépassent ja» mais quinze ans. Celles que j'ai vues, et qui avaient » produit en moi une si fâcheuse impression, étaient de » fausses Espagnoles, des Portugaises probablement. La » *Grotte de Calypso* est tout simplement le plus beau » jardin du monde, planté d'acacias, de platanes et de » roses. De distance en distance s'élèvent des pavillons » faits d'un tissu léger, sous lesquels on danse toute la » nuit, comme on danse en Espagne! Les femmes ont » une grâce particulière en dansant : leurs mains vous » enlacent, leurs yeux sont près de vos yeux, leur sou» rire est sur vos lèvres; on n'est plus sur la terre. Elles » feraient danser les morts. Je m'en suis donné comme » un fou. Après le bal, la musique; après la musique, » les sorbets glacés; puis le souper, puis encore le bal.

» Tout vous raconter serait une entreprise chimérique, » et pourtant je craindrais de vous cacher quelque chose, » de peur de manquer à la promesse que je vous ai faite » de ne rien vous laisser ignorer de mes actions. Vous » m'avez conseillé, chère maman, d'aimer tous les » hommes; j'ai un peu étendu le privilége, car j'aime » maintenant toutes les femmes. Est-ce mal? J'ai encore » suivi vos conseils en disant franchement à toutes » qu'elles me plaisaient, qu'elles me ravissaient.

» Une d'elles m'ayant prié de jouer à sa place, je me » suis prêté à cette complaisance, qui lui a porté bon» heur. En une heure j'avais devant moi deux mille » piastres, c'est-à-dire dix mille livres. Elle les a conver» ties en or, et cet or est passé dans une de ces longues » et étroites poches qu'elles portent sous leur jupe de » satin noir. Je lui ai seulement demandé la permission » de remplir les fonctions de caissier. Mes appointements » ont été un baiser espagnol, que je convertis, comme » je l'ai fait pour les piastres, en un baiser français que » je vous envoie.

» Voilà à peu près l'histoire de ma première nuit. Je » passe la plume à Léonore, qui va vous raconter sans » doute ses impressions avec la même franchise! »

» Votre fils, TRISTAN. »

— Grâce au ciel! — s'écria la marquise, — il ne m'a pas dit un mot de cet Alvarès. Il n'était pas à cette fête où Tristan aurait prudemment fait de ne pas conduire sa sœur. J'ai eu une fausse terreur. Que me dit Léonore? Voyons.

« Ce don Alvarès, dont je vous ai parlé dans ma der» nière lettre, m'a avoué, et je vous l'avoue à mon tour, » chère maman, que la fête à *la Grotte de Calypso* était » donnée pour moi. »

— Ah! je m'étais trop tôt rassurée! — s'écria la marquise. — Voilà cet Alvarès qui reparaît, et auprès de ma fille! Mes craintes recommencent.

« Aussi, tandis que chacun se livrait aux plaisirs » bruyants de la fête, lui ne m'a pas quittée un seul » instant. Il me disait que toutes ces femmes ne va» laient pas mon ombre, qu'à leur folle gaieté il préfé» rait un de mes sourires; enfin il m'a dit qu'il m'aimait » beaucoup. »

— Avec quelle naïveté elle parle de son danger! — s'interrompit en frémissant la marquise.

Elle reprit :

« Vous m'avez recommandé la plus grande franchise » envers tout le monde, chère maman; aussi est-ce avec » franchise que je lui ai répondu que ses compliments » me flattaient beaucoup, et que, s'il m'aimait, j'avais » pour lui, de mon côté, des sentiments affectueux dont » je ne me cachais pas. »

La marquise murmura :

— Mon Dieu! dans quel piége va-t-elle tomber? Elle y va seule!

« Je me suis conduite, chère maman, comme vous me » l'avez conseillé. J'ai dit ce que j'éprouvais, et je ne » veux pas être moins sincère en vous avouant que, si » je trouve Alvarès un jeune homme accompli, pétillant » de grâce, plein d'attention pour moi, je ne le mets » pas au-dessus de mon oncle bien-aimé, le comman» deur, quand je les compare tous les deux aux autres » hommes. Don Alvarès m'a éblouie, étonnée, troublée, » mais il me semble qu'il n'a pas en lui le charme tran» quille et continu du seul homme avec lequel mon » inexpérience a pu le mettre en parallèle. La femme de » don Alvarès serait brillante, enviée; mais celle qui se» rait devenue la compagne de mon oncle eût été assu» rément très-heureuse. »

— D'où lui viennent toutes ces pensées? — dit la marquise, sur qui retombait le poids de la périlleuse simplicité de son enfant. Elle avait oublié qu'on n'imposait pas une conduite sans connaître toutes les faces d'un caractère, et que les maximes tombent toujours à côté sans cette étude. Son père, le comte de Canilly, lui avait dit : « Sois fausse, dissimulée, subtile, » et pour n'avoir pu l'être complétement elle s'était perdue. Elle avait dit à son tour à sa fille Léonore : « Sois franche, » et, pour ne pas lui avoir indiqué le point où devait s'arrêter la franchise, sa fille s'abandonnait aux séductions peut-être criminelles du premier corrupteur venu. — Sachons tout, — reprit-elle tristement.

» Si ce mot mariage est venu sous ma plume, c'est » que don Alvarès m'a priée de lui accorder la permis» sion de vous écrire ou d'aller bientôt à Paris pour vous » demander ma main. Je n'ai pas refusé, et il a paru » bien heureux de ce consentement. Pourquoi, chère » maman, n'ai-je pas été élevée à le connaître, à le voir » souvent, à l'apprécier et à l'aimer, d'abord d'amitié » tendre, comme j'aime mon oncle, avant de l'aimer » comme on doit aimer quand on se marie? Vous déci» derez de son sort et du mien. Il dit qu'il mourra si » vous rejetez ma demande, et, comme il pleurait en » me disant cela, j'ai pleuré aussi. Je vous ai montré, » chère maman, le fond de mon cœur; il ne s'y est glis-

» sé ni une pensée, ni un sentiment que vous ne puis-
» siez y voir. Je pense que vous serez contente de la do-
» cilité de votre fille, qui vous a gardé sa plus vraie, sa
» plus énergique pensée pour la fin de sa confidence. Je
» suis effrayée d'être si loin de vous. Je suis heureuse,
» mais j'ai peur! ah! bien peur!
» Votre fille bien-aimante et bien-aimée,

» LÉONORE. »

— Marine, — dit la marquise, — je suis menacée de quelque épouvantable malheur. Je n'ose pas ouvrir ces trois dernières lettres. Ma vie est là.

— Aie confiance, — reprit Marine.

— Confiance en quoi? — répondit la marquise en jetant à la face du ciel le mépris silencieux des athées.

Enfin, elle ouvrit une des trois dernières lettres. Celle-là était encore écrite de la même main inconnue, et se renfermait dans la même brièveté :

« Faites revenir au plus vite vos enfants. »

— Mais comment? mais comment? — dit la marquise, épouvantée de ces avertissements mystérieux. Puis elle ajouta : — Huit mois se sont passés depuis que cet avertissement m'est donné, huit mois!

— Finissons-en, — se reprit la marquise en affrontant le contenu des deux dernières lettres. Celle-là est de Léonore. Lisons :

« Chère maman,
» La seconde fête eût été aussi attrayante pour nous
» que la première si mon frère Tristan n'eût pas joué
» toute la nuit avec don Alvarès, qui lui a gagné sur
» parole huit cent mille livres. »

— Huit cent mille livres! — s'écrièrent la marquise et Marine.

« Tristan est désespéré. Il faut qu'il paye, et il n'ose
» vous avouer sa perte. C'est donc moi, chère maman,
» qui me charge de vous annoncer ce malheur. Prenez
» sur mes biens, s'il le faut, pour acquitter au plus vite
» cette dette, car l'on dit à l'ambassade que l'honneur
» de notre maison s'y trouve engagé. Ce n'est pas que
» don Alvarès exige cette somme; au contraire, il m'a
» dit avec beaucoup de courtoisie qu'il ne se souvien-
» drait de la dette de mon frère que le jour où il aurait
» l'honneur de vous demander ma main, car il est dé-
» cidé à aller bientôt à Paris. C'est un compte qu'il pré-
» tend régler avec vous, ajouta-t-il en souriant, et son
» sourire me rassura. Dans votre réponse, vous m'enver-
» rez, n'est-ce pas, le pardon de Tristan. Ne le faites pas
» trop attendre, mais écrivez-nous, écrivez-nous!

» LÉONORE. »

— Où étais-je donc? — dit la marquise en éclatant; — je serais partie, je serais allée à Madrid. J'aurais vu ce don Alvarès. Ah! je ne voudrais pas avoir la pensée que j'ai en ce moment sur cet Alvarès! Et ta pensée à toi, Marine, quelle est-elle?

Marine baissa la tête; puis, la relevant avec un éclair de salut, elle dit :

— Mais quelqu'un veille auprès d'eux. Ces deux lettres d'une personne inconnue...

— Eh bien! dis! de qui crois-tu qu'elles sont?

— N'est-ce pas leur père, n'est-ce pas ton mari qui les aurait écrites!

— Monsieur le marquis de Courtenay est mort depuis longtemps, — murmura la marquise. — Encore cette lettre à lire, — ajouta-t-elle, — et nous n'aurons plus rien à savoir. Elle est de Tristan.

« Du courage, ma mère! L'homme qui m'a gagné huit
» cent mille livres au jeu, ce don Alvarès vient d'enle-
» ma sœur pendant la nuit de la dernière fête. J'ai su
» trop tard qu'Alvarès n'était pas son nom, que son in-
» dustrie était le jeu, et qu'il était méprisé à Madrid
» pour avoir déserté un jour de combat dans la dernière
» guerre des Espagnols et des Portugais. Je ne reparaî-
» trai devant vous, ma mère, qu'après avoir vengé l'hon-
» neur de ma sœur.

» TRISTAN. »

— Crois-tu qu'il y ait un Dieu? — dit la marquise en regardant Marine.

— Maman! maman! — cria une voix qui fit frémir jusqu'à la moelle des os la marquise et Marine.

— Suis-je folle?

— Non, c'est sa voix; c'est la voix de ta fille!

Les deux femmes n'avaient pas la force de se mouvoir.

— La voix de ma fille!

— Maman! maman!

— Léonore! — répondit la marquise sans pouvoir bouger. — Ma fille! ma fille! ah! ma fille!

Deux bouches se collèrent et ne parlèrent point.

Le dragon rouge était adossé contre la porte et il regardait. Il attendait que ces deux statues se fussent disjointes.

La marquise ne l'aperçut que lorsqu'elle entendit sa voix.

— Madame la marquise, — lui dit-il avec une ironie grave, — j'ai obtenu ce que vous m'avez refusé. — La marquise pressait sa fille entre ses bras, comme si celui qui lui parlait avait voulu la lui arracher. — Votre père, monsieur le comte de Canilly a ruiné le mien, et j'ai repris sur vous huit cent mille livres dont l'honneur de votre fille me répond. Je les aurai. Vous avez tué ma famille et j'entre dans la vôtre en épousant votre fille, qui est à moi.

— Jamais! — cria d'une voix étouffée la marquise.

— Vous ne pouvez plus me la refuser, — reprit Raoul de Marescreux.

— Misérable!

— Vous ne pouvez plus me la refuser, vous dis-je. Il y a plus, c'est maintenant à vous à me l'offrir, madame la marquise. Vous ne voulez pas que je parle, n'est-ce pas?

— Tu ne parleras pas! — s'écria une voix qui fit blanchir le visage de tous les acteurs de cette terrible scène. Cette voix était celle du commandeur. Il entra dans la chambre tel qu'il s'était montré autrefois au dragon rouge dans l'allée de Vincennes. Il tenait son pistolet à la main. — Nos conditions étaient, — dit-il à Raoul de Marescreux, qui recula contre le mur à la présence, à la voix, devant les pas de ce fantôme, — nos conditions étaient que celui qui aura essuyé le feu de l'adversaire pourra faire feu à son tour, quelle que soit la gravité de sa blessure, sans qu'il soit apporté aucun empêchement. Debout, assis, couché, il pourra tirer sur son adversaire. Vous m'avez cru mort, je suis debout; mon arme est encore chargée. C'est à moi de tirer. — Le commandeur appuya son pistolet sur le cœur de Raoul de Marescreux. — Vous êtes plus qu'un lâche, — lui dit-il encore; — vous êtes l'homme qui n'a eu qu'un duel.

Raoul de Marescreux reçut la balle dans le cœur; il ne poussa pas même un cri en tombant.

— Mon ami, — lui dit la marquise, qui n'avait plus la conscience de ce qu'elle voyait ni de ce qu'elle entendait, — vous avez rendu la vie à la mère; — et elle ajouta, en mettant Léonore dans les bras du commandeur : — Maintenant rendez l'honneur à la fille. Faites pour moi ce que je fis pour vous en épousant votre frère, sacrifiez-vous.

— Voulez-vous de moi pour votre femme? — dit Léonore en relevant la tête.

— Et pour mon enfant, — dit le commandeur. — Avant qu'ils ne sortissent tous de cette chambre où venait de se dénouer ce grand drame de famille, le commandeur se tourna vers Marine et lui dit : — Le prétendu moine qui imitait mon écriture, c'était moi.

FIN DU DRAGON ROUGE.

Paris. — Imprimerie J. Voisvenel, rue Chauchat, 16.

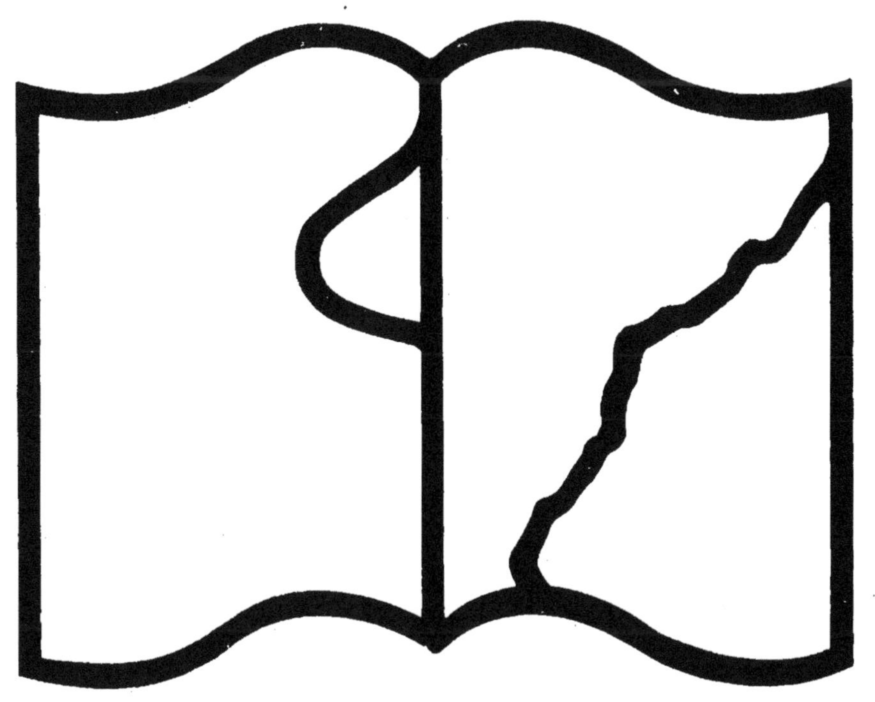

Texte détérioré — reliure défectueuse

NF Z 43-120-11

www.ingramcontent.com/pod-product-compliance
Ingram Content Group UK Ltd.
Pitfield, Milton Keynes, MK11 3LW, UK
UKHW012245240726
13966UKWH00004B/1305

9 782012 894013